梅山红

袁杰伟 著

湘潭大學出版社
XIANGTAN UNIVERSITY PRESS

图书在版编目（CIP）数据

梅山红 / 袁杰伟著. -- 湘潭 : 湘潭大学出版社，2023.2
ISBN 978-7-5687-0985-9

Ⅰ. ①梅… Ⅱ. ①袁… Ⅲ. ①纪实文学－中国－当代 Ⅳ. ① I25

中国版本图书馆 CIP 数据核字（2022）第 255013 号

梅山红

MEI SHAN HONG

袁杰伟 著

责任编辑：李志红
封面设计：李 平
策 划：罗 荣
出版发行：湘潭大学出版社
社 址：湖南省湘潭大学工程训练大楼
电 话：0731-58298960 0731-58298966（传真）
邮 编：411105
网 址：http://press.xtu.edu.cn/
印 刷：涿州军迪印刷有限公司
经 销：湖南省新华书店
开 本：710 mm×1000 mm 1/16
印 张：22
字 数：338 千字
印 数：1-20000
版 次：2023 年 2 月第 1 版
印 次：2023 年 2 月第 1 次印刷
书 号：ISBN 978-7-5687-0985-9
定 价：68.00 元

湖湘文化与真善美谱成的乡土恋歌

（代序）

章罗生

袁杰伟的中短篇报告文学作品集《梅山红》即将出版面世，他让我为之作序，我欣然应允。我愿意将读后感如实披露，以与读者分享。概括说来，我的感受是：《梅山红》是一曲湖湘文化与真善美谱成的乡土恋歌。

一是作品集富于鲜明的湖湘文化与乡土特色。作品集中的17篇作品，其题材对象均取自“梅山”，即以作者家乡新化为中心的娄底地区。它既较全面地反映了该地区的历史、地理、经济及文化风俗与现实改革，又着重再现了这片土地所养育的英雄豪杰与普通百姓。而这些，汇聚到一起，又从一特定角度，表现出鲜明的湖湘文化与乡土特色。所谓湖湘文化，既包括以王船山、曾国藩、毛泽东等为代表的大批湖南文化名人，更包括他们所体现出的敢为人先与“吃得苦、霸得蛮、耐得烦”的湖南精神。而该作品集中的作品，就正是从“梅山文化”等方面，有力地补充和弘扬了这一精神。

具体而言，首先是对近现代以来湖南红色文化的挖掘与补充。回顾以往创作可知，湖南的红色文化叙事大多集中在湘潭、长沙（以韶山、浏阳等地和毛泽东、谭嗣同、胡耀邦、雷锋等人为重点）与湘西北（以桑植等地和贺龙等人为重点），而对新化等湘中地区则有所忽略。实际上，该地区也是名人辈出，群星闪耀。而《梅山红》的贡献首先就在这里：它挖掘、推出了大批以往少为人知或知之不多的红色文化名人，如中国共产党第一个工人党员李中（《蜕变》）、国际共产主义战士罗盛教（《热爱》）、曾为毛泽东警卫员的老革命奉孝同（《忠诚》），以及近代革命先烈陈天华（《警钟为谁而鸣》）、禹之谟（《我以我血荐轩辕》）等。同时，通过他们及其传人，作者也进一步抒写了革命传统与湖南精神的发扬光大。如《四代村民为无名红军战士守墓》《雪中送毯》与《他，一辈子学雷锋》等，通过普通民众的感人故事，再现了红军精神与雷锋精神的传承；《世界锑都——锡矿山传》《油溪桥村振兴之路》《裂变——新化电子陶瓷产业传奇》与《梅山毛板船》，尤其是《中国首善彭立珊传奇》与《中国文印传奇》等，将历史文化与现实改革等紧密结合，通过个人或群体顽强奋斗、与命运抗争的“传奇”，也有力地高扬了敢为人先与“吃苦”“霸蛮”等湖南精神。

二是作品集对真善美等深入挖掘与大力弘扬。在这方面，作者既写了舍己救人的国际共产主义战士罗盛教（《热爱》），也写了大爱无疆、无偿捐献眼角膜（因病体无用）的大学生蒋小波（《用生命诠释爱心、责任与感恩》）；既写了为无名红军战士守墓80多年的四代村民（《四代村民为无名红军战士守墓》），也写了全国学雷锋先进个人、公务员何煜（《他，一辈子学雷锋》）；既写了中国首善彭立珊的家国大爱，也写了一家三代为国奉献、为民牺牲的“全国最美家庭”（《忠善的密码》）等。他们或以惊世壮举，或以“一辈子做好事”“几代人做好事”等平凡中的伟大，不但用生命诠释了“爱心、责任与感恩”，而且启示人们“什么叫理想信念”和“人生的价值与意义何在”等。其中如彭立珊的“伟大”，不但在于他是全球唯一的“裸捐”企业家、中国最慷慨的慈善家——至2010年，已累计捐款达62亿，而且在于其广博的人间情怀与真正的平民大爱。即他虽富可敌国，但仍对自己“抠门”、对子孙“无情”，而采取措施、反腐防骗，坚持“雪中送炭”，保证将捐款真正落实到穷困群体等。他的名言如“只有干得了小事的人才能干得了大事，只有弯得下腰的人才能直得起腰”“儿子弱于我，留钱做什么？儿子强于我，留钱做什么？”和“在财富中死去是耻辱，我不愿死在耻辱里”等，不但令人感动，而且极富哲理启发意义。

关于作者的题材选择与创作发展方面，首先要肯定的是，作者创作勤奋、不懈探索，故其题材广泛、形式多样，产量也较丰富。既有长篇传记与报告文学作品《随园流韵——袁枚传》《毛板船》与《飘泊在羊城》，也有众多中短篇作品。而综观其创作，他写得最多也最具特色的，还是立足家乡，以“梅山文化”为中心的乡土系列——除《毛板船》外，本书《梅山红》是又一代表。应该说，在这方面，作者已初步建立了根据地，也初步形成了较鲜明的风格特色。但也须指出，如要成为沈从文那样的乡土文学大家，作者还要继续努力。即不但要在思想“硬”度与人性深度等方面取长补短，还要有在综合中提升、在创新中发展的雄心壮志——如此，才能打造出流传不朽的传世精品或史诗性力作。我想，凭作者的基础、志向与决心，这一目标完全可以实现！由此，我也愿以此文与作者及全体作家——尤其是“50后”“60后”等与新中国基本同龄而又奋发有为的作家们共勉！

2022年12月13日于长沙岳麓山下寓所

（章罗生，湖南大学文学院教授，博士研究生导师，湖南大学纪实文学研究所所长，中国现当代文学学科带头人。主要研究方向为中国现当代文学、纪实文学研究等。兼任中国当代文学研究会纪实文学委员会常务副主任、中国报告文学理论研究会副会长。）

目录 CONTENTS

蜕　变

——记中国共产党第一个工人党员李中

一

1920年初夏的上海，这天闷热潮湿。一个身着灰色长衫的22岁青年怀着满脸的兴奋和些许激动，在卢湾区（现黄浦区）霞飞路（现淮海中路）急匆匆地步行着。

在原卢湾区霞飞路与环龙路（现南昌路）之间，有一片旧式石库门里弄建筑，被称作渔阳里。渔阳里有一条南北贯通的弄堂，一头连着霞飞路，一头连着环龙路，靠近霞飞路的一段街坊被称为新渔阳里，靠近环龙路的一段街坊被称为老渔阳里。

老渔阳里始建于1912年，内有砖木结构2层石库门楼房8幢，其中的2号楼坐北朝南，为二层砖木结构的旧式石库门住宅，原为辛亥革命时期安徽都督柏文蔚的私宅，人称“柏公馆”。

一会儿，他来到了老渔阳里2号（今南昌路100弄2号）的弄堂前，停下了脚步，看着门楣，看看吊着兽形铁环的黑漆大门，他的双眼发着亮光，犹豫地举起了右手，扣动了铁环。

一会儿，门“吱呀”一声开了。门开处，是一个留着中分发型、双目炯炯有神、同样身着长衫的中年人。

青年人激动地说："您就是陈独秀先生吧？我叫李声澥，字印霞，湖南人，打听了很久才找到这个地方！"

陈独秀看了李声澥一眼，说了声："进屋说吧！"

进门一看，门口"新青年编辑部"的木制招牌让他暗暗激动，终于，来到了"圣地"，见到了"圣人"。

"小伙子，到上海多久了？"

落座后，陈独秀问道。从李声澥一身轻装，陈独秀就判断出他在上海有"据点"，且时间不短。

毕竟，这里每天都有慕名前来的拜访者，其中不乏从外省而来，托箱带箧、汗流满脸的年轻人。

李声澥暗暗一惊，佩服陈独秀的阅人无数，观察仔细，判断精准。

李声澥原打算把自己曲折的人生经历和对人生社会的思考向陈独秀和盘托出，以便请其指点未来之路。但一眼瞥见黑板上写着"交谈不过十五分钟"的提示语，便决定长话短说。

"陈先生，我来上海快两年了，在帮着老师的一个朋友做点古董买卖。"

"老师？你读过几年书？"

陈独秀打量了一下这个小伙子，看他一身长衫，知识分子打扮，应该是个读书人。

"先生，我是湖南省立第一师范毕业的。"

"湖南一师？这么说，您认识毛泽东了？"

李声澥兴奋了起来，说："陈先生，您也认识毛泽东？他就是我一师的同学！我们还曾是同事呢！"

"他前几天刚来过，现在应该还住在上海。"

"啊！真是太高兴了！就是他把您办的《新青年》介绍给我的！"

听到"新青年"三个字，又听说是毛泽东的同学，陈独秀热情起来。

"你们都看《新青年》，我很高兴啊！只是你刚才说跟毛泽东同事，这怎么回事？难道他也跟你一起在做古董生意？他上次来没有说啊，只是说给赴法勤工俭学的同学发路费，顺便来拜访我。”

话题一多，李声澥心情放松了，话也多了起来：

“陈先生，说起来，我跟毛泽东同事的时间还不短呢！”

陈独秀把沏好的一杯茶放到了李声澥面前，面带笑容说：“哦，不妨说说看！”

“好啊！只是先生有15分钟的限制，恐怕要超时哦！”

陈独秀笑笑说：“今天对你例外！”

第一次见面便享受破例待遇，李声澥有点受宠若惊。他知道，这只是因为他提起了老同学毛泽东，看来，毛泽东在陈独秀心中的分量不轻啊。

李声澥便滔滔不绝地说了起来：

“我是湖南湘乡人，1913年考入湖南第一师范。入学后，在毛泽东、蔡和森等人的影响下，我开始积极追求进步思想，参加社会活动。1915年，在毛泽东的组织下，学校原先的自治会改为学友会。我连续三年在学友会中担任文学部图书组组长一职，积极为同学们筹募图书，营造了良好的读书氛围。这些书刊中，就有您创办的《新青年》杂志，最受大家欢迎。1915年春期末，为反对由校长张干提议、省议会作出的要学生缴10元杂费的新规定，一师学生掀起驱逐张干的浪潮。毛泽东在学校后山的君子亭写传单，广为散发，历数校长张干办学无方、贻误青年，我也积极参与。在学友会举办的各项活动中，特别值得提及的是1917年由毛泽东主持的工人夜校。这是毛泽东接触城市工人的开始，开办夜校的经验也被毛泽东运用到之后的工人运动当中去。1917年冬到1918年夏期间，我担任工人夜班乙班的管理人员。大家见了我，都亲切地称我李先生。我目睹了他们身处社会最底层的辛酸苦楚……”

听完李声澥的讲述，陈独秀面露微笑，连说了两声“好！好！”

陈独秀接着说：“听你这么一说，我有印象了，记得毛泽东跟我说过他有一个同学，在乡间是第一个剪辫子的人，那个人说的就是你吧？”

“呵呵！是的，是的！我老家湘乡石牛，我在石牛读私塾时，第一个带头剪掉了辫子。”

两人高兴地笑了起来，就像是好友重逢。

陈独秀顿了一下：“你老家叫石牛？这地名好啊！湖南人有一种拓荒的老黄牛精神，你的老家叫石牛。那就更加不得了！”

两人又是一阵大笑。

笑声中，一个北大文科学长、新文化运动领袖，一个湖南一师毕业的小商人，仿佛一下子成了亲密无间的战友和同志。

陈独秀兴致一来，站起来说：“你叫什么来着？”

“我叫李声澥，先生。”

李声澥不知不觉把“陈”字省略了，仿佛他们是长久的师生。

“这个名字不好！”

陈独秀颇有点武断地说。

李声澥一脸的错愕。他猛然想到，陈独秀是倡导白话文的，“澥”是生僻字，他可能不主张用生僻字取名。

陈独秀接着说：“李声澥，你的声音由稠变稀，由大变小，意志越来越松懈。这不好啊。”

陈独秀像在开玩笑，又不像在开玩笑，像是说文解字，又不像是说文解字。李声澥想笑，却又不敢笑。他望着陈独秀，只见他双目炯炯，目光朝向远方。

稍顷，陈独秀接着说：

“民主与科学应该越来越成为时代最强音，革命的氛围应该越来越浓厚，新青年应该越来越进步！中国革命才有希望！”

陈独秀像是在对李声澥说话，又像是自言自语。

李声澥望着他，感到一种无言的敬畏和鼓舞，他像是看到一位尊敬的长者，又仿佛是在望着一尊名人雕塑。

李声澥好像说不出话来，欲说还休，默默地望着陈独秀。

陈独秀突然转过身来，看着李声澥笑了一下：

“这样吧，我给你取一个名字：李中，中国的中，中代表中国，你要胸怀全局，胸怀中国，为中国革命的事业进行奋斗，有清醒的阶级觉悟。”

李声澥站了起来，向陈独秀敬了一个举手礼：“感谢先生赐名，我以后就改名叫李中。”

陈独秀微微一笑，继续说：

“你的工作呢？为什么要做一个古董商人？”

“先生，我从一师毕业后，家里人觉得湖南太乱，希望我到外地工作。正好我一个老师在上海有个做古董生意的朋友，就推荐我来帮忙。我这就来了，一干就快两年了。”

陈独秀瞥了他一眼，严肃地说：“革命者不能独善其身，湖南乱，全国都乱，不把军阀打倒，不建设一个新中国，永远都会乱！”

李声澥说：“先生所言极是！其实我也是追求进步、求索救国之路的青年，苦于看不到希望，才暂时借商人身份以安身。我也知道这只是权宜之计，不是长久的根本办法。我这次辗转来找先生，就是想向先生讨教救国救民之良策。苟利国家生死以，岂因祸福避趋之。请先生指点迷津，我一定赴汤蹈火，在所不惜！”

“好啊！湖南人的那股牛劲又来了！”

“我建议你去当一个产业工人。由知识分子转化为产业工人，这本身就是一次蜕变！就是一次全身心的凤凰涅槃！我正在筹建党组织，这个党是以工人阶级为先锋队的，因为工人阶级是中国最先进的组织。你去当产业工人，不但可以完成自身角色的转化，还可以利用工人这个身份，广泛发动工人、组织工人，在工人中宣传马克思主义。”

李声澥感到心中的迷雾渐渐化开，有一种拨云见日之感。他感到自己的额头都渐渐发起亮来。真是与君一席话，胜读十年书啊！

李声澥觉得自己的心豁然敞亮了。

二

陈独秀是1920年2月19日（农历大年三十）秘密乘坐客轮回到上

海的。

说是回到上海，这里还必须交代一回前因。

此次回上海，起于陈独秀被捕。

1919年6月9日，在五四运动高潮阶段，陈独秀起草了《北京市民宣言》，提出包括取消两次对日签约在内的五项要求。6月11日晚，陈独秀到新世界游艺场散发传单，至新世界，就引起了暗探的注意与跟踪。当晚，陈独秀被警察拘捕，住处也被连夜查抄。

陈独秀被捕的消息在学生界、知识界引起极大震动。13日，北京《晨报》最先披露了这一消息。随后，全国各大报纸相继报道评论。各地函电交驰，社会团体、学者名流、学生等纷纷行动，他们强烈谴责反动政府的倒行逆施，一致要求政府当局立即释放陈独秀。

毛泽东在《湘江评论》创刊号上发表了《陈独秀之被捕及营救》一文，推崇陈独秀是“思想界的明星”，言：“陈君之被逮，决不能损及陈君的毫末，并且是留着大大的一个纪念于新思潮，使他越发光辉远大。……我祝陈君万岁！我祝陈君至高至坚的精神万岁！”

北京政府原以为逮捕了陈独秀，便可以遏制新思想、新文化的传播，便可以压抑风起云涌的反帝爱国运动，不料，陈独秀虽然失去自由，但得到了更多人的理解、支持和声援，并因此而名声大噪，成为妇孺皆知的新派领袖人物。

9月16日，在社会各界的积极营救和强大的舆论压力下，北京政府不得不退让。警察厅同意陈独秀以胃病为由，准予保释，但出狱后仍应按豫戒法第3条4款施以豫戒，不得擅自离开北京，不得从事政治活动，并由巡官等随时视察按月呈报，免其再有越轨行为。

陈独秀获释出狱后，北大举行了盛大的欢迎会。李大钊兴奋地在《新青年》上发表白话诗《欢迎独秀出狱》：

> 你今出狱了，我们很欢喜！他们的强权和威力，终竟战不胜真理。什么监狱什么死，都不能屈服了你；因为你拥护真理，所以真理拥护你。

你今出狱了，我们很欢喜！有许多的好青年，已经实行了你那句言语："出了研究室便入监狱，出了监狱便入研究室。"他们都入了监狱，监狱便成了研究室；你便久住在监狱里，也不须愁着孤寂没有伴侣。

陈独秀在被捕事件后，声誉更隆，社会影响更大了。1920 年 2 月 4 日，他受邀去武汉讲学，先后做了《社会改造的方法与信仰》《新教育之精神》等专题讲演。

实际上，陈独秀刚离开北京，警探就发现他不知去处。武汉演讲的消息经报道后，北京政府震怒，限期要警察厅交人。警察厅慌作一团，决定在他返京时再将其逮捕囚禁。并不知情的陈独秀回到寓所后，一个警察也进了屋，见陈独秀在家，他大吃一惊："啊，陈先生，你怎么没跟我们打声招呼就离开北京了啊?"陈独秀忙解释："一点急事，家里的事情，时间不长，就没有和你们打招呼了。"

闲扯几句后，警察急急走了。陈独秀警觉起来，立即带上随身要用的东西，辗转去了李大钊家。李大钊担心地说："仲甫，北京待不下去了，想法子回南方吧。"二人连夜来到北大教授王星拱家。王星拱给陈独秀戴上一顶毡帽，让他穿上王家厨师一件油渍斑斑的背心，装成病人。李大钊带几本账本及店家用的红底片子，装成生意人。两人雇了一辆骡车，连夜出朝阳门，直奔天津。

就在那辆骡车上，一件对近现代中国影响深远的伟大事件正在酝酿中。陈独秀通过五四运动及其后自己的遭遇，深感中国有必要建立一个工人阶级的政党。两人一点倦意也没有，开始交流建立共产党的看法。

这一路，两人亲密地谈着在中国建党的事宜，并约定，陈独秀在上海，李大钊在北京，一南一北负责建党。

1920 年 2 月 19 日（农历大年三十），陈独秀到了上海。按照与李大钊的约定，陈独秀就在这里率先开始了建党活动。

那么，怎么说这次是陈独秀"回"上海呢?

陈独秀 1913 年参加"二次革命"，失败后被捕入狱。1914 年，陈独秀出狱后到日本，帮助章士钊创办《甲寅》杂志。他写文章用“独秀”笔名，来源于家乡的独秀山。

1915 年，陈独秀从日本回国，9 月，陈独秀在上海创办《青年杂志》（翌年改名为《新青年》），新文化运动由此发端。1917 年 1 月，北京大学校长蔡元培聘请陈独秀为文科学长。《新青年》编辑部随之移至北京，由一人主编改为同人刊物，并成立编委会。编委们聚会的地点常常是箭杆胡同 9 号陈独秀的寓所，这里成了新文化运动的指挥部。北京大学也成为当时中国思想界最活跃的阵地。

1917 年 11 月 7 日，俄国十月社会主义革命取得胜利，建立了人类历史上第一个社会主义国家，开创了人类历史的新纪元，为世界被压迫民族和被压迫人民树立了榜样，指明了方向。陈独秀以极大的热情讴歌俄国十月革命。

1918 年 12 月，陈独秀、李大钊创办针砭时政的战斗性刊物《每周评论》，与《新青年》相互配合，协同作战。《每周评论》猛烈抨击封建军阀统治，揭露日本在中国东北和山东攫取权益的侵略行径，号召人民奋起抗争，成为新文化运动的又一块宣传阵地。

1919 年 4 月，由于反动当局压迫，陈独秀被迫离开北大。从那时起，陈独秀就谋划着把《新青年》迁“回”上海。

所以这次秘密抵达上海，算是“回”到上海。

从北京来到上海后的陈独秀因无处安身，在北大学生的帮助下先下榻于惠中旅舍。惊魂未定时，又遭疾病缠身，后被好友汪孟邹接到亚东图书馆养病并暂住。得知曾经患难与共的辛亥老友陈独秀居无定所，老上级柏文蔚（柏文蔚任安徽督军时，陈独秀给他当过秘书长）恰逢另有重任离沪（一说迁居新渔阳里），便将老渔阳里 2 号这栋宅邸交由陈独秀一家居住。4 月间，素来性格刚强、不轻易接受他人馈赠的陈独秀，迁居老渔阳里 2 号的“柏公馆”。

陈独秀一到上海，就开始到工人群众中宣传马克思主义。他先到码头工人中了解罢工情况，到中华工业协会、中华工会总会等劳动团体去做调查。他还约请北京大学进步学生和革命青年深入工人中间，了解工人的状况。1920 年 4 月 2 日，陈独秀出席上海码头工人发起的“船务栈房工界联合会”成立大会，并发表《劳动者底觉悟》的演说，高度评价工人阶级在社会中的重要地位，称赞社会上各项人只有做工的是台柱子，世界上只有做工的人最有用，最贵重。他希望工人群众迅速觉悟起来，认识到自己的伟大力量和历史使命。他指出，劳动运动可分两步走，第一步要求改善待遇，第二步要求管理权。中国劳动者的觉悟目前处于第一步，但要启发工人第二步的觉悟，要把几千年来“劳心者治人，劳力者治于人”话倒转过来。同年 4 月中旬，陈独秀联合中华工业协会、中华工会总会、电器工界联合会、船务栈房工界联合会、药业友谊联合会等 7 个工界团体筹备召开“世界劳动节纪念大会”，并在筹备会上发表了《劳动要旨》的演讲。他受到工界团体的尊敬和拥戴，被推选为筹备会顾问。在陈独秀的指导下，上海各业 5000 多工人于 5 月 1 日举行集会，提出“劳工万岁”等口号，通过了《上海工人宣言》。此后，陈独秀又主持创办《劳动界》《伙友》等刊物，向工人宣传马克思主义，以启发工人的觉悟，组织真正的工会。

1920 年 4 月，正当陈独秀等中国先进分子积极筹备建党的时候，俄共（布）远东局委派维经斯基一行来到北京。经北京大学俄文教师鲍立维的介绍会见了李大钊，建议李大钊发起创建中国共产党。李大钊认为：“在中国唯一有魄力发动创立共产党这一壮举的人物是陈独秀。”并当即写信介绍维经斯基到上海会见陈独秀。维经斯基到上海后，与陈独秀等建立了联系，以新青年社为中心，经常举行座谈会，讨论社会主义和组织中国共产党的问题。在维经斯基等人的帮助下，陈独秀加快了建党工作的步伐。1920 年 5 月，陈独秀和李达、李汉俊、陈望道、施存统、邵力子、戴季陶、沈玄庐、张东荪、沈仲九、刘大白等在上海成立了马克思主义研究会。6 月，他同李汉俊、俞秀松、施存统、陈公培等人商议，决定成立共产党组织，并初步定名为社会共产党，还起草了党的纲领。

在上海筹备建党，上海有什么样的政治基础和群众基础呢？当时的上海，聚集了50万产业工人，占当时上海人口的30%以上，占全国200万产业工人的1/4。产业工人在五四运动中表现出了彻底的、不妥协的反帝反封建精神。1919年6月5日上午，上海67000多名产业工人举行了大罢工，上海长达5天瘫痪，使僵持不下的五四运动取得了胜利。上海的工人群体显示了巨大的能量。

陈独秀对上海工人的彻底、不妥协是深表赞赏的。五四运动后，陈独秀曾反省："北方文化运动，其最可痛心，为北京市民之不能醒觉，仅有学界运动，其力实嫌薄弱。"上海的反应不同，五四运动发生几天后，工人、市民纷纷响应，掀起罢工。

1920年5月，陈独秀在上海发起成立马克思主义研究会。该会同3月李大钊主持成立的北京大学马克思学说研究会一起，从上海、北京分别向各地辐射，先后同湖北、湖南、浙江、山东、广东、天津和海外一批受过五四运动影响的先进分子建立联系，促进了马克思主义的广泛传播。

李声澥在这个时候找到陈独秀，也难怪陈独秀要建议他去当产业工人了。

但是，到哪个厂去当产业工人呢？已经改名的李中心想，要去就去上海最大的工厂，这样才能发动、组织更多的工人。当时上海最大的工厂是哪一个呢？

那就是江南造船所。

1865年，李鸿章为打造"自强之资，御侮之本"，创办江南机器制造总局。

由于造船业务迅速发展，1905年3月，造船业务正式从江南机器制造总局划分出来，史称"局坞分家"。江南船坞仅在1905年至1911年6年间，就造船136艘，其中建造的清海军大臣载洵的座舰"联鲸"号获誉"船式美观，工程坚实"。1921年，北洋政府把江南船坞划归海军部直接管辖，改称江南造船所。1921年，江南造船所交付了美国海运委员会定制的万吨运输舰，足见其造船实力之雄厚。

上海因此成了近代工业的发祥地。其旗下的江南造船所也是上海产业工人的基地，上万产业工人持续地在江南这块土地上工作。

1920 年的江南造船所正负盛名。1918 年至 1922 年，江南造船所为美国政府海运委员会建造了 4 艘排水量高达 14750 吨的运输船，为当时远东地区所造最大吨位的船舶。又是外国政府首次向中国船厂订造的万吨级舰船。为了适应这 4 艘巨轮的制造，江南造船所从 1918 年开始，对厂房、设备做了大规模的扩充，工人从原来的 3000 余人猛增至近 8000 人。1920 年 6 月 3 日，历时两年建造，江南造船所造的第一艘万吨级运输舰官府号在黄埔江畔正式下水，下水典礼热闹至极。这说明中国的制造业和国力是很大的。因为万吨级巨轮的建造成功，江南造船所声名鹊起，订货量猛增，船厂的规模也不断扩大，正好需要大量的产业工人。

李中就在这个时候进了江南造船所。

江南造船所招工条件极为苛刻，由于李中没有工作经验，便安排他干最苦最累的力气活：打铁！而且规定：开始没有工资，技术熟练了才能拿工资。

李中想到陈独秀教导的“蜕变”，要完成身份的“转化”，便一口答应了。他使出浑身解数，完全豁出去了，让辛劳的汗水刷洗去他身上知识分子的“臭气”。只用了一个多星期的时间，什么镦粗、拔长、冲孔、扩孔、弯曲、切割、扭转、错位、锻接等工艺便样样拿得起、放得下，厂里的老工人都赞叹说：“真是一把好手！”

这样，第一个月，厂里给他算了 6 元钱的工资，从第二个月起，就把他的工资标准定到了 12 元。

李中在这里发动工人运动，还得益于地缘关系。

晚清时，湘军中有很多人后来走上仕途，这使得上海的官员有很多是湖南人。在江南制造局这一晚清最重要的军工厂中，也有很多湖南籍管理人员。不仅是管理人员，江南制造局的兵工厂还需要大量的劳动力，湖南人就近水楼台先得月。江南制造局里的很多技术人员、工人都来自湖南。因大量湖南人在江南制造局工作，家属跟随而来，故在制造局边上形成了很多湖南人的社区。湖南距离上海较远，原来上海无湖南会馆，后来江南制造局兴起，湖南人多了，就在其附近设了湖南会馆，还建有瞿真人庙，如今的瞿溪路，就是因通往瞿真人庙而得名。尽管在1903年后，江南制造总局开始局坞分家，江南造船所独立出来，但是湖南人依然在船厂工人中占很大比例。对于同样出身湖南的李中而言，进入江南造船所成为工人有很多优势：首先，李中同学蔡和森的父亲也在厂内做工，李中通过这一层关系，能够更快融入船厂的工人中；其次，李中身为土生土长的湖南人，在语言上有着得天独厚的优势，对于其他人而言，湖南话很难听懂，而李中恰巧可以利用这一点，在湖南人聚集的地方开展工人运动；最后，江南造船厂作为当时规模较大的工厂，拥有上千名工人，当时船厂所在的半淞园地区，也因为船厂的存在而吸引了大量的工厂在其周围落户，可以说，江南造船厂是联系工人阶级、发展工人运动一个很好的据点。李中便通过同乡和知心的工友，广泛联络工人群众。这一切令陈独秀欣喜异常，就邀李中与自己同住。正是在陈独秀居处，李中得以结识上海发起组的成员李达、陈望道、李汉俊、李启汉和俞秀松等。

当时，陈独秀一家也住老渔阳里2号，怎么住得下这么多人呢？原来，陈独秀一家是住在二楼。住在一楼的，不只有李中，还有李达夫妇和张国焘。

张国焘回忆："1920年7月，我从北京来到上海，前往老渔阳里2号拜访陈独秀，陈独秀大为高兴，表示正要找我商谈共产主义运动的事情，热忱邀请我住在他家里，以便从长计议。"

1920年8月，李达为"找同志干社会革命"，从日本回国投奔陈独秀，陈独秀就留他住了下来，还为李达和王会悟操办了婚礼，二人的新房随后就成了《共产党》月刊的编辑部所在地。后来，《共产党》月刊编辑部随主编李达搬往辅德里625号（今成都北路7弄3号）。

在与他们的接触中，李中的思想理论水平也渐渐提高。

三

经过酝酿和准备，在陈独秀主持下，上海的共产党早期组织于1920年8月在上海法租界老渔阳里2号《新青年》编辑部成立。当时，取名为“中国共产党”。这是中国的第一个共产党组织，其成员主要是马克思主义研究会的骨干，陈独秀为书记。此后，上海共产党早期组织成立伊始，便在陈独秀的指导下，通过写信联系、派人指导或具体组织等方式，积极推动各地共产党早期组织的建立。江南造船所的打铁工人李中成为中国共产党的第一个工人党员。他是以工人身份加入中国共产党的党员。他不是一般的工人，是从知识分子转化为工人的，所以非常有意义。陈独秀对李中也格外看重，邀请李中与他同住。这绝对不是一般的私人感情，而是陈独秀对工人阶级的看重。共产党是工人阶级的先锋队，这是党的性质。中国共产党最早的50多名党员，其中只有4名产业工人。人数虽少，却代表了中国共产党的性质、阶级基础和它的初心、使命、目标、任务等。产业工人党员的出现，表明知识分子和工人阶级联系了起来。自此，当时中国先进的产业之一造船业与党的早期革命活动紧密地联系在了一起。李中是标准的产业工人，而且是机器工人。按照马克思的观点，机器工人是最有觉悟、最先进的工人，而且李中是从知识分子转化为产业工人的，所以他对中国工人阶级的观察以及他所得出的结论，就不是一般意义的。陈独秀发展李中为党员，培养他的阶级觉悟，指导他发动工人、组织工人，都表明陈独秀对工人阶级的重视。1920年8月15日，上海中国共产党早期组织发起创办了《劳动界》周刊，这是中共创办的第一份通俗工人读物。由此可以推算出，上海中国共产党早期组织在1920年8月15日之前就成立了。

1920年11月7日，上海共产主义小组创办党内机关刊物《共产党》，李达任主编。《共产党》从创刊到1921年7月为止，共出6期，发行量最高时达5000份，这份刊物的创办在中国共产党的成立过程中具有重大意义。在出版时，《共产党》虽然不标明编辑、印刷、发行地址，作者也不署真名，但其每期都在《新青年》上刊出广告和要目，假称在广州发售，但实际编辑部设在上海法租界李达住所处。作者多为上海发起组成员，文章用化名，陈独秀（TS），沈雁冰（P生）、李达（江春、胡炎）等。

李中入党后，深入群众开展工人运动，还积极为工人刊物《劳动界》撰稿，以通俗明了的语言向工人宣扬马克思主义，启发工人阶级的思想觉悟。1920年9月26日，李中以海中造船所工人李中署名，在《劳动界》发表《一个工人的声明》，李中旗帜鲜明地喊道：将来的社会，要使他变个工人的社会；将来的中国，要使他变个工人的中国；将来的世界，要使它变个工人的世界。

这是第一次由产业工人发出的觉醒心声，那些观点犹如电光火石，为工人们追求自由和解放拨开迷雾，指引方向。这篇宣言一直被史学界作为工人阶级觉醒的先声而广为引用。1920年10月3日，受中共上海发起组委托，李中和杨树浦发电厂工人陈文焕联名发起筹建了中国共产党历史上第一个工会组织上海机器工会。筹备发起会在新渔阳里6号外国语学社召开。作为筹备会书记，李中主持并担任了会议临时主席，他在报告工会的情况时说，工会要帮到“五不”：第一，不要变为资本家利用的工会；第二，不要变为同乡观念的工会；第三，不要变为政客和流氓把弄的工会；第四，不要变为不纯粹的工会；第五，不要变为只挂招牌的工会。到会工人七八十人，李中主持会议，陈独秀、杨明斋、李汉俊、俞秀松、李启汉等出席会议。会议讨论了陈独秀指导草拟的《上海机器工会简章》。

1920年11月21日，这是一个历史性的时刻。在凤阳里，上海机器工会在此召开了成立大会，李中担任大会主席，并报告了机器工会从筹备到成立的经过，孙中山、陈独秀、胡汉民、戴季陶、杨明斋等社会知名人士到会祝贺，并分别发表热情洋溢的演说，孙中山的演讲竟达两小时。当天与会者近千人，场面十分热闹。这是中国共产党领导下的第一个工会，中国的先进分子走向工厂，就是马克思主义和中国工人运动的结合。

会议确定工会的宗旨：谋本会会员的利益，除本会会员的痛苦。上海机器工会事务所设在西门路泰康里41号（今自忠路225号），李中主持工会的日常工作。在机器工会的影响下，上海印刷工会、纺织工会等工会组织相继建立，其中印刷工会规模最大，有会员1000名，并出版有工会刊物《世友画报》。1923年，二七大罢工后，上海机器工会停止活动。1921年7月23日，中共一大在上海举行，宣告了中国共产党的正式成立。一大颁布的第一个纲领，开头便写道：本党的基本任务是成立产业工会，并通过了党的第一个决议，要求从党中央到各地党组织，以主要精力从事工人运动。中国共产党成立后，李中转为正式党员。

上海机器工会正式成立后，李中负责组织日常工作，开展各项活动，如开办英文义务夜校、组织工人参加“五一”国际劳动节纪念会等。工会还创办了自己的出版刊物《机器工人》，向工人宣传马克思主义，深受工人喜爱。在很短的时间内，工会的会员就从几十人发展到三百多人，这些会员遍布上海的各大工厂，如江南造船厂、原生纱厂、电灯厂等。工会的影响甚至引起国外的注意。1920年年底，美国最大的工会组织“世界工人劳动联合会”执行部总干事罗勃朗专门写信祝贺上海机器工会。

1921年8月11日，为贯彻党的一大提出的党在当前的中心任务是组织工人阶级，加强党对工人运动领导的精神，党中央在中国产业中心——上海成立了中国劳动组合书记部，这是中国共产党领导工人运动的总机关，也是中华全国总工会的前身。

作为书记部的重要成员，李中等26人联名发出宣言，豪迈宣告，将来的世界一定是工人们的世界。

1923年，京汉铁路工人大罢工遭到军阀吴佩孚的镇压，发生“二七”惨案，工人运动也由此转入低潮。为保护工人力量，上海机器工会改名为上海机器工人俱乐部，仍然发挥着工会组织的作用。李中继续领导工会的革命活动。1925年5月，震惊中外的“五卅”运动在上海爆发，李中积极发动工人投入罢工斗争。李中的这些活动引起了上海法租界和北洋军阀的注意，在1927年“四一二”政变中，李中不幸被捕入狱，后经多方努力营救获释。此后，李中脱离党组织返回湖南双峰从事教育工作，开办求实学校，教授新学，培养学生数以千计。

新中国成立后，李中几次写信给毛泽东要求重新参加党的工作。毛泽东曾接连3次回信邀他进京。1951年7月9日，李中在赴京途中染病，不幸病逝于益阳南县，时年54岁。

（原载2021年第10期《时代报告》杂志，本书收录时有删减）

热　爱

——国际主义战士罗盛教的光荣一生

少年苦难

在中国的地形图上，中国的第二级地势和第三级地势的分水岭有一座山叫雪峰山，雪峰山是中国第二级地势阶梯的南段转折带，也是湖南省东西两部不同自然景观及沅江和资水之间的分水岭。

雪峰山的支脉大熊山，最高峰海拔 1662 米。这里山高林密，20 世纪 70 年代经常有虎狼出没。这里与外界的唯一通道就是一条“茶马古道”，这是一条商道。顾名思义，只有有马的人才能走出去，人想通过茶马古道走到外边去，实在是太远了。在大熊山的一侧新化县松山乡境内，有一个叫桐梓村的小山村，依山临水，山脚下稀稀落落地住着 20 多户人家。村前的小河清澈见底，河两岸是成片的栀子林。

1931 年 4 月 22 日（农历三月十三），罗盛教出生于湖南省新化县圳上（原松山乡）桐梓村一个贫苦农民家庭，也许是山区常年缺雨的缘故，父亲给他取名罗雨成，希望他能够像久旱的甘霖一样，能够让家里百事有成。

罗盛教的父亲罗迭开兄弟姊妹四人，住在同一栋七柱六间的二层青瓦木质房屋里，罗盛教一家住左边第二间。罗盛教有三个妹妹，一个弟弟。

罗盛教家贫，为了糊口，父亲经常外出给别人打短工，家里根本无钱送他上学。罗盛教每天出去放牛、打柴。为了多打柴，以便争得读书的机会，他拼命地砍，有时刀砍破了手指他都不觉得痛。看到家里的柴堆成了一座小山似的他才满意。他一再提出要读书，父亲无力送他读书，便自己一个字一个字地教。但父亲认的字也不多，无法满足罗盛教的求知欲。不过，罗盛教连读带猜，凭着父亲教的这些字，居然能够看懂一些书。他不时从村里的读书人那里借书看。

然而，就连这简单的求知之路也被迫阻断。父亲通常十天半个月才回家一次，每次回来都一副疲惫不堪的样子。罗盛教看在眼里，伤心得直落泪。何时才能让父亲过上幸福、安稳的日子啊。

可这只是罗盛教的美好愿望。

一天早晨，村里一个叫方振初的来到罗家外面，手里拿着一根竹鞭，屋也不进，站在坪里没好气地喊话，就像是喊天一样。罗盛教从小就讨厌这个家伙，他自恃身体高大，又有三个儿子，家里有十几亩田，又在保里挂了个职务，根本不把一般人放在眼里。小孩子们远远看见了他叫他“初满”或“初公公”，他只是鼻子哼一哼当作回答，正眼都不瞧。罗盛教有时根本就不爱叫，只是擦身而过的时候，才勉强喊他一声。村子里的人都传说，他经常趁村里的理发匠萝矮子到外面去理发的时候，去他家里睡他的乖太（漂亮）老婆。真是一根恶棍。

他到家里来，能有什么好事呢?

“喂，迭老倌子，你家的牛怎么放的?吃了我家一片麦地，也不来说一声。我跟你讲呢，我那块麦地是要打八箩麦子的，如今被你家的牛吃了一大半，你说这何事搞啰?”

罗迭开连忙从家里走出来，弯着腰装烟，赔着笑说：“初满，进屋说!进屋说!”

方振初拿着竹鞭，把罗迭开装烟的手一挡，也不说抽，也不说不抽。罗迭开的手就僵了那里。

方振初冷冰冰地说："迭老倌子，别跟我来这一套，你跟我说赔多少麦子吧？要不然，别怪我不客气了！"

罗盛教气愤了，只想上前去打人。什么吃了半块地的麦子，只是罗盛教昨天去放牛的时候，从他家的麦地边经过，由于罗盛教手里捧着书没注意，牛就吃了几口麦苗。罗盛教一急，用脚去踢，竟把牛的眼睛都踢瞎了。现在被方振初说成这样。

罗迭开赔着笑说："雨伢子不小心，让牛吃了你家几口麦苗，等到了收割时候，我自当赔来……"

方振初冷笑了一声，说："什么叫吃了几口，当我污蔑你似的。这么多人有眼睛看着的呀。"

罗盛教气愤前向前争道："是只吃了几口呀！"

方振初用竹鞭抽了过来，说："怎么？你们两爷崽吃了麦苗还要吃人是吧？我倒是不怕，难道你们有八条命？这样，你们没得赔，这牛，我就先牵过去了。"

方振初走到牛栏边，扯开牛栏杠子，牵起牛绳就要走。

罗迭开拢去说："振初满、振初爷……"

方振初说："你叫我祖宗都没用，一牛犯法一牛当。我又不牵你。"

方振初就这样把罗家唯一的一条水牛牵走了，牛是罗家最主要的"劳力"啊。

没有了牛，田就不得翻，日子还怎么过？罗迭开盘算着，家里养的两头猪目前正在长膘，等到开春，就都宰了，能卖一个好价钱。把猪苗的钱还了，再去买一条小牛崽，养一年，就可以教犁。过日子还是有指望的。

可是还没开等到开春，地主祖老八好像有个掌会算似的，戴着鸭舌帽子拿着算盘来到罗家，一进门就皮笑肉不笑地说："罗老倌子，我被你害惨哩，你的猪苗钱还不还来，人家可给我算了高利贷啦！这猪苗又不是我生的，要是我能生就生一个送给你又何妨？大家乡里乡亲的，可这我也是从别人那里赊来的，如今这账……"罗迭开一看就知他没安好心。果然，只见他算盘珠子一打，你把整条猪给他都不够还他猪苗的钱……

罗迭开脸上青一块紫一块，世界上哪里有这样的算法，这分明就是打抢啊！可是罗迭开心里明白，胳膊拧不过大腿，你斗不过人家。人家就是抢，你又有何办法？

地主祖老八把猪从猪栏里赶了出来，生生地把猪赶走了……

罗家生存的希望在一点一点地被剥夺！

冬去春来，李子花开。

屋前屋后一片盛开的李子树又给了罗家新的希望！

但不知怎么，这又招得恶霸张守诚不开心了。

张守诚背着一杆猎枪从罗家经过，他看了看盛开的李子花，哼了一声。他停下脚步叫了一声："迭老倌子！你看你看，你家的李子树遮住我家菜地的阳光了！"罗迭开连忙跑出来叫了声"诚满！""满"本来是叔叔的意思，只有同姓的人才存在这种辈分的可比性，异姓是根本不存在的，都只按年纪大小比照着称呼。可正因是比照着叫，谦虚的人就把自己的位置摆得很低，把对方摆得高，以示尊敬。张守诚的年纪比罗迭开少一大截，但罗迭开还是称他为"满"，尊敬之意很明显了。当然，这种尊敬是因为畏惧。

张守诚斜着眼睛，白多黑少地瞟了罗迭开一眼，说："你看你看，我家的菜地全被你家的李子树挡死了！"

早上，太阳从东边出来，照到李子树上，李子树后面当然会形成一片影子，这影子可能还照得几里路长。不管照到房屋上，照到树上，照到向日葵杆子上，这影子是正常不过的事。随着太阳的升高，影子慢慢缩小以至于无。

罗迭开明知他要无赖，想做个解释，张守诚把手一挥，做个不爱听的手势，说："明天把李子树砍了！"说罢扬长而去。

第二天，张守诚指挥他的几个"兄弟"，带着砍刀，把这片李子树全部砍倒。

罗迭开家里现在牛没有了，猪没有了，连唯一可以给家庭经济带来一点希望的李子树也没有了。

罗迭开家里现在穷得揭不开锅了。

罗迭开只好去借高利贷。

周边有一个叫张里才的地主，专放高利贷，心狠手辣是出了名的。但罗迭开别无他法。罗迭开借了几斗米回来，家里才终于又可以揭开锅了。但罗迭开的心情更加沉重。高利贷俗称“阎王债”，不但利息高，而且一旦到时还不上，就有倾家荡产的危险。这相当于饮鸩止渴。

罗盛教现在唯一能做事就是天天去山里砍柴，脸上手上身上到处都是被树枝荆棘伤着的痕迹。看到堆积如山的柴堆，罗迭开颇为心痛：再不送他读书就要耽误他一辈子了，盛教可是一个读书的好苗子啊！

终于，罗迭开顾不得倾家荡产了，债反正已经欠上了，再欠一点也无所谓了。罗迭开把罗盛教送进当地的维新小学读书，这一年罗盛教 11 岁。之后又转到距家五里多地的文德小学就读。每天清早来时，装书的竹篮里就带着红薯米饭（用红薯丝拌少量大米蒸成），懂事的盛教每次都要偷偷地给他妹妹留一些。盛教的学习成绩很好，写的毛笔字常被老师画红圈点赞，有的还被套双圈。

突然有一天放学后，家里来了几个穿“虎皮”的凶神恶煞的男子，大喊大叫进门之后，不由分说，把正在劈柴的罗迭开抓了起来，反剪着双手，用麻绳捆着，就往门外推。

罗母急得哇哇大哭，跪地求饶：“青天大老爷啊，求求你们……”

罗盛教满腔怒火，看着这突然发生的一幕，欲哭无泪，拉起母亲，问：“妈！这到底是怎么回事？爹犯了什么王法？”

母亲只是哭，一个“虎皮”狞笑着说：“兔崽子我告诉你，你爷老倌借了钱不还！就犯了这个王法！”

原来，张里才的高利贷不出一年，利滚利已经翻了好几番，罗迭开哪里还得起？

就这样，父亲被抓走坐了大牢。

母亲急得莫奈何，连夜打着杠火（用向日葵杆子扎起来点燃用于照明，当地人称为杠火）去找姑姑、舅舅、姨奶奶，母亲摔了好几跤，每到一个村庄，就被群狗叫着追着，但还是没能借到钱。张里才过了两天又派凶徒到家里催债，张里才明知罗家还不起债，便说："你家不是还有钱吗？把你家的田当了。"母亲欲哭无泪，男人又在牢里，只得同意将家里的几亩薄田当了抵债。罗迭开才从牢里被放了出来。至此，罗家可谓真正的倾家荡产。

罗盛教想到父母为了送他读书，居然吃了这样大的亏，便向父母提出，自己不再读书了，在家里帮工当劳力。父亲打了他一巴掌，瞪圆了眼睛道："家无读书子，官从何处来？以前我还送得活活洛洛几（意思是读不读无所谓，不坚定），经历了这件事之后，我是吃了秤砣铁了心，哪怕是背犁、砸锅卖铁，我也要把你送出书来，要不然受人欺负，连张状纸都写不出来！"

父亲的话，让罗盛教感到压力山大，这书不读好，何以面对父母？罗盛教每天清早上学，是到得最早的一个，比先生还早。放学是回的最晚的一个，他不但要把书背完，而且要把塾馆打扫干净才离开。老师非常喜欢这个勤奋的孩子，还常把他书写整齐的作业在课堂上展示给其他同学看。

如此"风光"，盛教独得。这可惹恼了班上一个外号叫"瘦猴"的地主崽子。这个小崽子的父亲可不是别人，正是父亲前去借钱的债主张里才乡绅。瘦猴吃得很好，却怎么也胖不起来。不管怎么"用功"，书就是记不住，还常挨老师用竹篾打掌心。

瘦猴非常嫉妒罗盛教，有一次故意把罗盛教的作业撕下来丢掉。老师不明真相，罚罗盛教重写，还要打他的手板心。罗盛教不争不辩，默默地承受了。他知道是瘦猴捣的鬼，下定决心一定要惩罚他。当瘦猴又一次撕毁罗盛教的作业时，被罗盛教当场抓住了。然而，瘦猴不但不怕，还很嚣张地说："我就是要欺负你，你敢把我怎么样？"罗盛教年少气盛，新仇旧恨一齐涌上心头，冲上去用写字的石板狠狠地砸向瘦猴的额头，瘦猴的额头上顿时肿了一个大包，还破皮出了血。

罗盛教惹了大祸了。

当天放学后，张里才派几个打手到罗家，砸窗摔锅，踢桌打碗，还指着罗盛教父母一顿臭骂："你怎么教崽的？有人养没人教的吗？今天我们要打死你家这个狗崽子！"罗盛教的父母大气都不敢出，一个劲地作揖说好话，想当面把罗盛教打一顿让他们出气。谁知那些打手对罗盛教拳打脚踢，罗盛教痛得哇哇直叫，而父母根本不敢说一句硬话，否则会招来更狠的揍。

临走时，打手们放出一句狠话："有种你明天再去上学！"还把在他们看来还值几个钱的东西全搬走了。

就这样，罗盛教只读了一年半不到，就被迫辍学了。

张里才并不就此罢休。过了几天，他串通保长，派人到罗家抓罗迭开去当壮丁。罗迭开是一家之主，罗盛教是幼子，根本不符合抓丁的条件。但张里才就是要耍这个威风，借着抓丁的名义，把人抓到保里，并不送到部队，而是逼其干活，任意打骂。罗迭开只得东躲西藏。罗迭开反正已经失去土地，便远走邻县，打短工为生，这才逃避了这场灾祸。

为了糊口，也为了让罗盛教远离灾祸，母亲只得把 11 岁的罗盛教送出去当道士。一个涉世未深的未成年人去当道士，青灯古刹，道袍木鱼，这是一种什么滋味？11 岁，生活刚刚在他的眼前展开了一个序幕，却马上就黑屏了。一种即将奔腾的生活，马上静止了下来；一锅即将沸开的水，立即停止了沸腾前的激越。生活在他面前展开的不是多彩的云朵，而是黑漆漆的天空……

罗盛教在身穿道袍的师父脚下，面对"三大天尊"的塑像，成天跪在青灯旁，念经、敲锣、画符、打鼓……膝盖上磨起了巴掌大的茧子，还要听师父讲修行，讲那虚无缥缈的世界，讲那些很遥远很难懂的"道理"，涉世未深的罗盛教感觉到自己就像一具行尸走肉，来到了人间地狱。这都是瘦猴这群人压迫的结果，他们压迫穷苦人是无所不用其极的。这样黑暗的世界何时是个尽头？

曙光在前

1945 年，抗日战争胜利了，到处洋溢着胜利的喜悦。身在道观的罗盛教也得知了这个消息。他的心里就像被注入了一种莫名的力量，兴奋得连敲木鱼都敲得更响了。在安化做短工、关心时局的罗迭开不久还听到了毛泽东飞往重庆与蒋介石谈判的消息，提出了要建联合政府的主张。桐梓村这远山村里的人们，神秘兮兮而又兴奋不已地传递着这个消息，穷人感觉到天真的要变了，地主老财们要被打倒了，穷人要翻身当主人了。全国的土改运动搞得轰轰烈烈，桐梓村也受到了影响，地主老财们不像以前那么猖狂了，他们担心穷人一旦闹起革命，他们的性命也将难保。桐梓村出个陈振湘，在抗日战争中亲手击毙了日本将领阿部俊树，桐梓村出去的军长方鼎英，也和共产党搞起了合作。红色的信息不断传到桐梓村。罗迭开就在这样的氛围中又回到了家乡。

这年冬天，在乾城县所里镇开瓷铁铺的罗盛教的叔叔罗迭文回到久别的家乡。罗迭文来到罗迭开家里，没有见到罗盛教，就问："雨伢子呢？怎么不在家？还没放学吗？"

罗迭开叹了口气，说："尽惹事，在道观里做道士去了。"

"怎么？雨伢子还是根细苗，你们就让他去做道士？你们这当父母的安的是什么心啊？"

罗迭开便将罗盛教和瘦猴打架的事说了出来。

罗迭文气愤地说："这不行，今天就把雨伢子接回来，你们怕他闹事，我就把他接到我那里去，让他到店里帮忙，总比在道观里待着强。"

罗迭开说："不行啊老弟，我也不是要他一辈子待在道观，是让他先避避风头，待个一年半载，半大个汉子了，我要留他在家里做事的，顶得半个劳力了呢。"

罗迭文看了一眼哥哥，知道哥哥心里的小九九，又好像自己的"小九九"被哥哥看穿了似的，一时无语。停了一会，罗迭文说："不管怎样，先把他接回来再说，难道怕瘦猴把他吃了不成？"罗迭开点了点头。

正在道观里穿着长衫敲木鱼的罗盛教听到有人叫他的小名，睁眼一看，见是久不相见的叔叔，高兴得丢开棒椎，迎了上去。叔侄相抱泪双流。

晚上回到家里，一家人谈论着陈振湘，谈论着方鼎英，谈论着土改和解放军，罗迭文好像一个见多识广的人，甚至像是一个地下党员，一个劲地讲共产党、解放军的好处，罗盛教越听越兴奋。

接着，罗迭开、罗迭文兄弟俩为了罗盛教的去向展开了激烈的讨论，一个说去所里镇帮工的好处，一个说留在家里才是正理。两兄弟公说公有理，婆说理又长。罗迭文一眼瞥到罗盛教在取书篮子的书，便说："雨儿喜欢读书，跟我去所里，我可以送他读书。"

罗盛教一听，双眼发起亮来，跑到叔叔身边，用激动得微微颤抖的声音说："叔叔，你真的可以送我读书吗？真的可以吗？"罗迭文摸了摸罗盛教的脑袋，目光坚定地说："雨儿，你跟叔叔去所里，叔叔肯定送你上学校读书。"罗盛教顿时眼里噙着泪花，转身对罗迭开说："爹！我要读书！你就让叔叔带我去吧！"罗迭开叹了口气，低下了头。罗迭文说："哥，雨儿是根好苗子，他读书心切，应该全力支持，好好培养，目光不能那么短浅，不能只看到他能做点苦力，这孩子将来可有大出息呢！"罗迭开终于默认了。

过了几天，罗迭文返程时，罗盛教便随他一起踏上了去乾城的路。三叔背着包，罗盛教挑着担。罗盛教一步三回头，他与叔叔越走越远，他看到父亲手里虽然拿着根竹制的旱烟管，但父亲好久才叭一口，到后来目光便有点发直，那根旱烟管也从手上掉了下来。母亲一边用袖子揩眼泪，一边弯腰去给父亲捡起旱烟管。罗盛教怎么也想不到，这一次分别，竟然是与父母亲的永诀。

艰辛求学

一开始，罗盛教去乾城县所里镇三叔罗迭文家，在叔叔开的杂货铺帮工。打杂、挑水、烧饭、推磨、记账、抹柜台、倒夜壶……起早贪黑，披星戴月，比个学徒还辛苦。但不管再辛苦，罗盛教也不忘学习。每当夜深人静，他便爬上阁楼"睡觉"，实际上是点燃一盏用墨水瓶做成的油灯，看古文，算题目，记生字，不知不觉疲倦了，就趴在当书桌用的木箱上打个盹。一会儿猛地一下惊醒过来，接着又学。夜起小解的三叔见他这么熬夜，多次喊他："雨伢子，要注意休息呢，你不要命了?"罗盛教才熄灯睡上几个小时。

等到1946年秋季开学时，罗盛教连跳三级，以优异的成绩考进了湖南省立第九师范附小（今吉首大学师范学院附属小学）六年级第二期插班就读。从此，他像野牛闯进了菜地，拼命地"啃"书。因为他在家仅读了一年半书，到这里一下子进入六年级，语文课还勉强赶得上，可是算术就听不太懂了，第一次算术测验，考了全班倒数第一。罗盛教经常挑灯苦读到深夜，想把数学赶上去。三叔常常深夜醒来还看到他在挑灯夜读，心疼地说："雨伢子，你躺一会儿啊。快天亮了。"功夫不负苦心人，半年后，在小学毕业的时候，罗盛教以九师附小前三名的优异成绩，作为保送生，免试升入了沅水之滨那所可称为湘西最高学府的学校——省立第九师范（今吉首大学师范学院），编在简师十四班，从此改名罗盛教。

至于他为什么改名叫罗盛教，我没有找到相关的文字依据。但我想，这是不是罗盛教渴望读书，渴望学习，强烈的希望通过学习实现人生的理想和抱负呢？一个"盛"字，可见他对学习的渴望。而自主改名，可见罗盛教的思想已初步成熟、独立。

从免试升学可以看出，罗盛教是一个非常好学、非常聪明的人，如果假以时日，他一样可以成为大学问家。

可没上多久，省立九师校长眼看国民党日薄西山，看不到前途，便把学校所有的经费卷进自己的皮包，偷偷地溜走了。学校关门了。

罗盛教一下子懵了！求学之门刚在眼前展开美好的一条缝，便怦地合上了。路，在何方？还继续在三叔家待下去吗？不行。三叔小瓷铁的生意越来越差，连续几天没有一个顾客。自己已经十八岁了，要走自己的路。听说家乡解放了，那么，回老家桐梓村吧。可是回去干什么呢？父母送我离开山沟沟，就是期盼我能学有所成，有出息。男儿十八岁，应该走出一条自己的路来。罗盛教想。

在失学的日子里，罗盛教犹豫着、彷徨着。一天，他找到同学吴竹筠和另外两个同学，带着洞箫、笛子和胡琴回校园去寻梦。仅仅两个多月，校园的“模样”也完全变了：冷冷清清，到处都是垃圾，一派荒凉景象，操场上杂草丛生。见此情景，哪还有吹奏的心情？少年心事当拿云。罗盛教掏出手抄的《桃花源记》，读了几句就读不下去了，将之扔到一边，激愤地说：“今天社会的桃花源在哪里呢？”正如所有有追求的思考者一样，罗盛教遇到了黎明前的黑暗。

投身革命

正在罗盛教为前途感到茫然无措的时候，1949年11月15日，湘西重镇乾城获得和平解放。乾城原名乾县，民国二年（1913），乾县改名乾城县。和平解放后，按当地“所里”的苗语对应的汉音改名为吉首县。

乾城县老百姓敲锣打鼓欢庆解放的情景让罗盛教焕发了对新中国的巨大热情，获得土地的农民欢天喜地、热泪盈眶，晚上睡在自己的土地上，就像做梦一样不敢相信自己拥有了土地。拥有土地就是拥有了生活的保障，拥有了自由，拥有了做人的尊严。罗盛教所到之处，都听到人们纵情高呼“毛主席万岁！”“共产党万岁！”罗盛教自己也忍不住高呼起来。人们唱着“东方红，太阳升，中国出了个毛泽东”的雄壮歌曲，歌声飞过巍巍山峦，越过滔滔河水，响彻云霄。罗盛教情不自禁地跟着高呼，跟着唱歌，他和大家一样热血沸腾。他想，自己的老家新化县也和平解放了，也一定是这样的情景，地主老财们再也不敢骑在像父亲一样的穷人头上作威作福了，再也不敢欺压穷苦人了。新中国是多么美好啊！罗盛教想，一定要投身建设新中国的热潮之中，为伟大的新中国贡献自己的一份力量。只有这样，人生才有意义。看到一队威武雄壮的解放军队伍，他是多么想加入其中，成为其中的一员啊。他悄悄地向一位解放军首长询问，表达了想要加入解放军的强烈愿望。首长告诉他，湘西军政干部学校正在招生，他可以去报考。罗盛教听到这个消息，高兴得跳了起来。

湘西军政干部学校位于沅陵，距所里镇有100多公里。十八岁的罗盛教怀着一片对新中国的赤子之心，首先找到同学吴竹筠，商量邀集几个同学去沅陵报考。两人一拍即合，于是，他们邀集了另外两个同学一起去报考。第二天，罗盛教辞别三叔，与三个同学冒着随时都可能遇到土匪的危险，头戴斗笠，背着简单的行李，历经重重困难，从所里长途跋涉100多公里，步行来到已解放的沅陵。

正像所有在黑暗中寻找光明的人一样，罗盛教的长途跋涉、寻找光明之旅，是他心中有光明、有追求的表现。

经过考试，罗盛教与吴竹筠、舒悦（罗盛教所在班的班长，曾担任志愿军功臣回国向祖国人民汇报的代表之一）等人一起被录取。热爱学习的罗盛教重新回到校园，而且是如此光荣的学校，心中无比自豪，对新中国充满信心，浑身都是干劲。罗盛教新的人生开启了。

湘西军政干部学校驻在沅陵县城对面的太常村，学校招收男女初、高中毕业的学员500余名，要求学员通过短期政治理论学习及实践结合的速成教育，树立做人民公仆的宗旨和价值观，从而达到充实干部基层队伍的目的，特别是改变部队多年征战造成长期以来文盲比重偏高的局面。

开学典礼那天，全体同学都身着崭新的军装，头戴绿军帽，打着绑腿，雄赳赳，气昂昂，迈着整齐的步伐，步入操场。操场上彩旗飘扬，树杈上、墙头上、沟坑边，能站人的地方都站满了附近乡村看热闹的男女老少。墙壁上到处是“将革命进行到底!”“为人民服务!”“解放全中国!”“共产党万岁!”“毛主席万岁!”等醒目的标语。罗盛教偷偷地摸了一下军帽上的带“八一”两字的红色五角星，心里甜滋滋的，额头上发着光亮。他的心情无比激动，无比自豪。他暗暗告诫自己，为了新中国，即使赴汤蹈火，也在所不辞。

在开学典礼上，校领导潘政委做了《军校要培养什么样的人才?》的演讲，潘政委的报告像一团火，燃起了同学们的热情。罗盛教感到一种强烈的激情在他的心中燃烧：“一切都要重新开始，从头学习，报效人民!报效祖国!”

湘西军政干部学校的第一门课程就是“劳动建校”。

晚上，各班召开小组会，讨论潘政委的动员报告，罗盛教和他的伙伴吴竹筠被分在一个班里，吴竹筠当班长，指导员也来参加他们班的讨论。大家都想说，可是不知从哪儿说起。指导员启发大家说：“我们的任务就是平操场、架桥，活儿较重，大家可以先谈一谈如何完成任务吧。”于是，大家的话匣子被打开了。

在第一天举行的打柴比赛中，他看到很多同学想用稻草搓根背柴绳，可是搓了半天也没有搓成。这对于从小打柴的罗盛教来说简直是拿手活，他接了过去，脚压住绳头，两手合掌，一左一右，搓一段加几根稻草，不到十分钟就搓出一根又长又粗的绳子，同学们很快学会了。紧接着，罗盛教所在的二队又接到垒操场上一堵围墙的任务。在家的时候，罗盛教经常帮父亲垒猪圈，熟门熟路。他浑身有劲，和同学一道捡来砖头、石块等，再从河边淘来细沙，跟泥浆和在一起，全班齐心合作，提前两天完成了任务。不久，罗盛教所在班接到一个更艰巨的任务——搭桥。这个桥将架在校部办公室和操场之间的河沟上。天很冷，西北风呼呼地刮着。罗盛教和同学们找来一把锯子，费了好大的功夫，才把一棵用来做桥梁的树锯断了。因为树很大，无法控制其倒地的速度和方向，树一倒地就忽喇喇打了个滚，“扑通”一声栽进了水沟。同学们全傻眼了，过了好一会儿，大家才在树上拴根粗绳，小个子在前，大个子在后，排成一长串，拔河似的把树往上拖，可是费了九牛二虎之力，累得气喘吁吁，大树只是在河沟里打了个滚，又被沟壁“拦截”住了。罗盛教想到物理课上学的知识：力臂过长，使再大力，到了树桩上就打了折。而且众力齐使，即使力气足够，也把握不了大树移动的方向。河沟不宽，大树很容易打横，被沟壁“拦截”住，只有用手直接把树扛上来，才最为得便。可是，北风呼啸，河水刺骨，大家都穿着棉袄，怎能下到冰冷的河里扛呢？罗盛教小时候常在老家前的河里洗澡，大雪天也洗过。于是，他就迅速脱掉棉裤，“呼”地跳进了冰冷的河沟里，两只脚插在淤泥上的薄冰碴子中，腿上立刻就像失去了知觉，差点跌倒了。罗盛教咬牙抬了抬，一个人怎么也抬不动。他忙转身招手喊：“同学们，人多力量大，下来抬吧！”他这一喊，一窝蜂似的跳下来十二三个，就连年纪最小的尹洁民也跳了下来。顿时，河沟里翻腾着整齐有力的“嗨哟”声。在大家的共同努力下，粗笨的大树终于被拖上了岸，桥终于搭好了。在学校进行整理校园工作总结的时候，教育长表扬了罗盛教和他所在的班，在热烈的掌声中，罗盛教站起来，向大家敬了一个举手礼。桥头挂了块匾，上面写着“开路先锋”四个字。这块匾是校部奖给罗盛教他们这个中队的。

罗盛教怀着对新中国、新社会的巨大热情和感恩，忘情地投入工作之中。每天大清早，当别人还在睡梦中的时候，他就悄悄地爬起来，一声不响地去打扫院子、挑水、担粪浇菜园子；打柴的时候，他总是手脚麻利地替别人磨镰刀，一个人背 100 多斤走到前面，到学校后又转回去帮别人背。不久，他就被选为班级的卫生组长。

他恨不得一天二十四小时都为他热爱的新社会工作，像一台永不知疲倦的机器，不停地运转，对新中国的热爱就是他不停地运转的动力。

一个多月的劳动建校基本完成，学校转入政治教育。课很多，有“社会发展简史”“中国革命和中国共产党”“建立无产阶级的世界观、人生观”等。班里的同学来自不同的地区和家庭，文化程度也不尽相同，罗盛教在班上是文化程度最低的，听课的时候，他想全部记下来。每次下课后，罗盛教就把同学记得详细的笔记本拿来，和自己记的对一遍，有漏了的就补上去，然后再用钢笔把笔记完整地抄在另一个本子上。这样要花很多时间，因此，每天晚上当别人进入梦乡的时候，他却在油灯下捧着笔记本，或补笔记，或温习当天的功课。经过几个月的不懈努力，他的成绩有了明显提高。

罗盛教购买了《为人民服务》《钢铁是怎样炼成的》等书。《为人民服务》里说“人固有一死，或重于泰山，或轻于鸿毛。为人民的利益而死，就比泰山还重”，罗盛教在这段话下面作了记号。他把这两本书带在身边，后来还带去了朝鲜。罗盛教还在一本书中读到董存瑞的英雄事迹，被英雄深深感动，视其为偶像。罗盛教有写日记的习惯，他给自己的日记本起了个很有气势的名字：万里日记。日记上有这样的句子：

学习是工作的本钱，工作是学习的实践。

为了工作得好，光是我们的经验是不够的，必须用群众的经验、劳动人民的经验来补充我们的经验。(斯大林的话)

当在最艰苦、最恶劣的情况下，你就应该回忆你是为谁来的，是来干啥的，她委托了什么。

当侵略者的子弹抵达我们的阵地面前时，我将以无比的勇猛来对服（付）它；它再来，再对服（付）它。甚至我牺牲了，我是光荣的，决不让那侵略的魔枪在我们阵地面前摆弄……

敢于斗争

湘西军政干部学校像一艘浪里飞舟，沿着既定的航向飞速前进着。罗盛教和他的同学们，在党的阳光雨露的滋润下，健康快乐地茁壮成长。然而，生活不是一帆风顺的，这里，也同样充满着斗争的风波。有一天，报纸上公布了发行公债的消息。同时，也报道了各地人民积极认购公债的动人事迹。学校里马上也轰动了。学校组织同学们进行了一次讨论会，旨在通过此事进行一次爱国主义思想教育。会上，同学们对认购公债各抒己见，众说纷纭，认识不一。

罗盛教的心里充满了对新中国的无比热爱，他觉得为祖国献身都在所不惜，又何惜一些零钱呢？帮助国家克服困难，支援国家建设，是新中国的每个人应尽的义务。他二话没说，当场就把自己几个月积攒下来的津贴费和三叔送给他“救急”用的两块银圆全部拿出来买了公债。

在他的带领下，同学们也纷纷把积蓄拿出来买公债。有的还撕开夹衣，将缝在里面作“应急”之用的钞票也取了出来。这时，平常侃侃而谈的李球，却把脸板得平平的，一声不吭。摸了很久，才从口袋里掏出一元钱交给班长。罗盛教看不惯他这种极不情愿的样子，他知道李球有钱，身上还有金钗。但他说一套，做一套，拿出一元钱来应付了事，与他自己的“财力”相比，真是太不相称了。这说明他对革命军队，对新中国缺少真正的热情。

“就买这点儿，太少了吧?”班长毫不留情地直言道。

“一元钱也是钱啊，领导不是说了吗? 买公债完全是自愿的，全靠个人积极性嘛!”李球冲班长顶了起来。

罗盛教看不惯李球的口是心非，用讥讽的眼光瞟了李球一眼，说道：“成天喊得漂亮，调子比谁都高，什么为人民服务，为国家做贡献，说一套，做又一套。”

李球恼羞成怒，一点也不相让：“不是完全自愿吗? 这样的搞法，变相强迫，我反对!”

罗盛教气愤地说：“国家有困难，本来就是咱们大家的事，你一个革命军人，又是金戒指，又是金钗的，可就是不肯多买一点公债为国分忧，难道你不觉得脸红吗?”

几句话，戳到了李球的痛处，他不由得后退了一步，慌忙用手下意识地护住装着金钗的口袋，生怕被人抢走了似的，气急败坏地说：“这，你管不着! 哼! 我看你是假积极!”

罗盛教一听这话，心里直冒火，忍不住大起声来：“假积极，你才是!”

“你才是!”

“你才是!”

……

指导员得知罗盛教和同学争吵的事后，找罗盛教谈话，说：“十个指头有长短，荷花出水有高低。大家都是革命同志，进步有快有慢，有的人免不了会有缺点，甚至犯错误，我们都要以同志式的态度帮助他。比如今天，政策规定了买公债是自愿的，我们就要严格按政策办，你这样对李球，不但不能帮助他，反而会产生消极作用。”

“对，对，我错了，我一定改!”罗盛教点头领悟。

一个星期天，罗盛教请假去沅陵街上修钢笔。因为要求上街的人数已超过学校规定的限度，所有学校没有批准。但罗盛教还是上街去了，他因为这件事受到了班长吴竹筠的严厉批评。

常受表扬的罗盛教，突然受到这意想不到的批评，脸上立即红一阵、白一阵的。同学们也不知所措。

这时，李球站了起来，罗盛教望了他一眼，准备承受攻击和挖苦，可没想到李球对班长说："人嘛，白人百性，谁能没有缺点呢？再说，太阳也有黑点呢。依我看，咱学校请假制度也太死板，纪律也……太严格。我跟盛教一样，有时也觉得受不了。"

这话乍听起来是在为罗盛教"抱不平"，为罗盛教"撑腰壮胆"，可罗盛教听了格外刺耳：这分明是想拉着自己一起，对抗班里的严格纪律，降低纪律标准，也为他以前的涣散找借口，借此涣散军队的纪律，这完全没安好心。

"谁跟你一样？别想从我这儿钻空子。"罗盛教听李球说到这，像被蝎子蜇了似的从凳子上蹦起来，对着李球吼道。

尹洁民便站起来，大声说："我知道，盛教上街是修钢笔，不是去玩。"说着，他瞥了李球一眼："要批评，也应该批评那些上街下馆子吃吃喝喝的人。"众人也将谴责的目光投向了他。李球不得不低下了头。

班长把罗盛教单独叫出门，语重心长地说："你是咱班一贯表现非常好的同志，在遵守纪律方面也应争做先进，起模范带头作用。毛主席教导我们，一切行动听指挥，步调一致才能得胜利。"

罗盛教深深地点了点头。

不久，学校开始建团，罗盛教最早提出入团申请，申请书上写了永远跟着毛主席、永远跟着共产党干革命的誓言。但团支部批准的第一批入团名单里，没有罗盛教的名字。罗盛教并不泄气，而是越来越严格地要求自己，他在日记本上写道："从此刻起，我就是百分之百地以团员的要求来要求自己！"

当时，湘西一带正在进行土地改革，开展剿匪反霸、减租减息的斗争。学校里组织学员学习土改政策，到处都是《谁养活谁》《不消灭土匪不收兵》的歌声。

军部文工团到学校演《白毛女》，用文艺的形式揭露地主老财的罪恶，反映土地革命的复杂性和艰巨性。

大幕拉开的时候，《十里风雪》的歌声，把观众带进了那动人心魄的剧情之中：杨白劳被地主逼债，走投无路，悲惨地倒在风雪之中……喜儿不堪凌辱和虐待，逃进了深山老林……那缕缕白发，那令人心碎的歌声，震撼着人们的心，更让罗盛教回到了童年的苦难：那时，地主恶霸带着梭镖火铳到家里来逼债，强行赶走家里的水牛，抢走家里的猪，还把李子树砍了，对父亲指手画脚，甚至拳打脚踢，母亲一个人躲在房里啜泣……小小年纪的罗盛教在屋后把菜刀磨得霍霍作响，母亲却惊恐地把菜刀抢走，低声说："你想置全家于死地啊!"然后捂住了他的嘴巴。倔强的罗盛教只能把眼泪往肚子里吞……

罗盛教对这种阶级压迫非常愤慨。他情不自禁地冲上舞台，要打那个压迫农民的"黄世仁"，经人劝阻后他如梦初醒。于是他振臂高呼："打倒恶霸地主!"全场顿时响起雷鸣般的口号："打倒恶霸地主!""将革命进行到底!""为喜儿报仇!"

散戏后，罗盛教心情久久不能平静，同学们也红肿着眼睛回到宿舍，还没有从剧情的感染中摆脱出来，有的还在抹眼泪。李球却不冷不热地说："戏台小天地，天地大戏台，戏是人编的，也是演员演的，你们的感情真丰富啊!"罗盛教听了一怔，两眼直盯着他，满面怒容："我们感情很丰富，那么你看了戏有什么感受呢?"

李球头也没抬，边解绑腿边说："戏演得没说的，那灯光，那布景，那演员的扮相唱腔，特别是黄世仁那口京白，那副眉眼，啧啧，真有两下子!"罗盛教愤怒得攥紧了拳头，眼睛里喷出怒火。班长见状连忙按住了他，强压着火气对李球说："那你对黄世仁这样的地主怎么看呢?"李球把绑腿往床上一扔，说："黄世仁当然是恶霸地主啦，但这个地主形象也太夸张了点，地主也有做慈善、搞施舍、救济灾民、修桥修路的……"

李球的这几句话，把大家对地主阶级的仇恨一下子引爆了。大家纷纷对他进行谴责，他成了众矢之的。

李球也火了，说："还不让人说真话是吗？说真的，我觉得扮演喜儿那演员长得真漂亮，怪不得黄世仁喜欢……"

说没说完，愤怒至极的罗盛教一拳擂了上去，李球冷不丁摔了个狗啃泥……

李球爬了起来，气急败坏地说："姓罗的，你平时处处与我作对，动不动就拿话戳我，今天又动手打人，好，我去找指导员评理，有你没我，有我没你，你等着瞧！"说着，夺门而去。

不一会儿，指导员来找罗盛教谈话，罗盛教心气难平地说："这种话，只有地主狗腿子、流氓无赖才说得出来，他的立场根本没有站在无产阶级这一边，他不配做一个革命军人！咱们革命队伍里怎么会有这样的人混在里头?!"大家纷纷谴责李球。指导员陷入了沉思。

李球通宵未归。

第二天，指导员再次找罗盛教谈话，罗盛教心里忐忑不安。指导员拍了拍罗盛教的肩膀，和蔼地说："你的意见完全正确。可以告诉你，现在已经查明，李球是国民党兵役局的职员，他父亲是个恶霸地主，他本人是混到咱们军校来躲风的。"听到这儿，罗盛教恍然大悟。

指导员还告诉罗盛教："全国大部分地区刚刚解放，斗争当然会十分复杂。隐藏在我们内部的敌人不甘心失败，他们的破坏活动会更加猖獗，对此我们一定要提高警惕。目前，有一股子反动势力正在向我们的诉苦教育进行挑战，作为革命战士，在阶级立场上决不能含糊。"指导员说："你对李球的斗争，在原则上是对的，要发扬不怕邪恶的革命正气，坚持爱憎分明的阶级立场，做个合格的革命军人。"

真是听君一席话，胜读十年书。指导员的话，让罗盛教茅塞顿开，他忽然觉得自己站高了，眼界开阔了许多。

最后，指导员通知罗盛教："你年轻，身体好，学习也努力。组织上决定让你去文书训练班学习，早日下部队发挥作用，为基层部队增添新鲜血液。"罗盛教的精神为之一振，他激动得涨红了脸，向指导员保证道：

"从今天起，我要更加严格要求自己。"罗盛教热爱新中国，热爱共产党，追求进步，对自己要求甚严，这从他给父亲的几封家信中能见一斑。

罗盛教经常写信向父母亲汇报自己的情况：

其中一封信写于1950年5月1日，全文如下：

父母亲：

我们穷人在国民党反动统治下，是抬不起头来的。今天我们解放了，得到了自由，我们应该爱护我们的祖国，向人民政府购公债，以建设我们新的国家。我们翻身了，有了说话的机会，我们应该放开喉咙，大胆地说，说出在国民党反动统治下所受的苦难：方振初是直接赶过我们的牛的；祖老八是直接赶过我们的猪的；张里才是直接强迫我们当卖田地的；张守诚是直接指挥他的兄弟砍过我们的李子树的；方国生当甲长抓过我们的丁搞过我们的钱……这些事实冤屈，应在诉苦会上大胆地说去（出）来，以更深地启发其他穷人的觉悟，以彻底摧毁他们的封建势力，免得他们再在乡间蔓生。

减租退租（押）运动都（到）底开展了没有？这事是关于我们穷人的，是解决我们的困难的，我们应团结其他受苦受难的人，向有钱的人做生死的斗争，不退就不行，不要以为他们向我们流了泪就宽谅他，这是不对的，因为他们欺压我们穷人，已有几千年了。他们骑在我们头上剥削我们是不留情的，他们不管我们穷人有没有给他的，他一定要，就是逼死人也要。我们过去被人家赶牛、猪，强迫当卖，就是他们对我们的手段。我们今天翻身了，要他们退我们的钱，还我们的倒债，不要同情他，因我们受了几千（年）的苦，他们都不同情，今天他们就是哭了，磕了头，喊了爷爷，也要，一定要，一个钱也不能少。这里需注意的，他们以田抵，我们就应该不要，因为田地是我们劳动人民的，不是他娘肚里带去（出）来的，他们以田地作抵，我们一概不要，一定要退租退钱。我在这里身体很好，请不要挂念，您二老安心生产，多开荒。现在与以前不同了，以前做出来的有一大半是别人的，现在做多少收多少，决对（绝对）没有人敢抢我们的。我们应该响应毛主席的号召，努力生产，解决困难，建设我们的新国家。余未多写了，专此谨秉并叩福安！

男雨成秉

五·一

从这封信中，可见罗盛教彻底、不妥协的反帝反封建精神，对新中国、对人民领袖的无限热爱。国家发行公债，他倾囊购买，“地主欠的钱，就是逼死人也要”。这种爱憎分明的阶级感情代表了当时劳苦大众的普遍感情。

结业时，罗盛教被评为模范学员。

同年7月1日，在党诞生的日子里，罗盛教光荣地加入了中国新民主主义青年团。这天，他庄严地宣誓：为实现共产主义伟大理想而奋斗终身！

他很兴奋，7月7日，他写信给父母报告了这一喜讯。此信全文如下：

父母亲：

男于文训班学习已在共产党诞生的那一天七月一日结业了，并在那一天男加入了自己的先进组织——青年团。结业以后，就分发到侦察工作。现在还在招待所休息，再过几（天）就要去了。身体还很好，请勿挂念。尔来福体如何？弟妹怎样？姑丈好久来，请告诉他，男在四十七军侦察连（地址：古丈乌缩）。我地雨水还好吗？是不是有虫灾？来谕请详告。前次寄上的相片收到没有？三叔快回来了，有事请与姑丈来接他们。没有写多了，最后祝大人身体康泰，努力生产。

男·雨成敬叩

七·七

从此信可见罗盛教追求进步的思想，对团组织的热爱，对即将开展的剿匪工作没有半点畏惧，这没有对一个国家的忠心热爱是做不到的。还可见他始终保持着农家子弟初心的情怀——真诚、朴实。他后来做了共青团支委，把工作干得漂漂亮亮。

鱼水情深

从解放军47军军部文书培训班学习结束后，罗盛教被分配到47军141师直属侦察连任文书，参加湘西剿匪斗争。1950年下半年，罗盛教住在沅陵县乌宿区（今沅陵县二酉苗族乡乌宿村）房东潘秀英（当地人称她五婆）家中。他住的是一间茅屋，晚上蚊虫成群，可是，罗盛教忙完工作以后，总是伏在豆油灯旁，认真读毛主席的书，越学越有劲。毛主席的话说到了罗盛教的心坎里："我们的干部要关心每一个战士，一切革命队伍里的人都要互相关心，互相爱护，互相帮助。"罗盛教一边学，一边认真地思索着。

过去因许多班排长不怎么识字，连队的许多统计表都"缺胳膊少腿"。罗盛教担任文书后，报表都做得整整齐齐。罗盛教虽然个头不高，但十分灵巧、纯真、热情，能团结人，到哪儿都活蹦乱跳，大伙儿都喜欢叫他"罗驹子"。

在侦察连里，罗盛教认识了队里的陈亦雄，他是个上士，两人一起住在五婆家。因为陈亦雄年龄较大，大家都称他"老陈"。老陈和老乡们关系很好，他泥瓦木作、补锅钉瓮样样来得，连猪崽有个小病，老乡也来找他。他劈柴、切菜、做饭样样在行，从早到晚手脚不闲。全连上下没有一个不喜欢他的。他干一行精一行。他当过骑兵，立过战功。任上士后，改善伙食人人夸好。他英勇无畏，又乐观开朗。罗盛教对他非常敬佩。

老陈是团里有名的战斗英雄，罗盛教总是拖他讲故事，而老陈总是不讲，被"逼"不过时，就和罗盛教一起学习毛主席的著作。罗盛教是个文书，大家对他客客气气的，他想像老陈一样，与大家打成一片。有一次他问老陈："不论老乡、战士，都爱和你接近，一家人似的，你教教我，怎样才能搞好群众关系？"老陈笑笑说："人心换人心，八两换半斤。只要你心里确实把战士们、老乡们当作亲人，他们也就会亲你。”

罗盛教认真思索，心里亮堂多了。他又问：“我又不像你一样多才多艺，什么都拿得起放得下，我能为别人干什么呢?”

老陈见他很诚恳，就放下烟斗说：“你有文化呀，这可是龙王爷的帽子——宝贝疙瘩呀，战士们写个家信呀，读个报纸呀，都需要你这个小秀才帮助。可是你呢，虽然也下班排，但坐都坐不下，怎么能跟人家贴心呢？别人谁敢求你呀?”

经老陈轻轻一点，罗盛教心头豁然开朗。

从此以后，罗盛教一有空就下到班排，积极主动地接近战士们，帮战友们擦枪，和战友们拉家常，帮战友们抄笔记、写家信、读报纸；战士们打球，他去当裁判、讲解篮球规则。战士们则给他讲枪支的结构、性能……就这样，穷小子出身的小秀才，用他所学的文化知识，在同志们中间发挥了不少的作用，他和战友们的关系也变得亲密无间。

战斗之余，战士们豪情满怀地唱《东方红》《三大纪律八项注意》，他也和战士们一起高唱，唱到热血沸腾、激情满怀。战友们唱歌，他拉胡琴伴奏。见战士们喜欢胡琴，还特意做了一把胡琴送给战士们。他还常常跟战士们分享自己的学习体会，教战士认字、写字。战士中有不少是文盲，但他们都把这个有水平的文书当作自己真诚的好战友。

罗盛教和房东五婆的关系也十分亲近。那时，五婆去码头挑水，来回有一公里路。罗盛教经常在起床号吹响之前就起床，先帮她把水缸挑满。因下雨路滑，一担水才把缸装一半，但他已摔了好几跤，不过罗盛教总是咬紧牙关把水缸挑满。

罗盛教知道五婆是军属，家里人手少，他经常挤时间帮她到田里干活，还帮忙做家务重活，和五婆拉家常。五婆看在眼里，又想起罗盛教平时有什么好吃的东西就赶紧送过来给自己吃，心疼地说：“你这个罗文书，跟我亲儿子一样。”罗盛教谦虚地说：“我和你儿子一样，都要争当毛主席的好学生。”五婆说：“解放军真是老百姓的亲人，全亏毛主席领导得好啊!”

军爱民，民拥军，军民本是一家人。五婆也帮着战士们做事。战士们脱下要洗的衣服，赶紧藏好，不让她看见。但五婆总是“火眼金睛”，等战士们一走，就找到藏起来的衣服，拿去洗了，洗得干干净净，叠得整整齐齐，又给战士们送来。

有一次罗盛教跟着连队一起上前线，很多人都把与打仗无关的“累赘”精简掉了，唯独“罗驹子”的书包里还装着文件，比别人的沉一倍还过头。有一次与敌人遭遇，他第一次甩出真正的手榴弹，第一颗就炸倒了好几个敌人。上级机关给罗盛教记了一个小功。他写信告诉了父亲。

在剿匪工作告一段落，部队开到长沙整训后，罗盛教接到父亲的来信：

雨成吾儿如见：

欣闻立得小功，全村欢腾，村人登门道贺，终夜不绝，如逢大庆。咸言此绝非罗某一家之荣光，实桐梓村全村人荣光也。村中正进行诉苦、反霸，我穷人莫不扬眉吐气，地富昔日威风一扫而光。家中分得好谷二石，衣物若干，今冬无忧矣。行将进行土改，瞻望前途，如旭日东升，一片灿烂。此皆毛主席之洪福，解放军之战功也。五儿身在军旅，当一心精忠报国，无牵无挂，是所至盼。

写此信时，汝母在旁，叮咛再三：吾儿为军人，远征八方，饮食寒暑，务宜自珍，服从首长教诲，处处学好。

做在前头，吃在后头。对百姓要和气，对同志们要亲爱。吾儿有朝一日，时时勿忘毛主席、共产党栽培之恩也。汝母要我将其对汝之嘱咐，反复读了三遍，一再解释，始颔首称善，慈母之心，依依可见。

顺颂军祺

父字

罗盛教把信看了一遍又一遍，他仿佛又回到了那出生成长的家乡，看到了可爱的乡亲们，看到了几回梦里相见的亲人们。在家乡，人们斗地主、分田地、闹土改、惩恶霸，山乡巨变，呈现出一片崭新的面貌。罗盛教强烈地感受到他肩负着的期望和重托。

连队准备离开驻地去古丈县李家洞（今高峰乡）执行剿匪任务。得知部队要离开乌宿，五婆恋恋不舍，围在战士们身边转悠。罗盛教大清早就把五婆家的水缸挑满了水。

在收拾背包时，五婆拿着自己做的鞋子、袜子走了进来，往罗盛教背包里塞。不拿老百姓一针一线的纪律，罗盛教当然懂得，于是他坚持不肯要。五婆说："你经常讲解放军是老百姓的队伍，军民一家亲嘛，好，我问你，亲人给你鞋袜，你收不收？"罗盛教还是不收："这是我们解放军的纪律，不拿群众一针一线，我拿了，就不是毛主席的好学生了。"

五婆只好作罢，便连声说："好好好！我留下。"说着拉着罗盛教的手，反复叮咛："你要好好听毛主席的话，跟共产党走，为人民打江山，不使穷人再受苦。"罗盛教不住地点头："阿婆放心，我一定这样做。"

不几天，部队到了李家洞，罗盛教打开背包整理床铺（前几天都是露宿），不觉一惊：那鞋袜，实实在在地在包里呢！

罗盛教手捧鞋袜，好像看到五婆戴着老花眼镜，深夜里凑到油灯前，一针一针地纳着鞋底。这一针针里包含着的，不仅仅是对他罗盛教，更是人民群众对人民子弟兵的一份赤诚的爱、一颗滚烫的心啊！金杯银杯不如老百姓的口碑！这老百姓一针针纳出来的鞋，一针针缝出来的袜，就是人民群众的金杯啊！为人民的利益而工作，是多么有价值；为人民利益而献身，正如毛主席说的，真是"比泰山还重"啊！

在李家洞的一天，战士们进山剿匪去了，留在连队值班的罗盛教突然听到惊叫声。原来，李家洞一位老乡的房子被土匪烧着了。罗盛教立刻奔赴现场，毫不犹豫地冲进火海，将抢救东西的老大娘背了出来。随后又钻入火海，一趟一趟往外抢运东西。事后，罗盛教没有告诉大家，直到连长看到他被火烧伤的伤口，才知道这件事。

由于工作性质原因，罗盛教还没有真刀真枪地参加过战斗，只能在闲暇的时候，听老陈他们讲述那惊险神奇的战斗故事。

乌宿一带剿匪接近尾声时，罗盛教一定要请老陈讲战斗故事。那晚，老陈直到掌灯时分才回来。于是，两人一起到屋外边散步边聊。老陈一边叼着铜烟斗一边谈。罗盛教听得津津有味。突然，老陈猛地吸了口烟，慢慢放下手中的烟斗，心情沉重地说："剿匪工作即将收尾，可朝鲜战争越来越吃紧了。咱们这个连队原来大部分是朝鲜同志，从副连长到班排长，从干部到战士，中朝战友在一个锅里搅勺，朝夕相处，生死与共，结下了深厚的战斗情谊，非同一般哪！"

老陈深情地回忆道，连里曾有一位叫金唤的朝鲜同志，为掩护连指导员而英勇牺牲。听了金唤的事迹，罗盛教深受感动，心中播下了中朝友谊的种子。是啊，中朝人民血肉相连、唇齿相依，那里的一山一水、一草一木，那里发生的每一件事，都牵动着他们的心。

他给自己的父母亲写信，汇报了自己的工作，这封信写于1950年秋天，此信全文如下：

父母亲：

来谕已经收到了，家里的情形也大概知道了些。您说"今年收成不好，派粮多……这没有什么关系，派粮，政府及工作同志有一定的估计，是抱着"粮多的多出，粮少的少出，没粮的不出"的政策而派的。同时现在所出的粮，是用在我们自己身上，决不是和以前——国民党手里一样，多出是替他们卖命，害自己。所以现在政府给我们派的粮，我们要毫不客气地、大方地拿出来。

妹妹过门，我也没有什么送的，因为现在手边没有什么钱，只光光的替他（她）买了一把玻璃梳子和两条小手巾，将来姑丈回家时，替他（她）搭回来，别的以后有钱再说。

土地改革的时间快到了，我地的情形怎样？是不是有坏分子捣乱？可仁讨亲在什么时候？你要我回来，大概不可能吧，因为目前的剿匪任务繁重。至以后是可以请假回来看看的。但是儿在这，身体是相当的好的，工作和学习是不断的进步的，这可以慰大人的劳的，请不要挂念吧！儿唯一的希望，只能望着大人多多来信，没有邮票寄信来，儿一定会寄回来的。现在又从信内寄回三封信的邮票，请察用吧！我的军人证明书不久就可寄回来了，接到之后，请到区政府去登记。

关于有人替男做媒的事，本来暂时是配不上的，不过也不要辜负了人家的好意，请将所做的人名年纪八字告诉儿，让儿考虑考虑，到底是怎么样……

现在外婆还在吧？身体好不好呢？弟弟可不可以读书了，不然将他送到学校里去读书。二叔父母家的情形怎样？来信请详细告知。没有多写了，专此秉祝福体安康！

儿雨成秉

1950. 10. 27

罗盛教对新中国的热爱之情见于字里行间。把派粮称为“用在我们自己身上”，要“毫不客气地、大方地拿出来”，思想觉悟和道德情操不是一般的高。偶然存在于必然之中，有如此发自内心的对祖国的热爱，有如此高尚的情操，什么样的英雄壮举不能做出来呢？

保家卫国

1950年6月25日，美帝国主义悍然发动了侵朝战争，妄图吞并朝鲜，进而进攻中国。英雄的朝鲜人民在伟大领袖金日成首相和朝鲜劳动党的领导下，以大无畏的革命气概，奋起抗战，狠狠打击侵略者。6月28日，毛主席发出了“全国和全世界的人民团结起来，进行充分的准备，打败美帝国主义的任何挑衅”的伟大号召，中国人民派遣自己的优秀儿女——中国人民志愿军，与朝鲜人民并肩战斗。罗盛教响应毛主席的号召，报名参加了中国人民志愿军。1951年4月，罗盛教随部队奔赴朝鲜，任志愿军第47军第141师侦察队文书。

部队从长沙到安东，只见田野上翻身得到了土地的农民正在忙着耕种，工人们正在脚手架上修建厂房，到处一派欣欣向荣的气象。罗盛教看到辽阔壮丽的祖国山河，心潮澎湃，一种强烈的爱国激情在心头涌起：祖国的大好河山，人民幸福的新生活，决不容美国鬼子来侵犯！

一过鸭绿江，举目四望，只见那些高楼瓦房，全被美国鬼子炸成一堆堆瓦砾。罗盛教十分痛心，也加深了对美国鬼子的仇恨。突然，在那无边的黑暗里，远远地闪着一片亮光，越往前走，那亮光越明亮。原来是一位朝鲜老大娘手里提着一盏保险灯在照着战士们走路。她不断地提醒战士说："当心，别掉进坑里。"原来，那里有一个大水坑。战士们一个个有序地绕过大水坑，亲切地叫着"阿妈妮"。看到炊事班副班长挑着两口大铁锅一拐一拐地走着，罗盛教跑上去夺过他肩上的担子，挑了就走。那副班长急忙赶来夺，可罗盛教怎么也不松手，一个劲地挑着大锅往前走。足足走了二十来天，部队到了南映里。这天，罗盛教和炊事班副班长到阵地送饭回来，敌人的炮弹又向村里飞来，忽然，山坡那边传来了孩子的哭声。他俩翻过山坡，循声找去，在一座防空洞旁边，一个浑身沾满鲜血的女孩扑在一个妇女身上，一边哭，一边叫"阿妈妮"。目睹美帝国主义的暴行，阶级仇、民族恨，一齐涌上心头。他暗暗发誓：不消灭美国强盗，我决不回国！

罗盛教赶紧把孩子抱在怀里，拭着她身上的血迹，找来一位朝鲜老大爷，让他把孩子领去抚养。这时，那孩子从昏迷中清醒过来，两只眼睛诚挚地望着罗盛教。罗盛教脱下自己的衣服，披在她身上。

晚上，罗盛教想起白天的情景，无法入睡。他一骨碌坐起来，打着手电筒，翻开日记本，写道："如果有一天我被侵略者的子弹打中，请战友们千万不要在我这里停留！一定要继续前进，奋勇前进，矢志为千万朝鲜人民和牺牲的同志报仇！"

他写的日记《过鸭绿江——回忆》《朝鲜人民热爱志愿军——纪实》《美军是草包——在战斗中》等，每篇的后面都标有"初草、删改、誊抄"的日期。罗盛教胸襟之博大、写作之严谨认真可见一斑。

罗盛教觉得只有用杀敌立功的实际行动，才能报答朝鲜人民的深情厚谊。他几次要求上前线，可是指导员总是耐心地劝他："你的决心是好的，可是革命工作有分工，你正担任文书工作，对消灭敌人是有保证作用的！”罗盛教更加努力地工作，除圆满完成本职工作外，还经常冒着炮火到前沿阵地为战友送饭、抢救伤员。

一天，侦察队队部的人都在阵地上执行任务，只留下罗盛教值班。突然，他听到轰炸声。罗盛教立即向村里冲去，隐约看见一间屋里一个孩子在背一个老大娘，由于背不动，跌跌撞撞不知如何是好。

罗盛教冲进去，立刻被烟火熏得头昏眼黑，透过浓烟，他终于找到老大娘和小孩，于是背起大娘，拉起小孩朝屋外冲去。两人得救了，老大娘抚摸着罗盛教衣服上被烧焦的破洞，感动得老泪纵横。

几天后，部队去牛尾洞打埋伏。罗盛教拿起几颗手榴弹，站在指导员面前请战：“指导员，请给我最艰巨的任务吧，我要亲手严惩美国强盗，替朝鲜人民报仇！”

指导员看着罗盛教刚毅的目光，说：“好！答应你去参加抢救伤员！”

在阵地上，突然“轰”的一声，敌人打来的枪弹在罗盛教右边爆炸了。他扭头一看，只见一个战士的头部和肩部负了重伤，他立即跳出工事，往那伤员跟前爬去。敌人的机枪子弹在罗盛教身边扫起阵阵尘土，但罗盛教毫不畏惧，镇静地替那伤员包扎好伤口，背起就往山下跑。

还没走出多远，又一阵机枪扫来，罗盛教一个踉跄，啪地摔倒了。伤员从他背上滑下来，罗盛教赶紧用自己的身体掩护他。

“快走，沉住气！”那伤员支撑着起来，“来，你听我的指挥！”罗盛教急忙把他背上，“右转！”“隐蔽！”罗盛教依着伤员的命令，机灵地躲过敌人的机枪扫射，成功地把伤员转移到了山脚的安全地带。

罗盛教将伤员安置在临时包扎所后，再一次爬上高坡，回到工事里。这时，敌人进行了反扑，成群的美国鬼子弓着腰向工事前沿爬过来了。

罗盛教盯住爬上工事的敌人，一咬牙，用尽力气，举起手榴弹猛地摔了过去。轰！罗盛教投出的手榴弹在敌人中爆炸了。他看到美国鬼子被他投掷的手榴弹炸倒，感到格外解恨。

罗盛教在战火中穿梭，不断寻找伤员。正在他躬身走着时，左边忽然传来一阵叫骂声。赶去一看，原来一个已经负伤的战士正在和敌人死拼。

罗盛教拎起一支枪，像猛虎下山似的冲下山去，给了那鬼子一枪托，鬼子惨叫一声倒下了。罗盛教迅速将战士的伤口包扎好，又拾起地上的手榴弹，背起战士往回走。刚迈了两步，又一个敌人持枪从侧面袭来，罗盛教背着伤员卧倒，注视着敌人的行踪。见那鬼子气势汹汹地逼近时，罗盛教一挺身子，拉响手榴弹扔了过去。“轰隆”一声，那鬼子被炸得粉身碎骨。罗盛教立即将伤员背到临时包扎所。还没来得及抹一抹汗，就返回防御阵地前沿，继续抢救伤员。

战斗结束后，罗盛教兴奋地和大家一起唱着跳着，大声高呼“一切反动派都是纸老虎”。

这年冬天，罗盛教所在部队奉命调回后方休整，来到成川郡的石田里。这是一个秀丽的山村，村前的佛体洞山，满山松柏，披上了白雪。泥栎河水绿黝黝的，蜿蜒东去。罗盛教经常帮房东老大妈担水、劈柴、扫院子，忙个不停。房东老大娘一见志愿军同志，就指指自己的家，用手比比高矮，竖起大拇指，意思是说：在我家住的那个志愿军同志，真是好样的。

平时，孩子们也常常来找罗盛教玩，罗盛教也喜欢和孩子们在一起。这天，有几个孩子跑到罗盛教住的地方，笑嘻嘻地把罗盛教拉走了，显然，他们想要和罗盛教一起玩。罗盛教让孩子们排好队，教他们唱歌、做游戏。孩子们虽然听不懂中国话，可是唱中国歌，只要教几遍，就会唱了。

转眼除夕到了。那天上午，罗盛教和侦察队的理发员小宋给朝鲜小朋友理发，替他们打扮得漂漂亮亮过个热闹年。摊子一摆开，孩子们一窝蜂地拥了上来。茅屋里不断响起愉快的哄笑声，理完发的孩子们赶忙换上新衣或彩裙，在镜子前照来照去，高兴地比划着。

晚上，村里的群众请战士们一起欢度除夕，小姑娘们打扮得花花绿绿的，敲着长鼓来助兴。大家载歌载舞，非常热闹。罗盛教和大家一起跳舞高歌，不会唱朝鲜歌，就跟着哼，大家看着他笑。

天黑回到营房，罗盛教想起前几天父亲来信告诉他，家乡的土改即将完成，生活过得很幸福，同时再三叮嘱罗盛教一定要听毛主席的话，英勇杀敌，早日消灭美国鬼子。

舍己救人

1952 年 1 月 2 日，严寒的早晨，佛体洞山披上银装，泥栎河盖上亮晶晶的冰层，战士们正在苦练杀敌本领，罗盛教一遍又一遍地练习投弹，手臂酸得抬不起来，但他咬咬牙坚持练下去。

早操过后，罗盛教记起河边扔着两颗打不响的手榴弹，心想找回来练习投弹，比木制的更能得心应手，更使得上劲儿，更能找到逼真的投弹感觉，相当于实弹练习，这样，在正式投弹时就会减少手感和心理的误差。他和小宋分头去寻找，罗盛教独自向东寻去。

朔风怒吼，大雪弥漫，雪花落在脸上像刀割一样疼痛，黄棉军帽的前沿上，罗盛教的眉毛上、睫毛上都结挂着白花花的霜絮。气温足达零下 20 摄氏度，手一伸出，立刻就僵住了。

一眼望去，泥栎河上蒙上了厚厚的亮晶晶的冰层。“巴里巴里”（朝鲜语：快的意思）！对面传来稚嫩的叫声。抬头一看，在这玻璃一样的河面上，有 4 个朝鲜少年在滑冰，他们脚踏自制的滑雪车，手握小棍用力一撑，雪车就跑动起来。随着双手不断地用力，速度越来越快。

见到罗盛教，他们便直起身，朝罗盛教“飞”过来。他们跟罗盛教这个可亲可爱的大哥哥早就玩熟了。皮实精灵的小胖墩崔莹冲在最前面，活泼矫健的明玉轻快地紧随其后，他们快活地围着罗盛教转起圈来。

明玉倏地滑到罗盛教跟前，拉起罗盛教的胳膊，比划着让他也一块儿玩。罗盛教拍拍明玉的头，也比划着告诉他：“不行啊，我现在有事，你们先玩吧！”罗盛教平时跟他们交流，都是比手势加汉语，小朋友们偶尔也能听懂几句，手势语言在具体情境下就更显明白了。孩子们做了个遗憾的动作，又像飞燕一般掠走了。

罗盛教记得有颗手榴弹就在前面那个小木桩附近，现在那里是白茫茫一片。他扒开深深的积雪，急切地搜寻。鼻尖已经发麻，手指头冻得跟胡萝卜似的，每扒一下，都针扎一样难受。但想到这东西对练就真格儿的杀敌本领颇有用处，便强忍着巨痛扒着……

“咔嚓”一声，接着又是一声惊叫！

罗盛教猛一回头，只见有个少年连同滑雪车掉到冰窟窿里去了。另外三个少年吓得哭叫起来。罗盛教来不及多想，抬腿便向那边跑去。他边跑边脱棉衣，一路上，帽子、棉衣、棉裤、大头皮靴被不断地甩在身后的冰面上，由于来不及一个个地解扣，直拽得纽扣四处乱飞。最后脱得全身只剩下一层白色单衣，单衣被寒风吹得呼啦啦飘动，但罗盛教不觉得有一丝寒意。

时间一分一秒地过去，由于冰面下河水的冲击，掉下去的崔莹已发生了位移。

“扑通”一声，罗盛教一头扎进了冰窟窿，在零下 20 摄氏度的严寒里，他全身浸在水中，不一会儿，一阵哗哗的水声，只见罗盛教猛地蹿出了水面。显然，他没有摸到人。此时的罗盛教脸色苍白。

时间过得那样缓慢，北风呼呼地刮着，几个少年看着冰窟窿里泛起的波层，心跳得像要冲出喉咙。这时，罗盛教猛地又一下钻出水面，显然，还是没有摸到人。他浑身冻得发抖，换了一口气又钻到冰层下面去。

不一会儿，冰面上一阵晃动，伸出两只小手来。显然，罗盛教找到了崔莹，并把他托举了起来。崔莹闭着双眼，两手乱抓。

英雄的罗盛教叔叔啊！少年们高兴得还没来得及叫出声来，可能因为冰窟窿四周的冰太薄了，崔莹刚要爬上来，冰块便塌了，崔莹连人带冰又一次掉入水中。

正在这时，小宋拎着一颗手榴弹赶到河边，他立刻明白了一切，急中生智，拔脚往回跑，在村口看到一根电线杆，往肩上一搁，便直向河边奔来。

这时，冰窟窿更大了，罗盛教身上的血液快冻结了，全身发紫，面色苍白，已经精疲力尽，但他决心把这个朝鲜少年救出来，他又一次深深吸了一口气，沉入水中，双脚踏着河底的碎石，竭尽全力将崔莹顶出了水面。

这时候，小宋拿着一根电线杆子赶到了，崔莹抱着杆子才被救了上来。

但是，舍己救人的罗盛教却再也没有浮出水面，他被急流冲到远处的冰层下面去了。不会泅水的宋惠云，飞快地跑回去叫人来营救，人们赶到后用铁镐、刀斧砍开冰层，将罗盛教捞了上来。

人们大声喊着："罗盛教！""罗盛教！""罗盛教！"可是罗盛教再也无法回答人们的呼喊，他已经停止了呼吸。

石田里的20多户朝鲜老乡赶来围在烈士的身旁，像丧失亲人一样痛哭着，被营救的朝鲜少年崔莹更是痛哭不止，他说："罗同志舍身救了我，比我的亲哥哥还要亲，我要亲自去安葬他。"他的母亲说："罗同志为救崔莹而牺牲了自己，这种恩情我们永远报不尽啊！"

房东崔大娘脚步沉沉，走进了罗盛教的住处，伸手摸摸背包，这是罗盛教天亮时才打好的，方方正正；回头看看墙上挂着的胡琴，那是他自己制作的，屋里似乎又响起悠扬的琴声；转身望望用弹药箱支起的桌子，似乎看到他正在俯身刷刷地写着什么，又好像听见他正坐在桌前，向自己述说着。崔大娘黯然神伤，泪水不停地流过那刻着道道皱纹的脸颊。

一位叫元善女的老大娘拄着拐杖慢慢地走了进来，用含泪的眼光向屋里环视了一遍，轻声地对劳动党支部委员长说："我把自己的这块好地让给罗同志，他把心都掏给了我们，那里风水好，这就算是我们对他的一点报答吧！这样我心里会好受一些。请你向志愿军同志说说吧！"

当天下午，村里劳动党支部委员长代表乡亲们向侦察连要求：把罗盛教烈士的遗体交给他们，按照朝鲜最隆重的礼节来安葬。

"阿妈妮"们用村民跑了十多里路买来的白布赶制葬衣，崔莹一家流着泪为救命恩人准备着最好的祭品，明玉和小伙伴们挖来了高山积雪中的小松柏树；元善女老大娘在山坡上，仔仔细细地清扫墓地……

老乡们跑到部队住房的门口，再次请求队长和政治指导员说：“罗同志为救我们的孩子牺牲了，请你们把他的遗体交给我们按朝鲜人民最隆重的葬礼安葬吧！”他们的恳切要求，终于被中国人民志愿军某师领导机关接受了。村中的少年们抬着用白布缠着的罗盛教的遗体，全村的男女老少都跟在后面。所有的人都低着头，擦着眼泪，向墓地走去。当罗盛教的遗体被放进墓穴的时候，村民们围绕在墓穴四周，最后一次瞻仰亲人的遗容，他们大声地哭泣着，一锹土一把泪地埋葬了烈士。被营救的少年崔莹领着他的两个弟弟和三个小妹，抬来了一块三尺长、一尺宽的石桌桌面，将它安放在烈士墓前。几棵小松树被栽在烈士墓的两旁。

崔莹以朝鲜尊贵的祭礼，将一瓶酒、一碗饭和一碗豆腐摆在石桌上，他在烈士墓前跪了三十多分钟，他痛哭失声地向罗盛教宣誓：“罗同志，我永远忘不了你的救命恩情！我们要世世代代纪念你，我决心参加人民军，继承你的遗志，学习你的全心全意为人民服务的精神，和志愿军一起去打败美国侵略者！”为了悼念罗盛教，村民们一连开了好几次会议，他们在会上保证深耕细作，多打粮食，支援前线，让部队争取在反侵略战争中获得更大的胜利。

几天过后，村中的人们又成群结队地到罗盛教烈士的墓地上去。他们在罗盛教的墓前竖起了一块五尺多高的墓碑，墓碑的背面用朝鲜文写着：“……生长在朝鲜土地上的人民，都应该永远牢记我们的友人罗盛教同志，学习他的伟大的国际主义精神。”

朝鲜将罗盛教献身的泥栎河改名为“罗盛教河”，崔莹的家乡石田里改名为“罗盛教村”，罗盛教陵园旁的中学命名为“罗盛教中学”，安葬他的佛体洞山改名为“罗盛教山”。河边的木牌上写道：“生长在朝鲜三千里江山的人民都应该牢记我们伟大的友人罗盛教同志，学习他伟大的国际主义精神。”

1952年，朝鲜在平安南道成川郡建罗盛教烈士陵园，陵园占地面积约5000平方米，有纪念碑、纪念亭各一座，碑上刻着金日成的亲笔题词：“罗盛教的国际主义精神与朝鲜人民永远共存。”纪念亭位于陵园左侧，上下两层，为木质结构，亭正面刻有“罗盛教河灌溉中朝友谊之花，罗盛教山吐放国际主义之光”的对联。罗盛教烈士陵园建成之后，鲜花不断，前来祭拜的人络绎不绝。

1953 年 6 月，朝鲜民主主义共和国最高人民会议常任委员会追授罗盛教一级国旗勋章一级战士荣誉勋章，罗盛教烈士的父亲罗迭开被授予朝鲜民主主义共和国二级国旗勋章。

为了表彰罗盛教的国际主义精神，中国人民志愿军政治部给他记特等功，并追授他“一级爱民模范”“特等功臣”的光荣称号。

在烈士的家乡新化县，建立了罗盛教纪念馆，常年开放。在桐梓村，建立了以罗盛教命名的小学、图书馆和纪念亭等。

罗盛教，小时候因受到地主老财的剥削压迫而愤慨，长大后因感受到新中国的温暖和曙光而热爱，因热爱而感恩，因感恩而无保留地奉献！因无保留奉献而永生！

任何纯金都是一样，如果天假以年，罗盛教完全可以成为战斗英雄，可以成为科学家，可以成为杰出的发明家、杰出的工匠！

同样，世间那些杰出的人，都可能在必要的时候牺牲自己！

不论生命历程的长短，他们一样伟大，一样永垂不朽！

（原载 2021 年第 1 期《时代报告》杂志）

忠　诚

一

1935年10月，中央红军到达陕北后，根据中共中央的指示，红二、六军团开始战略转移，决定突围北上。由贺龙任军团长的红二军团3个师9000余人于1935年12月12日来到新化县奉家镇，军团司令部设在上团村的“竹园”，贺龙等军团首长在里面住了两天两晚。红军官兵纪律严明，对百姓秋毫不犯，在上团枪毙了骑在人民头上作威作福的三个土豪劣绅，为穷苦农民分粮、分布、分盐，并进行了广泛的革命宣传，播下了红色的火种。

奉家，就是这样一个地方，处江湖之偏远，得天地之灵气。这里的人，厚土一样朴实，树木一样耿直。1928年，奉孝同就出生在这里。幼年时期的奉孝同见到红军打土豪劣绅，为贫苦农民撑腰送粮，对红军战士萌生了朴素的热爱之情。他的出生之地叫下团村，一个非常偏僻的小地方。他的出生之地到底有多偏僻？在“村村通、户户通”成为全国普遍情况的今天，奉孝同的出生地，由于山路奇险，没能享受到这种“普遍”的待遇。出行还是靠走路，或者摩托车。几年前，一位爱心人士得知奉孝同是毛主席的警卫员之后，出资帮他在交通比较方便的奉家镇上团村买了一套几十平方米的房子，老人这才得以“走”出山里，也方便来自全国各地的热情之士来看望。在奉孝同的幼年、少年、青年时代，这里，虎狼成群，各种野兽出没。晚上关灯睡觉后，都有野兽到猪栏里来叼猪吃。家家户户备着火铳，随时准备与野兽决一生死。全村老少集体打铜锣、敲锅盖、打门板来驱赶。老虎进村的紧急情况是经常发生的。十三四岁的奉孝同就拿着火枪，跟随成年人打猎。他的定力好，把火铳托在肩上，或举在手上，就像架在工事上一样，稳稳当当，一丝儿也不颤动。他的眼线也极好，双眼一眯，瞄得老准。扳机一扣，“弹”无虚发。这种“弹”，是像药丸散一样小的铅颗粒，一火铳射出去，几十丸铅颗粒被射出去，如果射程远，就会在终点处散开成“团筛”大小一团。团筛是农家用来“布米”的竹篾农具，直径八十公分左右，圆形。把米放到团筛里，双手拿着团筛一“布”（新化土话，约相当于“摆”）一“布”，碎米、稗子、碎石等之类就会被“布”到团筛的边缘。用火铳打猎，奉孝同觉得太容易了。后来，当地一个国民党军官带三个警卫员回家，奉孝同借那军官的枪打猎，几十百把米的距离，一只野兔跑过，说打脚就打脚，说打头就打头。有人要看奉孝同打飞鸟，飞鸟飞过，奉孝同举枪射去，枪响鸟落。那段时间，看奉孝同打猎，成了村里的人口耳相传的快事。

二

1950 年，美帝国主义侵略朝鲜，毛主席号召组成中国人民志愿军抗美援朝。翻身得解放的奉孝同怀着对毛主席朴实的感恩之情，报名参军。为了参军成功，22 岁的奉孝同将年龄改为 20 岁，终于成功参军，奔赴朝鲜作战。在抗美援朝五次大规模的战役中，奉孝同这位朴实的山里汉子不怕苦、不怕死，顽强作战，视艰苦日子如同平常。他的射击技术在战争中得到了很大长进，训练中经常打“十环”，被战友们称为“神枪手”。1953 年，奉孝同随部队回国，憨厚朴实的他与战友、与祖国共享战争胜利的荣光，他和战友们被祖国同胞们当作战斗英雄景仰。这时，中央从全国每个省选调军队干部，集中到中央警卫团一中队（一中队担负着保卫主席的安全任务）。高大英俊、枪法出众的奉孝同幸运地被选进中央警卫团一中队。毛主席住丰泽园，奉孝同被安排在丰泽园后门站岗。第一次跟毛主席说话，奉孝同兴奋得夜不能寐，连夜写下了诗句：

大雁南飞半天云，
毛主席领导咱们大翻身。
毛板船全凭老艄公，
中国人民全靠毛泽东。
冬夏常青松柏树，
毛主席的话我要记清。

奉孝同把毛主席的每一句话都牢记在心里。他坚持学习，坚持写日记。他写的字一笔一划，清清楚楚。在毛主席身边工作五年，他写了四本厚厚的日记（现在被收藏于湖南省军事博物馆）。他保守秘密，1958 年退伍回乡后，到毛主席逝世后多年，他也没有透露过他是毛主席的警卫员。90 岁的奉孝同虽然记不得更多的细节，但一说到毛主席，他就一脸的幸福表情。这是没齿不忘、埋在心底的幸福啊。有一次，奉孝同看到一个红墙摄影师来到了毛主席的住处，他第一次大胆地提出一个请求：跟毛主席合个影。毛主席微笑着答应了。而这张最珍贵的合影最终不知所向，这成了他一生最大的遗憾。他注重搞调查研究，有一次回乡探亲，他走访家乡的许多老农，将了解的情况都写在日记里，还给毛主席带去了家乡的礼物：腊肉和糍粑。在警卫团五年，奉孝同先后被中央警卫团授予“执勤能手”“技术能手”“一级射手”等称号。1958 年，奉孝同响应号召，要转业了。

三

1958 年，怀着纪律和秘密，奉孝同回到阔别 8 年的故乡新化县奉家镇下团村九组，又成了一个普普通通的山村农民。从伟人身边回到山高壑深、路陡道滑、野兽出没的山村，奉孝同心情平静，他幸福地接受了这一切。现在的家乡，不再是地主老财称王称霸、为非作歹的家乡，而是百姓当家作主、耕者有其田、多劳可以多得的家乡。当时，党和国家号召大办民兵师，基层政府高度重视，奉家公社成立男女“基干民兵连”各一个。公社邀请奉孝同当武装干事训练民兵，任男连连长。任女连连长的叫王欢云，两人志同道合，成了情侣。1958 年年底，新化县组织民兵集体比武活动，奉家公社男女民兵连双双获得第一名。不久，奉孝同与王欢云结了婚。奉家属于山区，当时野猪和华南虎特别多，常有村里的人被老虎咬死或咬伤。为了保护群众利益和人身安全，奉家公社将打野猪和老虎的任务交给了男基干民兵连。奉孝同打猎，弹无虚发，百发百中。接受我的采访时，90 岁的奉孝同微笑着用手划着圈比划着说：“野猪被打中要害后，沿着河塘这样跑，跑了一圈之后，就倒下了。”说完，老人露出了会心的微笑。我也是第一次知道，野猪被打中后，并不是“应声而倒”。1962 年，奉家公社被划分为双林、奉家、上团 3 个公社。奉孝同向新来的上团公社党委书记递交了请求成立赶猎队的报告，得到批准。

当时的上团公社有 6 个大队，赶猎队由每个大队挑选 1 人组成。奉孝同当赶猎队的会计。按公社规定，捕获的野兽，一律宰杀，肉一半归捕获地所在的生产大队集体所有，另一半由赶猎队交公社，按每公斤 0.25 元的价格卖出，再将现金交给赶猎队长分配给每个队员。新化土话说：三百斤的野猪，靠的是一把嘴。这话本来是讽刺那些只说空话不干实事的人，但也间接说明了野猪的嘴确实厉害。有一次，赶猎队员们在报木村杨梅界打野猪，一个叫王正才的队员以为中弹倒地的野猪死了，走近去看，冷不防被一跃而起的野猪咬着肚皮腿往山里拖，打猎队队员个个急得喊叫连天，可又无能为力：开枪，可能把王正才打死，不开枪，又眼睁睁看着野猪把一个队员拖到山上吃掉。这是怎样的痛苦啊？见此情景，奉孝同连忙把猎枪瞄准野猪，大家顿时屏声静气，因为奉孝同是有名的神枪手，希望只有寄托在他的身上了。只听“砰——”的一声枪响，野猪的大腿上破开了一个洞，受伤的野猪这才真正倒下。王正才得救了。那天奉孝同打了三只野猪，他们喊来杨梅界的人抬走了那头150多公斤的大野猪后，奉孝同背着王正才，其他队员抬着两头野猪，在没有月亮的晚上，大家摸黑往公社方向走去。走完40多公里陡峭的山路，回到上团公社，天已大亮。一过秤，两头野猪分别为60公斤和72公斤。讲到打猎，奉孝同的记忆又被激活了。他兴奋地说："打野猪的时候，必须一枪打中要害，否则，它会向你冲过来，用嘴把你撂到半天云中……"因赶猎成绩突出，新化县分给奉家公社一个国家级优秀民兵指标。大家都推荐奉孝同，但奉孝同执意把这个机会让给了队员刘一中。1960年5月1日，刘一中在北京人民大会堂参加了群英会，见到了伟大领袖毛主席，获得步枪一支、子弹100发的奖品，以及毛主席著作、勋章纪念品。二十世纪九十年代以后，年事已高的奉孝同，还坚持犁田、挑粪、干农活。公家要修公路，他带头出工，难干的活，他带头上。

四

和中国所有山村农民一样，奉孝同也经历了自己的不幸。1959年，公社公布了"放卫星"奖励标准，每亩报数收获600斤奖白酒4两，每多收100斤谷，奖白酒2两。而当时的奉家，由于植被丰富，海拔相对较高，气候也相对寒冷，平均温度比县城要低5度以上。冰冻时间也较长，育种很不容易，常常有秧苗遭遇倒春寒被冻坏，产量普遍较低。亩产500斤左右比较正常，差的只有400多斤，600斤的很少。不像20世纪80年代后的杂交水稻，亩产800斤，甚至一千多斤的也很多。有些生产队明明只产了500多斤，但为了得到白酒2两，也报成600斤。奉孝同所在生产队也打算报600斤。奉孝同说："毛主席教导我们，要实事求是。我们没产这么多，就不能多报，不可赚这'空肚'白酒喝。"奉孝同和老婆生育了三个女孩，分别取名奉庆玲、奉美玲、奉福玲。在重男轻女的农村，没有生男孩的户被称为"绝户"。但奉孝同没有重男轻女，把三个女儿当作掌上明珠一样呵护。但不幸还是接连降临到他的头上。1984 年，16 岁的满女奉福玲被人从家门口骗到外地，开始说是打工，后来实际上是被骗去搞非法传销。女儿想逃回来却被坏人控制，后来死在海南。奉孝同一家因无力支付路费，连女儿最后一面也没见上。这成了奉孝同一生最深的痛，伤痕永远也无法愈合！奉美玲远嫁外县，家境一般，回家探亲一次很不容易。奉庆玲因患怪病离异后，带着一男一女回娘家定居。而奉庆玲的儿子奉光兴，于 2004 年 10 月 20 日在冷水江不幸去世，这在老人的伤口上又撒了一把盐……2012 年 10 月，奉孝同的妻子王云欢因重病住院治疗。拿到医院的缴费单后，一家人泣不成声，昂贵的医药费让他们一家老小仰天长叹。

祸不单行！奉孝同的大女儿奉庆玲身患多种疾病，不久也住进了医院。这时，女儿都责怪奉孝同窝囊，连自己的老婆、女儿都保护不了。奉孝同内心深处被深深刺伤了！确实，身为父亲，因为没钱，见不到女儿的最后一面；身为丈夫，与自己相依为命几十年的妻子病重无钱医治……面对女儿女婿一致的“谴责”，奉孝同，这个八十多岁的老人，这个在战场上打得美国鬼子屁滚尿流的英雄，这个在猎场上打得三百斤的野猪绕塘跑的神枪手，这个在毛主席身边待了一千多个日日夜夜的忠诚的战士，捂着脸嘤嘤地啜泣起来……但老人还是不愿讲出他心中的秘密。因为，在部队的时候，首长经常教育他们，给毛主席当警卫员属于军事秘密，不能暴露。特别是保卫毛主席的、保卫中央的相关事情，都不能对别人说。暴露军事秘密是不得了的。王云欢、奉庆玲的病情有所好转之后，10 月 23 日，爱心人士王先生开车送奉庆玲母女回家，因下雨路滑，而奉庆玲的家距新化县奉家镇就有 20 多公里的路程，山路崎岖，交通十分不便，他们到半夜才赶到她家。由于夜已深，加之在车上颠簸了 11 个多钟头，王先生一行非常疲惫，便只好留在奉家休息。就在他们准备上床时，奉孝同老伴随口说出的一句话引起了王杰的注意：“他去过朝鲜打过仗，让他给你们讲讲故事啰！”奉孝同老人随后向爱心人士讲起了他曾参加过抗美援朝的故事。两位爱心人士兴致很浓，提出要看奉孝同的军功章。奉庆玲便把老人用报纸、塑料袋包得严严实实的军功章和获奖证书打开示人。看到中央警卫团颁发的荣誉证书，两位爱心人士眼前一亮，睡意全无，追着老人打听……回家后，爱心人士上网查找到了奉孝同在中央警卫团的战友饶和生、张耀祠写的回忆录，查到了其中和老人相关的详细记录，确认奉孝同是毛主席的警卫员。2012 年，毛主席逝世已经 36 年，当年的很多档案早已解密。可是，奉孝同，这个如大地一样朴实，如大山一样厚道的山村汉子，还是要在内心里严防死守他的“秘密”。不管遇到多大的困难，毛主席的叮嘱、部队严格的保密制度他始终牢记在心上。他是毛主席警卫员的事，他没有向外界包括女儿透一丝风，镇上也只知道他是抗美援朝的退伍军人。1976 年 9 月 8 日，天空中向北飞过许多飞机，一架接一架，飞个不停。奉孝同拄着锄头仰望天空，一种不祥的预感让他心头一紧。两天后的早上，他从收音机里听到毛主席逝世的噩耗，顿时眼泪哗地流了出来。那一天，他粒米未进。毛主席逝世后，他本有机会向组织开口，可这位钢铁战士硬是咬紧牙关。自己动手，劳动所得。一直到 85 岁，他还是日出而作，日落而息，没有给国家添加一丝的负担。若不是老伴偶然“说漏嘴”，这个秘密将被奉孝同背到土眼里去。

五

10 月 24 日，王先生将奉孝同的故事发布在网上后，各媒体纷纷来到奉老家中看望，并进行了相关报道。“奉孝同是毛主席的警卫员”的消息如风一样被传播了出去。记者们闻风而至。有记者问他：“一生中最光荣的是什么？”奉孝同用颤抖的声音回答：“给毛主席当警卫员。”记者又问他：“最遗憾的是什么？”奉孝同说：“把自己与毛主席的合影弄丢了，离开毛主席之后再没有见到过他老人家。”记者又问：“您有什么心愿？”奉孝同说出了埋在心中许久的三个愿望：第一，如若有机会，希望能去毛主席的故乡看一眼；第二，如果有机会，能前往北京再看伟人遗容。第三，希望自己的后代没有大病。

许许多多的人被深深感动了。各方爱心人士纷纷捐款，力促老人完成心愿。2012 年 12 月 18 日，在爱心人士的帮助下，奉孝同终于实现了他的第一个心愿。这天，奉孝同身穿军大衣，头戴军帽，虽然头发胡须都已花白，但他身板硬朗，穿着军装仍透出一股子军人气质。面对众多爱心人士，奉孝同激动地说："非常感谢你们帮我实现去韶山的愿望，谢谢……"奉孝同当兵期间就想去韶山看看，但是一直没有机会，后来复员回乡后就连县城都没去过，更谈不上去韶山。久而久之，能去韶山看看成了他有生之年最大的心愿。得知有机会去韶山后，奉孝同兴奋得一晚没睡。上午 8 点多钟，在爱心人士的陪同下，奉孝同来到妻子的病床前，紧握着妻子的手告诉她，他就要如愿以偿到韶山看看毛主席的家乡。病床上的妻子得知丈夫的心愿即将实现，露出了久违的笑容。因病情影响，奉孝同的妻子只能点头示意自己已经知道了，让丈夫放心去。与病床上的妻子道别后，乘坐爱心人士专门为他准备的车辆前往韶山。此时，20 多名热心人士已提前赶到韶山高速公路出口排队等候。1998 年从中央警卫团转业到东莞工作的丁先生专程开车从东莞赶来，和长沙战友徐先生一起，代表广东、广西、湖南、江西等四省的中央警卫团退伍战友看望并慰问奉孝同。上午 11 点 50 分，载着奉孝同的车队来到韶山高速出口，热心的人们立即上前迎接。"毛主席家乡的人很热情，谢谢你们!"下车看到有这么多人迎接，奉孝同情不自禁地说。丁先生走上去握住奉孝同的手说："奉老，我和您都在中央警卫团当过兵。您 50 年来谨守军人机密，真是让我们这些晚辈钦佩，您是我们学习的榜样。"说完，丁先生敬了一个标准的军礼。

到达韶山市区后，韶山管理局热情接待奉老一行，指派宣传处处长刘建国和韶山毛泽东同志纪念馆馆长谭逻松专门负责奉老一行在韶山的食宿和参观。短暂停留后，奉孝同拒绝先去吃中饭，迫不及待地赶往毛泽东广场，给毛主席铜像敬献花篮。12 点 20 分，在毛泽东广场前坪一下车，奉孝同就精神抖擞地向着毛主席铜像敬了一个标准军礼。沿着瞻仰大道，奉孝同缓慢地向毛主席铜像走去，并不时向身边的导游询问着毛主席家乡的情况。在距离铜像150米左右时，奉孝同推开两旁搀扶他的外孙、外孙女，再次举起右手，敬着军礼缓慢地向前走去。距离铜像还有100米左右时，奉孝同情不自禁地走起了正步。84岁高龄的他姿势仍然非常标准，周围的人都静了下来。到达铜像前，老人停下了脚步，但敬着军礼的手久久没有放下，眼里还噙着泪花，嘴唇颤抖地大声喊道："毛主席——您从前的警卫员奉孝同来看您来了……虽然过去50多年，但您的教诲我永生难忘。"奉孝同久久伫立在毛主席铜像前，思绪穿越了半个多世纪，对毛主席的思念绵绵不绝……

良久，奉孝同的外甥将奉老带来的礼物：糍粑和腊肉拿了过来，这是奉老特意在家准备的。奉孝同在中央警卫团服役时，给所有警卫战士布置了一个任务：回家乡搞调查。奉孝同那年从新化回京时特意带了家乡的糍粑和腊肉，毛主席吃了后高兴地说："还是家乡的东西好吃。"足足过了半个钟头，随同的医生因为担心奉孝同的身体吃不消，劝他先去吃完饭，休息一会儿，再去参观毛主席的故居。奉孝同只好在大家的劝说下三步一回头地离去。吃完饭，奉孝同稍作休息后，不顾长途跋涉的疲劳，参观了毛泽东同志故居和纪念馆。"侍卫领袖五年时叨教诲心胸广，扎根山村半世每忆殊恩涕泪流。"有人送给奉孝同这一副对联，对联刻画了奉孝同对毛主席深深的怀念。

六

12月19日上午，得知韶山景区驻扎着一支武警部队专门保卫毛主席家乡后，奉孝同要求离开之前一定要去看看这支部队。"他们保卫主席的家乡，我曾经保卫过主席，我们就是'战友'。"奉孝同说。上午9时许，奉孝同来到了武警韶山警卫中队营地。整齐划一的队列、笔直的军姿，踏进部队营地的一瞬间，奉孝同就被深深地吸引了。"当年我们也是这么训练的，真怀念和战友们一起训练的那些时光。"奉孝同一边给武警官兵们行军礼，一边自言自语，回忆当年的情景。随后，在武警战士的带领下，奉孝同走进了武警韶山警卫中队的荣誉室，了解这支部队的光荣史。在经过一尊毛主席铜像时，奉孝同突然停住脚步，凝望着毛主席铜像，眼睛渐渐湿润了。让大家没有想到的是，奉孝同突然双膝跪地，对着铜像边磕头边带着哭腔说：“主席，我今天就要走了，不知道什么时候才能再来韶山看您。”大家都被这一幕震撼了，武警战士也随即抬起右手向毛主席铜像敬军礼。近两分钟过后，奉孝同才慢慢站了起来。身后陪同的医生似乎发现了什么不对劲，马上扶着奉孝同往营地宿舍走去，并吩咐护士赶快去拿氧气瓶。“由于心情过于激动，导致老人家血压过高，出现头晕，但没什么大碍。”经过简单的检查后，医生告诉我们，因为今天起得早，又是相隔半个世纪后再回到军营，所以老人家太激动了。休息 10 多分钟后，奉孝同的血压慢慢恢复了正常。临别时，湘潭日报社给奉孝同赠送了一尊毛主席铜像。奉孝同激动颔首，双手捧接。与中队官兵座谈后，奉孝同带着对主席家乡无尽的怀念踏上了返程。

七

2013 年 11 月，在当地党政部门和爱心人士的帮助下，奉孝同得以实现他的第二个心愿——到北京看望毛主席。11 月 12 日，奉孝同一行从新化奉家镇的家中启程时，镇政府考虑到路况不好，派越野车将他们一行送到县里。11 月 16 日下午，奉老来到北京后，北京爱心人士自发组织迎接，并安排车辆将奉老接到天安门附近的宾馆居住。11 月 17 日早上 6 点，奉孝同和家人在爱心人士陪同下来到天安门广场。奉孝同看着晴空下迎风飘扬的五星红旗，心中升腾的是激昂与感动。“天安门广场比 50 年前更大了，长安街也变宽变漂亮了。”奉孝同感慨万千。

毛主席纪念堂排队参观的游客很多，通常要排队 1 个小时左右。工作人员几天前得知奉孝同来北京看毛主席后，特意安排了绿色通道，奉老得以快速进入纪念堂内。纪念堂大厅中央摆放着 3 米多高的汉白玉雕刻的毛主席坐像，奉老很激动，先是送上了三束菊花，然后敬了个标准的军礼。

瞻仰厅的水晶棺内安放着毛主席的遗体，身着灰色中山装，覆盖着鲜红的党旗。50多年后再看到毛主席，奉老再也控制不住喊了声“毛主席”，就失声痛哭到说不出话来。周围警卫见状很感动，过来扶着奉老，劝他平复情绪。在众人安慰下，奉老逐渐稳定了情绪，对着毛主席的遗体鞠了三个躬，然后敬了个军礼，最后在家人的陪同下离开。

采访手记：

2020年7月2日的晚上，我在校园的操坪上漫步，灵感突然光临：奉孝同老人已经高寿了，应该抓紧采访，抢到第一手材料。不容犹豫，我拨打了奉家相关人士的电话，得知后天是奉孝同90寿辰（实际上是92寿辰，但他以档案年龄为准，因为参军报名时改小了两岁）。

真是巧了！

我怕老人生日人多不便采访，便在次日前往奉家镇，在老人现居的上团村家里采访。老人虽然年事已高，但是口齿清楚。记忆力虽有明显衰退，但说到兴趣话题，老人仍能清晰地回忆出细节。第二天，我从友人发来的视频和图片中，得知老人的寿辰庆祝办得甚是热闹，心中甚慰。遥祝老人健康长寿！

（原载2020年第11期《中国人物传记》杂志，本书收录时有删减）

四代村民为无名红军战士守墓

——红军长征在新化奉家故事之一

一

守墓？这到底是一种什么样的情感？守墓，会有什么样的结果？一代又一代地守下去，其意义到底何在？世上为何会有守墓人？会有如此“愚忠”的人？

翻开中国守墓史，最震撼心魄的可能就是明代袁崇焕的守墓人。我在内心里唯一赞成，也认为最有价值的就是为袁崇焕守墓，因为袁崇焕不但冤情震天地，而且他是一个时代的悲剧。如果没有袁崇焕被冤，也许就没有清朝统治三百年的历史。

当然，存在即合理，历史无法假设。

但在湖南省新化县奉家镇墨溪村，却有四代人为一个无名的红军战士守墓，至今已守了整整八十一年！

这到底是一种什么样的情感？什么样的精神？什么样的信念？什么样的情结？什么样的力量呢？

故事得从1935年12月说起。

奉家是一个四面环山的古老村镇，这里只有一条大路通往外面。传说在秦朝时候，一部分湖广先民为了逃避战乱，长途跋涉来到了这里，然后隐姓埋名住了下来。他们将自己原有的姓全部改为了奉，一是以示与秦朝区别，二是寓意着自己是从秦朝时逃到这里来定居的。他们在这里一住就是几百年，生生不息，繁衍后代，直到东晋陶渊明生活的年代才被人发现。而真正归附王化，由中央政府统治，则是在宋朝熙宁年间，即1032年，宋神宗开王化之新化，在这里设县治，于是取名新化县。

但奉家离新化的县治也是非常遥远，走路要三天三夜才能到，骑马也得整整一天，坐轿基本上就不可能，因为这里山路崎岖，容不下数人抬着一顶大轿行走。因此虽然名为新化，其实也还远远没有被“化”着，仍是一片“蛮荒”之地。

虽然“蛮荒”，但由于这里的人都是因逃避战争而来，不喜欢战争的人肯定也不喜欢内斗，所以这里的民风非常淳朴，人们十分善良，待人甚是热情。

1935年12月（农历十月），贺龙、任弼时、关向应、甘泗淇、李达等率领中国工农红军红二、六军团经溆浦到达新化奉家，司令部设在下团村，开展打土豪、斗地主、救济穷人、宣传红军等活动。

奉显梯听说了贺龙给村民送军毯的事，他知道红军是好人，全村的人也都知道红军是好人。现在村民们完全不怕红军了，但是第一天红军来时大家躲到深山老林里去了，以为是梁子。后来看到红军给老百姓挑水、打柴、挖土，看到红军打地主、斗恶霸，对红军产生了好感，红军远远地跟他们打招呼：“老乡早!”奉显梯也笑着向红军打招呼。

奉显梯家也住了十一个红军，是奉显梯主动邀请过来的。一开始红军死活只同意住到屋檐下，奉显梯就自己陪着红军在屋檐下住了一晚，没想到这一晚就着了凉，不停地拉肚子。这下他更加觉得屋檐下睡不得，第二天他一个劲地把红军战士往家里让，让他们到床上挤，或者睡到厅屋里。一个小战士说：“老乡您别客气，我们年轻，身板硬，没事的。”奉显梯和堂弟奉显情、儿子奉名鼎说：“出门在外不容易，你们是为我们穷苦人，我们也要为你们着想啊。”好说歹说，红军才同意住到厅屋里来。一到半夜，屋里鼾声四起，似乎要把这几间茅屋震破，奉显梯睡不着，起来小解。可是，当他走到屋外的马桶处，一个黑影出现在他面前。奉显梯想叫，黑影突然说话了：“老乡，你晚上睡不好啊？”原来是红军。奉显梯这才镇定下来，说：“是小红军啊，你怎么也睡不好？”小战士有点艰难地说：“可能是白天吃了不该吃的东西吧，有点拉肚子。”奉显梯点个火把一照，只见茅房的板子上有一滩红色的东西，大惊：“小战士，这是你拉的？”小战士不好意思：“是我，不好意思，等会我给你弄干净。”奉显梯大惊：“小战士，你这是‘下红’呀！”“下红？”小战士不解。奉显梯不好意思了，“下红”在新化是骂人的话，骂一个人懒、非常懒、懒得不像话就说他是“下红”，就是从肚子里拉出红色的东西来。可是，我怎么能骂红军小战士是“下红”呢？可是，他的的确确是“下红”呀。奉显梯搜索枯肠也不知道如何跟红军战士解释什么是“下红”。“下红”在当时是一种顽疾，很难治。

小战士非常疲惫地、轻轻地说：“我知道了，老乡，没事的，早点休息吧。”

奉显梯再也睡不着了。

第二天一大早，红军战士就到外面去了，包括那个“下红”的小战士。

奉显梯躺在床上，堂弟奉显情和儿子奉名鼎进来了。奉显梯有气无力地说：“我没事，但小战士‘下红’，你们要想办法帮他治好，看样子很危险。”

奉显情和奉名鼎点了点头。这一天，他们就忙着到外边找治“下红”的药，一个老中医告诉他们，把饼药用柴火烧焦，然后立即用来泡水喝。

在一个庵堂里，他们找到了两粒饼药。饼药就是农村蒸酒时用来做酒引子用的小圆球，它是用农村土生土长的辣叶等原料做成的。

可是这一天傍晚，红军战士没有回来。直到三天后的中午，四个红军战士用一个临时做的杉木担架把小战士抬来了，小战士的脸苍白，浑身无力，嘴巴微微张开。

奉显梯一家大吃一惊。

"怎么这样了？这几天哪去了？得赶紧吃药才行。"

一个红军首长眼里含着泪，从身上掏出两块银圆，拍到奉显梯手中，还没开口，热泪已经掉到了银圆上。

红军首长饱含深情地说："老乡，我们的部队明天就要转移了，小战士病重，只好留在您这里，请您给他用药，如果实在不行，就请您用这两块银圆置办棺木，安排后事。请相信，我们红军是为穷苦人打天下的，红军还会回来的！"

奉显梯握着红军首长交给的两块银圆，不知道说什么好，眼泪吧嗒吧嗒地往下掉。四名战士向小战士敬了个礼，又向奉显梯敬了个礼，转身就消失在山坳里了。

奉显梯把饼药烧焦，泡了开水，用调羹喂给小战士喝。小战士喝了后，当晚一度有所好转。一个劲地说："谢谢老乡！谢谢老乡！"

但到了后半夜，又要拉肚子，拉出来的全部是血。奉显梯知道已经无能为力。早晨五点多钟，小战士就停止了呼吸。

奉显梯一家人非常悲伤。此时才想到还没来得及问这个红军战士的名字。

奉显梯年龄较大，因照顾战士身体也受了风寒，他把奉显情和奉名鼎叫到床前，把两块银圆交给奉名鼎，交代他们办好红军战士的后事。当天，两人领命从山下买来一副棺木，将小战士葬在了墨溪村红旗界枫树山的红砵湾。

因为当地有"短命鬼"和外地人不能上坟山的习俗，为了保护好小战士的坟不受破坏，奉显梯、奉显情和奉名鼎轮番天天在山上守墓。他们见到人就说，这是红军战士的墓，我们村里的人要保护好啊。红军是为我们穷苦人打天下，他们得了天下还会回来的！每碰到一个人，他们就宣传一次。碰到不讲理的，讲不清的，他们就多讲几次。

一个月过去了，村里人都知道，山上埋了一个红军战士，都知道红军战士是为穷苦人打天下的。

半年过去了，周边几个村的村民都知道这里埋了一个无名红军战士，他们不但不来破坏，还自觉地献上野花，燃放鞭炮。第二年的清明节，到红军墓来祭拜的村民川流不息。看到这样的场景，奉显梯一家人感到非常欣慰，他们真没想到，本来担心被别人破坏坟地，而事实上，无名红军战士的坟受到所有村民的祭拜。

二

时间一晃到了二十世纪七十年代初期，三十多年过去了，红军战士的墓依然保存完好。每到清明，村民们依然自发地前往祭拜。为了对下一代进行革命传统教育，大队长罗承忠组织大队小学的师生前往祭拜，并给他们讲述红军当年在奉家打土豪、斗恶霸，帮助贫苦百姓的故事。学生们只在书本上读过红军的故事，现在听到他们身边的红军故事，感到红军离他们很近，革命先辈离他们很近。

1972 年的清明节，大队长罗承忠，奉名鼎的儿子奉孝义和大队小学校长带着一百多师生来到红军墓前祭扫。一个三年级的小朋友说："罗伯伯，这个红军战士的墓，跟普通人的墓有什么区别呀，一块墓碑也没有，要不是您带我们来，讲给我们听，我还会以为是无主墓呢!"

罗承忠心里咯噔了一下，这不是自己的工作做得不到位吗？这小朋友说得有道理啊，红军战士没有名，墓碑也没有，怎么在这里进行革命传统的教育呢？

回去之后，罗忠山立即向上团公社（今奉家镇上团管区）写了报告，将报告交给公社秘书陈品高。陈品高非常重视，及时交给了上团公社党委书记张楚文。张楚文认为红军过境奉家，不但留下了光辉的历史，还留下了这么一个现实的遗存，理应加以重点保护。于是立即以上团公社的名义向新化县民政局申请立项并获得了批准，新化县民政局拨付了专款 3 万元。1972 年 12 月，无名战士的墓地被修葺一新。墓前立着两块石碑，分别刻着"红军万岁"和毛主席"红军不怕远征难"的诗句。红军墓维修竣工之际，全大队的人都闻讯前去参观、行礼、祭拜。红军墓，已然成为人们怀念红军的一块圣地，也成为学校对学生进行革命传统教育的地方。

2012年，83岁的罗承忠在弥留之际，给子女们留下了唯一的遗嘱：我死后，你们要把我葬在红军墓的旁边，我要永远陪着这个外地来的无名的红军战士。

家人们含泪答应了罗忠山的请求。后因红军战士旁无地可葬，儿女们便将他葬在了红军墓下边约二十米处。

有人对罗承忠要儿女将其葬在红军墓旁的遗嘱进行了这样的解读：一是怜红军战士在外地他乡孤独，他要陪伴；二是伤红军战士“短命”，担心有些人有偏见，他要以一个八十三岁老人的陪伴消除个别人可能存在的偏见；而最主要的，是他担心时间一久，别人就忘了这座孤坟，不来祭扫。而他葬在这里，儿孙后代们自然会来，他们祭扫自己的同时，也自然就会祭扫红军墓。人们感叹地说，罗承忠对红军真是爱得深，深入骨髓。而且真的是用心良苦，这种情怀，令人钦敬！罗承忠的后人也没有忘记父亲的嘱咐，每年的清明节，在为父亲祭扫的同时，都要为红军墓祭扫、挂青。当地到红军墓前祭扫的人络绎不绝，大家来了，都少不了在红军墓前插一炷香，作一个揖。

三

二十世纪八十年代，田代友接过了村支书的接力棒。每年的清明到来之前，田代友都要来给红军墓锄草、割青、打扫，并烧上纸钱，献上自己深情的一拜。同时，他还来到村属小学，向小学生们讲述红军在奉家的故事，讲述红军墓的由来。在清明节这天，学校的全体师生都会来到山上，祭扫红军墓，将这作为小学生的必修德育校本课来上，每年一次，一次也不能少。

四

2014年，田代友老支书在担任了20多年支书后，退居了二线。年方三十出头的伍玉山接过了墨溪村村支书的接力棒。

伍玉山上任不久，就来到山上看望红军墓。他发现，从 1972 年至 2014 年，四十二年过去，红军墓上的土已经瘪了下去，那两块墓碑经过几十年风雨的剥蚀，已经有些字迹模糊。

当天晚上，他就召集村支部开会，对如何整修红军墓进行了专题讨论。大家认为，不但要重修红军墓，而且要对墓碑的内容进行丰富，在墓碑上要对红军行军的路线图进行全面体现，对红军在奉家的整体情况要有个概述。要让红军墓成为整个奉家镇的红色教育基地，甚至成为新化县进行革命传统教育的地方。

形成一致意见后，村支部向奉家镇党委报告。奉家镇党委高度重视，立即向新化县民政局打了报告。新化县民政局立即进行立项，并拨付了红军墓修缮专款。

2015 年 12 月，村里对红军墓进行了整修，整修后的红军墓高一米多，墓前的石碑上，刻有红军在奉家的全过程文字介绍和行军路线。原有的两块石碑依然保留。无名红军战士的墓，历经八十年的风雨，更加壮观。

2016 年清明节，红军墓迎来了整修后的第一次传统教育，100 多名师生和村干部一起，来到红军墓前，庄严肃立，三鞠躬。

一个无名红军战士的墓，虽经过八十多年的风雨剥蚀，却愈来愈清晰，愈来愈重要地立在了当地老百姓的心中！它成了当地人民怀念红军、纪念红军的一个现实所在，成为见证红军彪炳史册功勋的一个乡村见证！

（原载《中国报告文学》2017 年第 1 期）

雪中送毯

——红军长征在新化奉家故事之二

奉家，尽是山。

因此又名奉家山。

岩板村分水界庙地，是奉家山最高的地方。这里，一条瀑布从山上穿岩而下，所经之处成为一条分明的分水岭，轰隆隆的流水声划破山的宁静，奔流到山下，流入渠江，再曲折汇入湘江，经长江注入东海。

因为这条无名的瀑布把山分成了两边，人们把这里叫作分水界。

但此时，这条瀑布的水不大，飞水而下的声音也比夏日里小很多。毕竟是寒冬季节，大山里的冬天来得更早，天气也更冷。举目望去，到处是白茫茫一片，连树上也挂满了厚厚的一坨一坨的雪，很多树枝和竹子都被压断了，断裂处露出崭新的、雪白的“肉体”来。

平时，这里人迹罕至，只住着一户杨姓人家。杨家是从隆回县逃荒讨米过来的，可能估摸着自己在山下奉姓人口集中居住区难以找到容身之地，就在分水界的一块大石头边上找到一处三不管的空地，用黄土、石头和树干垒成了三间房子，得以安家度日。于是杨家就成为在这里定居的一个杂姓人家，同样被奉家人接纳了下来。杨家人就这样在这里定居下来，生生不息，繁衍后代。

到了 1927 年 2 月，本故事的主人公杨诗培出生时，杨家已有老少八口人，分别是：爷爷、奶奶、父亲、母亲，还有两个姐姐，一个哥哥。在山上没有水田可种，只能多种容易生长的作物，于是，贱生贱长的玉米成为一家人重点种植并赖以维持生存的主要食物。但生活用品出奇的少，一家八口，却只有三张薄薄的被子。在冬天只能靠人挤人取暖，但睡在边上的人还是难免有肢体要露到被子外面受冻。

1935 年的冬天（农历十月下旬，阳历 12 月中旬）的一个上午，八岁的杨诗培被一阵连续不断的脚步声惊醒了，爷爷奶奶仓促地拉他醒来，准备带他躲到山上去。他睁开眼一看，只见一队好像永远也走不完的长长的当兵的队伍正在向山上走去。队伍经过的大路离家只有二十来米远。只见他们身着深灰色服装，扛着步枪，戴着八角帽，帽子上别着一颗红色的五角星，衣领左右各有一枚红色的领章，每个人的身上还披着一条暗红色的毯子。

这是一个兵荒马乱的年代，在奉家山人听来的印象里，只要是兵，就会打、砸、抢。只要看到兵来了，就尽量躲得远远的，叫作躲兵灾。他们知道，在这里偏远的山村，兵来了也待不久，三五天或半个月，他们就会开走。

山的那边，就是上团村、下团村、墨溪村等人口稠密的地方。

看来，这些兵可能要在那里驻扎。

好在这山上的树木多，人很容易躲起来。何况兵们不熟悉地形，随便一躲，兵们就找不到了。

爷爷、天足的奶奶和母亲带着两个姐姐不知什么时候跑到山上去了。

父亲杨芳高没有走，杨芳高是个桶匠，做桶的工夫了得，因在家里排行老三，俗有“三桶匠”之称。他生就一副天不怕地不怕的性格，他的性格就像他箍木桶用的粗大的铁箍一样坚硬，他想：我才不跑呢！我都这把年纪了，难道还怕他们抓我当兵不成？报名当兵说不定他们都不会要了。家里又没什么值钱的东西，怕个啥呢？吃我吗？我又吃不得。打我吗？他们又不是癫子，相信也不会打我。要打，我是个箍桶匠，也有锋快的斧头一把呢。

杨诗培见父亲没走，自己也没有往山上走。

这到底是群怎么样的兵啊？看上去面黄肌瘦，却又很有精神。很有纪律，很有秩序。一边走一边喊着口号。路边的包谷地里，挂满了包谷，却没有一个人去摘。这到底是一群什么样的兵呢？怎么这样与众不同呢？这年代，哪有当兵的见了东西不抢的？

杨芳高、杨诗培父子十分纳闷。

直到晌午过了好一会儿，看到兵也走得差不多了，杨诗培不停地对父亲说："我饿了，要吃东西。"杨芳高这才到屋后的山上去抱一捆柴回来，想烧个火，烤玉米棒子给儿子吃。

令他意想不到的是，刚一出屋的后门，往后面山上才走了不到三十米，刚刚接近干柴堆的时候，看到又有一队兵走过来了。刚才关着门，从窗户里看了半天不觉得怕，现在突然没有遮拦地看着一队长长的兵，这个以勇气自居的杨芳高还是感到一种本能的紧张。于是，他放下柴捆，本能地向山上的密林中跑去。

"老乡——不要怕，我们是红军！"

正在他拔腿往山上跑时，后面一个骑马的军官在马上喊住了他，他不觉回头一看，只见那军官披着一件黄色的军大衣，头戴平顶黄军帽，手里拿着一个弯弯的烟斗，上嘴唇的胡子浓密而黑。他带着满面的笑容。

胡子军官勒住马，满面含笑地说：

"我们是中国工农红军，是专门为老百姓服务的，我们只打土豪、斗地主。"

打土豪、斗地主？土豪、地主谁敢动？世界上竟然还有这样的军队？这怎么可能？

杨芳高将信将疑。

就在他将信将疑的那会儿，胡子军官已从马上下来，随手一招，队列里出来三个士兵跟在他身边，面带笑容向他走来。三个士兵的身上，每人都背着一个暗红色的背包，而这位军官的腰上，别着一把有黄色牛皮套着的短枪。

“回来，回来，老乡。我们到你家里看看。”

“我不怕你们，我是到山上打柴，要烧玉米棒子给我崽吃。”杨芳高突然用土话回答，似乎是为自己逃跑的动作圆场。一下子，他自己也不知从哪里来的胆量，竟然连“不怕”都说出来了。

胡子军官和三个士兵嘿嘿笑着，军官指着盖着茅草顶的房子问：“这就是你家吗？”

“是的，你们等一下，我要儿子给你们开门。”随即大声对屋里喊：“诗培，开门。”杨诗培大胆地把门打开了。

“小伙子，你真不错！今年几岁了？上学了吗？”为首的胡子军官亲切地问。

“八岁，没有读书。”

“为什么没有读书呀？”

“家里没钱，请不起老师。”

杨芳高背着一捆柴从后门进来了。

“老乡，你辛苦了。”胡子军官说。

杨芳高嘿嘿地笑着：“你们坐，我烧玉米棒子给你们吃吧。”

杨芳高在灶中燃起柴火，火焰立即把这冬日里没有阳光照耀的略显阴暗的屋子照得亮堂起来。

杨诗培在厅堂的门边不解地看着他的父亲和这四个当兵的，他想不清父亲怎么一下子跟这些当兵的熟了，就像亲戚一样。他不知道这是为什么，但见父亲不怕，他也就不怕，只是跑到一边去玩了。

“小伙子，过来过来，一起烤火。”

杨诗培一动不动，摇了摇头，又对他父亲说：“嗲嗲，我饿。”

杨芳高给四个红军官兵一个发了一个玉米棒子，说：“自己烤着吃吧，咱穷人别的没有，玉米棒子还是够吃。你们看，这梁上挂的，箩筐里装的，地上堆的，全是玉米棒子。玉米叶和玉米秸秆，我们就用来烤火。”他自己也抓了一个烤给儿子吃。

四个红军官兵都推辞不接。

“老乡，我们是毛主席、共产党领导的工农红军，不拿群众一针一线。”杨芳高听得似懂非懂。他不敢相信，世界上还有这样的军队。

胡子军官问：“老乡，你家几口人？他们都到哪去了？为什么只有你们俩在家？你们这里保长甲长欺负百姓吗？到外地逃荒讨米的多吗？有地耕吗？有农具吗？农民兄弟讨得起堂客吗？雪天有被子盖吗？”

一连串地嘘寒问暖，把杨芳高问得心里暖乎乎的。杨芳高一知半解、遮遮掩掩地回答着。红军军官说：“到你家里参观一下行吗？”杨芳高憨厚地一笑，说：“只是不成样子，让你们看出丑来呢。”

一口热情的土话把胡子军官和三个战士都逗笑了。

他这有点把他们当亲戚看了。

胡子军官说：“我们都是闹革命的穷人，没有什么丑不丑的。我们就是要帮助有丑的人呢。”杨芳高听得要懂不懂。

在一间被称作卧室的房子里，胡子军官看到，房间里的床是用几根杉木组装，树皮都没有剥，只在木上铺了一层稻草，稻草上再铺上薄薄的旧棉絮。床上只有三张薄薄的棉被。

“老乡啊，天这么冷，你们怎么过冬呀？”

“挤啊，我们就是晚睡一点，挤紧一点，就这样过呢。”

据当地老人回忆，1935 年的冬天，奉家山的天气很冷，最低温度到过零下九摄氏度。八个人，三张棉被怎么抵御寒冷？

胡子军官和三个红军战士都沉默着。

胡子向三个战士使了一个眼色。

三个红军战士心领神会，一起解开系在身上的红背包，一个兵热情地说：“老乡，你家被子太少了，我们的毛毯就送给您过冬吧。”

“这……这……这怎么使得？”杨芳高张大了嘴巴，杨诗培高兴得跳了起来，跑过来接过毛毯，立刻往身上一围，露出一脸的快乐。

“没关系，老乡，要记住，毛主席、共产党领导的工农红军就是为穷苦百姓服务的！”胡子军官说，三位战士微笑点头。

杨芳高的眼睛不知什么时候湿润了，用模糊的眼光看着胡子军官和三个兵向他微笑告别。

若干年后，杨诗培在宣传画上看过贺龙的像，惊喜地说："这个胡子军官，原来送了毯子给我父亲，现在当什么大官了呀？好人！好人就是应该升官啊。"

（原载《中国报告文学》2017 年第 1 期）

我以我血荐轩辕

——禹之谟革命生涯速写

一

禹之谟，1866 年 8 月 27 日（农历七月十八）出生于湘乡县青树坪侧石桥贻则堂（现属湖南双峰县青树坪区增加乡繁新村）。

禹之谟的父亲禹国华到处谋生，迁到青树坪后定居下来。禹之谟出生后，取名志谟，字之谟，别号稽亭。禹之谟有一个弟弟、两个妹妹。

禹之谟六岁那年春季启蒙，接连几年就读于离家四里许的曾翰卿处。曾翰卿是当地的秀才，以《四书》《五经》等书授之。禹之谟对这些不感兴趣，却大量阅读民间流传的古文、唐诗和历史小说。特别是对《三国演义》和一些侠义小说爱不释手。在私塾里，对塾师的讲解也常相诘难，并抒发自己的见解。塾师常常被他问得哑口无言、张口结舌。一直到禹之谟十二岁那年，他经受了一次重大的家庭变故：年方三十五岁的母亲刘氏因贫困忧患病逝，一向孝顺的禹之谟悲痛欲绝。以后就依三婶母李氏、四婶母伍氏抚养。伍家兄弟习文尚武，有文武举人数人，禹之谟颇受伍氏兄弟影响，从而初具侠义思想。

禹之谟从广泛的阅读中读到了一些反叛的故事，接触了一些科学知识，加上他母亲生病时家里因信鬼神，不仅没有把她的病治好，反而夺去了她的生命，因此，实际生活教育了他，使他对信仰鬼神产生了反感。

禹之谟想给那些迷信佬敲一棍让他们醒醒。一次，他从离私塾不远的一座神庙笃亲所取回两个一尺多长的菩萨给小伙伴玩，小孩不知何物，拿到手里只觉得好玩，又拍又逗的。这被邻居一个老人看见了，连说："造孽，造孽！"并指责禹之谟。禹之谟拿起菩萨就往地下摔，并说这些东西本来就是一堆烂泥巴，不能显圣显灵，我的母亲就是被它们弄死的。

1880年，家人劝十四岁的禹之谟去参加科举考功名，禹之谟拒不相从。他常说："学成文武艺，货与帝王家，我为什么要把我的一身文武艺卖给帝王呢？为什么不能自己做主，做自己爱做的事呢？"

第二年年初，继母欧阳氏病逝，仅三十四岁。由于家庭连年遭变故，家里无力供禹之谟继续读书。这年春季，禹之谟来到宝庆府城（今邵阳市），由伯父禹用卿介绍到城里一位堂叔禹蕉圆经营的商店当学徒。

禹之谟进店之初，勤于店务，白天站柜台，黑夜睡铺板，蚊叮虫咬，他都不在乎，店主感到很满意。

可是，过了一段时间，他看到店中一个伙计将顾客选定成交的布匹又偷偷换成次布卖出去，欺骗顾客，却受到店主的赞许。从此禹之谟对商场尔虞我诈的市侩行为极感不满，渐渐消极怠工，每天只顾读书和练字，引起店主责难。

而社会上的一些不平现象常常激起他的义愤。邻居有个妇女，天天对她的小姑子骂骂咧咧的，语气十分刻薄歹毒。那个小姑娘根本不敢回嘴，只是默默哭泣。禹之谟听了，每次都血往头上涌。

一天清早，那个妇女又开始骂人了，继而听到那妇女在扯小姑娘的头发，小姑娘声声惨叫，又听到小女孩被扇耳光，响亮的耳光声隔墙传来，让禹之谟再也忍不住了。禹之谟从床上翻身跃起，直冲邻居家奔去，一脚踢开门，抓住那悍妇施暴的手就往外拖，一直拖到大街上，狠狠地将其掼在地上，围观的人顿时把街道挤得水泄不通。那悍妇躺在地上放声大哭、撒泼打滚。一会儿，那妇人的男人跑来了，说："谁欺负我女人，我跟他拚了。”禹之谟指着悍妇说：“如此悍妇，天天欺负你妹妹你都不管，你还是男人吗？一纸休书把她休了！”男子一见禹之谟少壮英勇的气势、伸张正义的脸色，知道自己老婆理亏，就不再做声了。

从此，再也听不到悍妇欺负小姑子的声音了。禹之谟“侠勇之名大著”。

二

由于对商业的厌倦，禹之谟第二年年初离店回家。

他回到家里后，受到父亲的严厉斥责，但他并不后悔，从此在家一面劳动，一面刻苦自学。自此时至二十岁前，他白天做农活和家务，晚上刻苦自学。他研读过《史记》《汉书》一类史籍，试图从历代兴衰史中学点经世之学。如《王船山遗著》称：“虽力之未逮，养之未熟，见为登天之难，不可企及，而志于是则可至焉，不志于是未有能至者也。”这几句话就成为他终生励志的格言，而贯彻到整个行动中去。

他对书法兴趣甚浓，汉、魏、唐、宋名家碑帖，临摹殆遍，旁及金石篆刻，着意临摹过《玉版十三行》《汉隶五瑞图》等六朝碑石，挥笔操刀，寒暑无间。

他还酷爱金石、历算，曾精心收藏，孜孜不倦地研习古代筹算。家贫有时连饭都吃不上，他却从不放松学习。禹之谟治学态度非常严谨，重实用，戒空谈，博览群书而有所专究，对书中的精华力求理解，并运用到实践中。

他认为“财猪（主）可恶可杀”。在封建社会里，土豪劣绅除了按“规矩”强迫佃户缴纳租谷外，还千方百计抓住一切可乘之机榨取农民的血汗。每当干旱、雨涝粮食歉收之年，他们囤积谷米，闭门不粜，到了青黄不接时，哄抬粮价，剥削乡民。因此，禹之谟常鼓动农民向地主“闹粜”。禹之谟对于土豪劣绅的残酷剥削行为，表示极大的愤恨。他的侠义思想也因此得到进一步发展。他常帮助贫苦农民撰写揭帖、状纸，以反对土豪劣绅的压榨。

禹之谟的舅父刘献廷是乡里财主之一，他不仅对贫苦百姓异常心狠手辣，而且对禹之谟家也是一样的刻薄无情，认钱不认人。禹之谟对他的舅父刘献廷的囤积剥削行为，同样极力反对。禹之谟非常痛恨舅父这种“不义”行为，认为这些人都“可恶可杀”。一天，他舅父从前面走过来，他竟愤然骂道：“这个财猪（主）又来了。”由此得罪舅父，而断绝了来往。以后当他被捕入狱时，刘既怕受株连，又痛恨禹之谟的“不法”行为，曾向湖南当局呈递过“送死禀帖”，即请求湖南当局处死禹之谟。

三

禹之谟在青树坪过了几年扎扎实实的耕读日子，白天劳动，晚上读书。日复一日，年复一年。不觉已到二十岁上。他既不考科举，又不做生意。实实在在做个修理地球的农民，岂不枉费他满腹诗书？岂不空放了他远大志向？

是金子，总要发光；是锥子，总要露出锋芒；是鹏鸟，总要远走高飞！人不出门身不贵啊！不是不走，而是时候未到。

1886 年，二十岁那年，禹之谟结婚了。结婚后，本来男人肩上的担子更重了，但禹之谟的情况不一样，他的夫人赵孟端比他大三岁。俗话说：女大三，抱金砖。这话对禹之谟来说真的没错。赵孟端非常贤惠，主持家务，应对乡里，里里外外都是一把好手，家里的事搞得熨熨帖帖。一心想干大事的禹之谟对自己的婚事非常满意。

一天，禹之谟试探着问夫人：“夫人，牛不背犁老死了，我不想做一个老死山野的村夫，想到外面去闯一闯。”

说完，禹之谟细看夫人有何反应。夫人并不吃惊，淡定地说：“男子十五走天下，你都二十了，我支持你到外面去闯，家里有我呢，你心里有我有家就行。”

禹之谟大为欣慰，说：“夫人真是我的好娘子！”

夫人说："你别光说好听的，外面的世界很大，鲜花也多，你不要迷花了眼，时时要记得来时的路！"

禹之谟肃然说："夫人说哪里话，大丈夫当报效国家，成就大事，岂可做那些偷鸡摸狗的下三烂事情？"

夫人掩口笑道："我相信你！不要这么严肃好不好？"

禹之谟这才放下心来。

过了一会儿，夫人又问："你口口声声到外面去闯荡，有没有具体的目标？也不能盲人骑瞎马，乱闯啊。"

禹之谟说："夫人说得对，我也在考虑，思考再三，想先到南京投奔三叔禹骏烈。他在刘坤一衙署当幕僚，据说很受重用。"

夫人说："你跟亲戚关系搞得那么僵，你那亲舅舅都向官府递送死禀帖，要活活弄死你，也不知你跟这个三叔的关系怎么样？"

禹之谟说："我那舅舅根本就是个财猪，眼里哪有什么晚辈、亲戚？他的眼里只有钱。而这个三叔不同，他是读了书的，他是秀才却不到乡里教书为业，能够到南京这样的大地方去，去当人家的幕僚，可见思想是比较开阔的。跟舅舅种不相谋（种不相谋：梅山土话，完全是两样的人）。"

夫人说："这样的话，可是可以，只不过三叔是个秀才，你却连个起码的功名都没有，到那里去能够做什么呢？"

禹之谟说："我虽然没有功名，但好歹读了六年书，这又有了几年的耕读历练，相信还是能找到事做的。要出去闯荡，总得冒点风险，哪里一出去就能安安稳稳地享福？"

夫人说："你能够有这样的思想准备，就放心去吧，家里有我。"

禹之谟说："真是谢谢夫人了！"

于是，禹之谟告别夫人，在二十岁那年开始了人生的第一次远游。他来到了南京。

三叔父禹骏烈倾向维新变法，当时深得刘坤一的信任。禹之谟见到三叔后，三叔大感意外。

“之谟，你怎么来了？你结婚不久，应该待在家里居家过小日子呀。”

禹之谟说：“三叔，男子汉四海为家，我也该到外面长点见识了。”

禹骏烈微微点点头，但他对禹之谟的精神境界并不了解。他不会想到侄儿比他更加激进。禹之谟也没有机会跟这个叔叔做兄弟般的深谈。

禹之谟安顿下来后，过了两天，三叔来找他，说：“湘乡名士张通典、张通谟兄弟寓居南京。此二人非常爱才、好客，我看你知识渊博，又写得一手好字，先去那里待上一段时间，再作打算。”

张通典（1859—1915），字伯纯，号天放楼主，晚号志学斋老人，湖南湘乡人。曾任江南水师学堂提调。与谭嗣同等创办南学会、时务学堂、《湘报》、《时务报》。南京临时政府成立后，任内务司司长及临时大总统府秘书、秘书处军事组组长。

张通谟（？—1937），光绪间举人。曾任两江优级师范教务长。善书魏碑，凝练古厚。

禹之谟对此二位乡贤仰慕已久，很高兴地答应了。于是前去张家“拜门”。张氏兄弟一见禹之谟，喜爱至极。

禹之谟在张家，并没有做什么具体事，相当于一个门客或者说“士”，与“战国四君子”养的士颇为相近。

但不同的是，张氏兄弟特别是张通典思想激进，有革命之大志。常与禹之谟彻夜交谈，二人观点常常惊人地相似，因而相处甚欢。而与张通谟，则主要切磋书法技艺。在张氏兄弟影响下，禹之谟思想上受到启发，书法及篆刻也有很大进步。此后直至牺牲，禹之谟都视张氏兄弟为良师益友，过从甚密，风谊师友，相处甚欢。

有一天，一个富商来到张家，富商身着唐装，一副文士气派。一进来就大模大样，又客客气气的样子。张家兄弟对之只是点点头，这可以理解为冷淡，也可以理解为很熟，可以不拘小节，也可以理解为两者皆有。人是有第六感的，正在练字的禹之谟眼都不抬，这可以理解为轻蔑，也可以理解为专注。怎么想就在于来者自己了。富商也不在意，自我解嘲地站在一旁看，写完后带头鼓起掌来：“好字！真是好字！”张氏兄弟也鼓起掌来。

禹之谟对来者有一种天生的不热忱，只是用余光扫了扫他，微微笑着，可这笑又明显是对张氏兄弟的。

富商热情地过来跟禹之谟打招呼，说："这个兄弟是初次见面！"禹之谟只是远远地打了个拱手，不失礼但决不是热情的那一种。

富商却好像来了真情，说："兄弟的字写得真棒！我还从没有见过写得这么有个性、有风骨、有才气的字啊！"

禹之谟说："见笑见笑，胡乱涂鸦而已。"

富商说："兄弟，莫谦虚，我倒有个不情之请，初次见面，只是不好开口。"

张通典说："我这个兄弟初到南京，非常仗义，有什么事就直说，不必绕弯子。"

富商见张通典代为回答，就以为禹之谟一定会同意。便说："这是天下第一等好字，我想向兄弟求刻一枚章，不知肯赏脸否？"

禹之谟微微诧异，虽说自己练字多年，给人写过很多信和诉状，但还从没有人求过刻章，这确实有点新鲜。再说，此人看来文质彬彬，也未见得是坏人，不可过于冷淡。便问："您要刻章做什么用呢？"

富商见禹之谟问话，高兴起来，说道："寒宅哪有如此荣幸？是朝廷一位大员，专爱收藏奇异书法，他就要六十大寿了，我一直在想给他送个什么礼，今天一看，兄弟的这个书法不就是最好的礼物吗？我猜兄弟这书法，他一定爱不释手。"

说完，让随员拿来一包银子，足足五十两，摆在禹之谟面前，说："兄弟，小意思，一点润笔费，咱们常来常往。"

禹之谟哈哈大笑道："我还以为你是风雅之人，正考虑动笔呢，原来你是想拿我的字向大官讨好献媚，你找错人了。"说罢，把笔搁在砚台上，转身进屋去了。富商一脸尴尬愣在那里，左瞧瞧，右看看，张氏兄弟冷冷的目光刺得他浑身发寒。富商尴尬地出了张宅。

第二天，张通典对禹之谟说："之谟，你现在寄我篱下，居然对五十两银子这笔唾手可得的巨款坚决拒之，难道就不怕我把你扫地出门你流落街头之日？”禹之谟笑道：“我既来南京，就赖上你了，你别想跑，也别想把我扫地出门。”说罢，两人哈哈大笑。张通典拿出两本书来，对禹之谟说：“之谟，向你推荐两本书，你先看完，我们再交换看法。”禹之谟接过来一看，一本是《欧游杂录》，另一本是《环游地球新录》。

《欧游杂录》作者是徐建寅，这本书介绍了他在德国、法国和英国参观考察过的几十个单位的情况。无论是在克虏伯、西门子、伏尔铿和基尔海军基地等考察的重点单位，还是顺便参观的小工厂、小作坊和交通运输设施，他都详细地了解设备运转和生产过程，认真观察工人、技术员的实际操作，把他认为对中国有价值的东西一一记录下来，展现在书中。这使禹之谟大大开阔了眼界和增长了科学知识。对比贫寒闭塞的故乡，人民使用的仍然是木犁木耙等原始工具，牛拉人拖的耕作方法，他不禁深深地感叹：中国是太贫穷落后了。

《环游地球新录》记载了作者李圭在考察途中的成果、见闻，对美国邮政作了详尽的记述，并建议开办中国邮政。李鸿章为这本书写了序。特别值得注意的是，李圭在书中介绍了美国妇女的情况并结合中国现状提出主张。李圭对于美国妇女争取社会地位和劳动权利的运动，充满了尊重和同情，他感慨地说：“天下男女数目相当，若只教男而不教女，则十人反作五人之用。”他大声疾呼：重男轻女的风气必须反对，“女子无才便是德”的口头语必须否定。这引起了禹之谟强烈的共鸣。

看完这两本书后，禹之谟和张通典展开了一场热烈的交谈。在一个午后，两人坐下后，禹之谟率先发问：“张先生，这两本书太让我震撼了！想不到的是李鸿章居然为这样的书写序，这么看来，他也不是那么保守啊！”

张通典说：“李鸿章有开放、进步的一面，毕竟他还办洋务，但是，这能不能救中国？他毕竟是为了维持清政府的统治，是保皇派，中国不革命是没有前途的！”

禹之谟说：“张先生说得很对，我觉得还有一条，中国必须提倡男女平等，禁止妇女裹脚。男女平等，这书中实在提得太好了！只有彻底打倒大男子主义，中国才有前途。女子无才便是德，这就是要奴役妇女、禁锢妇女。这是统治者最大的阴谋，是阻碍中国进步的障碍。”

张通典说：“几千年的传统，要一下子改变很难，我们慢慢来，一步一步地走。”

禹之谟说：“我如果办厂，一定要招收女工，让世人看看，女子是一样能做成事的。”

后来，禹之谟在开办工厂的过程中，极力主张男女平等，认为“男女皆生利之人，无分利之火”，妇女应该也可以做到“自食其力”。他招收了几名女工，并准备招收一女工班，正是受了李圭这种进步思想和平等精神的影响。

张通典说：“好！洋务运动不一定能够救国，因为整个清政府是腐败的。但实业一定能救国，有条件我支持你办工厂、办实业。”

禹之谟说：“我们办实业就要像徐建寅那样，胸有成竹，亲标规尺，一人足抵洋匠数人。我们中国人要靠自己的技术、自己的力量来办实业。只有这样，我们的实业才能救国，如果依赖洋人，那是一定会失败的。”

由于江苏地处海陲，与欧美发达国家通商较早，资本主义文化输入较快也较多。当时，在上海由外国传教士创立的广学会，为了迎合中国知识分子要求了解新知识的迫切愿望，以谋扩大教务，曾经有选择地介绍、翻译过一些西方资产阶级的书刊。禹之谟因此有机会接触一些西方国家的近代政治学说和社会思潮，并结识了一些社会名流，交往益广，见识日博。面对国家积弱不振的严酷现实、封建官场的腐败情形，和欧美国家由于采用现代科学技术而兴旺强盛的现实，禹之谟爱国忧时之心油然而生。

时光飞逝，一晃三年过去。这时，长女金莲已经两岁了。禹之谟难免生出思乡之情。正在这时，也就是1889年的5月30日，祖母病逝，享年七十七岁。二十三岁的禹之谟随三叔禹骏烈由南京回到青树坪奔丧。

四

回到青树坪，禹之谟感慨万千，三年了，山还是那座山，河也还是那条河，庙还是那座庙，祠堂也还是那座祠堂，老屋也还是那些老屋。如果说有变化，那就是：贫富差别更为严重了：富有的人们抽鸦片、纳妾、滥赌，讨亲嫁女大摆阔气，红白喜事挥金如土；而贫寒的人们拖儿带女，乞讨度日，有的婴儿刚生下就被扼死，或因病无钱医治而夭折。就连那些有少量田地的自耕农也纷纷沦为地主的佃户，生活艰难不堪。这一切，使得离别家乡多年的禹之谟感愤万分，心绪激荡。故乡啊故乡，究竟怎样才能使你摆脱深重的苦难？怎样才能使你走向富强？

在家住了三个月，妻子又一次怀孕了。本应该留在家乡，多陪陪妻子，多陪陪才两岁的女儿，多陪陪年迈的父亲，但为了寻找救国救民的道路，禹之谟又一次离开青树坪，继续他的幕游生涯。他先后在江苏扬州、如皋等地住了较长一段时间。由于他在此期间书法有了很大进步，求书刻者颇不乏人。这成了他漫游生活的主要经济来源。但富人重金求刻，常遭他的拒绝。

长子金简（夷苍）两岁多时，他又一次回到青树坪，住了一段时间后，携长子来到张家，给张家当家庭教师，顺便也教了自己的儿子。

在这段时间里，禹之谟曾三次回乡省亲，其中一次是1893年春夏间。与一般宦游“满载而归”的人不同，他所带回的东西并不是搜括得来的金银财宝，而是他所酷爱的古钱币、汉砖、端砚以及篆刻用具等笨重物品。

甲午战争爆发后，清政府任命两江总督刘坤一为钦差大臣，节制关内外各军对日作战。

热爱祖国的禹之谟于1894年年底参加了刘坤一节制下的军队。禹之谟对当时士气之弱，无比愤慨，一心想要冲到前线杀敌，以热血报国。但由于资格的限制，他没有被允许上前线，只被委以运送军饷的差使。禹之谟恪尽职守，多次冒险突破敌人的警戒线，出入山海关。他伪装成运货商人，在黑夜或不良天气，进行潜运，出色地完成运输任务。1895 年 11 月，由刘坤一奏请清廷，赏给他五品翎顶，以县主簿候选。

甲午战争的失败，让禹之谟的精神倍受打击。清政府的腐败行为，让他切齿痛恨，特别是慈禧太后不顾军队死活，大搞六十大寿庆典的丑恶行径，更是让他切齿痛恨，对清政府彻底丧失信心。因此，禹之谟没有为受到清廷的奖赏感到丝毫的荣耀，反而决心辞掉翎顶。从此，不再做清朝的奴隶，要“冲决牢笼”，“破网高飞”。以国民和自由人的身份投身到救亡图存的爱国行列中去，干些虽然微小但很实际的工作，尽匹夫之责。“天下兴亡，匹夫有责”的思想在他心中根深蒂固。

1896 年 1 月，禹之谟因父亲病危再一次回到青树坪。当他回到家里时，父亲已经奄奄一息。父亲说不出话，向他伸出三个指头。禹之谟一向厌恶道士做道场，但他明白父亲的心意，父亲也知道儿子的脾气，想要儿子帮他做好最后一件事。禹之谟不说答应，但他把父亲的心事挑明：“爹，你是想要做三天道场吧！”他父亲听了，溘然长逝。但禹之谟还是没有给父亲做道场，只举行了家祭。

办完父亲的丧事后，禹之谟再一次来到南京，结交爱国之士，谈论国家大事和时事。每每远远眺望国家的壮美山河时，禹之谟常常忍不住流下泪水。这么美好的山河，怎能允许豺狼来侵犯？

“为什么我的眼里常含泪水，因为我对这土地爱得深沉！”几十年后，诗人艾青的诗句，贴切地表达了禹之谟此时的爱国情怀。

但禹之谟深深知道，爱国必需要强国、兴国，而强国、兴国是需要每一个匹夫付出实际行动的。当时，谈爱国的人很多，但实际行动的人却很少。空谈误国，这又是禹之谟所深恶而痛绝之的。他立志要像堂吉诃德一样，用一己之力，为国家强大尽匹夫之责。他认为要振兴国家，只有靠实业。于是，他潜心研究矿学，并组织人马到长江下游一带勘探，筹备了资金，准备开发矿业。

五

戊戌变法时，禹之谟虽然没有被卷进变法之核心，但他的痛苦一样深刻，他的思索跟他们一样多：为什么进行社会改良如此不易？为什么以慈禧为代表的顽固派一点起码的改革也不允许？为什么维新改良在东邻日本的明治政府能够顺利而有效地施行？而在中国却刚一尝试就遭到如此惨败？明治维新能够让日本迅速强大起来，那戊戌变法的惨败是否意味着中国将迎来截然相反的命运？禹之谟在与友人谈论这些事情时，常常气得拍案而起，又仰天长叹，或痛哭流涕。

不久，禹之谟遇到湘水校经堂的一个新生黄兴，他虽然比黄兴年长八岁，但他发现这个二十四岁的小伙子非同寻常。两人一谈之下成为好友，黄兴向禹之谟介绍了孙中山。

禹之谟听完后，怔怔地望着这个小老弟，觉得这个外表朴实无华的小老弟真了不起。黄兴因成绩优异，即将被推荐到两湖书院去读书，禹之谟觉得这个优秀的青年学子，今后前途无量。

禹之谟在对清政府极端绝望之时，得到这个让他振奋不已的消息，使他下定决心，走上造反革命的道路。只有通过革命的手段，推翻清政府的统治，建立一个民众的政府，中国才有希望！

戊戌变法虽然失败了，但维新人士在社会上的影响有增无减，维新的思想就像火种一样，遍地燃起令清朝心惊肉跳的烽烟。而且维新派也产生了分化，一部分继续坚持维新改良，一部分对清朝彻底绝望的人士，则毅然选择了革命的道路。当时湖南的代表人物是唐才常。

唐才常，生于1867年，比禹之谟小一岁，湖南浏阳人。贡生出身。与谭嗣同同乡，并称为“浏阳二杰”。

1900年年初，禹之谟随同唐才常到达汉口，禹之谟还是做他熟悉的运输工作，负责将海外筹集到的军械粮饷，从上海转运到汉口，以供起义之用。禹之谟干得非常出色，但可惜的是，康有为负责筹集的款项没能按时到达。有人建议推迟半个月，待康的款项到了后再举事。

七月，唐才常起义失败。唐才常于七月二十八日夜被杀于武昌大朝街紫阳湖畔，临刑前有诗“七尺微躯酬故友，一腔热血溅荒丘”。同难者共十一人。起义失败时，禹之谟还在上海，对起义失败的消息并不知道。他于八月二十二日坐船从上海抵达汉阳，像往常一样前往唐才常的住所。一靠近唐宅，感到氛围不对，只见整栋楼的周边，都布满了持枪巡逻的清兵。

禹之谟感到事情有变，处境危险。正准备转身就走时，被一个巡逻的清兵叫住。

“站住！干什么的?”

禹之谟只得站住。

正在这一瞬间，禹之谟猛然发现唐才常首级被悬在汉阳门上，内心震动不已，顿感头晕目眩，差点倒在地上。

这时，三名荷枪实弹的清兵走了过来。三双眼睛像六只手电筒一样照着他。

禹之谟知道，此时此刻，任何悲痛的表现，任何的软弱，任何的不镇定，都无异于送死，都无异于作无谓的牺牲。唐才常的起义失败了，他应该看到革命的成功，才能告慰先死者。

于是，禹之谟相当镇定地说：“老爷，小的就是驿站员。”也就是说是个邮递员。

清兵看到禹之谟身上背着一个邮包。负责运输的禹之谟，随时都带着一个邮包，既可作运输东西之用，还可以用来逃避清兵的检查。这一回，这个邮包也发挥了作用，清兵看到邮包，用手一摸，里面已空空如也。再看禹之谟瘦而有劲，也像是一个搞运输的。便都收回手电筒般的目光，挥挥手让他走了。

就在这一刻，禹之谟决定远走他乡，缓解因同志牺牲、睹物思情而产生的巨大痛苦，再谋求推翻这个腐朽的清朝的机会。

可是这个他乡在哪里？这个他乡就是当时忧国忧民的先进分子争相前

去学习的地方——东邻日本。

六

1896年，中国13名学生赴日本东京留学，是为近代中国赴日留学之序幕。此后数年留日学生人数并不多。1904年，日俄战争爆发，貌似强大的俄国居然败在日本手下，再一次证明了日本的强大。于是，1905年，中国留日学生蜂拥而来，年初日本报告只有三四千人，下半年达到8600人之多。有人认为统计不完整，估计留日学生不下万人。中国留日学生人数达到顶峰。

唐才常的自立军起义失败后，禹之谟到日本留学。在留学期间积极学习日本的科学技术，试图为祖国社会的发展做些有益的工作。他针对当时中国的弊病，对照欧美、日本诸国的实情，认为要挽救祖国的危亡，推翻清朝反动政府，每一个人都应该投身到生产斗争的前列，努力学习和工作。只有这样，才能有所成效。反之，既没有力量推翻专制统治，即使达到了革命目的，也没有强大的经济力量作基础，稳住和巩固自己所取得的政权。

禹之谟曾到东京千代田等工厂实习，“身躬纺织之学”，掌握操作和维修技术。同时，又到大坂等工厂学习简易的工艺美术和应用化学，了解和熟悉其生产的全过程。由于报国心切，未及卒业，便于1902年春携带纺织机器回到祖国。

1902年夏，禹之谟先在安徽省安庆市设立阜湘织布厂，暗中作为革命机关，鼓吹革命。这一举动遭到官吏的忌恨，当地官吏处处设难，且将阜湘织布厂作为重点监控对象。不但工厂很难发展，革命宣传活动也施展不开。禹之谟不禁想起《晏子春秋·内篇杂下》中“橘生淮南则为橘，生于淮北则为枳”的典故，自嘲道：莫非我真的只有在家乡才能做点事？于是，禹之谟决定将工厂迁回家乡湖南。

禹之谟最忌空谈，坚持一定要走实业救国之路，一边搞实业，一边搞政治，两手都不放松。他常对人说：空谈误国，实干兴邦。再三强调要实干。

1903 年春，禹之谟租湘潭西宾馆为工厂厂址，设立织布厂。将厂子取名为“湘利黔”，黔是老百姓的意思，意思是利于湖南民众。禹之谟办工厂的目的，是实干兴邦，实业救国。往小处说，是有利于湖南民众。湘利黔织布厂产的布匹，经过漂白印花、熨烫包装，同进口的货色没有多大差别，而且价格便宜，受人欢迎。因产量有限，往往供不应求。但是，湘潭主要是个商业地区，禹之谟觉得这对于政治上的发展不利。这一年，他与刘静庵、曹亚伯等商议组织日知会，日知会于 1905 年在武汉成立，之前在长沙参与筹备、组织的就有黄吉亭、黄轸（即黄兴）、禹之谟、刘揆一、宋教仁、易本羲、陈天华、胡瑛等。

1903 年冬，为了便于开展革命，禹之谟打算将工厂搬到长沙。正好曹亚伯到湘潭的工厂找他。

禹之谟一见，高兴地说：“亚伯，你来得正好，你和同志们每次到湘潭来找我，太远了，我要找你们，也不方便，我正在琢磨着将工厂搬到长沙去。你给我出出主意！”

曹亚伯说：“之谟，我们想到一起去了，我这次来得不易，正在想着怎么把你弄到长沙去。这样，你这就准备搬，我给你组织运输车辆。长沙有一大批搬运工，非常仗义。”

禹之谟说：“那就这么定了，地址你帮我选好了吗？”

曹亚伯笑道：“你还别说，我还真有一个地方，小吴门附近荷花池，比较隐蔽，我有熟人。”

于是禹之谟将织布厂迁到长沙小吴门附近荷花池，继迁北正街圣公会隔壁，规模略加扩大，添置了几部织布机和织毛巾的设备，多招收了一批艺徒。并附设了一个工艺传习所，招收青年学生，教以简易的应用化学和制造藤、竹、木等新式家具的手工艺。厂内生产的各种棉织品和所内生产的各种手工业品，都深受市场欢迎，市民争相定购。

湖南之有织机，就是从禹之谟开始。这也是湖南轻工业的开端。湖南巡抚赵尔巽拨借官款（相当于今天的无息贷款）千元，以示倡导。

湘利黔织布厂共有工人、艺徒五十多人，禹之谟与他们共同生活和工作，亲自传授技术，参加生产，并于业余时间组织学习，自己授课。

湘利黔织布厂的工艺传习所，也是湖南省职业教育的萌芽和开端。

禹之谟所办的工厂，在当时被人们称为新式企业，属于向民族资本主义近代机器工业过渡的一种工场手工业。因此，他和职工、学徒的关系，是以“师徒”身份出现的。他经常给职工、学徒传授技术知识，勉励他们力求上进。同时，也结合现实情况讲授其他如文学、历史知识。禹之谟的次子禹宣三，有如下一段动人而具体的回忆：

先父对艺徒学艺，精心传授，反复讲解，言传身教，诲人不倦。当时我见到一个叫周连山的邵阳人，初学艺时，先父坐到织机上，亲自织给他看，要他细心观察织机各部位的动作，一边讲解脚应如何踏法，手要如何配合动作，然后再下机来教他自己习织；织得不好，又有针对性地指出毛病在哪里，应如何纠正，直至学会为止。先父对艺徒要求严格，但在传艺时却和蔼可亲，从未见他斥责学徒。木工制作织布机的木架和安装铁轴齿轮，也是先父教给木工刘辉生如何划线、用料，并同他一道施工。漂染也是如此。……继祖母告诉我，先父还在艺徒中注意培养技艺比较全面的人，以造就教习人才。陈荆的侄儿陈荫闾和王五楼等人对牵梳、织布、织毛巾、漂染等项样样能干，当时都已离厂到外地当教习去了。

学徒除供给衣食外，酌予津贴，家贫者多给，由大家共同商定。因此，他这种自奉俭约、平易近人的品行，为全体职工学徒所翕然心服，莫不把爱护厂内财物和发展厂内业务当作个人应有的责任。

禹之谟在兴办实业过程中，开始注意到妇女“自立”问题的重要性。要让妇女参加社会实践，达到自食其力的目的。为解决这个问题，他作了大胆的尝试。1904年春，他在家乡招收了四名女工艺徒，准备送到自己的工厂里学习织布技术。当时，一些封建思想严重的人表示坚决反对。认为女子到了外面，会变成“心不正，身不正”的人，万万不能去。禹之谟不顾这些议论的压力，毅然把她们带到长沙，教她们学习和操作，鼓励她们好好干，为妇女们争口气。有个叫陈美青的女工，毛巾织得好又快。禹之谟进而萌生了专设一女工工厂的想法。与此同时，他的母亲、妻子、弟媳、妹妹、女儿、儿媳等，均被带到自己的工厂，分别安排她们学习各种织布工序的操作。这在当时，是了不起的大胆尝试。

七

1905 年年初，禹之谟召集长沙湘乡籍教员和学生开会，倡议创办一个新式的学堂——湘乡旅省中学。因为科举制度已经摇摇欲坠，禹之谟认为其被废除是迟早的事。事实上，科举制度已经名存实亡，各府州县原来在省城建置供给应试生员食宿之用的试馆，此时已成空房。大家一致赞同创办新学，会议决定，首先提用试馆历年节余下来的钱，其次向旅省的湘乡绅商劝募，并派人与湘乡学务处联系，要求将该县宾兴会（全县学款管理机关）的学团租谷和在长沙的房屋租金，以及湘乡县畅远盐行浮收税捐一部分，作为学堂的经常费用。

1906 年年初，禹之谟回到家乡，动员以青树坪为中心的六个乡（旧称六都）的青年五六十人，进入该学堂学习。他预先在永丰镇（现为双峰县城）雇了四只木船，送他们到长沙。

湘乡旅省中学的学生不以湘乡籍为限，这是禹之谟极力主张的。他认为，要培养革命人才和使较多的人提高文化知识和觉悟程度，就不能只限于一些同乡，而必须面向全省乃至全国。

值得一提的是，1911 年，毛泽东由贺岚冈老师介绍到湘乡旅省中学学习。在 1936 年由美国著名记者埃德加·斯诺笔录，毛泽东口述，吴黎平现场口译的《毛泽东自传》一书中，毛泽东回顾了 1911 年进入湘乡旅省中学学习的情形。他说："当时心情非常激动，一半是担心自己遭到拒绝不能入学，我真不敢指望自己真能成为这所了不起的学校的一名学生，使我惊讶的是我居然没有遇到困难就入学了。"

创办湘乡旅省中学后，禹之谟又与石蕴山等人就长沙黄泥塅邵阳试馆开办"邵阳旅省中学"和师范学堂。衡州、永州在省的新型知识分子，也在禹之谟的支持和帮助下，依照湘乡办法就"衡清试馆"和"永清试馆"办起了"衡州旅省中学"和"永州旅省中学"。其他各县也纷纷在禹之谟的鼓励和帮助下，办起了旅省中学。

此后，禹之谟自筹经费创办惟一学堂。为筹款之事，几经周折，与各种腐恶势力进行过坚决的斗争，真可谓"耿耿精诚都付于了莘莘学子"。

1905 年 4 月 12 日，禹之谟自筹资金创办的惟一学堂（后改为广益中学、湖南师大附中）开学。学校招收失学的青少年，只收取极少数学费，有的甚至全部减免，授以国文、数学（格致）、史地和体操等学科。并聘请浏阳黎尚雯、邵阳石蕴山、新化邹价人以及邵阳陈安良等人，作为这个学校的兼职教师。他自己也给学生讲课，从历史上外族侵入和人民群众反侵略的生动事例，结合当时中国的民族危机和清政府腐败卖国的事实进行讲解，借以激发青少年学生的民族自尊心和爱国情。

禹之谟除了给学生讲课，向他们灌输革命思想外，还把当时大多数革命书刊供学生阅读，并将陈天华的《猛回头》《狮子吼》，杨毓麟的《新湖南》和邹容的《革命军》印成小册子，作为学生学习的辅助教材。由于禹之谟暗中宣传民族革命，鼓吹排满，受他的鼓励，不少青年倾向革命。每逢有政治活动，只要是禹之谟主持，青年们就闻风响应。

禹之谟对姚宏业等人筹办的"上海中国公学"也给予了极大的关怀和支持。

禹之谟兴学育材的活动是与当时湖南的革命运动紧密联系在一起的，并取得了较好的效果。由于禹之谟的革命理想和斗争精神，得到当时许多青年学生的敬仰，每一学堂都有几个积极分子与禹之谟联系，禹之谟就成了新学运动的核心人物。

在禹之谟的培养教育下，许多青年学生投入了同盟会成立后的各项革命活动。其中，粤汉铁路废约自办运动是一场影响非常广泛的群众运动。

粤汉铁路是我国兴建较早的铁路之一，跨越鄂、湘、粤三省，线路全长 1096 公里，但其修筑过程却是一波三折。

1904 年 5 月，以禹之谟为首组织起来的湖南各界力量，决心争回修路权。

1905 年 5 月，湖南绅商在长沙成立粤汉铁路局，7 月，又设立铁路总公司，积极筹款自办，最终争回修路权。

1905 年抵制美货运动爆发，禹之谟为首组织的青年学生积极活动，但因湖南当局尤其是长善学务处总监督俞诰庆的干涉，而被迫停止。

1905 年席卷全国的反美爱国运动虽然消沉下去了，但它沉重地打击了美帝国主义者。抵制美货运动给美国造成了一定程度的经济打击，使美国的对华贸易额急剧下降。

1905 年同盟会成立。受黄兴委托，1906 年春，禹之谟组织同盟会湖南分会。湖南分会的总部设在禹之谟的湘利黔工厂，分会执行总部的各项任务，进行革命宣传。

八

1906 年 5 月，陈天华投海和姚宏业自杀的两个噩耗传到湖南，家乡人民为之痛悼。革命力量痛失前驱，禹之谟更是悲愤欲绝。绝不能让前驱的血白流，一定要让前驱的血唤醒民族的觉醒，借以激扬民气！于是，他召集革命党人和各界群众集会，决定公葬两位烈士于岳麓山。

可是同样留学过日本的俞诰庆却百般阻挠，说革命是大逆不道，说两位烈士因革命而自杀，是“回不得家乡，见不得爹娘”。

针对反动官绅的阻挠破坏行为，禹之谟组织集会发表激愤演讲：“今台州、胶州、广州（湾）、大连等地皆为外人所占领不惜，独以中国人葬中国一抔土，反不能容乎?”

他的演说让听者悲愤万状，听众高呼革命口号，声势震天动地。禹之谟把佩刀一挥，坚决地表示：“倘有人出头阻禁，定以白刃从事!”

禹之谟坚决的革命态度和他本身巨大的影响力，让官绅为之胆寒。

1906 年夏，当陈天华、姚宏业灵柩运抵长沙后，禹之谟与陈家鼎、宁调元等组织省城各公立、私立学堂的教职员工、青年学生和社会各界数万人送葬。6 月 10 日由教职员工抬着陈、姚灵柩，分两路从朱张渡、小西门两处护送过江，前往岳麓山安葬。学生手执白旗，头戴草帽，足蹬布鞋，身穿白色制服，高唱哀歌，队伍绵亘十余里，声势浩大，仪仗庄严。禹之谟戴着大草帽，穿着白色短袖，脚上穿着布鞋，肩上扛着长刀指挥，就像一位悲壮而威武的将军。执绋者数以万计，都步伐整齐，围观的市民倾城塞路。送葬队伍边走边向群众散发传单和小册子。

清政府的军警不但不敢干涉，还装作维持秩序以讨好送葬群众。送葬队伍最前面的人高举着挽联和祭帐。

灵柩抵山后，即举行公葬仪式。禹之谟和宁调元等人，先后向全体送葬的群众演讲陈天华、姚宏业两烈士的生平事迹和这次公葬的意义。禹之谟的当众演说，令万众振奋，民气大为伸张。然后全体送葬者向陈、姚灵柩三鞠躬，随即下土埋葬，礼毕散会。

这次公葬陈天华、姚宏业事件，是禹之谟等革命党人在同盟会成立后领导湖南青年学生和各界爱国群众，对清政府和湖南当局的一次政治大示威，也是湖南的革命势力同反动势力一次公开正面的交锋，毛泽东同志称之为“惊天动地可纪的一桩事”。它打击了敌人的嚣张气焰，扩大了革命的影响，湖南的士气在这个时候激昂到了极点。

公葬陈天华的当天晚上，长沙、善化学务处总监督俞诰庆唆使军警逮捕参与树碑工作而迟归的十余名学生。此人虽曾留学日本，但一直甘为没落清政府的忠实走狗，1905 年 5 月上任长沙、善化学务处总监督后，一直严禁学生集会结社，动不动就开除进步学生，并且把学生训练“洋操”所用的木枪也收走，改用笨重的哑铃。他还把持学款，教师待遇极低。自己却私生活腐化，经常出入青楼酒馆，在教师中口碑极坏。

学生被捕之后，禹之谟即向俞诰庆进行交涉，没有结果。禹之谟决定要救出学生，严惩这个恶棍。

第二天晚上，俞诰庆打着学务处的灯笼来到樊西巷一家妓院嫖宿。此时，禹之谟已事先安排身手较好的学生装成嫖客模样在那里等待。其中一个学生听到有淫笑的声响，装作出去小便，其实是确认一下是否为俞诰庆。在窗下听到是俞诰庆的腔调，便推开房门，走入房里，揭开被子，在俞的脸上写下“人面兽心”四个字，并让他跪下，拍了一张照片。

禹之谟于第二天召开了有五六百人参加的群众大会，俞诰庆颜面扫地，洋相出尽。禹之谟继而提出：一是释放被捕学生；二是不能再次嫖娼；三是不能搞秋后算账，打击报复。

禹之谟的抓嫖之举，虽然打击了这个封建官僚，伸张了民气，但并没有让他的官职被罢免。俞诰庆对禹之谟更是恨之入骨，必须除之而后快，寻机陷害。

他在不得已释放学生时，对学生进行严重警告，并捏造事实向巡抚密报禹之谟的种种“劣行”。

九

学生运动的兴起，使湖南当局者十分害怕，宣布提前放暑假，以便取得暂时的安宁。

1906 年 7 月，张庚良调任湖南臬台和学台两个职务。臬台主管一个省范围内的刑法之事，学台为一省教育事业的最高长官。

此人老奸巨猾，一向十分反动，仇视革命。他上任后，誓言要逮捕所有“坏分子”，明确禁止学生集会、散发传单等，对学界实行严密控制。

与此同时，湖南按年摊付庚子赔款本息与日俱增，口捐之外，加重盐捐，克扣教育经费。原议从湘乡畅远盐行税捐中提取一部分充作“湘乡旅省中学”的常年经费全无着落。该行愈来愈多的盐捐浮收流入私人腰包。虽经湘乡名士迭次催提，毫无效果。禹之谟趁 1906 年提前放暑假之机，率领学生一百余人回乡，准备晋见湘乡知县陶福曾，追缴畅远盐行经费。

禹之谟事先托举人张通晋等面谒陶福曾，说明旅省中学假归，为湘乡旅省中学经费之事，拟来求见。

之后，禹之谟率领一百多名因放假返乡的旅省中学学生整队来到县衙，文明礼貌，举止文雅。可以理解为集体面见县令，接受检阅之意。但陶福曾却怯于禹之谟闹革命的名声，感到一种巨大的压力。当禹之谟催缴两万元办学经费时，陶福曾极力狡辩。禹之谟据理力争，要求传来盐行老板。而盐行老板耍滑头，或事先与陶密谋了应对之策，说是已经逃跑，只传来盐行的一个伙计。禹之谟无计可施，只好要求三日内答复，便退出县衙。

可是万万没有想到，就是这样一次催缴行动，成了俞诰庆置禹之谟于死地的一个把柄。早在放暑假前，俞诰庆就给陶福曾写了一封信，要他密切注视禹之谟的一言一行，随时向庞鸿书巡抚密报。得知此事后，俞诰庆如获至宝，立即密报巡抚，拟定罪名“哄堂塞署”，可是觉得这个罪名不足以置其于死地。这个罪名也就是“扰乱公共秩序”，怎么也不足以犯死罪。

俞诰庆考虑到禹之谟在长沙工商学各界中有很高声誉，假便不把他处死，仅仅关在狱里，出来后可能反把他整死。因此决心不顾一切，要斩草除根。

于是，俞诰庆不断向巡抚进言，说什么禹之谟的党羽遍布各地，革命一触即发，禹之谟多生存一天，湖南就多一天危险。庞鸿书在俞诰庆的危言耸听影响下，以“率众塞署”罪名逮捕禹之谟。一字之差，俞诰庆认为，这个罪名已足判处禹之谟永远监禁而有余，将来转移离省较远的州县执行，这样至少不会对自己造成什么后患了。

当友人把这个消息告诉禹之谟，要他暂避时，他坚定地说：“吾辈为国家为社会死，义也；各国改革，孰不流血？吾辈当为前驱。”这与谭嗣同的“有心杀贼，无力回天，死得其所，快哉快哉”的英雄气概何其相似。

他毅然回到厂里，料理一切应速安排的事务，销毁、隐匿有关革命证件。

湖南当局还决定封闭禹之谟办的惟一学堂。友人见事态严重，力劝其离湘。禹之谟说："苟如此，吾何以谢学界？且无固无罪者，焉用避？"

禹之谟大无畏的英雄气概，着实令人敬佩。但他对小人，特别是有小人之心的敌人的估计显然不足。

1906 年 8 月 10 日，捕快、巡警包围织布厂，禹之谟的继母劝他越墙而逃。禹之谟从容不迫地对她说："死生旦暮耳，但恨我壮志未酬，愧以报中山之知。"于是，整服就擒。笔者不禁想起江姐临刑前还要整装，这就是一种姿态，一种大无畏的、从容不迫的气概。

湖南工商学界人士对禹之谟的被捕表示悲愤，印发《禹之谟历史及被捕原因》小册子在省内外广为散发，表示要团结起来，同反动统治者斗争到底。

湘乡学生代表向湖南当局递送了禀词，对强加在禹之谟头上的罪名进行质问。

陈家鼎、宁调元、龚铁铮在海外出版的《洞庭波》杂志，刊文揭露湖南当局特别是俞诰庆陷害禹之谟的阴谋。

在东京留学的湖南学生发出《敬告湖南学生全体罢课书》，号召大家行动起来，罢课罢学。

禹之谟所办的织布厂和工艺传习所的职工学徒要求到监狱看望。

清政府对革命群众十分害怕，一有风吹草动，就如惊弓之鸟。湖南巡抚庞鸿书对之更是束手无策。没想到抓一个禹之谟，能够引起如此动荡。

在这种情况下，清政府决定改派广西大刽子手岑春煊接任湖南巡抚。岑春煊是云贵总督岑毓英之子。1900 年八国联军进犯京津地区，岑春煊率兵"勤王"有功，成为清末重臣，与袁世凯势力抗衡，史称"南岑北袁"。

即将离任的庞鸿书为了防止发生变故，转移舆论目标，决定将禹之谟秘密移监外地，稳住岌岌可危的局势。8 月 25 日深夜四更，他们派官兵二十多人、轮船一艘，将禹之谟转移至常德，又于 9 月 18 日移监至湖南边远地区靖州，由酷吏金蓉镜承办此事。

十

在多人的添油加醋下，禹之谟的“罪”被定得愈来愈重。初定为五年有期徒刑，后改为十年，再改为终身监禁。但俞诰庆等人认为这还不足以杜绝后患，必欲置之死地而后安。

而这时有一个大的背景，就是湖广总督张之洞为了将湖南的革命党人一网打尽，指令办案之人对禹之谟施以重刑、逼出口供、尽法惩办。这就为俞诰庆等人实现他们的不可告人的目的开了便利之门。

禹之谟在被监禁的四个多月里，受尽了严刑拷打。有时被剥去衣服，跪在烧红的铁链之上；有时被悬吊半空，绳断身坠；有时被灌辣椒水，并用香火灼其胸背；有时被鞭打得昏迷不醒，人事无知，遗溺在身……反动派种种折磨人的失去人性的手段，读者诸君在影视剧中见得多了。笔者不忍复述。

禹之谟在监狱中虽然受到非人的折磨，但他的心并不在自己身上，他一心牵挂的，是他为之奋斗的国家、民族的前途。

当他听到长沙敬修纸厂以稻草做原料，应用新法造纸成功时，立即写信索取样品和了解制造技术，试图在靖州推广。当他听说俞诰庆等想要改组“湘学会”，他立即写信给他的学生，揭露俞诰庆的罪恶阴谋。当他听说清政府自导自演了一场预备立宪的闹剧，他义愤地予以揭露，指出清政府的目的在于欺骗人民、消弭革命。号召人民起来斗争，坚持到底。

禹之谟把希望寄托在青年学生身上。他对在“学生自治会”组织领导下的活动，给予了高度评价。他希望学生继续成立“群治大会”，为各省做出榜样。

狱中的禹之谟对亲友也寄予了很大的希望。他认为自己走过的路并没有错，希望亲友不要为他的死伤心流泪叹息，要专心从事实业。

他耳闻目睹社会、官场和监狱的腐败，还打算编写一本《黑暗史》。他在监狱中题词自勉：“暂藏丰城剑，待著羑里书。”显然，此时他还想着有朝一日像囚在羑里的周文王一样，能够脱离牢笼。到时，他就举起杀鬼的剑，大展宏图，最终实现“驱除鞑虏、恢复中华”的宏愿。

最后一个月，敌人的残暴和残忍终于让禹之谟明白，他是不可能再活着出监狱了。于是，他写下了遗嘱：

世局危殆，固由迂腐之旧学所致，亦非印板的科学所能挽回。故余之于学界，有保种存国之宗旨在焉！与若辈以摧残同种为手段者，势不两立。于是乎有靖州之监禁！……

禹之谟在遗嘱中正告同胞：

身虽禁于囹圄，而志自若；躯壳死耳，我志长存。同胞！同胞！其善为死所，宁可牛马其身而死，甚毋奴隶其心而生！前途莽莽，死者已矣，存者诚可哀也，我同胞其图之。困心衡虑，终必底于成也！

正气放歌，惊天动地泣鬼神！

旅靖的湘乡同乡怜悯他在监狱中所受的苦难，把毒药放入鸡鸭肉食之中，想让其中毒死去，早些解脱。

禹之谟发觉后说：“大丈夫光明磊落，行刑法场，使观者睹其状相，传述国民，得鉴于官吏之残酷，各自励其志，以图进行。是我一人之死而全亿万人之生也，吾不为苟死。”

他完全置生死于度外，心中只有国家和民族。就算死得再惨，也要让统治者向世人暴露自己的罪行。

1907 年 2 月 6 日，敌人将禹之谟拉到靖州西门外行刑。看着敌人拿着长布条，知道是要处绞刑。禹之谟指着金蓉镜呵斥道：“我要流血，为何绞之？辜负我满腔心事矣！”金蓉镜说：“尔辈素讲流血，今日偏不把你流血，何如？”禹之谟大笑道：“好！好！免得赤血污坏。”并放声高呼：“禹之谟救中国而死，救四万万人而死。”遂被绑上绞架，壮烈捐躯！

禹之谟就义时，家人无一在场，由旅靖族人和李益轩等收殓。遵照禹之谟的遗嘱，就以身上原来穿的衣服，殓藏在一个用薄木板制成的临时棺材内，等着亲人前去收殓。春节刚过，长子禹夷苍奔赴靖州，将其遗体运回家乡。由其弟禹蔚亭制作了一副大棺材，把原来的临时薄板棺材连同遗体套装在里面，埋葬在双峰县青树坪陇规氹祖山。

禹之谟被害后五年，武昌起义爆发，中华民国临时政府宣告成立。孙中山追授禹之谟陆军左将军，恤其遗族，并于1912年11月15日将其公葬于岳麓山。禹之谟墓于1912年11月27日正式建成，供后人凭吊瞻仰。

1927年4月14日，湖南工农商各界在长沙教育会坪举行第二次铲除反革命分子示威大会，俞诰庆等被当场处决。

警钟为谁而鸣

——陈天华短暂而光辉的一生速写

一

2014年冬的一天，我以报社记者的身份，来到新化县荣华乡采访。我向荣华乡政府的人提出要看一下陈天华故居。乡政府的人说，陈天华的故居早就没有了，现在在他故居那里立了一块石碑。

我们来到一个小山头上，乡政府的人向我遥指着资江对岸，说："那就是陈天华故居的遗址。"

顺着他指的方向，我看到一块高高的石碑立在资江岸边，这是冬天，资江河里的水已到了最低水位，但那块碑离水面还是很近。

"离水这么近啊，一到春夏之间，涨水时岂不要被淹掉？"

"那是的。"乡政府的人说。

资江原是一条野性的河流，在湖南湘资沅澧四大河流中，资江本是最陡的一条河流。正因为这样，国家于1958年在资江的下游修建了柘溪水库，建了柘溪水电站。从此，水库的上游就变成了一条内陆湖似的河流，水位慢慢高了。

这个道理我是懂的，但百闻不如一见。可以想见，当年资江的水有多深。而在资江边长大的陈天华，又是多么想顺着河流去到远方，追逐他那远大的梦想。

1875 年 3 月 6 日（农历正月二十九）天快黑的时候，从湖南省新化县荣华乡栗树凤阳坪（今下乐村）一个落第秀才陈善的家里，传出了一阵婴儿的啼哭声。陈善一看是个儿子，高兴得合不拢嘴。

陈善夫妇生过两个孩子，老大天生残疾，老二不幸夭折，这个老三，就是陈家传香火的指望了。

可是刚到两岁，母亲便离开了这个婴儿。陈善在下乐村当私塾先生，很难把孩子照顾得周到，两岁多孩子脸上就长了很多麻子，在新化话里这叫作“天花”。陈善便把孩子正式取名为陈天花。

陈善没功夫照顾好孩子，就让陈天花寄住在云帆公家中，云帆公与陈天花的爷爷沾亲带故，而且饱读诗书，家里有《三国演义》《水浒传》《二度梅》《粉妆楼》等书。

陈天花除了平时帮忙放放牛外，吃住都跟着云帆公。云帆公更是把他当作自己的儿子来对待。那时的陈天花身材瘦小，面部有许多麻子，常流鼻涕，趿拖鞋，不苟言笑，但是读书却是非常认真的。有次吃糍粑时竟把墨当成糖蘸着吃了，一时传为美谈。

识字后，云帆公家里的书，他读得爱不释手、如痴如醉。读得多了，他也不知天高地厚地写了起来。乡里人见陈天花还能写文章，无不惊为天人，认为其必有大出息。

陈天花在云帆公家中住了多年。他总是如饥似渴地学习，有时还跟小伙伴们学点拳脚功夫。陈天花天资聪颖，有“神童”之称。1892 年，陈善离开荣华，来到新化县城，住在刚刚成立的资江书院里，帮着书院打打杂，以得到一份微薄的收入。陈天花继续提篮小卖，偶尔也到资江书院旁听。书院的山长叫邹苏柏，办学开明，见陈天花听讲认真，也就任其旁听。

有一天晚上，邹苏柏批阅学生作文，看到这个旁听生陈天花也交了一篇，便看了起来，当看到文中的“莫谓草庐无俊杰，须知山泽起英雄”

的句子，大吃一惊，站了起来，暗自叹道："此子其志不在小也！将来必成大器。"

于是，邹苏柏去拜访县城的富商陈御丞，请他资助每月三斗米、一串钱，让陈天花到资江书院学习。陈御丞满口答应了。

第二天，陈天花成为资江书院的正式学生。

陈天花记忆超群。至今新化县流传着这样一个传说：

陈天花在资江书院读书时，他的亲戚托他买本《唐诗三百首》带回，那时的交通全靠河流，交通工具只有船。从新化县城到家，估计是一天一晚的时间，他就坐在船上，没多久就看完了。到家时，不知怎么回事，那本书竟不见了。亲戚很遗憾，陈天花笑着说："没什么，我给你抄出来。"于是找来纸笔，凭着记忆，硬是一首一首地背下并抄出来。

当时，在资江书院读书的还有陈夙荒、杨源浚。陈夙荒是资江书院举办者之一陈国卿的侄儿，因为父亲在36岁那年死于科考考场，是伯父把他送到资江书院读书的。

他们三人的文章都写得很好，山长经常将他们三人的文章张贴出来，于是，他们三人有了"新化三杰"的美称。

他们三人还经常一起漫步资江河畔，谈论国事，往往谈得热血沸腾。有一次，他们三个人在讨论各自的名字。杨源浚说："我觉得我的名字最好，疏浚源流，正本清源！"陈天花、陈夙荒二人点头赞许。

陈天花问："夙荒，你为什么年纪轻轻，取这么颇有沧桑感的名字？"陈夙荒说："因为母亲生我那年是个荒年。"

杨源浚说："名字对一个人的未来很重要，你还是要取一个与理想有关的名字，你今后的理想是什么？"

陈夙荒说："我的理想是搞教育，办学校，让更多的人有知识，这才能让我们的国家强大起来！"

陈天花说："那好，那你的名字就叫陈润霖，字夙荒，这样，既不忘记你是从哪里来的，又能看到远大的未来。"

陈夙荒一沉吟，说："好！这个名字好！我用了！"

陈夙荒说:“天花,你的理想是什么?也要改个名字才好。”

陈天花说:“我的理想就是要让我们中华民族强大起来、振兴起来,至于具体做什么,我没有你那么明确。”

陈润霖说:“那你就叫陈天华,天佑中华!”

三人不禁击掌:“这个名字好!”

从此,三个人的名字就这么定了下来。

1897 年 10 月,湖南巡抚陈宝箴倡导新学,在长沙创立时务学堂,陈天华被录为外课生。1898 年 4 月,陈天华被正式录取到新化实学堂学习。1898 年 9 月 8 日,《湘报》149 号刊登了陈天华等《公恳示禁幼女缠足禀》,同时刊发陈宝箴的批谕。其进步思想已初步形成。

二

中日甲午战争之后,我国开始向日本派遣留学生。湖南是 1901 年开始向日本派遣留学生,第一批 12 人,陈润霖在这 12 人之列。陈润霖是通过考中秀才后被选送到求是书院读书,在求是书院被选送到日本留学的。而陈天华则到 1898 年开学的新化实学堂读书,之后又到岳麓书院求学,于 1903 年考上官费留学生资格。

赴日之前,一位官员因久闻陈天华才名,特意来打听陈天华的婚姻情况。他委婉地探知陈天华并没有订婚时,直率地说想把自己的女儿许配给他。此时,陈天华已满二十八周岁,虚岁二十九,已接近“而立之年”。但陈天华听说了官员的好意后,竟仰天长叹说:“国不安,我不娶。”官员虽然替女求婚不成,但对陈天华的远大志向仍佩服不已。

1903 年 3 月,陈天华从上海乘坐去日本的海轮,开始了意气风发的留学之旅。和众多爱国留日学生一样,陈天华的留学,其志既在求知,更在探索救国之路。当时东京接收中国留学生的机构有很多,弘文书院是比较有名的一个。早两年到来的陈润霖就是在这所学校读书,早来的鲁迅也是在这里读书。陈天华与陈润霖一样,学的是速成师范,为期六个月。陈润霖学了六个月后，又延长了三个月，于1903年冬天回国了。

与陈天华一起赴日留学的新化人还有杨源浚，杨源浚学的是军事，进的是振武学堂。除杨源浚外，陈天华接触的全是新朋友。在这批新朋友中，陈天华与黄兴最谈得来，黄兴1902年就到日本留学了，比陈天华早一年。他们志趣非常相投，聊着聊着，有时拍案击掌，有时高声欢笑，有时痛哭流涕。

有一次，陈天华从图书馆出来，碰上匆匆赶来的黄兴。两人便在路旁的一棵树下站定谈了起来。

黄兴急切地说："辛丑条约签订后，俄国本来答应两年内撤兵，现在两年时间已到，却从国内传来消息，俄国不但不撤兵，反而提出其他的无理要求。"

"什么无理要求？请黄兄细细说来。"

"他们提出赔款二十条，企图全面剥夺中国对东北的主权。"

"真是欺我中华软弱！朝廷岂可认可?!"陈天华愤怒地说。

黄兴接着说："现在国内已经纷起抗议了，3月15日，上海士商汪康年、蒋智由等二百人集会，要求清政府力拒俄约，以保危局。江苏、浙江、广东、山东、澳门、香港等地士商和新加坡华侨纷纷响应，迫使清政府驻俄公使拒绝在约款上签字。但俄国仍不从东北撤兵，并提出七项新的侵略要求。"

陈天华在树上狠狠击了一掌，接着又做了个打的姿势。显然，已经气得有点说不出话来。

黄兴忧虑地说："朝廷被洋鬼子打怕了，这次很有可能再次认怂!"

"那不行！我们不能答应!"陈天华攥紧了拳头。

"找你商量，就是想组织一场拒俄运动。既敦促朝廷，又威慑俄国。"

"黄兄所言极是！我们这就开始行动!"

1903年4月29日，东京中国留学生五百多人集会，抗议俄国对中国东北的侵略。有的挥舞拳头，有的眼含泪水，有的低声抽泣，有的仰面长叹。

陈天华走上讲台，满含悲愤，激动地说："同胞们！悲叹和哭泣都是没有用的，我们必须行动起来！拿出鸡蛋碰石头的勇气，拿出堂吉诃德挡风车的勇气，我们今天成立拒俄义勇队，开赴前线，与沙俄决一死战！"

黄兴带头鼓起掌来，并签下了第一个名字。陈天华接着签名，留学生们群情激愤，争相签名，一共有一百三十余人签名。还有很多即将回国的留学生，表示回国后组成拒俄义勇队，会同作战。

但当陈天华与黄兴一同来到清政府驻日使馆，求见到驻日公使蔡钧时，蔡钧非常冷漠地说："俄国不撤兵与你们有什么相干？"

陈天华义愤地回答："天下兴亡，匹夫有责，怎么与我们不相干呢？"

蔡钧说："与你们相干又能怎么样呢？你们还不是读你们的书？难道凭你们就能让俄国撤兵？"

黄兴的回答显得更为冷静和沉稳。他说："是的，蔡大人，我们还真要让俄国撤兵。我们组成了拒俄义勇队，正在加紧训练，我们派回国内的学生也组成了同样的队伍，只请你同朝廷联系，让我们开赴东北战场，参加战斗。"

蔡钧感觉到这些学生并不是说着好玩，而是一点就燃的火药桶。他感到事态非同小可，于是站起来严肃地说："胡闹！读书学本事是学生的天职，学好本事回去建设国家，才是你们的正经。朝廷花这么多钱送你们东渡日本来读书，对你们是寄予了很高期望的，要打仗也轮不到你们来打，朝廷自有军队来打。你们不要瞎胡闹！瞎胡闹！懂吗？立即给我解散，好好读你们的书，学你们的本事，不要正事不足，瞎胡闹有余。谁继续闹拿谁开刀！"

蔡钧说得"语重心长""有理有力"。黄兴、陈天华也是第一次与驻日公使面对面舌战，求见本身就是对公使抱着一定的希望，不希望当面把面皮撕破，也就没有做更为激烈的交锋。

但蔡钧是一个圆滑的老官僚，与留日学生见完面后，马上与清政府联系，报告"革命党"活动的情况，请清政府取缔国内的"激进"活动。

同时，又联系日本当局，干涉留学生的“过激行动”。

于是，拒俄义勇队被迫解散，爱国学生的满腔热情被泼了一盆冷水。

这次事件让陈天华明白，对清廷不能抱任何幻想，向清廷请示，就等于“请死”，不可能有任何好的结果。只能留学生们自己想干就干，清廷的官员知道得越少越好，最好是一丝一毫也不要让他知道。

黄兴又约众人聚会。黄兴准备了酒肉，让大家在放松的状态下敞开胸怀。

大家开始喝了一会儿闷酒，你望望我，我望望你。陈天华终于忍不住了，第一个爆发了出来：“这是什么世道？报国无门，爱国有罪！”将杯中酒一饮而尽之后，狠狠地将杯子砸在地上，玻璃杯顿时粉身碎骨。

这不啻于将一挂鞭炮点燃了引线。大家纷纷爆发了。

“清政府根本不把大好河山当回事，只想保他们的统治地位。”

“是啊！想起慈禧的话就心痛：量中华之物力，结与国之欢心。他们的心中哪里还有老百姓？哪里还有国？就是只要他们自己过得骄奢淫逸就好了嘛！”

“一点儿心肝都没有了！”

“这样的朝廷，还要他何用？还信他干啥？”

“对，还要他何用？还信他干啥？反了他娘的！”

“是啊！早就该反了！”

陈天华接着说：“清廷已经成了洋人统治我们汉人的工具，砸了他！”

“对，砸了他！”

“砸了他！”

……

室内此起彼伏的口号声，仿佛要把屋顶冲破！

等大家慢慢平静下来，老成的黄兴沉稳地说：“我们成立一个组织，以反清爱国为目标，但要以合法的形式在日本立足，这样才能持续发展，不会招致清廷和日本当局的公开镇压。”

大家纷纷点头，为起名而陷入思索。

陈天华突然站起来说："我们就搞一个军国民教育会，名义上是进行军事教育，实际上我们成立几个部，组织起义、暗杀、宣传。"

黄兴说："这个名称好，清政府和日本当局都无权干涉。大家觉得怎么样？"

大家纷纷点头称是。

1903 年 5 月 11 日，军国民教育会在东京正式成立，秦毓麟、叶澜等 200 余人与会。同年，上海爱国学社也组成军国民教育会，多为华南及华中沿海地区的留日学生。教育会以"养成尚武精神，实行民族主义"为团体宗旨，进行方法一曰鼓吹，二曰起义，三曰暗杀。陈天华主管宣传。这个组织的成立，标志着留日学生开始走上反清革命的道路。

军国民教育会成立后，即分派会员回国开展革命活动，策动反清起义。杨毓麟、黄兴、苏鹏、何海樵、张继等部分会员遂组成暗杀团，"专主张暗杀，研究爆发物"。不久，暗杀团成员纷纷归国，伺机行事。杨毓麟、张继等选定慈禧太后为暗杀"第一对象"，一行五人由东京直入北京，探听慈禧太后行踪，拟途中埋设地雷，以谋行刺。伺候日久，终因无机可乘，废然南返。军国民教育会一直保持到 1905 年中国同盟会成立。

三

陈天华负责军国民教育会的宣传工作，他日夜在琢磨，要怎样才能达到最好的宣传效果呢？要怎样宣传才能让民众觉醒起来，参与到革命的队列中来呢？人是有麻木性的，一般的宣传对于普通百姓来说根本就不起作用。

而陈天华对革命必要性认识深刻，革命意志坚定，当前革命形势的迫切需要，是必须唤醒更多的民众起来，革命才有力量。

唤醒民众觉醒、激励民志的，非两样东西不可：一是生命，一是鲜血。对，只有这两样。现在，付出生命的时机还没有到，那就用鲜血吧。

一天晚上，陈天华想到这里，立即开始行动，他猛地咬破手指，殷红的鲜血立即流了出来。他拿起一支毛笔，饱蘸鲜血，在铺开的白纸上写下了一行血字：

敬告湖南人！

他一发不可收拾，接着写道：

湖南同胞们！中国的命运就掌握在你们手中，你们以为中国没有希望，就真的没有希望了？你们以为中国亡不了，就真的不会亡？父老乡亲们，起来吧！以湖南推动中国的进步，挽救中国的危亡！而挽救中国的危亡，最重要的就要不怕死！只要万众一心，舍死向前，就没有我们做不成的事！

陈天华蘸着自己的鲜血和热泪，一连写了十几张，终因流血过多而晕倒，可嘴里还在不停地喊："救国！救国！"

陈天华被救后，坚持将血书装入信封，一封一封寄回国内。

陈天华用浅显易懂的大白话，宣传反帝爱国的革命思想。"大地沉沦几百秋，烽烟滚滚血横流。伤心细数当时事，同种何人雪耻仇?"推翻那个洋人的朝廷，号召全国各阶层团结起来，"劝君猛省莫徘徊"。中国是一头沉睡的狮子，醒来后才能实现民族独立。"长梦千年何日醒，睡乡谁遣警钟鸣?"陈天华就要做为整个民族摇旗呐喊的人。

他把血书分别寄给湖南的各个学校。所有收到血书的人，都深深被陈天华的爱国激情感染了。

当时任湖南巡抚的赵尔巽也接到了陈天华的血信。他很感动，认为自己作为一方的父母官，应该为这个年轻人鼓气、加油才行，于是，他不仅吩咐在《湘报》刊登陈天华的《敬告湖南人》，还拿着陈天华的血书去各学堂宣读展示。

到底有多少人受陈天华血书的影响，毅然东渡日本，参加革命，笔者对此并没有研究。但是，1905 年 8 月同盟会在东京成立的时候，创会会员 108 人，新化县一个县就占了 38 人。孙中山为新化题写了"同盟会会员荟萃之乡"。

写完血书，陈天华觉得还是不够，鲜血太少了，写了十几封人就倒下了。必须写一篇更长的能够惊天地泣鬼神的作品，写一篇人人能够传唱，妇孺皆明白的作品，才会有鼓动性，才会让更多的人知道，才会真正唤醒更多的人。

1903 年秋，陈天华看到祖国主权失矣，利权去矣，便撰写了《警世钟》《猛回头》，并开始写《狮子吼》。陈天华的反帝爱国思想，给人们留下了不可磨灭的印象。毛泽东在 1936 年与美国友人埃德加·斯诺的谈话中，回忆少年时代读了一本讲革命的书对自己的影响时说："这本书谈到了日本占领朝鲜、台湾的经过，谈到了缅甸、越南等地的宗主权的丧失，我读了以后，对国家的前途感到沮丧，开始意识到，国家兴亡，匹夫有责。"（见《西行漫记》）毛泽东说的这本书，就是盛行一时的《警世钟》。

鉴于当时的形势，《警世钟》他未签署真名，在题目之上标有"最新新闻白话演说"八个字，署"神州痛哭人著"。《警世钟》，全书约 23000 字，分为 30 个自然段。它是用这样的七言诗句开头的：

长梦千年何日醒，睡乡谁遣警钟鸣？
腥风血雨难为我，好个江山忍送人！
万丈风潮大逼人，腥膻满地血如糜；
一腔无限同舟痛，献与同胞侧耳听。

在文言文风行的时代，陈天华大胆使用白话文，《警世钟》以说唱文艺形式出现，也是一种可贵的移风易俗的举动。文章辟头，作者就惊呼国破家亡的惨景即将来临："嗳呀！嗳呀！来了！来了！甚么来了！洋人来了！不好了！不好了！大家都不好了！……从今以后，都是那洋人畜圈里的牛羊，锅子里的鱼肉，由他要杀就杀，要煮就煮，不能走动半分。唉！这是我们大家的死日到了！""苦呀！苦呀！苦呀！我们同胞辛苦所积的银钱产业，一齐要被洋人夺去；我们同胞恩爱的妻儿老小，活活要被洋人拆散，……枪林炮雨，是我们同胞的送终场；黑牢暗狱，是我们同胞的安身所。大好江山，变做了犬羊的世界；……唉！好不伤心呀！”

这些令人心惊肉跳的文字，真是发人深省！那么，中国为什么会面临这样的民族危亡呢？作者明确指出，根子就在于清朝的腐败。

作者又用大量的历史事实，指出中国这块肥肉，正被一群豺狼围住撕扯着、吞咽着，中国被豆剖瓜分了；满洲政府已是“洋人朝廷”了。清政府已成为“洋人朝廷”这个根本性的问题，这是陈天华最先公开指出的。真是石破天惊，这一观点的出现，在爱国人士中立即产生了巨大的影响，并形成一种新的觉悟——反封建必须反帝。

面对列强的侵略，该怎么办呢？作者以炽热的爱国感情，斩钉截铁地指出，必须万众一心，齐心杀敌：

> 洋兵不来便罢，洋兵若来，奉功各人把胆子放大，全不要怕他。读书的放了笔，耕田的放了犁耙，做生意的放了职事，做手艺的放了器具，齐把刀子磨快，子药上足，同饮一杯血酒，呼的呼，喊的喊，万众直前，杀那洋鬼子，杀投降那洋鬼子的二毛子。满人若是帮助洋人杀我们，便先把满人杀尽；那些贼官若是帮助洋人杀我们，便先把贼官杀尽。“手执钢刀九十九，杀尽仇人方罢手！”我所最亲爱的同胞……杀！杀！杀！杀我累世的国仇，杀我新来的大敌，杀我媚外的汉奸。

陈天华还引用了古今中外一些以少胜多、以弱胜强的事例，来鼓舞全国人民的士气。他还疾呼，要去掉“东亚病夫”的称号，全体国民必须注意锻炼身体。因为抗敌必须有强壮的身体、高超的技能和勇于报国的精神。

为了救中国，陈天华恳切地告诫大家十个须知、十条奉劝。书的末尾，陈天华慷慨激昂地说：

> 醒来！醒来！快快醒来！快快醒来！不要睡的像死人一般。同胞！同胞！虽然我知道我所最亲最爱的同胞，不过从前深处黑暗，没有闻过这等道理。一经闻过，这爱国的心，一定就要发达了，这救国

的事，一定就要担任了。前死后继，百折不回，我汉种一定能够建立个极完全的国家，横绝五大洲。我敢为同胞祝曰：汉种万岁！中国万岁！

陈天华是中国人昏睡未醒之际，奋起撞击警世洪钟的敲钟人。

《猛回头》是陈天华于1903年下半年写成。共四章，初刊于日本东京。文中以弹词手法，描述了外国欺凌中国之惨剧，以唤醒国民迷梦，提倡独立精神。

《狮子吼》是陈天华所撰写的一本书，因作者蹈海自杀未写完，仅完成八回。书中宣传资产阶级民主主义的政治理想，批判满族贵族入关以来的暴行，揭露当时清政府的腐朽和在帝国主义列强侵略下民族危机的深重，鼓吹革命。

陈天华是那么渴望民众觉醒，那么渴望激励民志，他希望全体人民都能起来，共同推翻清政府的统治，建立一个新的革命的政权。必须回国，向同胞们呐喊！组织同胞们战斗！

正在这时，黄兴和陈天华被推举为归国革命运动员。黄兴于1903年5月就回国了。陈天华也于这年年底回到了湖南。

四

黄兴离日归国后，先到上海，结识了包括《苏报》主编长沙人章士钊在内的大批新派人士。随后，便受日本东京弘文学院的先期留学生、长沙明德学堂校长胡元倓之聘，经武昌回到长沙。

黄兴在居留长沙的岁月里，利用明德学堂教员的身份，创办了一所名为“东文讲习所”的日语学校，向学生灌输革命思想，一时“排满革命之谈充塞庠序”；此外又大量翻印《革命军》《猛回头》《警世钟》等革命书籍，散布到军商各界；还与社会上的许多进步知识分子取得了广泛的联系。数月之间，便打下了创建革命团体的基础。

黄兴的活动遭到了地方保守绅士的控告，幸而有明德校董龙璋（长沙府攸县人）等人的担保才得以解围。此后，为了以全部时间致力于革命，也为了不使明德学堂遭受牵连，黄兴辞去了他在明德的教师职务。

陈天华回湖南后，很快与黄兴会合在了一起。两人畅谈通宵达旦。

1903 年 11 月 4 日是黄兴 30 岁生日，他在长沙保甲巷彭渊洵家准备了酒席，约集陈天华、宋教仁、刘揆一、章士钊、周震鳞、翁巩、秦毓鎏、柳聘农、柳继忠、胡瑛、徐佛苏等，举行秘密会议，共商革命大计。

黄兴站起来举杯："如果大家信得过我，我愿带领大家共举反清大业。"

大家都站起来："我们相信你能带领我们成就反清大业！"

黄兴说："那你们看，我们现最需要做的工作是什么？"

陈天华应声说："扩大反清宣传，发展革命同志。"

刘揆一说："对，扩大反清宣传，发展革命同志。这是当前的重中之重。"

陈天华接着说："我想把我的《警世钟》《猛回头》和邹容的《革命军》加印，秘密地散发出去，再发展一些志同道合的人做同志。"

章士钊说："对！印得越多，发得越多越好。这三本书是你们两位的泣血之作，一定能感染人！"

周震鳞说："有道理，上次杨源浚一个人就带了 7000 多本回国，大家争相抢阅，影响非常大。这次一定要扩大扩大再扩大。"

宋教仁说："还是要建立一个组织，有组织才能团结人、凝聚人，有组织才好确定行动纲领。"

黄兴高兴地说："说得对！这也是我请大家来喝生日酒的根本目的。我们有必要在国内建立一个像军国民教育会那样的组织，系统地、有计划地进行革命活动。"

秦毓鎏提出质疑："长沙比不得东京，清政府爪牙甚多，防范严密，控制言论、集会，办学会根本不可能。"

"是啊，在长沙办学会是不可能的。既不可能批，更不可能存在。"柳继忠也表示担忧。

陈大华站起来说："活人哪能被尿憋死？办不成学会，就办公司。英国人统治印度，还不是办的东印度公司？日本人入侵东北，还不是办的株式会社这个公司？我们要像魏源说的，师夷长技以制夷。我们也办公司，只不过我们办的是反清的公司。"

大家眼前一亮，鼓起掌来。

徐佛苏说："这个主意好！黄兴矮矮胖胖的，正好像个大阔佬。"

一句话说得大家呵呵地笑了起来。

"那起个什么名字呢？"胡瑛说。

"什么名字？"秦毓鎏挠了一下头。

"对，这个名字一定要响亮，要有深刻的寓意。"翁巩说。

大家七嘴八舌地开始了头脑风暴。

"我看就叫华兴公司吧，兴是黄兴名字中的一个字，华兴，寓意带领我们推翻满清，让中华振兴！"陈天华说。

大家又一次鼓掌。

黄兴说："还是众人拾柴火焰高啊！那就这么定了，我们立即着手筹建名为华兴会的反清革命团体，对外假托兴办矿业，称华兴公司。"

此次秘密会议还约定，入会者均称入股，"股票"即会员证，并以"同心扑满、当面算清"为口号，隐含"扑灭满清"之意。

大家又一次举起了杯。

黄兴招呼大家坐下来，说："现在万事俱备，只欠东风。请大家想一个举行成立大会的良辰吉日。"

大家开始了讨论。大家提出的几个日期都被与会者找出理由否定了。

有没有一个万全的日子呢？

陈天华说："依我看，就在明年 2 月 15 日晚上举行成立大会再合适不过了。"

大家一听"明年"，觉得很是遥远。

"明年？一万年太久吧？"徐佛苏立即反应。

陈天华笑道："我说的明年 2 月 15 日，其实就是今年的除夕呀！"

大家恍然大悟。

宋教仁说："陈天华的这个点子好。大家都忙着过年，哪家不团聚？不人多？警察也要过年，哪有闲工夫来管这事？我看就定在 2 月 15 日，由黄兴大老板定夺。"

黄兴高兴地说："既然大家都认可，我还有什么说的？大家各自行动，分头准备。"

1904 年 2 月 15 日（癸卯年除夕），华兴会在龙璋的西园寓所正式举行成立大会。

龙璋（1854—1918），湖南攸县人。父亲龙汝霖，举人出身，曾任山西高平、江西铅山等知县、直隶知州，是中国地质事业奠基人丁文江的恩师。1900 年庚子国难，龙璋积极联络张謇、盛宣怀、赵凤昌等江浙名流，推动两江总督刘坤一等实行"东南自保"，保全了大清国的半壁江山。

当天到会者除发起的 12 人外，尚有省内外百余人。会上，黄兴被推为会长，宋教仁、刘揆一为副会长，确定了"雄踞一省，与各省纷起"的战略方针，以"驱逐鞑虏，复兴中华"为号召。

会后，华兴会建立了相当庞大但不够严密的组织系统。它的总机关为"华兴公司"，设在长沙南门外。在长沙小吴门正街设立东文补习所，名为教授日文，实为华兴会活动机关；又在东街设立作民译社，"以讲求实学，翻译新书为宗旨"，作为华兴会的宣传和联络机关。此外，在醴陵设立禄江学堂，刘揆一任监督，负责调度各路发难事宜。许多会员分赴其他各府、县开展活动，华兴会成为湖南革命运动的中心。在省外，又设"上海爱国协会""华兴会湖北支部"，使得华兴会活动远远超出一省范围。

华兴会成立后不久，会员即发展到五六百人，绝大多数是从日本留学归来或在国内学堂肄业的进步知识分子。他们构成了华兴会的领导层。另设联络会党的外围机关同仇会，统领了近十万秘密会党，构成了华兴会的基本队伍。

由于确立了"雄踞一省，与各省纷起"的战略方针，陈天华和黄兴商议，决定在阴历十月初十慈禧太后七十岁生日那天起事。那一天，湖南的文武官员会在长沙万寿宫集会，为慈禧祝寿。华兴会决定事先在万寿宫埋下炸药，一举炸死那些腐朽的官僚，然后宣布起义。并在其他几个地方同时响应。

为了壮大革命力量，陈天华先在军队中动员士兵参加起义。不久，黄兴又让陈天华吸引哥老会会员参加长沙起义。

哥老会，是近代中国活跃于长江流域，声势和影响都很大的一个秘密结社组织，以反清复明为宗旨，是下层群众自发结成的。在四川地区的哥老会被称为袍哥，也叫袍哥会。川军的袍哥会和湘军的哥老会在军中影响巨大，对清朝末年的革命有着巨大的影响。当时，长沙哥老会的首领叫马福益。

华兴会成立后，正值日俄战争爆发。陈天华把日俄战争的最新情况写进《警世钟》，并于1904年春夏之交将增补本印行，一时有洛阳纸贵之势。陈天华还为湖南的《俚语日报》撰写了很多文章，并到各地进行演说，宣传革命之必要。陈天华的语言通俗易懂，真情直率，激情饱满，剥去了浮华藻饰而直指人心，男女老幼争相聆听，有的听后高声呐喊，有的听后痛哭流涕。

在发动普通民众的同时，陈天华积极策动军界、学界参加武装起义。

当时驻扎在江西吉安的清军巡防营统领廖名缙准备创办一个随营学堂。

廖名缙久闻陈天华的大名，也看过《警世钟》《猛回头》，但一直没有将陈天华与这两本书联系起来。当他得知陈天华就是这两本书的作者时，便邀请陈天华帮他建立、主持这个学堂。

陈天华觉得这是一个策动军队的好机会，便与姚宏业等一起前往。但事与愿违，陈天华并没有能策动廖名缙，相反，由于革命党人曹亚伯在吉安广为散发《警世钟》《猛回头》，导致陈天华无处安身。陈天华只好返回湖南。

这时，黄兴又组织了专门与地方会党联络的同仇会，仿日本军队编制，由黄兴任会长和大将，刘揆一任中将，掌理陆军事务。

黄兴想争取地方会党哥老会支持。

争取马福益的哥老会支持革命，是十分重要的一招。怎么样才能联系上马福益呢？官兵曾经要抓马福益，刘揆一的父亲给马福益报过信。马福益因此认刘揆一的父亲为恩人，对刘揆一、刘道一兄弟也是以兄弟相称。

于是，刘揆一陪黄兴去拜访马福益。哥老会的宗旨是反清复明，与黄兴即将组织的同仇会可谓“志同道合”，于是一拍即合。

黄兴委托陈天华举办给马福益授少将军衔仪式。陈天华于是化名郑浩然，先是赶到了醴陵县城，借住在关家巷何祠。

9月24日，阴历中秋节那天，是湖南浏阳普集市传统的牛马交易会的日子。集市上人流密集，嘈杂喧嚷，临近村镇赶来参与者多达数万人。来赶集的都是农民，他们绝大多数是哥老会会员。选择在这样一个日子授衔，就是要让哥老会会员都知道。

陈天华临时搭起了一个土台子，待到人流量达到顶峰的时候，突然一阵锣鼓喧天，之后安静下来。陈天华登上土台子，慷慨激昂地对人们说：“父老乡亲们，哥老会的会员们，我们是同仇会的，以推翻清朝统治为宗旨。现在，我受会长黄兴大将之命，授予哥老会首领马福益少将军衔，请马英雄举起右手宣誓。”

马福益举起右手宣誓：“我志愿加入同仇会，愿意遵守同仇会的规矩，愿意担任少将职务，愿意为同仇会的发展壮大效犬马之劳！”

马福益宣誓后，刘揆一上台演讲：“各位，我是同仇会中将刘揆一，我会将发给马首领长枪二十支，手枪四十支，马匹四十匹。”马福益高兴地表示乐意接受。这一次授衔活动，在哥老会会员中影响甚大。他们商议，只要大批军械从上海运到湖南，就可以提前举行起义。这次授衔仪式，对哥老会的会员起到了直接的动员作用。据记载，此后加入同仇会的哥老会会员多达十万人之众。

事有不测。

当时的湖南巡抚陆元鼎为了打入革命军内部，派密探假装与两位会党骨干交好。一次，密探请会党骨干吃饭，喝得豪气冲天时，一会党骨干酒后失言："万寿节快到了，我们就要动手了。"

陆元鼎获悉绝密情报后，立即对革命党人展开大规模捕杀，黄兴和陈天华闻讯后匆匆离开湖南。长沙起义流产，黄兴、陈天华等痛心疾首。

与黄兴、陈天华等在湖南活动的同时，军国民教育会暗杀团的杨笃生、苏鹏、张继、何海樵、周来苏等五人在北京准备行刺西太后，失败后撤回东京。

陈天华、黄兴等在长沙起义失败后来到上海，同时杨笃生、苏鹏、张继以及蔡元培等也来到上海。黄兴到上海后，向朋友们发了一个署名"兴"字的保密电报以示平安。从此，黄兴这个名字享誉海内外。

黄兴、陈天华在长沙筹备起事时，除派人到各省活动外，还遣专使去日本，委托当时暗杀西太后不成返东京的杨笃生、苏鹏、何海樵等组织在日本的湘籍陆军学生回国，参加起义军事活动。当时已毕业的蔡锷等人，还没毕业的程潜等人都积极支持，先后回国来到上海。杨笃生、苏鹏、何海樵等也随后来到上海。于是，这两拨人以及蔡元培等江浙革命志士都聚集起来，他们在英租界大马路新开路余庆里 8 号租设启明译书局作为革命机关，黄兴等都住在书局里。

1904 年 11 月 7 日，黄兴、陈天华召集革命党人在余庆里举行集会，到会的有四十余人，这是当时革命党人最大的集会，商讨下一阶段反清革命方略。他们虽然遭遇重大失败，虎口逃生，但是没有丝毫沮丧之气，还决定分头策动军界和学界，在武昌和南昌发动武装起义。在陈天华等人的努力下，不到十天的时间，华兴会重振声威。

不久，由于革命党人万福华刺杀卖国官员王之春被捕，在监狱中不慎泄露信息，致使华兴会的一个秘密机关被破坏，黄兴等十余人先后被捕，余者仓促撤离。

陈天华万分悲愤，决心不再撤离，以死明志。他面色凝重，正襟危坐，只等巡捕前来抓人。同志来劝，陈天华说："事不成，国灭种亡，等死耳，何生为?"

革命党人以死相劝，要他留得青山在，以图再举大事。陈天华才撤到安全之地。

这个时候,《警世钟》《猛回头》正在全国广为传播，无数人为之幡然醒悟，为之醍醐灌顶，为之起来抗争，参与到革命队伍中来。清朝官吏也看到了这两部“逆书”的巨大影响，公开禁止，却愈禁愈多。他们在追查贩运翻印此书的人的同时，更想查出作者“群学会主人”和“神州痛哭人”。在华的列强也派出巡警搜捕，想置作者于死地。

当此之时，留在国内，无异于自寻死路。

陈天华连夜潜回家乡新化荣华，那时已是深夜，云帆公正在祠堂看书，忽然有急促的敲门声，云帆公忙问是谁，门外传来“是我，显宿”的声音。云帆公忙打开门，把陈天华迎进屋。是夜，师生抵足而眠，云帆公劝陈天华成个家，但陈天华说“胡虏未灭，何以家为”，婉拒了恩师的提议。

第二天天不亮，陈天华就准备离开，云帆公送他到资江边。临别时，陈天华赠与恩师洋伞一把，墨镜一副，银圆数枚。但云帆公却愁眉紧锁，说：“显宿，你是走了出去，我那三个不肖子不及你万一，该当如何?”陈天华想了想说：“恩师，你不要着急，将来我有出息了，我那师兄弟难道连少爷也不会当吗?”云帆公这才转忧为喜，回去之后遂将三个儿子改名为陈大少、陈二少、陈三少。陈天华的这个话，确与他的革命理想不符，好像是一个图升官发财的人说的。但这是在特殊的语境下说的，其目的在于解除恩师的后顾之忧。这个细节，也是陈二少的外孙回忆的。陈天华于 1904 年年底再次东渡日本。

五

1904 年年底，陈天华重返东京后进入东京政法大学就读。陈郎再次东渡，身份已今非昔比。第一次来是正儿八经的官费留学生，衣食无忧，回去还有“美好”的前途，只要学成回国，就会被清政府授予“留学举人”“留学进士”的功名，可以担任较高的官职。将留学生授予即将被废止的“举人”“进士”同等级功名，也算是清朝末年这个马上衰朽的朝廷的一点自知之明。这确实在历史上有一定的进步作用。詹天佑等就被授予过“留学举人”。

但这一点点的改良，是远远不足以让腐烂的清朝焕发生机的。陈天华现在是朝廷要犯，人人可得而捉之，送到朝廷去请赏。他的脑袋如同被系在裤腰带上，随时都可能被人取走。

今非昔比的身份，让陈天华愈挫愈勇，愈挫愈奋。但看到留着长辫，摇头晃“尾”不以为耻的麻木的清朝留学生，他对革命的前途和未来又感到深深的忧戚，也进行着激烈的思想斗争。他一度觉得前途渺茫。

这时，一个叫邓孝可的人提出了君主立宪六条意见。

邓孝可，字守源，号慕鲁，四川省奉节县永里茅田（今重庆市奉节县茅田乡）人。生于 1869 年 12 月 30 日。邓孝可在东渡日本留学期间，与梁启超、吴玉章等人往来密切。

君主立宪在清廷引起很大的反响。清廷内部的一些有进步思想的官员也在考虑如何拯救即将倾倒的清朝大厦。

立宪活动得以展开的一个直接原因却是 1905 年的日俄战争，日本以君主立宪小国战胜俄国那样一个专制大国，给清廷上下以很大震动。“日俄之胜负，立宪专制之胜负也。”朝野上下普遍将这场战争的胜负与国家政体联系在一起，认为日本以立宪而胜，俄国以专制而败，“非小国能战胜于大国，实立宪能战胜于专制”。

于是，不数月间，立宪之议遍于全国。因为日本于明治十五年（1882）曾派员赴欧洲考察宪政，清廷遂于 1905 年派载泽、端方等五大臣出洋考察。次年，五大臣先后回国，上书指出立宪有三大利：“一曰皇位永固，二曰外患渐轻，三曰内乱可弭”，建议进行“立宪”。但是，他们指出，“今日宣布立宪，不过明示宗旨为立宪预备，至于实行之期，原可宽立年限。日本于明治十四年宣布宪政，二十二年始开国会，已然之效，可仿而行也”。清朝统治者看中的正是“预备”两字。

1905 年 1 月，有媒体发出言论，说中国不久将被瓜分。对君主立宪不抱任何希望的陈天华，心情跌到了冰点。2 月 1 日，黄兴、宋教仁又专程来到陈天华所住的东新译社，与他促膝谈心。虽经过黄兴、宋教仁一天一夜的深谈，陈天华的心情并没有转好。以小小的日本，能够战胜貌似强大的俄国。而中国之大，却被八国联军瓜分，丧权辱国。亡国的危机，也是很大的。

为什么我的眼里常含泪水？因为我对这土地爱得深沉！

陈天华爱国之深情化为对国对民的深忧，就像一只悲啼的杜鹃，就像于汨罗江畔行吟的屈原，感到天是黑沉沉的天，地是黑沉沉的地，没有一点生机，没有一点希望。就是怀着这样的心情，陈天华依然参与宋教仁主持的《二十世纪之支那》的创刊工作，继续撰写 1904 年就开始动笔的小说《狮子吼》。

但陈天华心底的忧郁是无法排遣的。

在一次为湖南留学生举行的饯别宴上，陈天华在席间放声痛哭，极其沉痛地阐述印度、波兰亡国的原因，并与当前中国的情况相比较，认为中国已汇集了两国的弱点。说到最为伤心的时候，忍不住号啕大哭，以致晕倒在地，口吐白沫，几致不醒人事。

陈天华的心情是如此的苦闷。他产生了一死了之、不再过问世事的想法。他曾真诚地对友人说："吾实不愿久逗留此人世间也。"

这种情况一直持续到 1905 年 7 月，一个振奋人心的消息在日本留学生中快速传播，很快尽人皆知：长期在欧美活动的孙中山即将抵达日本。

孙中山是革命党人景仰的革命领袖，陈天华对之也是心怀敬仰。他来到革命活动搞得最为热火的东京，也许正是中国革命新的希望！陈天华是多么渴望与他见上一面，聆听他的高见和教诲，聆听他对中国前途和命运的判断。只有中山先生，能够看清中国的前途和命运。

1905 年 7 月 25 日，孙中山抵达东京。他此行的目的，就是和黄兴、宋教仁、陈天华等商议大事，讨论他领导的兴中会与华兴会的合作，讨论如何建立一个统一的政党。

在会晤了黄兴之后，孙中山于 7 月 28 日来到《二十世纪之支那》杂志社，在杂志社与宋教仁等一起工作的陈天华与孙中山会面了。

陈天华隐隐地有些激动，这么一位蜚声中外的革命家，这么一位被清政府妖魔化的革命家，看上去面容和蔼、文雅有致、目光炯炯，在他身边能感受到一种巨大的磁场，被一种无以名状的人格魅力感染着。这就是常言说的人中豪杰，让陈天华一见就为之倾倒。

孙中山一见到陈天华，就说："你就是陈天华先生吧？我看过你的大著，你真是不愧革命党之大文豪啊！你的《警世钟》和《猛回头》我都非常欣赏。特别是《猛回头》中提出的政治主张。"

陈天华没想到孙中山对自己如此关注如此了解，一见面就给他一个封号"革命党之大文豪"，而且赞成他的政治主张，不禁对他充满了崇敬。

陈天华在书中提了很多主张，孙中山到底对哪一条很赞同呢？

陈天华问："中山先生，您赞同我的什么主张呢？"

"就是你书中说的合作建立一个大党。"

陈天华恍然大悟，也明白了孙中山此行的主要目的，不由地对革命前途又充满了新的希望。

孙中山接着说："现在的革命形势很好！当前最要紧的事，就是如陈先生所说，把兴中会、光复会、华兴会等革命团体联合起来，建立一个统一的革命党。"

陈天华顿时热血沸腾，脸上长时间以来的阴霾一扫而空。他兴奋地说："有了先生，中国就有希望了！"他不自觉地把"中山"两个字也省了，流露出对孙中山的无比崇敬！

孙中山接着说："只要我们能做到，革命就能成功，天下就能大同！中国现在不要担心列强的瓜分，只要考虑自己不要内讧。假如这个省要起义，那个省要起义，大家都要起义，彼此不相联络，自行其是，最后会成为秦朝末年二十余国的争斗，变得和元朝末年朱元璋、陈友谅、张士诚、明玉珍那样的割据局面。假如这时候各国趁机干涉，中国一定会灭亡了。假如现在有几十上百个人出面联络革命志士，主张反清革命，破坏掉从前的旧制度，建设新的民主制度，各行各业，方方面面，都任用得当的人才，那么一经发难，就会推翻清朝、建立国民政府，天下大事就算平定了。”

孙中山的一席话提纲挈领而意旨深远，很让陈天华着迷。陈天华一直担心中国会像波兰、印度一样被列强瓜分而亡国，而孙中山看得更远，认为这不足虑，关键的是不要内讧，要团结起来。真是宏图大略啊。

陈天华也一直认定要实现全国人民的大团结，要“大家合作一个大党”，而孙中山更是能融合历史教训，洞察纷繁世事，将确立革命统一团体的必要性讲得清清楚楚，这让他心悦诚服。于是，陈天华断言，孙中山的确是四万万人民的代表，可谓中国英雄之中的英雄。

在大家的掌声中，孙中山继续侃侃而谈：“中国现在正处于一次伟大的民族运动的前夕，全国的革命形势已经成熟，蓬勃兴起的革命形势需要一个统一的政党来领导。而现在，不管是兴中会、华兴会还是科学补习所、光复会，都是区域性的革命小团体，难以承担领导革命的重任。我们只有联合起来，组成统一的全国性的革命大党，革命才能成功!”

在当时众多的革命团体中，华兴会的力量和影响仅次于兴中会。华兴会的会员中，很多都是名传海内外：黄兴、陈天华、宋教仁、姚宏业、刘揆一、谭人凤等都是文韬武略。而兴中会以华侨居多。革命党能否建立起来，华兴会的态度有举足轻重的作用。

第二天，即1905年7月29日，这天天气晴朗，华兴会骨干分子聚集在东京黄兴寓所，召开会议。黄兴说了开场白：

“今天把大家召集来，不为别的，是要每个人就华兴会与兴中会联合的问题发表一下意见，请大家畅所欲言，各抒己见。”

没等黄兴说完，刘揆一迫不及待地说：“我想就这个问题谈谈我的看法，我反对与兴中会合并，这样华兴会就会被兴中会吃掉了，看不出我们华兴会的影响。”

刘揆一说完后，宋教仁接着话茬说：“我看华兴会和兴中会合并这件事，无所谓，合亦可，不合亦行。”他的态度是模棱两可。

刘揆一说：“黄兄，谈谈你的高见。”

黄兴说："好吧，这几天我一直在考虑这个问题，思来想去，我主张，华兴会形式上可以加入兴中会，精神上不妨仍可保存华兴会的团体。"

正在大家争论得面红耳赤的时候，陈天华站起来，说出了他的看法："我对诸位的观点不敢苟同，我赞成华兴会与兴中会联合，这样不仅可以壮大华兴会，而且会有助于中国革命的成功。昨天下午，我见过孙中山先生，孙中山和我入木三分地谈起了各地革命团体实行联合的重要意义，我认为他讲得有道理。通过与孙中山接触，我认为孙中山是中国四万万人民的代表，是中国英雄中的英雄，他代表着中国的未来，他是值得我们大家追随的领袖人物。因而，我们要摒弃小团体主义、狭隘的地方主义，尽早促成联合一事。"陈天华的一席话，对于一部分态度暧昧的会员显然有启发作用，所以，会后不少会员改变了态度，这样就为中国同盟会的成立铺平了道路。

1905 年 7 月 30 日下午，这一天异常闷热，在东京赤坂区桧町三番日本人内田良平的寓所内聚集了 70 多人，他们是兴中会、华兴会及其他革命团体的代表。

由于人多，显得小木屋十分拥挤。当时，孙中山神采奕奕地走上讲台，他激动地说："经过一段时间的准备，各革命团体联合的问题现已有了眉目，今天把大家召集来是想举行筹备会议。"大家热烈鼓掌欢呼，掌声如雷。孙中山接着说："我提议联合后的革命组织名字叫中国同盟会，同盟会的会纲为：驱逐鞑虏，恢复中华，创立民国，平均地权。"黄兴说："我们应该立一个誓约，等一会儿宣誓时用。"孙中山即席起草誓约。孙中山草就誓约后指着身旁的陈天华说："天华，你是个擅长文辞的人，你看我起草的誓约怎么样？"

陈天华把誓约拿过来略加润色、修饰，又拿给孙中山看，孙中山念道："当天发誓，驱逐鞑虏，恢复中华，创立民国，平均地权，矢信矢忠，有始有卒，有渝此盟，当众处罚。"众人都说："好！"

接着，孙中山说："我们还有一项工作需要做，就是要起草同盟会章程，准备提交同盟会成立大会时讨论，请大家推荐几个人负责起草同盟会章程。”宋教仁说：“我提议陈天华为制订同盟会会章的起草员。”

筹备会结束之后，陈天华积极起草同盟会会章，几乎天天和黄兴在一起，同吃同睡。在这一段发起、筹建同盟会的日子里，陈天华朝气蓬勃，意气风发，和数月之前以泪洗面、哭哭啼啼的样子相比简直判若两人。

经过孙中山、黄兴、陈天华等人的不懈努力，8 月 20 日，中国同盟会在东京赤坂区灵南坂日本人坂本珍弥的住宅内举行成立大会，有超过一百人出席了这一具有深远历史意义的大会。

在选举总理时，黄兴提议：“公推孙中山先生为本党总理，不必经过选举手续。”陈天华首先鼓起掌来，全场顿时响起热烈的掌声。提议获得一致通过。黄兴还提议把《二十世纪之支那》杂志作为同盟会机关报（后改称《民报》），得到与会者赞同。黄兴被选为庶务（相当于协理），成为同盟会中仅次于孙中山的重要领袖。同盟会的成立，加强了革命力量的团结和统一，使中国资产阶级民主革命进入了一个新阶段。

六

同盟会成立的时候，正是清政府君主立宪筹备的雷声轰隆隆响的时候，吸引了全国很多有识之士的注意，各个革命团体对此也很关注。清政府其实并不想真正实行君主立宪，只是鉴于全国的革命局势，想做个样子，借以缓解革命局势。但由于有保皇派在推动，保皇派中有很多是在全国有影响的知识分子，所以这个君主立宪还是很能蛊惑人，甚至瓦解一些革命分子的斗志。如果不对其进行批驳，把其观点完全驳倒，批得体无完肤，就会对革命十分不利。

陈天华作为革命党之大文豪，自然就担负起了与立宪派论战的重任。

立宪派以梁启超主编的《新民丛报》为主要阵地，革命派则以《民报》为阵地。梁启超发表了《中国历史上之革命研究》一文，声称中国革命从来都是野心家的政治手段，目的是实现个人野心，不可能造福于国家。革命会造成民生凋敝、社会崩溃、人口锐减，还可能造成异族入侵。

最后得出结论：革命就会让中国灭亡。

陈天华针锋相对地写了《中国革命史论》一文，颂扬革命是救人世之圣药，革命是历代暴君、污吏不敢太过火、太猖狂的原因。如果人民主动发动文明的革命，则其给人民的造福就不可估量。他用雄辩的事实、严密的逻辑将梁启超反驳得体无完肤，可谓又一声警世洪钟。

梁启超又发表《中国人之缺点》等文章，说中国人水平不够、程度不够，说绝大多数中国人没有国家的概念，没有高尚的目的，只能受专制，不能享自由。

陈天华针锋相对地发表《中国人宜改创民主政体》等文，热情地歌颂共和，认为共和是最美最适宜的政体，同时向君主立宪继续开炮：认为中华民族的才能智力从来不亚于世界其他民族，只是因为暴君、贪官才阻碍了社会的发展。中国这头睡狮已经醒来，人民的智力已经开发，用不了很长时间，就可以超英赶美。

清政府看到立宪派在论战上占不了上风，就想用"事实"说话：派出五大臣出洋考察宪政。立宪派对此大加赞扬，认为"治世"即将到来。革命志士吴樾却不愿意看他们将闹剧演下去，以免让更多人受骗上当，想用炸弹来"欢送"他们。上海的学堂、报馆竟然称其是"丧心病狂"，对五大臣加以慰问。这亦可见当时麻木的人还不在少数。

对此事件，陈天华写出了一篇极其尖锐的时评杂文：《怪哉上海各学堂各报馆慰问出洋五大臣》，指出这种行为简直是愚不可及。对于这些"满奴"的遇刺，应该拍案大叫"他们怎么没有死？"对于以身许国的烈士应予以哀悼。而他们的行为，却是恰恰相反，岂不怪哉？

他进而指出，清政府五大臣出洋，只是借出洋考察之名，行掩盖天下人耳目之实。其目的是想苟延残喘他们的统治而已。

不得不佩服陈天华的政治眼光，一年以后，清政府的预备立宪的骗局露出马脚，连立宪派都觉得出乖露丑。

为了反对立宪派的主张，陈天华还加紧创作小说《狮子吼》，用文学作品来宣传革命。小说以浪漫主义的手法，虚构了革命爆发时的威武雄壮和势不可挡。描绘了革命成功后的种种美好景象，充满革命的乐观主义精神。

经过陈天华等人的努力，同盟会机关报《民报》于 1905 年 11 月创刊，创刊号上共发表了 17 篇文章，陈天华一个人的文章就有 7 篇，孙中山写了发刊词。

《民报》的诞生是一件大事，它标志着同盟会有了自己的宣传机器，这个机器一开动，就宣告资产阶级革命进入了一个新阶段，中国同盟会正式登上了历史舞台。而陈天华在这场与立宪派的大论战中勇于战斗，极大地抑制了立宪派的言论，让革命的言论极大地占了上风，推动了革命士气的高涨。

就在同盟会会刊《民报》创刊的时候，清政府加强了对留日学生的管制。在清政府的要求下，日本文部省颁布了《清国留学生取缔规则》，规定：清国留学生进入日本的学校学习，以及转学、退学，都要经过清政府驻日使馆的介绍或者同意。留学生来往书信以及校外活动、宿舍都必须受到日本当局的监视。倘若一名留学生被学校以“性行不良”开除，不得进入其他学校学习。

所谓“性行不良”，其实就是指参与革命活动或同情革命活动。

1905 年，面对日益蜂拥而至的中国自费留学生，日本很有些吃不消。

这一来是因为人数实在太过庞大，自日本允许清国留学生赴日后，日本的中国自费留学生在短短三年时间里迅速增长，由最初的 600 人暴增到 8600 多人；二来是因为相比经过筛选的公费生，自费生的素质相对较低，这严重影响了日本的正常教学秩序。

于是，日本在 1905 年 11 月 2 日正式颁布《关于准许清国学生入学之公私立学校之规程》。

这个规程是用日文发布的，接下来发生的一切再次证明了日本发布这个规程是相当必要的。因为大部分自费生日语并不过关，于是自费生将日语中管理、规范一词翻译或者理解成了“取缔”。

在这个规则颁布之后，广大留学生发起了广泛的抗议活动。

11 月 26 日，日本学校张贴了限令中国学生在 29 日之前呈报原籍、住址、年龄、学历等情况的公告，这进一步触怒了中国留学生。愤怒的中国留学生纷纷罢课、退学，个个义愤填膺。

宋教仁和陈天华等积极发动，此次罢课出现了令人可喜的局面：自 12 月 4 日起，就读于日本全境的 8600 多名留学生先后集体罢课。

陈天华感到很意外，没想到中国留学生这么齐心。他说："没想到中国留学生果然能够团结起来。"

身在日本，国格、人格成了陈天华最敏感的神经。他最担心的就是留学生不团结，集体受辱，有损国格。小日本打败大清国，打败大俄国，这么多中国人来到日本留学，这本身就让陈天华感到日本人有种心理优势。如果再明显受辱，是爱国如爱自己眼睛一样的陈天华无法接受的。这一次中国留学生的表现实在令人欣慰。

但陈天华对中国留学生的斗争能否持久表示忧虑，对留学生能否全体共同抵制是缺乏信心的，并不是所有的留学生都是为救国而留学，有的是为了以留学生的身份作为升官发财的敲门砖，把留学日本当作镀金，回国后借以抬高自己的身价，成为自我标榜的一个卖点，把留学作为步入仕途的终南捷径。被陈天华斥骂为"奴隶"的金邦平就是这样的代表之一。金邦平 1905 年从早稻田大学毕业后回国，参加了清政府主持的第一届留学生考试，因成绩突出，被光绪帝钦点为"留学生进士"，授翰林院检讨。留学生中有多少像金邦平这样的人？这是陈天华的忧虑之一。

所以，作为革命党之大文豪，当此之时本应撰文公开发表，给予日本当局以当头棒喝，表达我 8600 多名留学生共同的愤慨，以笔当枪，公开鸣响，唤我留学生起来共同抵制！

然而，陈天华迟迟没有动静。

那些对陈天华这枝大笔杆子抱着巨大希望的人莫不感到失望。宋教仁更是感到不可理解。一天，宋教仁找到陈天华，问："天华，日本当局的取缔规则欺人太甚，大家都盼着你出来发声，你却为何一直沉默不语？"

陈天华好一阵沉默，然后叹道："我不能徒用空言来驱人发难！"也就是说，他不愿意用空言白话让别人去搞革命。

宋教仁微微一惊，感觉到陈天华正在酝酿什么大的动作。

宋教仁看着陈天华苦闷低沉的神态，知道陈天华心中的苦闷比冰封三尺还要厚。他默默地走开了。

不久，陈天华担心的结果出现了。

随着斗争的持续，在斗争方式的选择上，中国留学生出现了严重的分歧：一派以宋教仁和秋瑾为代表，主张全体同学立即罢课回国。认为这是日本与清政府勾结的结果。当时的国内，清政府与逐渐兴起的早期革命派已经开始出现对立。

另一派以汪兆铭和胡汉民为代表，主张继续在日本忍辱负重。两派之间发生了激烈的争吵，后来所有留日学生会干事全部辞职了。

这 8600 多名留日学生群龙无首。

这让陈天华感到十分失望。

家丑不可外扬。

这是典型的家丑啊！

这是中华民族的家丑！

陈天华的心情低沉到了极点。

正在这时，日本媒体更是抓住中国留学生群龙无首的状态大作文章，大放厥词。

陈天华的神情越来越严峻。

12 月 7 日，陈天华在《朝日新闻》上看到一篇文章，描述中国学生为“乌合之众”“放纵卑劣”，指责中国人缺乏团结、私德败坏。

陈天华顿时脸色铁青！

日本媒体说错了吗？8600 多名留学生群龙无首，各派意见相持不下，被说成“乌合之众”也并不完全是诬蔑！

而“放纵卑劣”一词，更像一把尖刀，直插陈天华的心脏！

留学生，是中国最有希望的一群，他们“放纵卑劣”，中国还有希望吗？然而，中国留学生不“放纵卑劣”吗？随着数以千计的留学生涌入日本，留学生素质良莠不齐，很多人在日本确实没有显示良好的素质，而极少数的，留着辫子，嫖娼吸毒，丑态百出，说他们“放纵卑劣”，确实也并不为过。

要怎样才能改变这些“哀其不幸，怒其不争”的国人？该写的书已经写了，该说的话已经说了。陈天华向来不喜欢以空言责难别人、教训别人，那就只能以鲜血和生命让这些国人警醒！

陈天华决心已下！

他拿出笔，铺开纸，写下了《绝命辞》。

12 月 8 日清早，陈天华起床、洗漱、读报、吃早餐，一切如常。他没有任何反常的表现，从容淡定。

然后，他去向一个朋友借了两块钱，语气从容，神色和缓，没有半分失色。朋友以为他只是借钱去排印昨天写的文章，没有在意。

出门之后，陈天华来到邮局。他看了看邮局的人们，看到异国的人们自信、从容、淡定，他想，这就是强国子民的风采。我们的中国，何时能够这样？

他把信寄给了留学生总干事长杨度，然后，坐上了开往大森湾的公交车。

陈天华从海边的浅处一步步走向海的深处。

当天晚上，同住的中国留学生见到陈天华久久未归，开始怀疑陈天华是否有异常之举。过了很久，留学生会馆派人通知了噩耗——日本警察在海上发现陈天华的遗体。

12 月 9 日黎明，宋教仁等人匆忙赶到大森湾畔，瞻仰了陈天华的遗容。

当天下午陈天华愤而投海的消息震惊了所有的中国留学生，他们当即作出了全体回国的决定。而这一行为即刻震惊了国际舆论，迫于国际舆论和日本政界各党派的互相攻讦，日本当局不得不为“规范规则”补充了许多条款，作出了不少新解释。还承认了中国留学生提出的一系列正当要求。

宋教仁等发现陈天华给杨度的挂号信收据，于是他们找到了那封《绝命辞》。《绝命辞》一经宣读，在场闻听的人无不痛哭流涕！

呜呼我同胞！其亦知今日之中国乎？今日之中国，主权失矣，利权去矣，无在而不是悲观，未见有乐观者存。其有一线之希望者，则在于近来留学者日多，风气渐开也。使由是而日进不已，人皆以爱国为念，刻苦学习，以救祖国，由十年二十年之后，未始不可转危为安。

乃进观吾同学者，有为之士固多，有可疵可指之处亦不少。以东瀛为终南捷径，其目的在于求利禄，而不在于居责任。其尤不肖者，则学问未事，私德先坏。其被举于彼国报章者，不可缕数。近该国文部省有“清国留学生取缔规则”之颁，其剥我自由，侵我主权，固不待言。鄙人闻之，恐事体愈致重大，颇不赞成。

然既已如此矣，则宜全体一致，始终贯彻，万不可互相参差，贻日人以口实。幸而各校同心，八千余人，不谋而合。此诚出于鄙人预想之外，且惊且惧。惊者何？惊吾人果有此团体也。惧者何？惧不能持久也。然而日本各报纸，则诋为乌合之众，或嘲或讽，不可言喻。如《朝日新闻》等，则直诋为“放纵卑劣”，其轻我不遗余地矣。夫使此四字加诸我而未当也，斯亦不足与之计较。若或有万一之似焉，则真不可磨之玷也。

近来每遇一问题发生，则群起哗之曰：“此中国存亡问题也。”顾问题有何存亡之分？我不自亡，人孰能亡我者！惟留学生而皆放纵卑劣，则中国真亡矣。岂特亡国而已，二十世纪之后，有放纵卑劣之人种，能存于世乎？鄙人心痛此言，欲我同胞时时勿忘此语，力除此四字，而做此四字之反面：“坚忍奉公，力学爱国。”恐同胞之不见听而或忘之，故以身投东海，为诸君之纪念。

诸君而如念及鄙人也，则毋忘鄙人今日所言。但慎毋误会其意，谓鄙人为取缔规则问题而死，而更有意外之举动。须知鄙人原重自修，不重尤人。鄙人死后，取缔规则问题可了则了，切勿固执。惟须亟讲善后之策，力求振作之方；雪日本报章所言，举行救国之实。则鄙人虽死之日，犹生之年矣。

诸君更勿为鄙人惜也。鄙人志行薄弱，不能大有所作为。将来自处，惟有两途：其一则作书报以警世；其二则遇有可死之机会则死之。夫空谈救国，人多厌闻，能言如鄙人者，不知凡几！以生而多言，或不如死而少言之有效乎！

至于待至事无可为，始从容就死，其于鄙人诚得矣，其于事何补耶？今朝鲜非无死者，而朝鲜终亡。中国去亡之期，极少须有十年。与其死于十年之后，曷若于今日死之，使诸君有所警动。去绝非行，共讲爱国，更卧薪尝胆，刻苦求学，徐以养成实力，丕兴国家，则中国或可以不亡。此鄙人今日之希望也。然而必如鄙人之无才无学无气者而后可，使稍胜于鄙人者，则万不可学鄙人也。与鄙人相亲厚之友朋，勿以鄙人之故而悲痛失其故常，亦勿为舆论所动而易其素志。鄙人以救国为前提，苟可以达救国之目的者，其行事不必与鄙人合也。

《绝命辞》语气从容平静，且几乎没有一句抨击日本的话，通篇悲情激荡的文字都是由日本报纸的“放纵卑劣”而发。可见陈天华投海绝不是为了抗议取缔规则，而是对我们的同胞哀其不幸、怒其不争。

为何“放纵卑劣”四字对陈天华刺激如此之深呢？还得从《绝命辞》中寻找答案：

如《朝日新闻》等，则直诋为“放纵卑劣”，其轻我不遗余地矣。

可见，陈天华最担心的，就是中国留学生的“放纵卑劣”，这是最为敏感的一根神经。

为什么担心中国留学生“放纵卑劣”呢？

陈天华说，我不自亡，人孰能亡我者！惟留学生而皆放纵卑劣，则中国真亡矣。岂特亡国而已，二十世纪之后，有放纵卑劣之人种，能存于世乎？

陈天华说，只要我们自强自爱自信，中国是不会亡的，别国也不可能灭亡中国。但是，如果中国人自己“放纵卑劣”，则不但要亡国，而且这个人种都要从地球上消失。

正因为如此，陈天华才对这四个字格外敏感。这四个字在报章上出现后，才格外刺激他。

那么，中国留学生的“放纵卑劣”为什么后果会那么严重呢?

陈天华指出“今日之中国”，令人悲观。在陈天华看来，中国学子的“非行”，与亡国有着内在的联系。1905 年，正是中国国运衰败到极点之时，日本与俄国的虎狼之师在中国的土地上打得不可开交，自称“天朝上国”的大清帝国却无心抗争，亡国之象，昭然若揭。

陈天华把救国的一线希望寄托于留学生，但他对留学生的状况也颇感忧虑。因此他针对日本报纸所谓“放纵卑劣”的诋毁之言，大声呼吁同胞“力除此四字，而做此四字之反面：坚忍奉公，力学爱国”，并决心以死来作为使同胞铭记此言的“纪念”，使自己的“救国”行为更加“有效”。其言之真切，其行之悲壮，感人至深。

那么，留学生的情况到底怎么样呢?

> 乃进观吾同学者，有为之士固多，有可疵可指之处亦不少。以东瀛为终南捷径，其目的在于求利禄，而不在于居责任。其尤不肖者，则学问未事，私德先坏。其被举于彼国报章者，不可缕数。

也就是说，中国的留日学生，很多是有为的，但有毛病的也不少：有的把留学当作回国当官的终南捷径，并不是为了爱国；有的人“近来青年误解自由，以不服从规则，违抗尊长为能。以爱国自饰，而先牺牲一切私德，此之结果，不可想象”。不但私德败坏，并且屡屡被日本报纸曝光。

如果寄托着中国希望的留学生都私德败坏、“放纵卑劣”，中国还有什么希望?

因此，唯一的希望就在于，中国的留学生能够“去绝非行，共讲爱国，更卧薪尝胆，刻苦求学，徐以养成实力，丕兴国家”，“则中国或可以不亡”。

而要怎样才能让留学生做到这一点呢?

陈天华是一个“原重自修，不重尤人”的人，自己注重修身，而不喜欢责怪、埋怨别人。

陈天华认为，自己能够做的，只有两件事：“其一则作书报以警世；其二则遇有可死之机会则死之。”

而就“作书”而言，陈天华的《警世钟》《猛回头》已经畅行书市，影响巨大。陈天华写《警世钟》振聋发聩，与《绝命书》的内涵完全相通，从某种意义上说，这是陈天华替中华民族写下的一份关乎生死存亡的“绝命书”。在这篇长文中，作者痛陈亡国灭种的危机与可悲下场，呼吁中国人去掉奴性和劣根性，焕发血性，团结一致，不惜生命，反抗异族侵略压迫，摆脱亡国灭种的可悲命运。

《狮子吼》没有写完。显然，陈天华已经无心再写了。他只有走余下的一条路：以死来力劝留学生“坚忍奉公，力学爱国”。恐同胞之不见听而或忘之，故以身投东海，为诸君之纪念。

警钟为谁而鸣呢？

结　语

陈天华被湖南革命党人和各界群众公葬于岳麓山。

今天的新化，一条贯穿新化县城南北的大道，被命名为天华路。新化火车站的广场，被命名为天华广场，陈天华的巨大铜像，就屹立在广场中央。他望着熙熙攘攘、皆为利往的人们，望着忙忙碌碌、奔波穿梭的人们，望着这片由凋敝而逐渐热闹、繁华的土地。而来到这片土地上的人们，也不由自主地向他行注目礼。

英雄，从来没有也永远不会被淡忘！

跨越70年的历史传承与接力

——楚怡工业学校回眸和展望

2020年4月22日，湖南省娄底市新化县楚怡工业学校正式挂牌，中共娄底市委书记、市人大常委会主任刘非，市委常委、市委秘书长方建荣，副市长李有才，市教育局局长李耀文，新化县委书记朱前明，县委副书记、县长左志锋等市县领导和相关部门负责同志出席了挂牌仪式。

新化县楚怡工业学校正式挂牌是传承楚怡职教精神、打造湖南职教高地的一件大喜事。标志着创办于1910年（1952年，因全国工业学校体制大调整而停办）、有着110年办学历史的楚怡工业学校开始了跨越70年的历史性传承与接力，“楚怡”这个湖南历史上闪光的职教品牌，从此翻开新的历史篇章。

新挂牌的楚怡工业学校，占地面积245亩，在籍学生4220人，在职教师248人，学校开设有机电、服装设计、旅游管理、会计、电子商务、计算机运用、文秘、工艺美术、畜牧兽医、现代农艺、汽修、高星级酒店管理等实用专业。校长罗荣是湖南师范大学文学院古代文学专业硕士研究生。学校教学实习实训设备齐全，有崭新的办公楼、实训楼、教学楼、学生公寓楼，有标准的篮球场、400米塑胶跑道和真草皮足球场，有宽敞的地下停车场和校园人车分流系统。校园内林荫蔽道、鸟语花香，名师、大楼、大树兼而有之，是莘莘学子求知求学、梦想启航的地方。

一、空谷足音

新化县上梅古城，是一座始建于明朝中叶的古城。自1799年毛板船发明之后，经过几十上百年的毛板船经济的推动，这座县城已变成了“楚南望邑”。

1879年，陈润霖就出生在这座“楚南望邑”青石街一户书香人家。

1890年秋，陈润霖得伯父陈国卿的资助，来到城厢书院就读。他天资聪颖，过目不忘，奋力学习，深得老师和长辈的称赞。1898年，陈润霖19岁时考取了秀才。

这一年清明之后五日，新化实学堂开学。新化成了继省会长沙之外最早创办新学堂的地方，开全省72州县风气之先，第一批招收50余人，陈天华、杨源浚以及后来成为毛泽东老师的罗元鲲等英才都在这个班上。

1899年，陈润霖进了岳麓书院。他在岳麓书院的成绩也很优异，每有新作文写出来，同学们都争相传诵。

崭露头角的陈润霖，与陈天华、杨源浚被人并称为“新化三杰”。

1901年，湖南省首次选派公费留日学生，陈润霖与杨昌济、朱剑凡被录取并派遣赴日。陈润霖与杨昌济、王稼祥于1901年进入日本东京弘文学院习师范。他在日本学业精勤，参加进步活动，受新思想特别是教育思想影响很大。

留日期间，陈润霖又以成绩出众得到校长嘉纳治五郎的接见，嘉纳氏问他今后之志，他回答：“归国后不愿为官，愿以兴办教育为己任。”

陈润霖回国后，先在常德府中学任监学（教务主任），不久就辞职。1906年，陈润霖于长沙北城租贡院西街靖州试馆为校舍，创办了楚怡实学堂。命名楚怡，意即“惟楚有才，怡然乐育”。开始仅有学生7人，陈润霖照样满腔热情地为他们上课。几年之内，该校由小到大，发展成为一所六年制12个班级的完全小学，有学生600余人，成为湖南省第一流小学。1910 年 8 月，筹办近一年的楚怡工业学校开学。

1913 年，谭延闿又命他创办湖南省第四师范学校。陈润霖认为增加师范学校是普及全省小学教育的根本，即厘定章程着手创办，认真招收学生。毛泽东就是最先考入湖南第四师范学校，再转入湖南第一师范学校的。

1914 年春，湖南四师与一师合并后，陈润霖乃把主要精力放在办好楚怡工业学校上。他不辞辛劳，四处奔走筹措经费，不到十年，学校终于奠定基础：于长沙“稻谷仓”购地，建筑西式三层教学大楼一栋，供土木、机械、矿冶三科高等专业学生和应化、印染及初等专业职工班学生上课、实验、实习用。另外还建造了一个机械工场和一个翻砂、铸造厂房。各种仪器、药品、机械及实习场等俱备，作为相当于高等专业程度的楚怡工业学校规模初步奠定。

他主张工业教育要为生产建设服务，要与生产实际相结合。故教学计划特重实习课及实验课、测量课、制图课等，在各科各年级每周课程中，占有较大比重。平日一、二年级学生在校内实习，毕业班则分别到工厂、矿山、公路实习，故毕业生技术娴熟精到。为了配合教学改革计划的实施，陈润霖竭尽全力增加教学设备，开辟了各科专门教室和实习工场，如机械科的实习工场有车床、刨床、铣床等机床 20 多台，有德国制造的 40 马力的煤气发动机。土木科的测量仪器，除一般的平板仪、水准仪外，还有 3 台进口的精密经纬测量仪器。矿冶科的分析化验室有精密天平秤多架，做分析试验的各种化学器具和化学药品、矿石标本一应俱全。在科学还不很发达、社会很不重视科学技术的 20 世纪 30 年代，学校拥有这些殊属不易。而各科教师大多是学成回湘的欧美、日本各国留学生或湖南大学有关教授兼任。名师出高徒，自非偶然。因此，三湘工矿企业对楚怡工业学校毕业生特别欢迎。楚怡工业学校得以全国闻名。

继楚怡小学堂、楚怡工业学校之后，陈润霖又于 1920 年 9 月在小学内增办了幼稚园，于 1923 年开办了楚怡中学。从此四部联合，贯通一气，形成楚怡“三校一园”的体制，统称为湖南楚怡学校。学生每年不少于

2000人，莘莘学子莫不以就读楚怡为荣。不惟物誉三湘，而且名驰全国。这在当时的中国，是很有特色的。

正当楚怡进入鼎盛时期，1938年10月，日军攻占武汉，威逼湖南。

1938年11月13日凌晨，由于日寇进犯的加快，国民党当局决定用焦土政策，制定了焚烧长沙的计划。但在计划正式实施之前，一系列偶然因素却让这场火灾变得完全不受控制，最终导致长沙30000多人丧生，全城90%以上的房屋被烧毁，经济损失约10亿元。这让长沙成为在第二次世界大战中毁坏最严重的城市之一（与斯大林格勒、广岛和长崎并列），是中国抗战史上与花园口决堤、重庆防空洞惨案并称的三大惨案之一。长沙“文夕大火”之后，楚怡“三校一园”化为灰烬。陈润霖只得筹划楚怡三校迁移（幼稚园停办），楚怡小学迁长沙河西望城坡，中学迁湘潭炭塘子，这两校不久亦受战局影响被迫停办。为避免日机轰炸，保护学生安全，他将保存下来的楚怡工业学校迁往家乡新化，好不容易雇佣帆船数十艘，星夜将图书、仪器、机器等设备，以及教职员工眷属及其家财什物，出湘江转洞庭湖，经益阳溯资水而上，将图书设备运到新化县城。先寄住新化的上梅中学，临时复课。

楚怡工业学校在新化的上梅中学寄住的同时，陈润霖在距县城10多公里的游家镇白沙村购置土地，一面盖房建校舍，一面扩大招生，继续办学。建校的经费主要是自筹，还争取了国民政府发放的“文夕大火”补偿款。楚怡工业学校于1939年春复课，弦歌与机器声交响，学生近500人，大部分来自外县，盛况不减于长沙稻谷仓。

白沙洲校园在资江边，依山傍水，环境安谧，宜于学习。生活虽然艰苦，但师生们仍然自得其乐，开展多种课外活动，如组织话剧团、京剧社，开展各种球类活动等，青年学子的歌声和欢笑声，打破了乡村的寂静。

朱镕基等一批年轻学子，曾经在新化校址求学。1943年12月，朱镕基从长沙广益中学毕业，于1944年2月就读于楚怡工业学校，编在机械科第31班。在第一次湘西之行时，朱镕基曾回忆道：“我当时在新化办的楚怡工业学校念了高中一年级，时逢长沙会战，长沙沦陷了。随后，国立八中到新化招生，我经考试转学到国立八中。”

1945 年抗战胜利，撤离长沙的各大、中、小学都纷纷计划迁回原址复校。陈润霖不顾自己古稀高龄和衰弱病体，复校心切，于这年年底长途跋涉，从新化冒着严寒抱病赶到长沙，准备复校。他在长沙召集楚怡校友开会，共商复校大计。在会上，他回顾惨淡经营数十年的楚怡校舍，如今化为一片焦土，伤感万分，不禁放声大哭。校友们无不深为感动，纷纷表示愿为学校尽力效劳，争取尽快复校。可能是他经过这一场剧痛的刺激，悲伤劳累，积劳成疾，竟至一病不起。1946 年 1 月，不得不回老家新化就医。过邵阳之后，改取水路，放舟而下，1 月 26 日不幸逝世于舟中，以身殉校，享年 67 岁。陈润霖校长就有一个美好的遗愿：继续在新化举办楚怡工业学校分校，让家乡的学子学到一技之长。

1949 年 8 月，长沙和平解放。1950 年年初，中共湖南省委决定在楚怡工业学校建立基层党组织，指派郭道西为党组织负责人，另派李维国任校长，所需经费概由省政府拨款。同年底，学校由私立改为公立，定名为“湖南省楚怡高级工业学校”，改派杨仲枢为校长。1951 年下学期，楚怡高级工业学校并入新成立的湖南工业学校。楚怡工业学校办学历时 40 载，毕业学生达 3000 余人，学生绝大部分品学兼优，且能吃苦耐劳，一向为全国各厂矿企业争相聘用。

1952 年，全国工业学校体制调整，楚怡工业学校一分为三：以原楚怡工业学校矿冶科为主体组建长沙有色金属工业学校，后来并入中南矿冶学院改名的中南工业大学（即中南大学南校区，进校门的大道即为“楚怡路”）；楚怡工业学校机械科与粤、桂、豫三省工业学校机械科合并，组成汉口汽车制造学校，后来归属武汉理工大学；楚怡工业学校土木科与武昌高工土木科、郑州高工土木科合并，组成中南建筑工程学校，后来融入武汉城建学院（即今华中科技大学）。现长沙只存有芙蓉区楚怡学校（芙蓉区文运街 104 号），仍为小学体制。

1956 年，湖南一师举行纪念陈润霖逝世 10 周年座谈会，毛泽东为之题词："纪念陈校长夙荒先生——东方的曙光，空谷的足音。受业毛泽东。"

二、筚路蓝缕

新化县楚怡工业学校挂牌前是新化县职业中专学校，办学历史已有90年之久，创办人是我国著名平民教育家周方。

周方，字静庵，1893年1月出生在新邵县迎光乡（原属新化县永固镇）一个耕读世家。1915年考入湖南高等师范学校（即岳麓书院），受业于杨怀中（杨昌济，杨开慧的父亲）、徐特立等名师，与邓中夏、蔡和森同学。早年曾与毛泽东合办文化书社和长沙织布厂，同倡平民教育，与蔡和森、毛泽东一同发起组织赴法勤工俭学运动。后致力于平民教育，首开湖南平民教育先河，并毕生身体力行之。

1920年年初，周方赴北京大学参加蔡元培、李大钊、陈独秀开办的工读互助团，从事半工半读实践。同年5月回到长沙执教于省立一师、一中等校。在教学实践中，周方深感当时国内教育多从日本、欧美舶来，太贵族化，不适国情，必须推翻。抱着改造社会和救国救民的强烈愿望，他认定教育救国之路，踏上了献身平民教育的艰难历程。

湖南人敢为天下先。平民教育早在辛亥革命以前就已发端，杨怀中、陈润霖、何炳麟、徐特立等一大批湖南教育界、知识界名流都是教育救国倡导者和实践者。他们视教育为改造社会、变换民质的首要工作，极力主张实行平民教育。但是一直到五四运动，湖南的平民教育仅仅是少数教育界人士和高、中等学校学生以及其他少数热情人士推行的成人扫盲教育，还没有形成广泛的社会运动，所以只能称此期的平民教育为活动。周方作为杨怀中、徐特立的得意门生，自然深受他们的影响，醉心于教育救国论。1916年冬，周方就与邓中夏等高师同学在校内创办工人夜校，自编教材、自当老师，为民扫盲。

1921年，周方和湖南省立一中校长罗教铎，拟定《湖南平民教育发起倡议书》和《湖南平民教育实施办法大纲》，提交省教育会理监事联席会议顺利通过后，立即组织省会各学校及机关社团附设“平民教育补习班”，大力开展扫盲教育。周方还发起在长沙创办平民模范女子职业学校，担任主事负责学校全面工作。1924 年 1 月 15 日，“湖南平民教育促进会”在长沙成立，周方出任总干事，与郭亮、张维一、彭慕陶等自编《新千字课》《平民公民读本》，出版《平民教育》周刊，在湖南大公报出版平民教育特刊，深入社会底层，普及平民教育，一年中全省扫盲受教者达十万余人。

分析当时的国情，周方认为中国应以农立国，以教兴国，教育必须面向农村、服务农民、振兴农业。就是后来湖南平民教育运动低落，周方依然“咬定青山不放松”，矢志不渝地致力于平民教育。

1931 年春，因长沙市北郊失学儿童较多，周方便自筹资金，借用长沙北郊枫树坪民房一间，从民范、岳云学校搬来一些破旧课桌椅，招收当地失学儿童免费入学。1933 年，受资助建成新校舍，命名为枫林农村实验学校。他在教学楼前书联云：“以书蔬猪鱼为研究对象，向禾麻菽麦做实验工夫。”提出并实施“劳动化、生产化、社会化，以生产为中心”的办学方针。1934 年，增办工学团，招收初中、初师毕业而有志于农村建设事业的青年入学，实行半工半读。

1938 年冬，长沙文夕大火，全城被毁，枫林学校被迫迁至新化高平（现隆回高平镇），1939 年春又迁至新化县城南郊上田刘经元堂。为了将枫林学校办成正式中学，周方将迎光老家家产 20 余亩田土及房屋 10 余间，长沙伍家岭的地产及木房一栋全部卖掉，用以作为完成枫林中学立案手续的经费。周方还脚履草鞋率领新化枫林中学全校学生，一天步行七十多里路到锡矿山矿区参观访问。当时《矿山日报》发表新闻与评论，赞扬师生们艰苦朴素、深入生产的好作风。这一系列围绕“三化”开展的“教育即生活、学校即社会”，以整个人生生活为实验对象的教育，使学校面貌为之一新。学生做到“一年生自食其菜，二年生自食其饭，三年毕业后个个能自食其力”。周方这种敢为人先的教育，为穷苦人家的子弟开辟了一条“谋生—就学—成才”的希望之路，收到了化民成俗的显著效果，受到社会的广泛赞誉与支持。

1942 年秋，周方为了向教育部请示“三化”实验教育并筹措建校经费，在战火弥漫、交通阻塞的困难情况下，独自从津市翻山越岭，步行 500 余里至三斗坪，再乘轮船到重庆，走访了黄炎培、陶行知、张伯苓、梁漱溟等教育界前辈，共商教育改革、“三化”教育思想，得到同行们一致肯定，称其是“适合国情的切实可行的新教育”。其实验方案得到教育部批准，并领得奖金和补助费。周恩来嘉许其办学精神，赠送银洋 2000 元，以示鼓励。返回新化后，周方号召全校师生艰苦创业，劳动建校。一年内，建成可容 600 名学生的新校舍。

抗战胜利后，枫林、民范两校在长沙恢复，合并后改称民枫职业学校。

三、弦歌不绝

新中国成立后，枫林学校新化校址被建为新化县第九中学，主办普通中学高中阶段教育。1977 年高考制度恢复后，新化九中学生每年都取得不俗的高考成绩，名声很大。但随着应试教育的激烈竞争，新化九中的高考“特长”日渐式微，而新化九中的校办工厂一度红火，承续了“劳动化、生产化、社会化，以生产为中心”的办学精神。

二十世纪九十年代，随着职业教育的发展，新化九中被改为“新化县工业职业学校”。与此同时，将新化十五中改为“新化县农业职业中专”，后又改为新化县第一农业职业中专。新化县又办了“新化县第二农业职业中专”，还办了“新化县成人职业中专”，专门培训在职农民，因此又俗称“农民中专”。

后来，又将新化十中改建为“新化县第一职业中专”，而将原校址改办初中。进入 21 世纪以后，新化的职业教育依然在艰难中缓慢发展。21 世纪初，新化县撤销新化县第一职业中专，将其合并到新化县工业职业中专。两校合并后称“新化县职业中专”。新化职业学校分分合合，但合而不活，新化的职业教育依然在艰难中徘徊。合并后的新化县职业中专，最低迷时只有300多名学生。因各种矛盾激发，当地农民曾以泥巴封堵校门，造成一度停课。“正常”时候学校也只有700多学生。那时哪里是“招”生，简直是“求”“生”。一些教师形象地称为“跪着招生”。学校给每个教师分配招生“任务”，教师凭各种关系，硬是“求”亲朋好友送个学生来校。有的还要帮农民打禾、插田，累得一身汗一身泥，还得赔着笑脸。好不容易把学生领到学校，还要把学生、家长领到家里招待。就算这样，也不见得这条“鱼”就捉稳了，说不定学生或家长找个理由，还是不来了。百十号教职员工，工作量“吃不饱”，效益工资发不出，不少教师外出“谋食”，甚至有开“摩的”谋生的。教师在外，不敢承认自己是“新化职业中专”的教师。新化的职业教育到了一个比较尴尬的时候。学校发展举步维艰：合而不活，已有的设施设备严重老化，5个专业都无办学特色。因在校学生少，学校教师连续三年向外分流，100余名优秀教师，特别是专业教师分流到其他中小学任教，留下的教师多人吃空饷，能上讲台的少，绩效工资没有保障，各种矛盾激发。学校负债5000余万元，土地征收历时10年未投入使用，时常发生催债讨债、围堵校门和教师上访等现象，办学形象严重滑坡。总之，设施落后、专业不专、师资薄弱、人心涣散、遗留问题久拖不决等一系列问题成了横亘其发展道路上的“拦路虎”。

四、老树新枝

2015年，新化县委、县政府下决心彻底改变新化职业教育的落后状况，调班子、注资金、给政策、统筹招生。新化的职业教育出现了一抹新的曙光。

2015年秋，可以说是新化职业教育的一个转折点。在新化职业教育转折的这个关键时候，出任校长的是一个叫作罗荣的人。

罗荣何许人也？县委、县政府何以在此关键时候委之以振兴新化职业教育的重任？

罗荣，1967年生，新化县维山乡人，湖南师范大学文学院古代文学专业硕士研究生学历，有过乡中学任教经历，曾在新化一中任教多年，高中毕业班把关教师，所教学生考入北大、清华等名校者众，多次被评为市、省级优秀教师。后调新化县教育局，负责全县语文教学教研工作。继而调新化县人民政府经济研究室，不久调新化县政府办，协助分管文教卫的副县长工作。

作为一名有着多年一线教学经验的老师，罗荣有着丰富的教学和管理经验。在县教育局教研室工作的经历，又让他对全县教育一盘棋有了认识。在县政府协助副县长工作，不但让他有了政府部门的人脉资源，也让他站在比教育更高的位置来看教育，对教育看得更清楚、更明白。而研究生学历，也让他有着不言而喻的优势。

新化县委、县政府可谓知人善任，在一个合适的时候将一个合适的人放到了一个合适的岗位上。

从此，新化县职业教育步入一个飞跃发展的时期。

罗荣带领学校一班人到重庆秀山、贵州松桃及省内双峰、涟源、冷水江、凤凰、麻阳、溆浦、邵东等地20余所职校广泛调研，明差距，找出路。通过调研，结合学校实际，迅速起草调研报告，为县委、县政府和教育局主要领导解读政策，宣讲县级政府层面实施农村中职攻坚计划的主要职责和考核要求，传导攻坚压力。通过政策宣讲和调研汇报，为主要领导决策当好参谋，引起他们的高度重视。县委、县政府明确要以实施农村中职攻坚计划为契机，把新化县职业中专作为全县脱贫攻坚、助推县域经济快速发展的重要平台强力打造。

新化县委、县政府就省农村中等职业教育攻坚计划出台了《新化县委、县政府关于加快发展现代职业教育的决定》《新化县现代职业教育体系建设规划（2014—2020年）》《新化县中等职业教育攻坚计划实施方案》等一系列重要文件，成立了以县长任组长的农村中等职业教育攻坚计划实施领导小组。以全县职业教育发展为主题召开三次意义重大的会议：2015年10月27日的县长办公会议对新化县职业中专历史债务化解、新校区建设、招生、师资、教师待遇保障等重大问题作了明确安排，让县职业中专“起死回生”，迈入全面振兴的快车道；2015年12月24日的全县职业教育大会是新化县近20年来首次召开的全县职业教育专题大会，对农村中等攻坚计划作了全面部署安排；2016年1月29日的职业技能培训统筹整合会议突出了县职业中专技能培训主阵地地位。将农村中职攻坚计划实施情况纳入对各乡镇、有关部门，包括各学校目标管理与年度考核范畴，县委、县政府督查室跟进督查，考核通报。

县委、县政府的系列决策，给新化县职业教育的发展注入了强大的发展动力。乘着党和政府重视职业教育的东风，罗荣带领学校一班人强化内涵，加速转型。一手抓办学条件改善，一手抓内涵管理提升，助推学校从硬件建设向内涵建设转型：一是坚持立德树人。坚持“教技术与教做人”相结合，加强学生工匠精神和职业素养教育；通过组建学生社团、开展各类竞赛、举行文体节系列活动、组织志愿服务等方式，帮助学生在丰富多彩的校园文化活动中提升素质。二是优化专业设置。对接新化县发展全域特色旅游、建设全国文印之乡的特色需要，及时调整专业结构，确立了以旅游服务管理、广告图文设计两大专业方向为龙头，机电设备安装与维修、服装设计与工艺等专业为基础的特色专业格局。三是提升治理能力。充分发挥教代会民主决策作用，及时修订完善一系列管理制度，推动学校管理制度化、规范化。专门成立督查室，具体负责对学校各项工作跟进督查，确保每个岗位不失守、每名教职工履好职，全面激发师生工作学习热情，不断提升学校治理能力水平。

“好风凭借力”，在搞好内涵建设，凝聚各方力量形成合力之后，学校乘着强劲的职业教育东风，迅速突破“四大瓶颈”：一是突破建设资金瓶颈。县政府克服财政压力，坚持把我校办学条件改善作为攻坚计划重点项目强力推进。以“交钥匙工程”形式一次性筹资1.93亿元用于新校区建设，投入400余万元用于老校区维修及设备改善，化解学校土地征收及运转债务5000余万元，把教职工绩效工资纳入财政预算全额保障；争取省级农村中职攻坚专项资金700万元。二是突破师资队伍瓶颈。不断规范人事管理，激发工作活力。对中层行管人员实施公开竞聘制、任期制和轮岗制。加大引进力度，优化队伍结构。为学校一次性新增全额事业编制99名，近4年通过公开招考、选调引进教师127名，教师年龄、学历、专业结构显著优化。三是突破招生规模瓶颈。按照普职高招生大体相当要求，加大宣传力度，引导初中毕业生合理分流；抓实考核评价，将学校招生宣传工作纳入对全县初中学校和相关行管人员年度绩效考核范畴。与2014年相比，学校从年招生不足300人扩大到1800人以上。全县普职高招生比和分流比分别提高13个百分点、7个百分点。四是突破技能培训瓶颈。完善了“政府主导、部门参与、中心实施、群众受惠”的运行机制，调整县职教中心管委会成员，县委书记、县长亲自挂帅；强化阵地作用。全县职业技能培训统筹整合会议明确，由县职教中心统筹60%以上的技能培训项目，要以县职业中专为主阵地，构建全县职业技能培训体系，组织实施技能培训项目。四大瓶颈的突破，使新化县职业教育真正“破茧成蝶”。

“破茧成蝶”后的新化县职业教育承担着全面实施全县中等职业教育攻坚计划的重任。在学校规模扩大的同时，如何使学校软实力变强，成了全校师生一直探索和研究的课题，罗荣带领学校一班人适时提出了“办人民满意、社会认可、有高度和影响力的中职学校”的奋斗目标。在优化队伍建设方面，近5年来，针对此前存在的师资年龄与专业设置不合理、优秀教师流失严重、人心涣散等问题，通过选调、招考方式引进教师，从根本上优化了教师年龄及专业结构。同时，建立了教师全员培训机制，并大力推行绩效考核，要求每名教师至少参加一次县级以上培训，鼓励教师拿更高层次文凭；全面推进管理工作重心下移，着力实施教职工全员脸模考勤、行管人员值班制度，建立健全年级、处室双线管理机制，确保每名教职工履职尽责，每个岗位按规章制度高效运行，学校管理逐渐步入制度化、规范化发展轨道。

在教育管理创新方面，学校根据中职学校“多数学生是未上普高线的学生，基础较差、习惯较差、家庭经济条件较差，其中很大一部分又是留守儿童、家庭经济困难学生”的情况，因材施教，强力推进学校规范化、人性化、精细化管理。同时，学校坚持“教技术与教做人”相结合，加强学生工匠精神和职业素养教育；坚持文化育人、活动育人，每年上学期举行专业技能大赛和学科比赛，下学期举行文体节系列活动。通过组建学生社团、开展各类竞赛、组织志愿服务等方式，帮助学生在丰富多彩的校园文化活动中提升素质，使其在这里挥洒青春活力，展示自我，重拾信心，最终实现学生“招得进、留得住、学得好、用得上”的目标。

在优化专业设置方面，坚持“以服务为宗旨，以就业为导向，以技能为核心，以素质提升为根本”的办学思想，引导职业教育规模与专业设置随着经济发展方式转变“动”，跟着产业结构调整升级“走”，围绕企业人才需要“转”，适应社会和市场需求“变”。针对新化全域特色旅游大县及全国文印之乡的地域特点，及时调整优化专业设置，开设了计算机应用、旅游管理、汽车制造与检修、电子商务等优势专业，形成了以旅游管理、数码图文方向为龙头，机电、服装设计等为主体的专业格局。

在着力建设一流的校园环境、创新理念提升办学效果的进程中，学校建立了“奖、助、减、免、补、勤”六位一体的资助体系，其中包括所有在校学生免交学费；高一、高二年级在校学生每人享受2000元/年的国家助学金；设立校长奖学金、专业奖学金和对口企业奖学金；对特困学生重点关注和资助，确保学生顺利完成学业，成长成才。

学校师资队伍迅速壮大，干事创业的热情不断被激发。一批教研论文相继在省级和国家级别刊物上发表。一批教师在国家级别和省级学术活动中获奖，从各种竞赛中脱颖而出。一支结构合理、师德高尚、业务过硬、精气神十足的优秀职教团队正在迅速形成。

学校紧扣市场需求，与湖南新金刚、TCL集团、波司登服饰集团、福建柒牌服饰集团、福建五洲佳豪集团、常德东亚汽车集团、大汉师创、长沙比亚迪汽车制造有限公司等数十家优质企业建立合作关系，毕业生每年就业率保持在92%以上。满足了学生求知学技的迫切需求，兑现了“培养一名学生、致富一个家庭、带动一方发展”的郑重承诺。

与此同时，学校精心打造对口升学这张名片，选派各科骨干教师和聘请县内外名师专家担任对口高考班教学。以2017学年为例，学校学生获得国家级别比赛奖项3人次、省级23人次、市级56人次，当年对口高考，一批学生如愿考取湖南师范大学、湖南涉外经济学院等本科院校，还有72名学生被长沙民政职院、湖南铁道职院、湖南生物机电等重点高职院校录取。学校升学质量的提升受到家长学生和社会各界的一致好评。

五、历史接力

正当新化县职业教育的发展步入快车道的时候，又一个振奋人心的消息传来了：省、市、县三级政府和教育行政主管部门决定给新化职业教育注入“楚怡”元素。

新化县楚怡工业学校的挂牌，是湖南省、娄底市、新化县三级党委和政府高度重视的结果。

2020年1月16日上午，时任省委副书记、省长许达哲参加省十三届人大三次会议娄底市代表团审查时表示，要把教育抓好，娄底有这个底蕴，一百多年前，湘籍人士陈润霖从海外归来，创办了楚怡工业学校。他指出，要进一步传承“楚怡”职教历史、弘扬“楚怡”职教传统，通过提质改造，立足实际，把娄底职业教育办好，用心培育更多适应新时代需要的高素质技能人才。

《2020年湖南职业教育与成人教育工作要点》第3条实施职业教育“楚怡”行动计划强调，要打造湖南现代职业教育高端智库，开展“楚怡”职业教育精神研究，加强“楚怡”职业教育精神宣传，培养湖南现代职业教育理论与实践研究队伍。延续楚怡工业学校办学传统，支持1所高职学院、1所中职学校挂牌“楚怡”职业学校。研究制定“楚怡”职业教育品牌学校标准，启动首批品牌学校建设。

湖南省教育厅，娄底市委、市政府，新化县委、县政府，先后为办好楚怡工业学校、打造楚怡职教品牌出台了一系列的支持政策。

问渠哪得清如许？为有源头活水来。楚怡工业学校从创校伊始，就注重延揽名师，楚工的教师中，很多是留学生，是全省一流的老师；楚工投入巨资，完善教学、实习设备，楚工的设备是最优良的，很多都来自进口；楚工注重实习、实验，注重学生动手能力的培养，因而楚工的毕业生很受社会欢迎。楚工为实业兴国作出了应有的贡献。

走进湖南省新化县楚怡工业学校，一栋栋簇新的大楼，宽敞洁净的校园道路、画着洁白跑道线的塑胶跑道，绿茵场、篮球场、网球场，高大的行道树，令人心旷神怡。教室，窗明几净；实习实训室，设备一应俱全。“老师好”“老师好”的问候声，声声入耳、暖心！

新化县楚怡工业学校将以挂牌为新的历史起点，在积极传承陈润霖、周方先生办学理念和办学精神的基础上，旗帜鲜明地讲政治，强担当，勤作为，在上级党委政府和主管部门的坚强领导下，将学校打造成助力县域经济绿色崛起、脱贫攻坚的重要平台，为国家经济社会发展作出应有的贡献！

楚怡工业学校的明天更加美好！

（原载 2020 年第 6 期《时代报告·中国报告文学》）

梅山毛板船

一

“看见屋，行得哭。”这句谚语是梅山人对自己所处地形地貌特征的一个形象描述。

什么是梅山呢？

所谓梅山，是古代官方对雪峰山的称呼。雪峰山这个称谓是民国时期才有的。

梅山其地千里，南接邵阳、北到常德、西到怀化沅陵、东到益阳市和长沙宁乡西部。

梅山山峦重叠，连绵起伏，坡高路陡，两山之间“但闻人语响”，可以隔山喊人，但走起路来下坡上岭要走大半天，走到你要哭。

老辈说一个石蹬半升米，意思是上一个蹬要耗吃半升米的力气。这样，“鸡犬之声相闻，老死不相往来”，就成为一个不得已的事实。

古代的梅山地区，与外面物资运输唯一的通道就是资江。

资江是长江在湖南的四大支流之一，又称资水。左源赧水发源于湖南城步苗族自治县北青山，右源夫夷水发源于广西资源县越城岭，两水于邵阳县双江口汇合称资江，流经邵阳、新化、安化、桃江、益阳等市县，于益阳市甘溪港注入洞庭湖，全长653公里，流域面积28142平方公里。干流西侧山脉迫近，流域成狭带状；上、中游河道弯曲多险滩，穿越雪峰山一段，陡险异常，有“滩河”“山河”之称。长江在湖南的四大支流，湘水最宽，沅水最长，资水最陡，醴水最清。

资水不但陡，而且水流丰富，由南向北贯梅山中部而过，汇集了上五溪中三溪下四溪的水，上五溪指：酿溪、小溪、球溪、麻溪、中连溪，中三溪指：化溪、大阳溪、辇溪，下四溪指：油溪、白溪、里溪、苏溪，下四溪除了苏溪与安化搭界外，其他三条溪都在新化境内。其实，这些被称为“溪”的，往往水流量很大，如“大阳溪”又被称为“大阳江”就是其中一例。

无疑，这条水量丰富、流速甚急的河流就成了古代梅山地区的交通大动脉，而船舶则是动脉中的红血球，运载着新鲜的氧气与营养维系着整个梅山地区的活力与生命。

梅山地区山多田少，号称七山二水一分田。水少，被称为“干晒”，是贫穷的代名词。田少，更是贫穷的直接象征。

田少本来也没问题，关键是古梅山地区人口多。

为何人口多？因为古梅山地势险峻，易守难攻，外敌不敢入侵，历朝历代极少兵燹之灾，人口可以持续繁育。据统计，北宋熙宁五年（1072）新化建县时，只有人口七万余人。到清末已发展到七十多万。

人口的持续增长给经济发展带来了巨大的压力。新化有限的田土养不活这么多人，只能想方设法吃“河米”，即通过河路从外地运来的米。可是能吃到“河米”的人毕竟是少数，多数人还得忍饥挨饿。

穷则思变。怎么变？还是那种老话：靠山吃山，靠水吃水。

有人就要谋活路，活人不能被尿憋死。

那怎么办呢？

当然还是那句古话：靠山吃山，靠水吃水。

古梅山地区有山有水，当然就要山水“通吃”了。

山中遍地有宝，蕴藏了占全世界80%的锑矿（现在的冷水江原来属新化），锑产量曾达到全球的90%，是名副其实的世界锑都。关于锑的开采，本人拟另著专著论及，此处不详。

古梅山地区还有另一种宝贝：煤。而且很多地方的煤浅露地表，挖下去几尺就可以挖到煤炭。但新化人都烧柴，不烧煤。柴遍地都是，而采煤风险大，销路窄，民间认为挖煤破坏风水，朝廷又禁止采煤。因此，本来只要挖数尺深就能挖到煤的古梅山地区，却少有人采煤。

乾隆以后，朝廷不再禁止采煤。

古梅山地区民间采煤于是渐成风气。

但煤不能吃啊？得卖给缺煤的人才能换到吃的。

哪里缺煤呢？

益阳、长沙、汉口等地，属于长江中下游平原，地势平坦，水产丰富，种桑织布比较便利，煤却严重缺乏。

一边盛产煤炭，一边大量需要煤炭。真是产需两旺。

关键就是物流。

而当时梅山地区的物流是一个什么样的现状呢？

一条是陆上的茶马古道。

茶马古道是指存在于中国西南地区，以马帮为主要交通工具的民间国际商贸通道，是中国西南民族经济文化交流的走廊。茶马古道分川藏线、滇藏线两路。

茶马古道源于古代西南边疆的茶马互市，兴于唐宋，盛于明清，二战中后期最为兴盛。茶马古道分陕甘、陕康藏、滇藏大概路，连接川滇藏，延伸入不丹、锡金、尼泊尔、印度境内，直到抵达西亚、西非红海海岸。

在湖南省安化县的崇山峻岭和山涧溪流之间，也绵延着一条神秘的茶马古道。千百年来，无数的马帮在这条道路上默默行走，悠远的马铃声，回荡在山谷、急流和村寨上空，也成就了不同民族和不同文化的交融。如今，茶马古道上马蹄印仍历历在目，跨越溪流的廊桥仍屹立在风雨中，仿佛在遥忆着那一片历史的风景。

但茶马古道，顾名思义，其运输的主要是茶叶、丝绸一类轻的物质。

对于煤炭这一类重物，茶马古道就无能为力了。

因而，在梅山地区连通外界的水道——资江发展重物航运，则成为当时历史条件下发展物流的不二选择。

那么，当时资江上的载重航运又是一个什么样的状况呢？

当时资江水上主要有两种船：一种叫鳅子船，也叫千家船，能载三十至五十吨。一条船抵得一个中等人家的资产。水路运煤到益阳、长沙、武汉去，主要就是用鳅船装运。一般是二三月从新化启航，由于春季雨水多，水位高，载重航行一般没问题。按正常速度，半个月左右可以到达汉口。

然而，俗话说：上山容易下山难。行水路也是一样，顺水容易逆水难。从汉口再回新化，由于是逆水行舟，船在“外河”，河道宽广，尚可凭风借力。船到山河后，全靠人工背纤，又要经过七十二滩，滩上礁石森列，航道狭窄，稍一不慎，就会船毁人亡。滩水落差大，水流湍急，一寸一寸往上移，有时从早到晚一天不过走三十里水路。从汉口到新化，一般要一个半月以上。到了新化要卸货，要买煤装船，也需要十来天时间，这样就很容易错过五月的龙船水。赶得快的，赶上龙船水的，一年可以运两次煤去汉口，但绝大多数只能运一次。

另一种叫“洞舶子”，只能载四五吨重，操作人员也少，夫妻两人操作即可。千家船主要跑长途，而洞舶子则主要是跑新化到邵阳这样的短途。每当刮西北风时，资江河中，一队队的洞舶子扬帆逆流而上，白帆点点，络绎不绝，与两岸青山掩映下的清清的资江水相映成趣。这些船用来运土纸、茶叶、桐油、生铁、生漆等不成问题。但运煤显然不适合。

但在煤大量开采外卖之前，鳅子船运煤也是没问题的。但到了乾隆年间，古梅山地区大量采煤之后，鳅子船运煤就显得力不从心了，远远满足不了当时汉口物流对煤炭的需求。

包括鳅子船在内的这些船只，都显示了共同的不足：一是载重量不大，最多只有二三十吨；二是成本极高，顺水划下去，还要逆水用人力背上来；三是时间太长，如果从梅山地区到达汉口，一年也就能一个来回。

社会需求永远是技术发展的源动力。恩格斯说过，社会一旦有技术上的需要，则这种需要就会比十所大学更能把科学推向前进。

恩格斯的这句名言被瓦特的蒸汽机验证过后，又一次被中国的毛板船所验证。

正是在这个历史的节骨眼上，毛板船发明了。

毛板船发明后，在此后一百五十多年的运载中，创造了世界航运史上的奇迹，推动了中国中部一百多年经济的快速发展。

发明毛板船的人，不是科学家，而是一个船商，他叫杨海龙。

二

那么，毛板船是怎么发明的呢？

这先得从毛板船的“终端”汉口说起。

汉口有条著名的商业街叫汉正街。汉正街在长江和汉水交汇处。早在明朝万历年间，汉正街就已形成市镇。到康熙年间，汉正街已经非常繁荣。

随着去武汉淘金的宝庆人越来越多，于是形成了“宝庆帮”。宝庆帮在汉水边的一块不毛之地建起了宝庆码头。汉正街的第一大码头就是宝庆码头，它是国际商埠的一个最大的码头，地理位置好，面积最大，货物吞吐量最大，影响最大。当年的武汉，宝庆码头共有四处：除了宝庆码头外，还有湖堤宝庆码头、鹦鹉洲宝庆码头、白沙洲宝庆码头，以汉口的宝庆码头最大，位置最好，所以常引起其他商帮的觊觎争夺。

当时，还有来自三湘四水的竹木商人也蜂拥而起奔向汉口，这些来自湖南的排筏主要聚泊在汉水南岸的汉阳一个叫鹦鹉洲的地方。由于排筏众多，这里又有“排都”之称。鹦鹉洲水深适宜，滩地宽阔，自嘉庆年间开始，这里便形成了包括长沙府在内的长沙府、衡州府、常德府、辰州府所属商帮聚集成的“五府十八帮”，是一个庞大的商业民居群落。清同治年间，由“五府十八帮”共同捐资在鹦鹉洲的洲脊上修建了著名的鹦鹉堤。十里长堤民风古朴，街道两侧酒旗招摇，形成一条风格特异的街镇，被当地武汉人称为“小湖南”。当地一首民谣唱到——“鹦鹉洲，鹦鹉洲，日晒黄金夜不收”，由此可见当年这里的繁华盛况。

古梅山人的物流当然都停靠在宝庆码头。

关于宝庆码头的争夺，我将专章讲述。

这里先讲毛板船是怎么发明的。

嘉庆二年（1797），新化洋溪船户杨寿江、罗显章试制成吃水浅、船肚大的船，这种船利于水浅滩多河道航行，这种船比千家船进了一大步。因为是洋溪人发明的，所以又被称为“洋溪船”。

没过多久，罗显章和陈冬生又在“洋溪船”的基础上，制造一种重30吨的新型船，这种船叫“三叉子”。装煤专门跑益阳、长沙、汉口。

嘉庆四年（1799），洋溪上头的槎溪杨家边，一个叫杨海龙的船户跑运输折了本。回到新化后，他赊购了罗显章、陈冬生的“三叉子”船，运煤到武汉去卖，想以此赚回本钱，毕竟煤生意利润高。

这里有个新词“赊购”，所谓“赊购”，就是这个船已被杨海龙买了，只是杨海龙还没有付买船的钱，但杨海龙对这条船有处置权。他不是租或借的船，他要归还的是钱而不是船。

到武汉把煤卖完后，杨海龙望着那艘已经显得有些破旧的“三叉子”船，想到要请纤夫把这艘旧船拉回去，又要花费蛮多的成本，又要费个把月时间。刚赚到手头的钱又要投进去一大部分，他本来就做生意亏了本。这下他真不想再投入钱了。

怎么办？

杨海龙犯愁了好几天。

所谓活人不能被尿憋死，这话用到杨海龙身上真是再合适不过了。

急于收回投资、还债的杨海龙突然异想天开：这“三叉子”船的木板都有八九分厚，汉口这地方木材又贵，何不干脆把这船拆了，当木材卖掉？卖木材的钱也够买一条新船了，还节约了时间，回去又可以运一船煤到汉口来卖，岂不是两全其美？

这个大胆的想法一从脑海里冒出来，他就有一种茅塞顿开、豁然开朗的感觉。

当天晚上，杨龙海不禁为自己的想法兴奋得睡不着觉。第二天天还没亮，他就起了床，果断地把船拆了。由于造船的木板结实，又是杂木造的，卖了一个好价钱，略添一点就可以买一条新船了。就这样，卖了船的杨海龙轻装回乡，比请人背纤拉船返回节省了个把月时间。一到家就把“三叉子”的赊账还了。因为时间还早，他赶紧造新船准备到汉口去卖这年的第二趟煤。一年卖两趟煤，这是很多人想都不敢想的，杨海龙轻轻松松地就做到了。

杨海龙的做法在梅山众多的船户中间引起了广泛的震动。

三

有了卖“三叉子”的经历，再次造船就有了准确定位。在造船时就定位为一次性消费的船，只要把煤运到了汉口，就把船拆掉当木材卖掉。有了这个基本定位，造船的方法也就来了大的改进。

按传统习惯，造船要力求坚固，船帮都用整条杂木树，船底用厚实的桐树板子。这样造船的原材料价钱就很贵。修造的工艺也要求精益求精，一丝不苟。船造好后，还要风干，然后上桐油防水。这样造的船非常昂贵，耗时又多，一条船相当于一户中等人家的全部家当。

杨海龙这下对船进行了革命性的改造。不用难于寻找又价值昂贵的杂木，在冬天枯水期里从山中伐下油松木（新化人叫枞木），砍去枝叶，削掉树皮，粗锯成毛木方和毛木板拖到了山下的河滩上晒干。就用毛木方做龙骨，全部用八公分的枞树板子即毛木板做船板，不用一根条木，既不刨削，也不铆榫，不安桅，不扯帆，不挂浆，也不刷桐油石灰，还不用苎麻塞裂缝，用毛里毛躁的方头马钉钉拢来，尾上安个毛木舵，边上再加上毛木橹，十几丈长，两丈多宽，可吃水四五尺，最大载重达到120吨，是原来“三叉子”的4倍，最少载重达60吨。

真是想得出啊!

简直是异想天开!石破天惊!

为了让这个异想天开的创意变成现实，开工之前，杨海龙举行了隆重的敬神仪式。先从当地请来了口碑最好的掌墨师傅（主木匠），又选定了一个黄道吉日。掌墨师傅帮杨海龙测定时辰开斧。只见掌墨师傅先从所备材料中选出三块宽度长度相等的板子平铺在地面，并在板子下面用圆木垫起，船头朝向向着上游。然后，掌墨师傅来到船头处将杨海龙备好的供品摆定。供桌上摆着一块用开水焯过的勾刀肉（即猪腰腓肉，重近四斤），白酒（或水酒）三碗，雄鸡一羽，钱纸香烛若干。掌墨大师点燃香烛，按天地河诸神之方位插好后，一手抓起雄鸡，一手拿着斧头，口中念念有词，最终说道：此鸡不是非凡鸡，头既高来尾又低，杀了此鸡敬诸神，杀了此鸡避邪气……然后一斧割断雄鸡喉管，将鸡血分洒于船头板和钱纸酒肉之上，再从鸡脖颈处扯下一把毛粘在船头板上。

仪式结束后，杨海龙给掌墨师傅封了六块银圆，寓意六六大顺！掌墨师傅于是正式开工造船。

由于全部是用马钉，又没有细活，船两天就造好了。在最后安定龙头方板时，杨海龙同样备三鲜供品，用于敬献鲁班先师与河神，祷祝毛板船下水后，能一帆风顺，创造财富。

毛板船造好后，围观的人群络绎不绝，议论纷纷。也有人耻笑：“你这也叫船啊？船上一根杂木也没有，经得起风吹浪打?”

这哪是船啊？这压根就是毛木材。这样的“船”，节省是节省了蛮多，但这样的船也能下河？还能装载这么重的煤？也能吃水？

“杨海龙，你是想赚钱想疯了吧？想出这样的歪主意。船里这么多这么大的缝，你塞都不塞，只怕你船还没到汉口，煤早就没得看的了。哈哈!”

“杨海龙，你这八分厚的毛板子，到河里要是碰到了礁石，不就等于鸡蛋壳碰到了石头——一触即散?”

一些舵工师傅、水手也来取笑杨海龙：

"杨老板，你这破天荒的毛板船，只怕没人敢帮你开啊？你自己一个人开吗？"

面对大家的议论、讥讽，杨海龙早就有心理准备。他知道，自古英雄多寂寞。英雄不是靠跟别人辩论出来的，而是靠自己把事情做出来，做成功，这样别人自然会敬佩你。英雄惜英雄，是不以成败论英雄的。但百姓是以成败论英雄的，只有把事做成功，做漂亮，别人才认为你是英雄。只有勇敢、孤独的远行者，才能成功。

但杨海龙也不喜欢装高冷，有什么话他就认真地跟别人解释："兄弟们，别看我这船有缝，可是不会漏煤的。煤见水后会产生一种张力与重力，而油松木浸水发胀后会产生一种胀力，一齐挤压船板，就能全部把毛板之间的缝隙堵住的。"

旁人听了，先是一阵沉默，既而慨叹道："杨兄见多识广！"

"杨兄是个秀才，有学问，佩服！佩服！"

但船工们还是议论不休。有人问："杨老板，驾着你这样异想天开的蛋壳一样的船，在滩多水急的洪水期里走一遭运煤，不亚于穿一回生死难卜的阎王殿吧？万一触礁怎么办？资江河上可是险滩多呀！"

船工一问完，众人都望着杨海龙，看杨海龙如何回答。

杨海龙不急于做答，连抽了几口老旱烟，又慢条斯理地把烟斗的灰在石头上磕掉，这才扬起头，笑了笑："兄弟，我反问你一句，你驾着那些厚厚的用杂木造的船，莫非触了礁还有救？"

被问的人顿时哑口无言，现场一片沉寂。

杨海龙叭了一口烟，老谋深算地说：

"船是用来航行的，不是用来触礁的，如果触礁，任何船都是一样的结果啊！"

那船工顿时满脸通红，无言以对。众人无不点头称是。

杨海龙继续说："关键不是看你驾什么船，而是看你有没有高度的责任心，看你这个团队的协作能力，你如果掉以轻心，再多的船也不够你毁。只要你坚守一条原则，始终沿着航线不偏移，这船一样能够到达目的地，跟其他的船没有什么两样。重赏之下必有勇夫，我相信有人会上我的船。我要打造一支团结一心、专心尽责的团队，我相信我的团队一定能够规避风险，每次都能成功抵达目的地。”

不少人点头佩服，有的人赞扬海龙精明。有位老者感叹道：“驾咯样的毛板船就是玩命，但要是不舍死闯出条路，煤就埋死在山里，山里人就只能眼睁睁守着天赐的宝物过穷日子，谁甘心永世守穷？所以这蛮也是不得不霸呀！杨老板有远见，有学问，佩服！佩服啊！”围观者无不点头或竖起大拇指表示佩服！

船造好了，杨海龙一造就是三条。

接下来就是装煤。要让船装煤容量达到最大化，才能达到利润最大化。马克思说，资本一来到世间，从头到脚，每个毛孔都充满血和肮脏的东西。这是从批判资本的角度来说的话。从这个意义上来说，毛板船也逃脱不了这个规律。毛板船一来到世间，就是逐利的，就是冒险的，就是有船毁人亡的。有很多家庭因为毛板船而发了财，也有很多人因为毛板船而家庭破碎的。

毛板船装船分上下两层，两层之间用杉木板隔开。请注意，整个船体用的是枞树板。这种板是有油脂的。而毛板船装煤中间的隔板则是杉木板，杉树与枞树不是一种树，杉木板比枞树板更轻，这是为了减轻船的重量，杉木板只起隔层的作用。

煤先是用篼箕一担一担地挑上停在资江沙塘湾段（当时属新化县，今属冷水江市）码头的毛板船上，船停在河的正中间水深处，从岸上到河中间，架了一条简易的木桥。

装了一层后再用石硪打紧。石硪是用石或铁制的打夯工具，呈圆盘状，近边缘处有多个孔，以便穿绳。使用时多人持绳，一人领号并掌握方向，众人拉绳使其反复提起、落下，将松散材料夯实。我小时候见过的石硪都是石制的。二十世纪七十年代是新化大修水利的时候，到处可以看到人们修堤坝。修堤坝时，四或六或八个人呼着整齐的口号，抬着重重的石硪，颇有节奏地一石硪一石硪地打下去，被石硪锤打过的地面，又紧又结实，还有被石硪印过般的光泽。调动儿时的记忆，我可以想象出毛板船装煤时的情状：将煤打紧之后，在船吃水线以上的平面上面再铺一层杉木板，继续装煤，再用石硪打紧。这样经过一层层夯实打紧后，一只毛板船可以装到60吨，最重装到120吨的煤。

装满煤后，先把船从沙塘湾放到资江的向东街斜对面的塔山湾停靠避风，伺机再从资江放到益阳、汉口。

四

嘉庆四年（1799）农历五月端午节后的一个半夜里，山崩地裂的炸雷把山里的人们从梦里惊醒，门外山风如龙吟虎啸，吹得纸糊的窗户不时发出绷裂的声响，似乎妖魔鬼怪就要从窗户里跳进来，令人心惊肉跳。闪电从天空、从山顶上又像就从屋顶上劈下来，照得屋里白闪闪一片。不一会儿，倾盆一样的大雨便如注一般从屋顶上覆压过来，一会儿便听到地上哗哗的流水在响。山雨来了风满楼，如千军万马在涌动，山沟里和河滩上到处都震天动地。天刚蒙蒙亮，杨海龙听见山民们在呼叫奔走，杂乱的脚步声和雷声、风声、雨声混响在一起。

雨下了整整一夜，直到第二天中午才渐渐停住。

"真是天助我也！"杨海龙暗喜。

杨海龙来到向东街码头察看时，只见资江河水已经涨到了十三个磴，向东街河滩上已不能去人，哗哗的洪水从山上冲下来，顺着原来水浅的河道正咆哮着向前翻滚。"真是老天照应啊！"

凭着长期的航资江河的经验，有这一河水完全可以放毛板船了。

杨海龙的经验后来被梅山人普遍应用。梅山地区资水两岸的人后来都习惯地把涨到七八尺以上的水叫毛板水，因为只要涨到七八尺深，就可以放毛板船了。春夏之际雨水多，小河涨水大河满，在溪多河多的梅山地区，一般从二月涨桃花水起（即桃花开水涨水）到五月涨龙船水，这四个月之间，可以涨五至七次毛板水。足够放毛板船用了。而过了这个阶段是无法放毛板船的，因为资江滩多，一共有七十二滩，新化境内就占了五十三处，滩高水浅，即使丰水期，如果不涨毛板水也不过三尺来高的水，而毛板船吃水要达到四五尺深，因而没有涨到七八尺深的水是无法放毛板船的。过了龙船水，毛板船也就收工了。

那么，水涨得有多深，到底有什么标志呢？也是杨海龙给了同行们一个经验：以县城东门外向东街大码头的石阶作为参照物，一个石阶叫一个磴，一个磴高五至七寸，通常河水涨上了十一二个磴就可以放毛板船了。涨到十三四个磴也没问题。但如果水太深，水势太大也不能放毛板船，船在太大的水势中很难驾驭，更无法靠岸。所以，如果大码头的水涨到了二十几个磴，毛板船也是不能放的。

这时，河滩两边的山坡上密密麻麻站满了看热闹的山民。管家早已将一张供着牛头和滴血雄鸡的供桌摆在河岸边。

接着，披着红底黑套长袍的舵工师傅此时就像一个专业祭司，他和杨海龙交换了一下眼神，就走到供桌旁，点燃供桌上三炷香，顿时青烟袅袅，舵工师傅合着双手，口里念念有词。他的身后，站着两排赤裸着上身、胸前贴着符咒、手上端着酒碗的船工，他们黑红的脸上庄重肃穆。

三声惊天动地的火铳响后，舵工师傅端着一碗船工递过来的酒走向了翻滚的河水边。瞬时，捧酒船工和山坡上的所有山民都唰地一声齐崭崭跪下："天地菩萨，山灵河神，保我商途，佑我船民！"舵工师傅的酒倒入了河里，船工与山民虔诚的祈祷声则颤颤地飘向了苍穹。

"喝酒，上船，砍缆！"杨海龙一声大吼，船工们一齐仰脖喝光酒并摔碗打了煞，然后搭跳板鱼贯登上了毛板船。随着嘭嘭的斧声，毛板船脱缆飘动，岸上则响起了一片哭声、喊声与祷告声。

这一壮怀激烈的告别，谁知道究竟是不是永别？

三条毛板船一出河，就成了河道里的庞然大物，有惊世骇俗之感。闻讯的资江两岸山民沿途追着围观，直到这三条毛板船随汹涌的巨浪完全消失在人们的视线里。

八天八夜的航程，历尽七十二条险滩，三条跟江水相比是蛋壳般的毛板船成功航行近600公里，安全抵达汉口。船到汉口后，杨海龙举行了隆重的祭神仪式，船工才经历了一场生死考验般下了船，有一种重回人间的感觉。顿时，码头上前来围观的市民摩肩接踵，人山人海。

由于整条船都是用八分厚的木板拼成，汉口人称之为“毛板子”。毛板船的优势不仅仅在于其节约成本和时间，还有一个最明显的优势：它本身就是货物。到达汉口拆板子卖了，所得价款足以再造一条新的毛板船。这样，运煤生意就可以无须计入造船成本，只需考虑纯粹的人力成本。而人力成本也只相当于一只“三叉子”的成本，却可以运输四倍于“三叉子”的煤炭。而最重要的就是时间成本的节约。以前从新化到汉口一年只能跑一次，而现在，一年可以放三到五次毛板船。

煤是一船一船地卖给煤行，对煤的需求量巨大的汉口，这三船煤很快就被销售一空。接下来，杨海龙让人把船板子全拆掉当木材卖了。然后，轻装上阵，回到新化，开始再造毛板船，当年再放到汉口。

而那些个水手，一则赚了钱，二则迷恋汉口大都市的繁华生活，就没跟杨海龙回新化了，留在汉口当脚力谋生。后来也都在汉正街建了木房子，成家立业。

毛板船的发明，将成本控制在了最低限度，实现了利润的最大化。于是，众人纷纷仿效。如果那时有原创保护，或者可申请发明专利，那杨海龙只凭这一项发明就足以发大财。但杨海龙的正版毛板船一下水，新化、邵阳、安化等地的“盗版”或曰“山寨”的毛板船没过多久，也都纷纷下水了。巨大的利润，催生了快速的模仿和学习。梅山人的蛮性精神和不怕死精神，体现了最早一批湘商的勇猛、无畏、聪明。毛板船迅速成为一种“现象”级的船只，浩浩荡荡，扬帆启航。不仅仅是一种现象，更创造了世界航运史上的奇迹。

后来，人们纷纷仿制毛板船，将毛板船制成了四种型号：即“三个六”“四个二”“四个八”“五个二”，这是以船身浸在水下的尺寸而得名，前两种是小码子，载重量在30—60吨；后两种是大码子，载重量为70—100吨，“五个二”型号的船，全长6.6丈，底的中间宽1.03丈，船面中间宽为 1.2 丈，吃水为 5.2 尺（船身在水下 5.2 尺）。船头、船尾慢慢收缩上翘，为尖头尖尾。毛板船有二十个仓，依次是头展子、二展子、头桅仓、前采仓、二采仓、三采仓、对桅仓、主桅仓、进门仓、二龙仓、三龙仓、挨身仓、太平仓、火仓、前困仓、后困仓、大八十仓、二八十仓、三八十仓、鹅公仓、厕所，从进门仓到厕所，用四幅竹篷罩住，竹篷是用竹篾织盘，中间夹入粽粑叶子而成，它制作精巧，即使碰上大风大雨，也不会漏水。

直到 1958 年，国家在资江的安化段修建柘溪水电站，资江被拦截，资江也由山河变成人工湖似的内陆河，梅山毛板船才成为历史。

嘉庆四年（1799），资江两岸迅速兴起模仿造毛板船的风气，从宝庆发到汉口的煤炭量巨增。

杨海龙成了第一个吃螃蟹的人。俗话说：撑死胆大的。杨海龙发财了，在家乡洋溪买了四百多亩田，后来又定居益阳，在益阳买了四十多个铺，几百亩湖田。嘉庆二十三年（1818），他年逾古稀，将在益阳的铺面和湖田捐出一半，成立了毛板行业基金，举荐陈冬生为负责人，创建了新化毛板工会。从此，毛板行业的船工水手就有了娘家，对行业的发展和船工水手的福利待遇起到了很好的规范作用。

毛板船创下了世界航运史上的一个奇迹。从此开启了一百六十一年的梅山人毛板船商业传奇，带动了汉口、长沙、益阳、邵阳、新化等地的经济发展，促进了上述城市与地区兴办新学堂、传播新思想，催生了一批又一批先进分子走出国门，为辛亥革命造就了大批储备人才。同时，还为洋务运动和湘军水军训练起了直接的作用。

新化毛板船航运史、张骞出使西域、郑和下西洋，分别创造了河运、陆运、海运的奇迹。杨海龙与张骞、郑和一样是功不可没、光辉永垂的物流始祖。

（原载 2019 年第 7 期《时代报告·中国报告文学》

世界锑都

——锡矿山传

上篇：发现锡矿山

引子

我第一次到锡矿山是1976年，13岁的我正在读初中一年级（那时初中只读两年）。大概11月份的时候，红鼻子班主任说学校组织我们去锡矿山的忆苦窿参观。

在那之前我还没有坐过车，每每看到手扶拖拉机从学校门口的机耕道上驶过，就感到兴奋和神秘。放学后，更有一些不怕死的同学追那奔跑的拖拉机，拖拉机司机明显感到有人在追，想爬上去搭便车，便加快速度往前奔，拖起一地灰尘。但那些同学就像长了飞毛腿，追着追着就一个翻身上去了，站到拖斗里，以一副胜利者的姿态向我们摇手。

这样的情景见得多了，我便也想学。有一次看到一台手扶拖拉机开得很慢，便抓住拖斗边缘爬了上去，没想到司机这次很不给面子，反手就抓住了我的耳朵帽子（帽子的两边是可以放下来捂住耳朵的，就像雷锋叔叔冬天戴的那个毛帽子一样，因冬天冷，我们经常把两边放下来，便俗称耳朵帽子）。其实我是个乖孩子，在班上是班长，在家里是宝贝，何曾被人如此粗鲁地袭击过？便满脸狼狈、委屈，在旁人一片哄笑声中下了拖拉机，司机把我的蓝色耳朵帽子抓了两个黑煤手印。

这也算是我的第一次坐车尝试吧。

到锡矿山去，便是第一次正式坐车了。那天清早，母亲给我穿上整洁的衣服，还在一个兜里装了两个叶子粑和几把炒熟的麦粒。我早早地赶到了学校集合。

那是我第一次坐车，看到一排排的房屋、一座座的山、一条条河流、一丘丘田、一块块地向后不断地移过去，我便不断地到了新的地方，感到甚是神奇。有的人呕吐，我的精神却很好。

坐了不知多久，有人兴奋地说："看，那就是株木山，我们今晚就住那里。"我抬头透过车窗向左边山上看去，只见山上有一排工人住的房子，想到我们今天也可以到那个地方去住，真是幸运。更让我对这个名字印象深的是，株木山这个名字有点像世界最高峰珠穆朗玛峰，株木和珠穆发音相近，山和峰含义接近。

那天给我印象最深的就是在忆苦窿看的表演了，忆苦窿是百年锡矿山采矿遗址，位于飞水岩下。看的虽是表演，但我感觉是真实再现，矿工受压迫、受剥削、挨鞭打、被拘禁、悲惨死去的情景，深深地震撼了我。特别是"有女莫嫁锡矿山，上山容易下山难"的说法，给我留下了深刻的印象。在没有汽车的时候，靠脚力到达锡矿山，那真的是十分艰难。

后来有"聪明人"说这是一种宣传，并不可信。我想说这种话的人不是无知，就是别有用心。而今坐落在锡矿山南部矿区羊牯岭上的碉堡，就是大矿商段楚贤为镇压劳动人民，巩固自己的利益所建，碉楼占据重要的战略位置，上面枪眼林立，里边设有水牢、土牢等，阴森可怕。目前是湖南省保留最完整的碉楼建筑。它们的存在，为忆苦窿的诉说提供了有力的实物佐证。

四十三年后，2019 年我随娄底市组织的采访团到锡矿山采访，我问忆苦窿的那个表演还有没有，回答说早就没有表演了。想一想，这也在意料之中，二十世纪八十年代后，锡矿山乱采滥挖世人皆知，“资本家”压榨工人的现象惊人再现。在这样的社会氛围下，再进行那样的忆苦思甜教育，确实是不合时宜，甚至感觉是自我讽刺了。我不禁怅然若失。

但飞水岩下的忆苦窿毕竟是矿冶遗址，应该不会被废弃。熟悉情况的人告诉我，遗址还在，而且在 2011 年 1 月被湖南省人民政府公布为第九批省级文物保护单位。2021 年 7 月我再到锡矿山采访时，了解到闪星锑业有再搞忆苦窿情景表演的打算。不过，不再是进行忆苦思甜教育，而是作为一个文化旅游产品来打造了。我的心稍宽，这也好啊，让大家在轻松愉快中接受教育，回顾历史，也可以算是忆苦思甜教育的升级版吧。

1976 年第一次去锡矿山那次还有一个深刻的印象，就是那时候我压根就没有感觉到锡矿山与我们生活的“江南水乡”有什么不同，锡矿山到处都是郁郁葱葱的。我担心自己的记忆出错，但 2019 年的一次采访证实了我的记忆。锡矿山上的七星居委会支书曾文平说，二十世纪五十年代初这里还经常有老虎、豹子和野猪等猛兽出没。在他小时候的印象中，七星村是一山一山的野生果树，他常爬到树上摘杨梅、李子、桃子，爬上树后，可以从一棵树的树枝上跳到另一棵树上。由于绿植厚密、水土丰美，那时流经村里的七里江浪涛汹涌，颇为壮观，也是附近几个村的农业灌溉之源。这就足见那时锡矿山上的植被是很好的。我只是有点想不清，为什么在第一次世界大战期间，锡矿山上也有很多矿山，为什么植被还能保持这么好？那时的山上都有老虎、豹子、野猪。而二十世纪八十年代开始的近四十年开采，竟让锡矿山上的地貌变得那么惨不忍睹？那么恐怖和狰狞？那么让人心痛?!

那次在株木山吃土钵子饭觉得特别香，毕竟那是纯白米饭，在当时这是只有工人才有的待遇。所谓工人老大哥，吃饭用钵钵。而我们农村吃饭是用陶瓷碗的。我觉得用土钵钵吃饭才洋气，而在其上烧制着花鸟虫鱼的瓷碗好土。瓷饭碗太小，要吃三碗才吃得饱，土钵钵大，一钵就吃得很够瘾、很饱，关键还是喷香的白米饭，而我们用陶瓷碗盛的却是薯米饭或粉渣饭。

三百年误传

锡矿山的命名本身是个错误。最初把它称作锡矿山是一种误解。但当人们知道它是一座锑矿山时，人们还是不愿意更正这个错误，一如既往地叫那个错误的称号：锡矿山。

由“万山之祖”昆仑山发脉，湖南有座雪峰山。锡矿山，是雪峰山一座南北走向、长约9000米的丘陵，最高峰岳高岭（又叫岳家岭）海拔823米。

明朝嘉靖二十年（1541）的一天，从锡矿山（当时是座无名山）上（后经人考证，就是后来的锡矿山陶塘街处）滚下一块石头，石头在阳光照耀下闪着银光，一路滚一路闪耀的银光引起了正在山下干农活的一群农民的极大兴趣，他们从没见过如此阵仗。那时的农民纯朴简单，崇拜皇权和神仙是他们共同的特点。这块从山而降的神石被他们认为是从天而降，他们对着这块神石祭拜起来。

新闻传播得很快，一个大财主得知后特意赶来察看。财主到底是财主，比农民的脑子多了些弯儿。估计这财主还是有些知识，这也是他自信满满前来察看的底气。他把神石前后左右看了一番，并命随从用锤子敲开石头仔细观察，断定这块石头绝非什么神石，但也不是一块普通的铺路石，而是一块矿石。含的什么矿呢？财主凭他的知识断定：是锡。

财主又是凭什么断定这是锡呢？因为那时候，有钱人常在井底放上锡块，净化水质。财主常用锡质茶壶泡茶，特别清香；用锡杯喝酒，酒清冽爽口；用锡瓶插花，花不易枯萎。

财主天天见锡，觉得这石头的颜色和锡好生相似，便断定这是一块锡矿石。财主爱锡，而今遇到一座偌大的山，全是锡矿，他高兴坏了。他便将此无名山命名锡矿山，以示此山由自己发现，归自己所有。

财主有个共同的特点，就是贪。其实那时根本就无人具有开发这座大山的能力，但财主担心别人来开矿，乃放言：“没有我的允许谁也不许来开采。”

财主派人在锡矿山挖了洞，挖出几堆矿石，终因技术力量和财才不够而弃之不顾。此后三百多年里，也一直没有人来开发此山。但锡矿山的名字却传得满世界都知。

关于锡矿山，在官方的正史上也能找到蛛丝马迹。据司马迁《史记·货殖列传》中记载：“豫章出黄金，长沙出连锡。”古时的“长沙国连道”就是现在的大锡矿山地区。

东汉班固的《汉书·地理志》中有“连道”的记载，《水经注·涟水》中有“涟水”的记载，清顾祖禹《读史方舆纪要》中有“珍涟山”的记载。

发源于锡矿山东北麓高茅岭，经竹山、渣渡流入涟源市扶珂村的小河，就是顾祖禹笔下的“涟水别源”，涟水汇入湘江。也就是说，锡矿山是湘江的支流涟水的源头之一。

发源于锡矿山西南麓，经飞水岩直下的中涟溪，下行过“涟溪桥”，经冷水江城区，汇入湘江第二大支流资水。

一山之水，孕育湖南两大水系的源头，不能不令人称奇。

这两大水系给锡矿山的开采带来了天然的便利条件。

而据官方的记载，锡矿山原名盐井山，明嘉靖年间，在盐井山之西发现锑矿，误以为锡。开采冶炼后，见非锡而停止开采。也许锑在当时人们的心目中没有多少印象，因为锑在生活中应用极少，因为锑是制造榴霰炮弹的主要原料，又是防火涂料的主要成分，可用于防火、油漆军舰及浸渍军用帐篷等，一般人很难想到。而喝酒用的锡壶无论贫富，几乎家家必备。

而最早见诸权威记载的是清道光二十六年（1846）的《宝庆府志》，上有文字曰：“盐井山之西……其上产锡。”可见直到这时，人们依然认为这座山上的矿石含锡。但官府的命名为盐井山。彼时人们在山上采矿盐，倒是比较普遍的事。因为井矿盐与海盐相比，生产受天气气候影响小，产量比较稳定。在规模、运费和质量上比海湖盐都具有明显优势。乾隆五十八年（1793），从云南普洱在地下直接开采岩盐起，开采岩盐就在中国蔓延开来。锡矿山这么一座大山，开几座盐矿对它无伤无损，也成不了大名。海盐在食用盐中的垄断地位逐步被井矿盐所取代，从此也可见我国开采岩盐的普遍程度。

没有来开发这座矿山，倒不是三百多年里人们完全不具备开发的能力，而是人们对掘地开矿有一种敬畏，认为这是神圣的。更主要的原因，对掘山开矿，朝廷有许多禁令。古时山上的煤炭储量很丰富，并且很多是浅表煤层，极易开采，但直到乾隆年间开放煤禁，煤才被大量开采。这应该是锡矿山虽被人发现，但三百多年里一直未被人开采的主要原因。

朝廷和民间的许多禁忌从鸦片战争以后，逐步被打破，人们的思想观念慢慢开放起来。随着第二次鸦片战争，特别是中日甲午战争的失败，寻求民族独立、国家强大的国人越来越多，不少传统的观念被进一步打破。随着洋务运动的开展，掌握科学知识的人也越来越多，进行科学探索的步伐也越来越快。

锡矿山正是在这样的背景下被开发的。

当然，任何事物的必然性都寓于偶然性之中。

发现锡矿山的直接诱因，是因为一个人，一次酒宴。

发现锡矿山

如果说被称为“晚清四大中兴名臣”的曾国藩、李鸿章、左宗棠、张之洞把洋务运动搞得颇有生气，让人们看到了清朝中兴的一线希望，那么，1894 年中国在甲午海战的失败，则让这一线希望也黯然破灭。

1895 年，因中国在甲午海战的失败而签订的《中日马关条约》进一步将中国推向了半殖民地化，湖南这块在洋务运动中没有产生近代工矿企业、没有创办近代学校的省份也终于醒来了。更多的人看清了清朝日薄西山的本质，寻求新的生存之路。在众多的觉醒者之中，湘西的熊希龄算是其中一个，他在北京大胆向慈禧进言，继而辞官回到湖南。1897 年，被光绪帝称为“新政重臣”的陈宝箴主政湖南，在其支持下，熊希龄办起了长沙时务学堂并担任提调（校长），聘请梁启超任中文总教习，聘请新化的邹源帆为舆地教师。这是湖南最早的近代学校，湖南近代革命的先驱蔡锷等就出身于长沙时务学堂的第一班。

邹源帆何许人也？能够进入这所维新的近代学校任教？邹源帆又名邹代钧，他也是新化实学堂（即现在的新化一中的前身）的首创者。

邹源帆出生于地理世家。他的曾祖父邹文苏、曾祖母吴瑚珊从小都爱好地理，婚后生六子：汉纪、汉璜、汉勋、汉嘉、汉章、汉池。夫妻对六个孩子的教育格外重视。邹文苏和他的六个儿子都酷爱舆地学习，而且造诣很深，都著书行世。人们把邹文苏和他的六个儿子并称为“邹氏七君子”。

书香之家自然对其儿孙的勤奋好学有着潜移默化的熏陶。

吴瑚珊尤以己之好而教授儿子们爱好地理学，及至发展为四代儿孙继学舆地。后人称之为“邹氏舆地世家”。

邹氏第三子邹汉勋年幼聪颖好学，十八九岁就着手自撰《六国春秋》。二十岁以后，精研汉学，终成《读书偶识》三十六卷，后被岳麓书院最后一任山长王先谦编入《皇清经解续编》。

邹汉勋便是邹源帆的祖父。邹源帆深受家庭影响，在出使英、俄两国时，用自己深厚的地理知识，力争国权，闻名朝野，并惊动了光绪皇帝，先后为光绪、宣统两位皇帝讲过地理课，是为“帝师”。

当时的湖南巡抚陈宝箴也是个对地理很懂行的人。他曾主持绘制《湖南全省舆图》。而作为舆地专家的邹源帆，曾向陈宝箴提出过开矿建议，都被陈宝箴采纳，是统筹锡矿山锑矿正式开采与创办的最佳人选。陈宝箴于是在1897年夏天任命邹源帆为湖南矿务局提调。

同乡、亲戚晏咏鹿（光桢）闻讯后设宴祝贺。

晏咏鹿原本默默无闻于乡里，可因为这一次设宴，却让他名垂青史。

很多人苦苦追求一辈子也做不到名垂青史，而一些人却在无意之间成了。比如岑夫子、丹丘生，比如汪伦。这些人不但名垂青史，而且今天的中学生都知道。不因别的，只因他们请李白喝了酒，或者送了李白好酒。

这一点晏咏鹿也与他们相似。他是因为请一个名垂青史的人——邹源帆喝了酒。

邹源帆那天心情很好，一边喝酒一边大谈采矿，口若悬河。晏咏鹿和同村陪酒的风水先生刘履斋一轮一轮地敬酒，好像专门为了套他什么话似的。邹源帆是个书呆子，胸无城府，喝得豪兴顿起，便毫无保留。他不但纵论矿政，还谈及其祖父邹汉勋参与编纂《宝庆府志》《新化县志》所提供的锡矿山舆地信息，谈到陈宝箴准许德国人在长沙开设矿物化验室确认各种矿石名称大力开采的情景。

晏咏鹿、刘履斋两人听得甚是着迷。

晏咏鹿请邹源帆喝酒，既是出于乡情，当然也有想要这个乡官日后好提携之意，顺便谋个差事或照顾点生意，这是当时人之常情。晏咏鹿、刘履斋也是乡绅，具备投资开发的能力。

邹源帆说："听说锡矿山上三百多年来炼锡不成，我就查了《宝庆府志》，也说山上产锡。我总是表示怀疑。锑和锡外表相似，所以很多人把锑叫作连锡，意思是另外一种锡。据我推测，锡矿山上产的很可能是锑。"

晏咏鹿听了双眼放豪光："代钧（邹源帆的字），如果你的猜测不错，我们到山上开一个矿，那可要发大财啊！"

刘履斋也兴奋地说："那是啊！那我也参一股，可是托提调的大福了！"

喝得酩酊大醉的邹源帆见到两人放着奇光的眼睛，似乎清醒了一些，甚至更加明白了一个老板、一个风水先生陪他喝酒的主要意图。

晏咏鹿急切地说："代钧，要不我和履斋先上山刺探刺探？"

邹源帆想，事总要合适的人去做，这两人不就是合适的做事人吗？便说："怎么刺探？"

三人沉吟了一会，刘履斋忽然眼睛一亮，说："我有办法！"

邹源帆说："你有什么办法？说说看！"

刘履斋说："方围圆转谁都知道我刘履斋是个看风水的，我就借着看风水的名义，带着晏兄一起去刺探，取几麻布袋子矿砂下来，提调拿去一化验，是锡是锑，还不一清二楚?”邹源帆向刘履斋微笑着伸出了大拇指。

毕竟在那时，在人们的认识中，地理和风水有着天然的关系。这也是刘履斋被请来陪席的原因。

那时的锡矿山人烟稀少，人迹罕至。山中仅有房屋院落十余处，散落在陶塘、长龙界、童家院、欧家冲、洞下等地，只有杨、康、童三姓村民聚族而居。

不久后，晏咏鹿和刘履斋奉邹源帆密令前往锡矿山一个名叫榛茶洞的地方勘察。为掩人耳目，两人以看风水为名作掩护。村民看到两人骑着马，打着洋伞，甚是惊奇。因为这里很少有外人来，他们也从来没有见到马和伞。

此事一经传开，在村民口中变成了“打缎子伞，骑冒（无）角牛”。村民们只见过纸伞，这洋伞是尼龙布做的，可不就像缎子？村民们骑过牛，但牛是有角的，马与牛很像，但马无角，可不就是无角牛？人们总是用自己熟悉的东西来比陌生的东西，虽然这个传说验证了山里人的没见识，成为笑谈。但再有见识的人也离不开这样的思维方式。

晏咏鹿、刘履斋等前往锡矿山一个名叫榛茶洞的地方时，发现这里矿石累累，杂草杂树榛莽之间，明朝炼锡时留下的矿石还堆在那里，地上堆积着厚厚的矿砂。

马要坐人，显然无法再载石头。二人只能从地上取一袋矿砂，放到马背上，如获至宝，喜极而去。

邹源帆把这些矿砂运到长沙化验，结果不出所料，正是安的摩尼，即锑。

送检的结果一出，陈宝箴等喜出望外。因为锑在军工领域有着广泛的运用领域。又因为锑就处于地表层面，民间获讯后随即开始自由露天开采。

1898 年正月，晏咏鹿、刘履斋当年就合伙在锡矿山开办了中国第一家锑厂：积善炼锑厂。晏咏鹿曾为此赋诗一首：

火齐明珠号曰锑，
安的摩尼名译西。
初见此物可致富，
往探陶塘发端倪。

中篇：百年开采传奇

锡矿山进入锑时代

横空出世的积善炼锑厂，打破了锡矿山千百年来的静寂。

1898 年 6 月，也就是积善炼锑厂开张不到半年，锡矿山官矿局剪彩开业，标志着清政府正式进入锡矿山。

仅一年之后，锡矿山的采锑公司已有官厂 10 家，商厂 12 家。1901 年，因锡矿山走私斗殴盗窃之风日盛，清廷设立缉私局。

1905 年，清政府设收炼局于冷水江，就近收炼锡矿山所产锑砂。

1907 年，矿商们呈请清廷准许矿商自炼自销，杨咏仙等矿商就山设炉，组建集益炼厂于谭家冲，成为锡矿山最早的一家私营生锑土法冶炼厂。

俗话说：蚂蟥子听水响，叫花子听鼓响。这俗话好懂：只要听到水响，蚂蟥子就知道有人下田了，马上过来找脚吸血。叫花子只要听到锣鼓一响，就知道有人家做红白喜事了，就跑过来讨钱了。

那么，资本听什么响呢？这句话我接不上来，但我知道，资本是逐利的，如苍蝇逐臭一样，其嗅觉十分灵敏。

到了 1908 年，距积善炼锑厂开工仅 11 年时间，锡矿山的产锑量已占全世界锑产量的 50%。

1908 年，一个叫梁焕奎的在长沙南门外碧湘街一带设立了华昌炼锑公司。梁焕奎曾经是湖南矿务总局的文案，因预见锑矿业前途广阔，多方筹措资金，甚至变卖了妻子的首饰，接办了锑矿，设立炼锑厂。

具有“中国矿藏之父”称号的中国冶金学家，也是世界最早的锑冶金专家之一王宠佑（1879—1958）得知法国有一个叫赫伦士米的专家已初步研制出一种能将低品位锑提纯的方法，乃联合梁焕奎在英国留学的三弟梁鼎甫，于1908年，以白银7万两购得此“秘法”，在长沙南门外反复试验，终于成功，这就是湖南炼制纯锑的肇始。

华昌炼锑公司总厂就设在长沙南门外碧湘街一带。工厂最盛时，从长沙碧湘街到西湖桥河边一带，机声喧扰，烟囱林立，湘江沿岸，火轮电艇，络绎于途，均为华昌所有。公司总资本最多时达银300万两，每24小时可炼纯锑30吨至40吨，每年可产1万多吨，还在上海和纽约都设有分销处，直接进行国际贸易。

华昌炼锑公司在炼锑技术上逐渐领先国内外，垄断了全省的锑砂炼销大权，客观上也排斥了洋商对湖南锑业的把持。1908年，法国容母司会社本打算在湘设炼锑厂，也因竞争不过华昌炼锑公司而作罢。王宠佑兼任华昌公司总工程师，使得华昌公司的生产技术一直处于世界先进水平。至此，锡矿山进入锑时代。

从1898年到1911年，年产精锑9000吨，共生产纯锑2.2万吨，到1914年第一次世界大战爆发，锑价飞涨。一吨锑价白银2000两。

锑价飙升，各方势力纷纷介入。美、俄、德、英、法、日、西、葡等国纷纷觊觎这里的锑矿。

1912年，随着德国人施乃甫、阿罗佛相继来到锡矿山，分别成立合利、多福两处洋行，华昌炼锑公司的冶炼技术即被其超越，他们将华昌炼锑公司的冶炼技术加以改进后设炉建厂，原先废弃的花砂、锑磺及生锑炉渣，不用任何加工即可投炉制炼，原本废弃之物，均被洋商贱价收购一空。

随后广东客商韦志道也组建志记炼厂于谭家冲，合利、多福、志记就成为锡矿山上最早提炼出纯锑的炼厂，时称“西法炼厂”。

随后，英、法、日、俄等国商人纷纷在锡矿山设厂或商行，开办炼厂或收购锑品。通过设立“多福”“开利”“合利”“修和”等洋行，直接或间接插手锡矿山的锑矿的采炼。这些外资企业在带给锡矿山采冶技术的同时，也从锡矿山掠走大量的矿产资源。

锡矿山上不到一公里的陶塘街，则是这些淘锑者的乐园，真实上演着“日则千人拱手，夜则万盏明灯”的酒肉繁华。锡矿山常住人口最多时达16万。

但洋人们的酒肉繁华梦很快被一个叫刘铁逊的惊醒。

刘铁逊原籍不详，估计出身贫寒，被人收为养子。其颈后有一肉瘤，自称“钱坨”，虽读书不多，却善于谋算，稍长即代其养父在锡矿山管理三益采矿公司。1913年，在长龙界组建美利炼厂，用氧化锑矿（磺）试炼纯锑成功。当时，锑冶炼属华昌炼锑公司专利，遭其干涉，刘铁逊拉曾叔式（广西警察学堂总办）、蔡锷等人为股东，出面将该公司控告于北京农商部。后经调解，由华昌炼锑公司参与美利炼厂合资经营，改名新化昌炼厂，刘铁逊从此名闻锑都。又独资或集股开办纯青、化成、鸿辉等炼厂。刘铁逊为吞并粤商韦志道在谭家冲开办的志记炼厂，在其初建厂之前，即暗将该厂周围田土山地全部买下，导致志记炼厂投产后，既无出入通道，又购不到堆矿砂和倒炉渣的场地，乃停产，贱价顶给刘铁逊经营，改名为修和洋行。矿山冶炼规模日益扩大，而冶炼技术落后。德国商人施乃甫到锡矿山开办开利洋行，仿赫氏炉原理制锑氧炼纯锑，但“禁止外人参观”。民国九年（1920），刘铁逊为打破外商技术垄断，乔装工人混入洋行，费时数月，精心考究，归而利用本地工料仿造，名为“土法氧炉”，原来废弃之锑矿、生锑炉渣及低成分的花砂均可直接投炉制炼，比西法炉的成本低而产量高，被各炼厂广泛采用，刘铁逊因之获利甚巨，并挤垮了开利洋行。

1926年，在锡矿山全山实际开采的公司达到107家，炼厂43家，在采炼两业之后，以拌买矿砂为业的花石庄应时而起，以贩锑为业的锑庄也在此时出现，形成锡矿山通行数十年的采、炼、贩三业分离的分营体制。

换句话说，是社会分工越来越精细，越来越专业了。这也是锡矿山发展的第二个高峰。

1930年，刘铁逊为满足冶炼生产需要，再次扩大采矿经营，除原有三益公司外，又独资或集股开办球益、天生和、大有庆、履祥吉等7家采矿公司，拥有锡矿山全山1/5的矿地。

但刘铁逊可能想不到，最终超过他，成为锡矿山最大矿主的是起步比他晚了十来年的段楚贤。

锡矿山最大矿主段楚贤

段楚贤（1889—1954），又名自立，别号震寰、蚩安。出生于新化县安集乡椽木山（今冷水江市矿山街道办事处椽木居委会）。其父段仲昭早年经营毛板船生意，用毛板船贩运煤炭、木材等到汉口，淘到第一桶金之后开办铁厂，建有数十座炼铁炉。几乎是同时，段仲昭还建成了数家锅厂，用炼成的生铁铸锅，产品通过深加工变成成品，利润空间大幅扩张，财富滚雪球般增长，成为地方土豪。

段楚贤兄弟四人，他排行老三，三个兄弟先后夭折。其父段仲昭把希望全部寄托在他的身上，但并不娇惯他，而是放手让他去闯荡。

段楚贤自幼悟性甚好，在私塾读书几年就写得一手好魏碑，很受乡人称道。高小刚毕业，段楚贤就跟堂兄段汉卿合伙一同到汉口做毛板船生意。做毛板船生意风险是很大的，一条用马钉把木板钉起来的木板船（由于做工粗糙被称为毛板船），最多要装160吨煤炭，顺水漂到汉口，沿途暗礁、险滩甚多，稍不小心，就会船毁人亡。尚未成人，段楚贤便远离双亲做这种高风险生意，足见其胆识过人，也可知段仲昭敢于放手，着意培养儿子闯荡江湖的本领。段楚贤十多岁到长沙明德中学念书，开阔了眼界，这样的出身也为他今后的出人头地打下了基础。学校放假他也不闲着，跟着父亲学做生意。段仲昭言传身教，耳提面命，使小小的段楚贤初懂为人之道及商道。

眼见段楚贤日臻成熟，羽翼渐丰，段仲昭心中高兴，但不露声色。一次上锡矿山时带上段楚贤，当行至飞水岩瀑布前，段仲昭嘱咐停轿歇息，手持文明棍朝瀑布周围山上画了一圈，在隆隆的瀑布轰鸣响声中大声告诉儿子："这些是我用十六吊铜钱买下的矿地，从现在起交给你，怎么搞就看你的本事了！"

离飞水岩不远的罗家边、羊牯岭各有一块地，是段楚贤族叔祥柳公及族祖延沛公的产业，地的表面曾发现过锑矿脉，但限于实力、精力等条件，两人未能开采。段楚贤接过父亲的矿地后，觉得机不可失，立即赴祥柳公府上洽谈购地事宜，并以银洋四千元买下罗家边。然后马不停蹄，又以八千大洋买下羊牯岭地段地皮。这样一来，他的手上就握有三块地皮了。时隔不久，段仲昭去世，段楚贤继承了所有财产。他卖掉了一些田地，放弃了毛板船生意，转卖了所有铁厂、锅厂，一心一意开矿。

1920 年的段楚贤三十刚出头，身强力壮，正是大展身手的时候。这年初春的一天，段楚贤叫上招来的 30 来名炮工和杂工，放过驱邪保平安的鞭炮，杀了叫鸡，拜过山神土地和诸位大神，点炮开工。段楚贤的矿业事业从此正式引爆。

1924 年，段楚贤成立了第一家开源锑矿有限股份公司，在整个矿山只能算个小角色。但段楚贤的发展之快令人吃惊：短短几年，他便与人合伙开办泰元、开泰、阜成、源远、慕记、大同等采矿公司，并独资或合股经营冶炼厂，年产纯锑 528 吨。至 1937 年，所属采矿公司占有矿地 2000 余亩，年产纯锑 4000 余吨，最盛时期有职工 2 万余人。此时，他已成为锡矿山最大矿主。

段楚贤本来打算花巨资改变矿山落后生产方式，使用先进的开采、冶炼电气化设备，建成一个大规模高效率的现代化企业。为了这宏伟目标，他多次邀请当时的湖南大学工学院院长钟伯谦教授及采矿专家刘石峰两人来矿山考察和实地勘查，先后历时一年之久，方案反复研讨，拟定了切实可行的开采、冶炼计划，并晒制好了蓝图。但日寇的入侵让他的这个美梦变得支离破碎。

红色锡矿山

哪里有压迫，哪里就有反抗。锡矿山的工矿史，也是一部工人的血泪史。“有女莫嫁锡矿山，上山容易下山难”，就是人们对锡矿山上资本家残酷剥削、压榨工人的通俗控诉。本文开头所说的飞水岩下忆苦窿的情景剧表演，就是资本家压迫工人的真实再现。锡矿山上现在还保存的羊牯岭碉楼是我省乃至长江以南规模最大且保存较完好的碉楼，是大矿主垄断锑矿开采权、残酷压迫工人、镇压工人运动的历史见证，碉楼内有水牢、土牢，并置列刑具。

1923 年，锡矿山地区有矿产公司 107 家，炼厂 43 家，职工 3 万余人，成为湖南工人最多、产值最大的矿山。

矿工曾自发以罢工、抗暴等方式与矿主进行斗争，但因缺乏无产阶级政党的领导，最终都以失败告终。

1925 年，共产党员萧石月、邹建武、仇寿松、舒金山等人受中共湘区委派遣来到锡矿山，发展党组织，领导工人运动。革命烈火迅速在这座古老的矿山点燃。

这年 9 月，邹建武在肖家湾组建平民教育促进会，并在肖家湾沫矿村小学附近开设平民学校，由他担任平民学校教员。平民学校不收学费，入学者大多是工人，也有儿童，共有学生 90 余人。在邹建武的教育和引导下，很快就有一批工运积极分子脱颖而出，成为后来工人运动的中坚力量。

1925 年秋冬之交，中共锡矿山特别支部成立，直属中共湘区委领导，萧石月任支部书记，通讯联系代号为“长沙周南女校黄龙”。

随着全省革命形势高涨，1926 年 3 月，特别支部和锡矿山工会趁机把工会活动由秘密转向公开。公开办公后，工会组织迅速发展壮大，轰轰烈烈的工人运动登上了历史舞台。

对于锡矿山工人运动的蓬勃发展，反动派极为恐慌和仇恨，趁 4 月 8

日矿工会召开成立大会之机，锡矿山商团以先发制人的手段，发动了轰动全省的“四八事件”，工人领袖邹建武等30余人被拘捕。事件发生后，萧石月积极组织营救。7月中旬，邹建武等被释放。

1927年“马日事变”后，全国革命形势处于急转直下的紧急关头，正在发展的锡矿山工人运动也很快出现了紧张气氛，反动势力蠢蠢欲动。5月底，湖南全省总工会发来急电，命令锡矿山工人纠察队火速开赴长沙，支援10万工农武装进攻长沙。在萧石月、邹建武的率领下，锡矿山工人纠察队300多人携带长短枪百余支及梭镖等武器，向长沙进发。当队伍路过涟源市蓝田六亩塘一带时，遭到反动军阀许克祥部的伏击，萧石月、邹建武等80余名纠察队员在激战中壮烈牺牲。

萧石月牺牲后，革命的火种仍然在锡矿山这片热土上传播。

锡矿山的工人运动，唤醒了以锡矿山为中心的这一地区的广大民众的革命觉悟、革命斗志，打击了当时的封建地主，特别是商团这些反动势力，动摇了封建官僚的统治基础，同时也孕育了红色根基的革命的种子。可以说锡矿山是湖南工人运动的摇篮之一。

1935年11月29日下午，实施战略转移的中国工农红军第六军团第17师第51团约千人，由新化经石窖、独树岭进入锡矿山。为迎接红军进入锡矿山，锡矿山工、农、商各界人士还专门推选了24名代表担任接待工作。在他们的带领下，红军分别驻在北区的宝大兴、德华盛、畴富堂、大德生等公司，公益炼厂、康家院、陶塘街、谭家冲及飞水岩源和炼厂、同利公司等地，红军司令部则设于宝大兴公司内。红军进山后，发动群众，传播火种，宣传北上抗日的主张，并进行扩军筹款。段楚贤等纷纷逃离。

红军进入矿山之后大力开展宣传活动，沿街刷写标语，四处鸣锣安民，召开群众大会，宣传抗日救国的道理，宣传共产党的方针、政策，宣传“三大纪律、八项注意”，讲解红军的性质。红军的抗日宣传队还纷纷走上街头，进行唱歌、讲演等宣传。每个红军战士订了个人抗日宣传、扩红筹款的竞赛计划。他们深入炉房、矿洞，直接向工人群众进行口头宣传。

红军还开展了打土豪和筹措军款的工作，集中打击少数大矿主、大豪绅，搜查了他们藏匿的金银，没收了他们的稻谷、衣物、布匹。为帮助红军搞好给养，山上老百姓夜以继日将大部分布匹为红军赶制了军服，红军则将衣物和部分稻谷分给了老百姓。与此同时，24 名老百姓代表还胸前戴着红符号，积极奔走于各个公司、冶炼厂和大商户之间筹集军款，为红军实际筹集了银洋五万余元。

在传播红色火种、积极宣传北上抗日的过程中，矿工们自发组成了“工人团”，与红军密切配合，宣传革命道理，协助红军搞好筹粮筹款、扩红等工作。

矿山工人在红军部队到后不到一天光景，就组织起了一支“抗日救国先遣队”武装。随后，又成立了“工人纠察队”。几天中，青年工人和附近农民纷纷赶来参加红军，1000 多人参加红军，北上抗日。

1935 年 12 月 4 日，红军离开锡矿山返回新化。临行前，红军在谭家冲召开了群众大会，会后部队迅速出发。红军队伍浩浩荡荡，前面的已经走到了陡拜坑，后面的还在宝顺岭，总共拉了七八里长。锡矿山上的工人群众、周边农民及社会各界人士依依不舍，冒着大雨送红军，场面十分感人。

1945 年 3 月上旬，一支 2000 多人的日本军队，从邵阳方向进入冷水江境内。日本发动侵华战争后，曾经三次攻打湖南，却从来不攻打此地。那么，这次的例外，日军的目的何在？

这时，锡矿山纯锑精炼厂厂长兼工程师赵天从，刚从长沙赶到锡矿山，就立即向全体职工传达了一个惊人消息：这次日本鬼子的目的，不是抢钱，不是抢物，也不是抓劳工，而是想要掠夺锡矿山的锑矿。赵天从连夜上报国民党第 9 战区司令官薛岳。薛岳闻讯，急忙命令王耀武的第 73 军、第 74 军就近穿插阻击。

外援到来之前，赵天从行使特派员的权力，命令仅有的 200 名矿警死守碉堡，组织几万工人在易守难攻的路口挖战壕、备石块，做好血拼到底的准备。冷水江山高林密，地形错综复杂，日军离锡矿山 20 公里就迷了路。他们用刺刀逼着老百姓带路，第二天被一个段姓的青年引诱到相反的方向，到了新化县洋溪镇。这时，日军方知上当，烧杀抢掠，把段姓青年活活捅死。老百姓愤怒了，上万人操起菜刀、锄头等反抗。跟踪而来的国民党第 73 军奋力厮杀。后来，一直进逼到湘西的雪峰山下，全歼这伙穷途末路的鬼子兵。赵天从因护矿有功，被任命为锡矿山工程处主任。

抗战初期，八路军驻湘办事处把锡矿山列为全省四个工运重点之一。先后派出许立中、袁佑熙、苏镜等同志，在锡矿山开展党的工人运动。1939 年后，抗日军兴，物价日涨。锡矿山的生产步履维艰。后因外运线路被封锁，公司炼厂纷纷停炉歇业，生产急剧衰落。1944 年和 1945 年，锡矿山的锑产量为零。

1948 年 11 月 6 日至 1949 年 1 月 10 日，历时近 60 天的淮海战役取得重大胜利，解放大军即将挥师南下，横渡长江。彼时，国统区一片混乱，反动势力垂死挣扎。在世界锑都锡矿山，国民党反动派企图在败逃之时抢夺近 1000 吨库存精锑，并对工程处的固定资产予以破坏。为保护人民的矿山，挫败敌人的阴谋，1948 年 11 月，中共湖南省工委委派颜述之赴锡矿山建立党组织，迎接解放。

1949 年 1 月初，颜述之来到锡矿山，受到时任锡矿山工程处主任赵天从的接待。他在回忆录中写道：当时到处都在“裁员”，约莫过了半个月的光景，赵天从主任安排我去工程处总务课上班，主编一张叫《新闻简报》的油印小报。由于工作的需要，我可以到处走访。这为我了解和掌握社会情况带来了方便。

经过两个月的情况摸排，锡矿山地下党组织从三月份开始秘密吸收党员，前期重点放在杉山里机电厂。1947 年，谭泽甫和 14 名同事一同从长沙锑品厂调入锡矿山，担任新建杉山里机电厂的任务，解决锡矿山南区排水用电问题。在多次接触锡矿山地下党组织后，谭泽甫和不少同事都递交了入党申请。

截至 1949 年 6 月党中央下发在白区暂停发展党员的指示，锡矿山地下党组织两个月内秘密发展党员56名，建立了杉山里机电厂、北区锑矿、实验炼厂三个支部，以及工程处本部、冷水江电厂、陶塘镇三个直属小组，建立了党的外围组织“工人解放社”，吸纳社员300多人，以适应护矿迎解放斗争形势的需要。

1949年6月，锡矿山工程处护矿委员会正式成立，赵天从为主任，不少地下党员当选为代表。颜述之在回忆录中写道：扩矿委员会的诞生，标志着一个新的转折点，护矿斗争由秘密走向公开，由少数人扩大到广大员工。

1949年8月13日，解放军第49军第147师一个团向邵阳进军，路过锡矿山。其间，颜述之以锡矿山地下党负责人、军代表的身份，出面促成矿山警察所交出武器弹药，投诚起义，锡矿山第一次解放。几天后，解放军进行战略转移，部队开进安化，国民党军第63师趁机盘踞新化。反动矿商抓住这个机会，对锡矿山地下党组织进行打击报复。

矿霸杨执端搞了一份我地下党人员的名单，上报到了新化县政府，要国民党军上矿山把地下党人员一网打尽。在工程处总机室值班的地下党员刘家鹏，看到国民党军的一个营刚出发，就接到了新化那边打来的电话，说国民党军这次来很可能是要大捕大杀。他就赶紧向颜述之作了汇报，锡矿山地下党成功躲过了这一劫。

解放前夕，受战争影响，矿上的1000多名职工领不到津贴，不少家庭处于断炊状况。锡矿山工程处已无法正常运转，几个月没发工资，人心波动。有人提出分掉工具、材料和存锑，有人提出就地遣散工人。关键时刻，颜述之派群众代表向工程处请愿。

中共地下党了解到赵天从是一个正直的知识分子，派地下党员做他的工作，希望他利用工程处主任这一特殊身份，出面组织护矿。他集中矿工，推选代表，成立护矿委员会，抵制国民党军队撤退前的抢劫和破坏。

赵天从与地下党商议后，以急需现金作锑锭运费为借口，带着两名助手直奔广州。南京国民政府刚刚迁到广州，乱作一团，不会轻易给他一笔巨款。他凭“老关系”对那些最后想搜刮财富的人“郑重”禀告：锡矿山库存几百吨锑，若有运费即可运到广州。那些人被吸引，并拨出6万元金圆券，赵天从把这些钱兑换成5万银圆，空运回湖南，从而使矿工家家升起了炊烟。锡矿山喜迎解放，赵天从将整个矿山完整地交给人民政府接收。他在历史的转折关头，作出了正确的选择，并向中华人民共和国献上了一份厚礼。

1949年9月初，人民解放军第160师在渡江南下到常德时接到攻打锡矿山的命令。9月30日，第160师第478团约3000人在司令员邹毕兆、政委彭清云率领下到达锡矿山，对白崇禧第63师残部展开围歼。10月2日傍晚，在胜利山黄土坑（今锡矿山矿务局北选厂后面），解放军与敌人展开了一场激烈的战斗，国民党部队伤亡惨重后趁着夜深仓皇逃跑，解放军也有营教导员吴振宗、连长吕廷轩等9名指战员牺牲。1949年10月6日，湖南省军事管制委员会发布第24号命令，对锡矿山实行军事管制，“世界锑都”锡矿山最终完整地回到人民手中，锡矿山全面解放。

1952年，原锡矿山矿务局和当地人民政府在胜利山修建烈士墓。1974年，因修建北选厂将烈士墓移至锡矿山矿务局北矿山头，即钟鼓山，在墓前修建14米高的烈士纪念碑，碑题“革命烈士永垂不朽”八个大字，其座镌刻碑文。

中央领导关注锡矿山

1950年3月，锡矿山矿务局正式成立，统一锡矿山锑矿的探采、冶炼及锑品统购统销的经营管理。同年5月27日，时任中央人民政府副主席刘少奇，就锡矿山收归国有作出专门批示，毛泽东、朱德、周恩来、陈云等领导同志，也在这份批示上一一作了圈阅。这份保存在锡矿山博物馆的影印件，定格了锡矿山收归国有的这一历史性事件。

一个矿山收归国有的文件，能让当时这么多党和国家领导人关注，经这么多党和国家领导人的批阅，在新中国成立以来有色金属行业的建矿史上，这是唯一的一份。

1950 年年初，赵天从被任命为锡矿山矿务局副局长。他与翁徐文局长密切合作，带领全矿职工投入了恢复生产的斗争。他重新规划了矿山的采掘和冶炼计划，使锑的生产很快恢复到战前最好水平。

1959 年 6 月，罗瑞卿副总理亲临锡矿山，深入南矿井下、南炼厂和北炼厂炉房查看生产作业情况。党和国家领导人对锡矿山的这份厚爱，源自锡矿山在新中国有色金属行业非凡的存在，以及锑在全球军工领域的独特地位。

消灭矽肺病

自 1897 年再度发现，到正式解放回到人民手中，锡矿山在旧社会的开采，是一部令人扼腕的矿工血泪史。受落后的采矿工艺、无视井下工人作业环境等多重原因影响，井下的高密度粉尘导致矽肺病泛滥成灾。新中国成立前，井下矿工的平均寿命只有 30 多岁。

矽肺病的产生，是半个多世纪以来落后的开采方式累积形成的。整个锡矿山地区，确实因此损失了很多青壮年劳动力，笔者掌握的数据有 9 万多人。所以新中国成立后，中央政府高度重视，中南区的工矿考察团在 1950 年 7 月，专门来到锡矿山作分析鉴定。

经过考察团两个月的努力，终于查清了矽肺病的发病原因，证实矽肺病不是民间误传的“烟子病”。秘密被揭开，相应的防护措施马上落地。1951 年，锡矿山共计安装 9 台高功率压风机，实现南北两个矿山井下作业面通风全覆盖，同时加大劳保用品的使用力度。锡矿山民谣中“口吐烟子无下场”的历史，从此完全改写。

实际上到 1953 年，井下作业全面过渡到了风钻打眼、湿式凿岩，个体防护用品也都开始发放。到 1959 年，就有了专门的机构，充实了人员，制订了通风管理办法等，井下的粉尘浓度，也达到了国家卫生标准。还有一组数据，就是 1953 年前，井下工人的平均寿命只有 34 岁，而到 1993 年，井下工人的平均寿命超过了 70 岁，这个数字来之不易，也让领导人十分欣慰。

在一鼓作气彻底改善井下作业条件的同时，解决工人居住难问题的职工宿舍建设也在紧锣密鼓地进行。这片位于南区杉山里的宿舍楼群，有一个亲切的名字，叫28家宿舍。顾名思义，这里当时住进了28户人家，也留下了新中国成立后锡矿山第一个职工宿舍区的故事。

群众的期待，就是最大的动力。仅1951年，锡矿山共新建宿舍16000多平方米，是1950年至1981年32年间新建宿舍最多的年份。在生活条件改善的同时，随着杉山里、坝塘山等自备电厂的建成运行，以及井下机车、电耙、装岩机“三大件”等机械化设备的普及和竖井的建设，工人作业条件得到空前改善。新中国成立初的这一系列组合拳，打开的是锡矿山建设的生动画卷，展现的是世界锑都走向兴盛的蓬勃生机。

这些基础条件的改善，效益十分明显。1950年锡矿山的锑品产量只有2300吨，而1951年到1953年这三年，平均年产量为7300多吨。证明通过这些举措，干部职工的思想更加统一，生产积极性更高，给锡矿山在新时期的发展开了一个好头。

中国有色金属行业的“黄埔军校”

锡矿山注重人才的培养。

从1951年创办中南五工校开始，锡矿山先后创办或代管了中南分局技工学校、锡矿山工业学校、锡矿山技工学校、锡矿山职工学校等，为我国的有色金属行业培养和输送了大批专业技术人才。锡矿山，因此被业内誉为中国有色金属行业的“黄埔军校”。

从1951年到1981年，锡矿山外调职工总人数超过5500人，特别是第一个五年计划期间，支援新建、扩建企业1400多名干部职工。这一时期，锡矿山还为湖南省冶金局、兄弟厂矿和人民公社，共代培各类专业技术人员1600多人，接待外来实习人员近3000人次。

锡矿山在不同历史时期坚持办学、代培、输送各类人才，克服了各种各样的困难。可以说，锡矿山是生产锑品和培养人才这两种“产品”的矿山，她既生产了全世界最好的锑品，也培养了最优秀的锑行业产业工人队伍。

冷水江单独设市

锡矿山的发展，带来了冷水江的单独设市。

这个世界本来没有冷水江这个名词，直到1960年2月，才首建冷水江市，隶属邵阳专区。1961年7月，改名冷江市。几经变更，直到1969年10月，国务院批准恢复冷水江市，冷水江市的名称这才确定下来。

只是很多人有些想不通，既然冷水江设市是因锡矿山的发展，为什么不将名称定为锑都市？定名为冷水江市到底有什么含义？

据笔者考证，定名为冷水江市有三种说法。第一种说法是这样的。城市的命名是从其最早的建成区命名的，这才有历史文化和传承。冷水江最早的建成区是资江北岸的江北路一带（即柘溪院子至蒋家桥），这里是旧城区。这里之所以成为城区，是因为这里有码头。很久以前，这里就是一个重要的码头，从这个码头可过渡到对岸布溪。这个码头也就成了官差商贾、挑夫贩卒从锡矿山去宝庆府的必经之地。往来穿梭于资江的船只都在此停靠。最初也没有官方命名，只是随着往来人员增多，物流量增大，慢慢形成港口码头、街道店铺与贸易集市，人们口头上慢慢把这里称为“老鼠港”。

为什么称作“老鼠港”呢？

古代的地名很多都是误传，最后将错就错。就像锡矿山的地名一样，误传三百年，人们也就将错就错，不再改变，错而成俗。

“老鼠港”来源于“老树光”的误传。“老树光”就是这里参天的古树被砍光。为什么被砍光？因为1799年，新化人发明了毛板船，毛板船是世界上唯一时段（1799—1958）、唯一河段（资江的邵阳至益阳，益阳经洞庭湖至汉口）的一次性运煤船只，最大运量达160吨，船在邵阳用八分厚的木板钉好，放到冷水江的沙塘湾等码头装煤，在每年的端午前后顺水而放，随波漂流到益阳，再经洞庭湖到汉口。煤卖完后，对船体进行拆解，当作木材卖掉，节约了船只返航的大量人力物力，极大地提高了生产力，创造了世界航运史上的奇迹。

由于毛板船是一次性消费，因而造毛板船需要大量木材。而靠近码头、港口的地方运输方便，其地的树木便成为砍伐的首选，老树被砍光也就成为必然。

“老树光”和“老鼠港”在新化话里是同音的，“鼠”也可以读第三声，与新化话里的“水”同音。在新化话里，特别是原太阳乡一带，“江”和“光”也是同音的。至于“老”一不小心就发音“冷”。于是，“冷水江”就成为这座新设县级市的命名。即使“老”“冷”的转换有点牵强，总不至于把城市命名为“老水江”吧？冷水江，多有诗情画意，多有民俗文化！

冷水江地名的由来的第二种说法，说是境内涟溪两岸因喀斯特地貌多泉水井，井水极冷而得名。都说株洲和怀化是火车拖来的城市，这并不奇怪，许多城市都是因交通而形成的。但冷水江却因锑的开采而成市。因为一种金属的开采而成市的地方，应该也就是冷水江了。如果说不是例外，那就勉强还可算上无锡。据说是战国时期诸侯频繁开战，制造武器要用到锡，此地的锡被开采完了，再无锡可采，于是被称作无锡。

还有第三种说法：1941 年以前，冷水江曾经是现冷水江市境内资水段的名称。因此，有人说冷水江市的名字来源于此。

战栗的锡矿山

对锡矿山的灾难性开采发生在改革开放以后的近四十年里。二十世纪八十年代以后，社会上很多人误读了“不管白猫黑猫，逮到老鼠就是好猫”“发展是硬道理”“让一部分人先富起来”等话的本义，对其进行歪曲、变形的理解。在利益的驱使下，人们对锡矿山进行恶性开采、灾难性开采、破坏性开采。

现在，很多人一讲到锡矿山的环境破坏，就讲“一百多年的开采”，把账都算到一百多年的开采上。这是不完全对的。当然不能说以前的几十年开采没有破坏，但把账笼统算到“一百多年的开采”上，显然是不准确的，甚至是避重就轻推卸责任。据当地村民回忆，直到二十世纪七十年代，锡矿山上还有老虎、豹子、野猪，摘李子时能够攀着这棵李子树上跳到另一棵李子树上，足见山上树木之多、大、密。也足见对锡矿山生态环境的破坏，主要是二十世纪八十年代以后的事。

由中共冷水江市委、冷水江市人民政府出品的系列专题片《世界锑都——锡矿山》提到：锡矿山生态环境的破坏“肇始于改革开放初期的民采风潮”。

对改革开放最初的一些做法进行反思，其实很有必要。且看看二十世纪八十年代以后锡矿山上的开采情况。

锡矿山锑矿志这样描述：20 世纪 80 年代后，锡矿山地区锑矿开采格局发生很大变化，个体、乡镇企业争相开矿，抢挖国家锑矿资源，形成一股来势凶猛的“民采风”。

1984 年 8 月后，民采点参与民采的人数以几何级数增加，矿区内外的居民、村民以个体和集资村办、乡办、镇办的形式出现，未经批准或个别部门随意批准的民采矿井（点）遍布矿区。1986 年实地调查显示，锡矿山的民采井（点）多达 130 余个。

锡矿山矿务局原副局长李幼亭说，说得直白点，民采就是私人挖矿，而且这里边大多是非法开采。为了减少开采成本，民采大部分集中在浅部，又没有正规的选厂，很容易造成水土流失、破坏植被。那些随意处置矿渣、废水的，更是给当地的生态环境带来了极其恶劣的影响。

锡矿山闪星锑业有限责任公司原总工程师戴永俊认为，这个时期的民采风潮，是在改革开放后“有水快流”的思想倡导和经济利益的驱动下形成的，个体、集体一哄而上，无证办矿和非法抢矿现象十分严重，锡矿山成为 20 世纪 80 年代全国有名的民采“热点”矿山。

由于一窝蜂涌上锡矿山的淘金者大多是小成本投入，根本没有什么先进的开采设备，更谈不上配套的环保设备，只图见效快，不管白猫黑猫，采到锑矿便是好猫。由于开采技术落后，而且瞄准的锑矿石全部是浅部矿层，在利益的驱动下，完全没有安全意识，对采空巷道不进行充填，只管往前掘进。这完全是新一轮的掠夺式开采，采选企业遍地开花，资质和规范、安全生产、可持续发展这些概念都被抛之脑后，滥采乱挖。这些小规模的民采企业只顾眼前利益，无规划乱开采，造成了采富弃贫、漏矿压矿等浪费和破坏资源的严重后果，更使植被荒芜、水体污染、采空区陷落，对生态系统的破坏由肌理入肺腑，继而深入骨髓，留下大量砷碱渣。砷，是砒霜的主要成分，含有剧毒。滥采乱挖还在锡矿山地区形成了大片采空区，地下采矿巷道纵横交错，复杂多变。

不少当地人甚至采用最原始的方法选矿。一名当地居民回忆，一些人把矿渣倒在筛车里，前后摇动约 15 次，细细的锑矿从筛网里慢慢漏下，最后他将筛车奋力向前一倾，把废渣倒掉，铲进新的矿渣。锡矿山从南到北，方圆几十公里，到处千疮百孔，漫山遍野都是废矿石、废渣，加之空气中二氧化硫的污染，导致该地区地表植被破坏严重，几乎处处都是不毛之地，水土流失严重，80% 以上的田土无法耕种。地下水系也发生巨大变化，水量明显减少，群众生活用水和农田灌溉用水严重不足。

这种灾难性的无序开采所造成的恶果很快显示了出来。

1987 年 4 月 27 日，锡矿山宝大兴地区发生冒顶事故，引起国务院和省政府的高度重视。时任国务院副总理李鹏就此专门做出批示，湖南省政府连续三年下发文件（湘政传电〔1987〕48 号文件、湘政传电〔1988〕64 号文件、湘政传电〔1989〕49 号文件），提出了“四项处理措施”。原娄底地区行署、冷水江市人民政府组织了三次大规模治理整顿，封闭非法开采矿井（点）126 个，锡矿山地区矿业开发秩序才开始好转。

可是在巨大的经济利益诱惑下，“热点”矿山的民采现象注定会反复无常。此后近 20 年时间，锡矿山地区的非法开采多次出现反弹。其程度随锑品市场的涨落而起伏，无证办矿、越界开采等现象屡禁不止。开采鼎盛期，锡矿山一个山头就有数十家小型冶炼厂，到处黑烟滚滚，草木尽毁。

2009 年 5 月，国家《有色金属产业调整和振兴规划》正式发布，首次提出实行全国锑矿开采总量控制。

2009 年 6 月 5 日，国务院确定了第二批 32 个资源枯竭城市，冷水江市榜上有名。至此，我国的资源枯竭城市已增至 44 个。

笔者不知道这个消息带给冷水江市民什么感觉，但笔者感到的是无比的悲哀。

为从根本上改善锡矿山地区的生态环境，2010 年 3 月，冷水江市掀起了锡矿山地区涉锑企业整治风暴。

当时，锡矿山一个山头就有 96 家小型冶炼厂，到处黑烟滚滚，草木被熏死殆尽，只剩下裸露的废渣刺得人眼睛生疼。锡矿山鼎盛时聚集了 200 多家锑矿采选厂、30 多座冶炼厂，区域内的锑矿共有从业人员 17000 余人，超过 16 万居住人口。这座建在矿场上的城市，从另一个角度看，也建立在各种矿产废渣上。

这是一场战役！一场涉锑企业关闭整顿风暴在锡矿山掀起！冷水江市对没有按期关停淘汰的企业，供电部门依法停止对其供电，公安部门依法停止审批其火工产品购置，环保部门依法吊销其排污许可证，工商部门依法吊销其营业执照。对暴力抗法的企业和个人，公安、司法机关予以从严打击。

这场战役，关闭涉锑企业 82 家，取缔选矿小作坊 145 处，7 家锑开采企业整合至 4 家，民营锑冶炼企业整合至 9 家，所有非法建设涉锑项目全部关闭取缔。这场战役一直持续到 2014 年，这时锡矿山地区所有非法建设涉锑项目才全部关闭取缔。

锡矿山闪星锑业有限责任公司原党委书记吴谷初认为，这次整顿的目的，就是要实现“一龙治水”。从效果来看十分明显，特别是国际竞争力，锡矿山锑品的国际市场占有率由之前的 54% 提高到 71%，并推动了国际锑价的上扬，锑品价格由整治前的每吨 3. 8 万元上升到了 8. 2 万元，一举夺回国际定价的话语权，为维护国家稀有金属的战略利益做出了贡献。

由于长期受锑冶炼和采矿影响，锡矿山区域矿坑裸露、尾矿堆积、水土流失严重，需治理面积达 7.25 万亩，其中核心区面积 4.2 万亩，当地人民饱受生态环境恶化之苦。据统计，锡矿山地区历史遗留的含重金属废渣达 7500 余万吨，其中砷碱渣 15 万吨、野外混合砷碱渣 60 万吨，二类一般固废 5200 万吨，一类一般固废 2200 万吨。

如何恢复世界锑都锡矿山的生态环境，成为上上下下关注的一个焦点。

下篇：锡矿山全面复绿

渣、水、粉、烟、土全面治理

如何有效处理这些废渣，成为打造绿色锑都中最重要的一环。

先说如何处理一般固废。

一类一般固废又称“野外渣”，顾名思义，这些渣是被乱扔在野外的。为什么会被随便扔在野外呢？就是二十世纪八十年代改革开放以后，锡矿山上的无序开采乱象带来的。而现在进入了有序、规范开采新阶段，是不可能再出现这种野外渣了。

对于这些野外渣，只有一个办法，就是直接填埋到土里。目前，已全部治理完成。冷水江市环保局的代枝兴带笔者看了一处填埋的样板工程，远远望去，绿意葱葱，各种小树、草都长得很好。代枝兴介绍，绿色的下面，埋的就是矿渣，即一类一般固废。

那么对二类一般固废又怎么处理呢？

二类一般固废根据其毒性又分为二类和三类。二类矿渣要经过覆膜防渗之后，再在上面覆土复绿，覆土的厚度至少半米；三类矿渣经过固化稳定化处理后，再进填埋场填埋处理，最后覆土种草种树。也就是说，后两类是有害矿渣。这些野外矿渣的成分很复杂，对于其中危害较大的就必须进行固化稳定化处理，再进行填埋。

以上三种填埋法是直接把废渣埋入土层，也称作柔性填埋。

2013年以来，冷水江市通过大力开展区域环境综合整治，采用柔性填埋的方式，将野外混合渣全部进行安全处置填埋。

对于砷碱渣则只能进行刚性填埋。

砷碱渣与前文所说的野外渣完全是两个概念。

在锑冶炼过程中，通过加入纯碱或烧碱对粗锑进行精炼，可以产出各种型号的精锑，同时也会产生砷碱渣。砷是砒霜的主要成分，砷碱渣中的砷及其化合物有剧毒，且易溶于水，若保管不善极易引起砷污染事件。多年对其没有较好的处理技术，只能采取固定存放安置的方式，成为棘手的“老大难”问题。

只要冶炼锑，就会产生砷碱渣。

锡矿山上现有历史遗留的15万吨砷碱渣。

什么是刚性填埋呢？工作人员带笔者来到一个刚性填埋场。

看上去，就像一栋七八层楼高的房子，若是没有人陪伴，说不定还真想走进去看一下呢。很容易将其误判为待装修的“商场”。其实，这里面装的全都是渣，是经过处理之后的砷碱渣。

如何处理这历史遗留的15万吨砷碱渣和新产生的砷碱渣？

政府层面规定了一条原则：坚持“谁污染、谁治理”原则，对新产生的砷碱渣要及时处理，是谓不留新账；对“老账”要逐步还清，也就是要将这15万吨砷碱渣进行处理。

这当然只能靠技术。

走进锡矿山，可以看到许多家环保公司，显然，这都是应锡矿山环境治理的要求孕育出来的。

先来看锡矿山是如何处理15万吨砷碱渣这个“旧账”的。

为集中贮存历史遗留砷碱渣，消除砷碱渣泄漏安全风险，冷水江市申报了配套项目建设15万吨砷碱渣集中渣库。该项目于2011年立项，2015年建成，2016年通过验收，安排专人管理，确保砷碱渣安全贮存。

集中渣库由市财政投资60万元建成全方位视频监控系统，涉锑企业自行安装渣库视频监控，向涉锑企业派驻监管人员，实行全流程24小时监管，严厉打击非法转移、倾倒、处置危险废物等行为。

笔者在最大的砷碱渣集中渣库看到，渣库上面全部用比较厚的塑料薄膜遮盖起来了，看上去就像一个比较大的蔬菜棚。里面的渣呈灰白色。据介绍，这个库里有10万吨砷碱渣，还有两个小一点的库在锡矿山的别处。

在这个渣库的旁边，就是一个刚性填理场，也就是前文提到的像“商场”的那个。按计划，要先对这库存的15万吨砷碱渣进行无害化处理。

怎么进行无害化处理呢？关键词就是“富集”，先将这些砷碱渣里面的砷富集到一小部分渣上，那么大部分的渣就无害了，可以对它们进行加工，用来制成环保砖等产品，也可以进行柔性填埋，也就是直接埋到土里。而其中一小部分，大概是百分之十到百分之三十左右富含砷的砷碱渣，将其储藏到刚性填埋场里。这样有两个好处：一是解决了砷碱渣的长期储藏问题，二是等待新的技术的产生，再对这些砷碱渣进行循环利用。

这个项目被称为冷水江市历史遗留砷碱渣无害化处理项目，设计处理规模为2万吨/年。这个项目按上级规定时间节点要求有序高效推进，项目主体工程在2020年12月竣工。自项目基本建成以来，就立即启动了调试工作，加班加点攻克难关，经过了四个阶段的调试，两个阶段的技术改造，运行正常。

这个技术主要由湖南黄金集团负责，处理能力60吨/天，已累计处理超期贮存砷碱渣572.49吨，有望于2028年年底完成15万吨历史遗留砷碱渣的处理，配套柔性、刚性填埋场已竣工。

攻关砷碱渣的处理技术，可谓一波三折，而且专业性又强。锡矿山闪星锑业的研究团队历时八年，终于在2012年12月建成国家863重点环保项目——砷碱渣综合回收利用5000吨/年的示范生产线，该项目荣获2014

年度国家科技进步奖二等奖。2017 年 10 月，通过再次升级改造，该生产线实现了对砷碱渣的无害化处理，生成的晶化渣全部供给建材厂制作建材原料。同时，冶炼厂每年生成的约 4.5 万吨炉渣，也全部用于建材厂制作干粉砂浆和充填胶结料。曾令人闻之色变的砷碱渣，在世界锑都变废为宝。

闪星锑业 5000 吨/年砷碱渣处理线，主要承担该企业内部遗留砷碱渣和每年新增砷碱渣的处理。于 2013 年投入运行，截至 2020 年 12 月底，累计处理砷碱渣约 27007.72 吨，结存约 2868.236 吨。

2018 年以来，锡矿山地区共产生砷碱渣 1359.3 吨，处理砷碱渣 2364.88 吨，首次实现了“不欠新账”的目标。

最大的污染源得到有效解决，锡矿山区域的水环境质量也得到逐步改善。

如果说治渣是第一大难，那么，治水就是第二大难。

锡矿山的污水主要来源于两个部分，一个是采矿井下的废水，一个是采选厂的溢流水。

废水又是怎么处理的呢?

冷水江市环保局的代枝兴带笔者看了一个在建的污水处理厂。据他介绍，这个污水处理厂每天可以处理 3500 吨含重金属污水。首先将含重金属污水从不同的地方收集过来，地势较高的污水经过管道自流进污水厂；地势较低的污水先收集进入收集地，污水汇集到一定程度，安装的自动水泵就会启动，把污水通过管道抽到污水厂，最后这些含重金属污水处理达标后，才会被排放到河道。

为了治理水污染，2013 年起，锡矿山建成含重金属污水处理站 12 座，总处理能力每天达 2.1 万吨。以位于南矿放水巷的万吨/天废水处理站为例，污水在经过处理后的 pH 值在 6—9 之间，可直排涟水河。加上北区选矿、冶炼厂 1800 吨/天的地下重金属渗水治理工程，矿山废石场防渗水治理工程，已于 2019 年 12 月运行，锡矿山的工业废水成功实现循环利用和达标排放。

2014 年起，冷水江市启动青丰河、涟溪河综合整治工程。为开创环境治理和清洁生产新局面，锡矿山于 2017 年 4 月建成的采选厂重金属尾砂废水治理及回用工程，实现废水和尾砂的“零排放”。2020 年 2 月，南矿无尾排放项目建成投入运行。与 2017 年相比，青丰河万民桥断面砷、锑年平均浓度分别下降 86.7%、58.7%；涟溪河民主桥断面砷稳定达标，锑年平均浓度下降 30%。这标志着锡矿山成为全球锑行业第一家无尾排放绿色矿山。

此外，对川风坳和老江冲片区露天堆存的近 1000 万吨冶炼炉渣进行无害化处理，消除了对周边水土的环境污染。2021 年青丰河、涟溪河分段截污工程已建成。锡矿山区域青丰河、涟溪河水质逐步改善。对锡矿山宝大兴区塌陷区进行地面专业沉降监测和地下支护，修建了 2.7 公里避险公路；在 15 个村实施引水供水工程，解决了当地人的安全饮水问题。

土壤修复，也是建设绿色锑都绕不开的问题。

为了修复土壤，冷水江依法拆除锡矿山生态修复示范核心区违法建（构）筑物 170 余处，实施土壤治理与修复工程 3 个，1.75 万亩污染土壤治理修复项目现场调查已完成前期工作，通过在废旧矿山、矿渣上重新构建起生态循环系统，有效地防治和减轻了重金属污染，极大地改善了矿区及周边居民的生产生活环境。

废尘是影响环境的一个“显而易见”的问题。老百姓说污染，可能首先就是说自己能看到的废尘。戴着口罩，满面尘埃，这是以前人们对锡矿山工人的整体印象。

除尘脱硫系统，是解决锑冶炼烟气达标排放问题的关键设备。2017 年年底，锡矿山闪星锑业完成锑冶炼烟气除尘脱硫系统的升级改造，资源化利用脱硫渣可年生产石膏 4.5 万吨，成为锑行业采用石灰石脱硫生产石膏的唯一企业，实现环保和效益的“双赢”。同时，在乙二醇锑生产过程中新装液碱喷淋吸收装置，解决了配套热油锅炉燃煤产生的二氧化硫问题。2018 年 3 月，又建成了锑冶炼厂鼓风炉冰铜烟尘收集系统、反射炉工作门烟尘收集系统，以及布袋收尘系统，解决了锑冶炼低空烟尘无组织排放的难题。

笔者在闪星锑业的锑冶炼厂看到，工人上班无需佩戴口罩，车间里非常干净，尽管机器轰鸣，但并无尘土进入七窍之虞。脱硫需要用的物质主要是石灰石粉或熟石灰。前者成本更低，但对设备的要求更高，对石灰石粉的生产能力要求较高。

一些小型的私营炼锑企业，只能用成本较高的熟石灰，因为它养不起一条专门生产石灰石粉的生产线。但闪星锑业是可以的。

笔者于2021年7月16日来到了锡矿山建材厂采访，厂长兼书记王孝东带着笔者参观时，指着堆积如山的鸡蛋大小的石灰石说："这就是我们的原材料。每天能够生产10吨。"

凑巧的是，这天正是锑冶炼厂在放假半年之后第一天开始生产，锡矿山建材厂石灰石粉生产线也同步运行。

为什么停产这么久呢？

王孝东告诉笔者，主要是因为疫情影响，一些生产的原材料进不来。现在锑冶炼厂的原材料很多是从俄罗斯和塔吉克斯坦进口的。这些国家对输出原材料也进行了限制。

锡矿山建材厂的前身是锡矿山的一个工区，后成为锑都水泥厂。由于国家对环保的要求日益严格，水泥生产属于高能耗、高污染，批不下来。2014年锡矿山关闭了水泥生产线，转型为锑都建材厂。主要产品有两个：一是干粉砂浆，主要是利用各种废渣制成，用作矿区的充填料。二是石灰石粉，用作脱硫的底料，一年可以生产2万吨。

一个六十多年的老厂区，虽停产近半年后再开工，但还是干净整洁，绿意婆娑。党的主题宣传语"江山就人民，人民就是江山"格外醒目。从锑都建材厂的沉浮转换，也可以看出环保、复绿工程落实的过程。

王孝东指着天上说："袁老师您看，这样的蓝天白云，在矿山是很难看到的。"

仰望天上，蓝蓝的天空，飘浮的云朵，很难想象这是站在一座有一百多年开采历史的矿山。如果能拍照片让网友辨认，很可能会被认为拍自某个景区。

锡矿山水泥厂不是锡矿山被淘汰的第一个厂。据了解，锡矿山区域淘汰落后产能，采矿企业从 12 家整合到 2 家，冶炼企业从 91 家整合到 8 家，取缔选矿手工小作坊 145 处，淘汰落后产能 17.4 万吨。锡矿山锑冶炼企业建成烟气脱硫设施，全部实行在线监控。目前，该地区二氧化硫日均浓度值较改造前下降 76.7%，空气质量明显改善。

2017 年，锡矿山区域所有锑冶炼企业全面实施鼓风炉烟气脱硫设施升级改造，目前均完成了改造，改造后二氧化硫烟气实现达标排放。锡矿山区域二氧化硫浓度较治理前降幅超过 76.7%，空气质量明显改善。

笔者在锡矿山南区、北区及锡矿山办事处七星社区和七里江社区实地采访时，欣喜地看到，在锡矿山闪星锑业有限责任公司的锑冶炼厂内，昔日烟尘滚滚的现象不见了，工人即使不戴口罩上班也不会造成烟尘伤害。笔者采访的时候，就没有被要求戴口罩，只戴了安全帽。那些烟尘，都经过了专门的装置边收集边处理。而那些废水呢，有专门的污水池和处理系统，处理后大部分循环利用，确需排放的，经过环保处理，达标之后才少量排入河道，大部分循环利用。有些车间不但没有烟尘，还得脱鞋才能进去，室内装有空调，上班一族给人感觉是白领阶层，而非一线“蓝领”。厂长刘放云他们颇有诗情画意，给厂区内的卫生间命名为“梅雨间”“欢乐谷”，装修得特别雅致。他将整个锑都最大最高的那个脱硫塔称为“锑都明珠”，从那里 24 小时不停地排放出一种经过环保达标处理后的烟气和水蒸气的混合物，“锑都明珠”不停地在排放，那是锑都生机勃勃的象征。每到夜晚，“锑都明珠”闪闪发亮，数灯明照，就像是镶嵌在湘中大地的一颗明珠。以前，从“锑都明珠”排放的烟尘未经有效处理，烟尘所到之处，就像降下阵阵酸雨，人闻到了就会流眼泪鼻涕，时间一长就受不了。“锑都明珠”旁边也有一个高度相当的烟囱，我看到没有任何东西从烟囱里冒出。我问刘放云：“这个烟囱被废弃了吗?”刘放云笑着说：“它与‘锑都明珠’一样，每天二十四小时都在工作，只是从那里排放的是经过目前最先进的收尘装置处理后的达标排放的烟气，其颜色和空气差不多，所以你根本看不出来，它对环境无害。”

复绿，从试种开始

这些废气、废烟真的对环境无害了吗？我想，这个问题恐怕还是花草树木最有发言权。

的确，在锡矿山闪星锑业锑冶炼厂内，我看到了茶花、格桑花、石竹花、牵牛花、百日菊、硫华菊、黑心菊、金鸡菊、蜀葵、鸢尾、紫薇、紫荆、杜鹃等。在“锑都明珠”与烟囱下，花圃内、墙角边、道路两旁及没有硬化的空坪隙地，它们欢快地生长着，让这个本来让人感觉生冷、可怖的地方看起来倒像是一个百花园似的。

就在“锑都明珠”下面不远，有一个数百亩的“锑都复绿工程”的样板工程，远远望去，绿油油的一片，煞是养眼。凭栏远眺，可以望到资水东流。这些草地，最早的是2012年开始种植的。十年前我偶尔经过这里时，这里还是茫茫一片荒山秃岭，看着让人心生伤悲。不过，当我爬到靠近“锑都明珠”下面的绿地察看时，实话实说，彼处的草地、树苗长势稍差一点，部分呈枯死状。当然，说工业排放完全无害，怕是谁也无法保证。但能达到这样的效果，已经相当不错了。

锡矿山复绿是从什么时候开始的呢？

2021年10月13日下午，冷水江市林业局总工程师李国华在其办公室接受了我的采访。李国华是1989年就到冷水江工作，30多年来见证了冷水江生态的兴衰史。1991年，他作为林业技术员参加了娄底林业规划设计队组织的林业生态资源的调查，那是逐地块、逐山头去调查的，资料非常真实。他从柜子里拿出那本当时编印的资料边看边肯定地说，1991年的锡矿山是绿水青山，前些年看到的锡矿山满目疮痍的地方当时是郁郁葱葱的，七里江村、七星村、谭家村、联盟村是南矿到北矿的核心区域，当时到处都是高大的马尾松、落叶松、杉树，森林覆盖率非常高。忆苦窿上面的那座山是一片油茶山。

李国华所记忆的是矿山核心处的森林覆盖情况。而在矿山办事处光荣社区支书童苏兰的记忆中，1983 年农田和树木承包到户之后，山上的树很快就被砍光了。在七星社区支书曾文平的记忆中，二十世纪九十年代社区的森林才遭到严重破坏。看来，锡矿山森林遭受破坏不是在一个时间，矿山核心区域和周边区域受到的破坏时间也不一样。

李国华说，1992 年以后开始出现滥采乱挖现象，1995 年至 2000 年是锡矿山锑矿滥采乱挖的高潮，森林开始受到巨大破坏，加上周边的煤矿乱砍滥伐，以及森林火灾、人为破坏，山上的森林不断消失，2000 年至 2001 年达到了高峰。整个矿山的森林覆盖率极低，可以用几乎为零来表述。砷中毒事件时有发生，资江的水不能饮用，资江水质变差，资江下游的水不能饮用，这些问题受到下游和洞庭湖区人民的诟病。

2003 年，湖南省林科院进入冷水江锡矿山，开始研究锡矿山的治理问题，首先对锡矿山进行了综合性的普查和初步规划，做好了树种的筛选工作，看在恶劣的环境下，有哪些树种可以生存，随后在联盟村和谭家村进行试点种植。种植了构树、女贞（腊树）、秋树、泡桐、柏木、七里香、刺槐、桑葚等，经过六年时间的种植实验，最后确定了 6 个树种。2009 年在七星社区启动植树基地建设。

自 2011 年开始，锡矿山地区大力实施防污抗污林生态造林工程，成功植下了首批 1020 亩构树、臭椿、翅荚木、大叶女贞、楸树等抗污树种。

2012 年，冷水江又实施了“锡矿山区域重金属污染地区综合治理与生态恢复示范项目”，选取了 13.7 亩遭受重金属严重污染的土地作为示范点，种植了 1000 余棵海桐树，2014 年已全部成活，且长势很好。

2015 年开春，冷水江市在锡矿山地区实施了万亩大造林专项行动，已建成防污抗污林一万亩。锡矿山锑矿区“矿山复绿”示范一期工程，目前已完成场地平整、覆土、植草、植树。

2017 年，冷水江市委、市政府加大财政投入，全力实施锡矿山生态修复和植绿复绿工程。依托长江防护林、省级生态廊道建设、退耕还林等工程造林，引种女贞、柏木、构树、红叶石楠等抗污树种，通过造林公司分标段营造林等方式，加快锡矿山地区生态植绿复绿进程。

锡矿山属全省典型的难造林地，作为锡矿山区域环境综合治理植绿复绿牵头单位，娄底市林业局始终把锡矿山植绿复绿作为重点进行攻关，作为焦点进行安排，作为亮点进行打造，全市造林项目向锡矿山靠拢，全局技术力量向锡矿山集中，市直单位联村建绿向锡矿山倾斜，全力推进锡矿山植绿复绿进程。2018 年已完成造林 6000 亩。2020 年是锡矿山区域环境综合治理第 3 年，全年造林 4000 亩。七星居委会曾经是污染最严重的核心生产区，而现在，这里的植物覆盖率达到了 80%，生存率超过 96%。

兔子岭上又见兔子跑

冷水江市林业局党委书记罗楚政说，七星社区是冷水江市矿山办事处植树最早的社区，效果也最明显。罗楚政特意帮我把七星社区相关领导请过来接受了我的采访。

2003 年，退伍军人曾文平当选为矿山办事处七星社区党支部书记，上任伊始，面对四周光秃秃的山坡、冬茅草丛生的兔子岭，小时候曾在兔子岭上摘杨梅、折树枝回去当柴烧的曾文平感慨万千：如果能把山上的冬茅草消灭，将荒山变成绿岭，让这里恢复丛林，有野兽出没，那该多好啊。他把这个想法跟几个干部一说，干部们说那当然好啊！可是那要投多少钱啊？现在漫山遍野的是冬茅草，这种冬茅草贱生贱长，春夏的时候，远远看去一片绿，好像很好。可是一到冬天变干枯、变黄，极易引发山火，是主要的火灾隐患之一。山上冬茅草丛生之处，比一个人还高。如果故了老人家，要找一个地方挖坟眼，要砍掉这些冬茅草都要费很大的工夫。山上的人行道也被两边深深的冬茅草交叉抄了拢来，人根本就过不得身。而且这些冬茅草吃掉了大部分土壤里的营养，若干年之后容易造成土壤荒漠化。

真可谓冬茅草成灾啊。

而要植树，在社区集体经济十分困难的情况下，也是一句空话。

机会终于来了。

2005 年，退耕还林补贴政策的春风吹到了七星社区，曾文平很是兴奋，带领村民开始植树。

但在这样矿山污染较严重的地区，植什么树好呢？当时，上面推荐的是大叶女贞。这种树又叫长叶女贞，高可达 12 米，生长于海拔 680—3400 米的山谷疏、密林中及灌丛中。耐寒、耐污染，枝叶清秀，终年常绿，夏日满树白花。女贞对二氧化硫不仅抗性强，而且能吸收，对氯化氢也有一定的抗性，还具有滞尘抗烟的功能。

曾文平于是带领大家种植大叶女贞。但这种树的树苗很小，只有筷子大小，栽下去之后，隐没在冬茅草之间，好像一株小草。栽的时候挖树坑时，虽然除掉了周围的冬茅草，但是冬茅草繁殖快，一个冬天之后，山上的冬茅草倒了，树苗也倒了。打除草剂，会把小小的树一起除掉。要让大叶女贞能够成长，必须除掉冬茅草。但大叶女贞树苗实在太小了，割草的时候，一不小心，就把树割掉了，简直防不胜防。

这是一个很大的问题，怎么办？曾文平立即向冷水江市林业局反映这个情况，说七星社区冬茅草太多，环境恶劣，不适宜种植这么小的树，要有直径两公分以上的树。冷水江市林业局于是送了两百棵直径两公分的树苗上来，栽下去后，成活率高多了。但由于当时的锑冶炼厂没有搞好脱硫系统，污染比较大，把叶子全部熏死了，树干也不长，每年只能长一点点绿叶。

2009 年，曾文平又向冷水江林业局报告，说这里环境不行，必须种抗污染树种，并建议试种塔柏。但塔柏只能绿化，不可成林，按规定是不能种到山上去的。但曾文平还是从外地买来了六株塔柏试种。没想到，塔柏长得非常好。曾文平又向冷水江市林业局反映，建议说，像七星社区这样污染严重的地方，不求成林，只要绿化，改善环境就好了，决心种植塔柏。于是社区调了一车大约一万株塔柏上山，种下去之后，效果很好，一株一株的，一年四季青翠欲滴，像是人站在那里一样。把草除掉，树也不会死，简直是立竿见影。

接着又种了楸树、狼树，楸树长得好、长得快，只是楸树在山顶不长。

2011 年，七星区被列为新农村建设试点社区，主要是搞绿化。这时候锑冶炼厂的脱硫系统先进了，污染很小，大叶女贞等树木也能长活了。市直几个单位到七星社区来义务植树，大量种植大叶女贞、柏木。一年植几百亩，通过四年干部和居民的共同努力，七星社区的山上、屋前屋后全部种上了树。曾文平于是全心搞养护，防火、除草、施肥，看到稀的地方进行补种。一年除两次草，每次除草都不是割草，因割掉之后，第二年春天一来就疯长，所以必须连根拔掉。这个工作量非常大，只能一步一步来，关键地方先拔根，大面积的先割掉。什么是关键地方呢？比如山头与山头之间，要留十米以上的防火带。防火带的草必须全部挖掉。社区还专门请了护林员，到目前为止，七星社区还没有发生过火灾。

随着树林的生长，兔子岭不再是徒有其名，山上又有野兔、野猪出没，只是不像二十世纪七十年代一样看到豺狼了。

不但动物回来了，人也回来了。以前七星社区的人纷纷到城里买房居住，现在，大家又从城里返回社区，或修缮旧居，或建造新房子，社区的常住居民逐年增多。

2020 年，冷水江市国土局将山水林田湖项目落户七星社区，路修通了，湖整好了，山上、路边种了草，在原有树种的基础上，加种了银杏和各种花木，真是锦上添花，冬季到山上来看风景，也可以看到漫山遍野的花木、银杏，它们与塔松、大叶女贞、楸树等交相辉映，昔日荒凉的七星社区，变成了一个花团锦簇的世界。

笔者当天还采访了锡矿山矿办事处光荣社区的女支书童苏兰。

童苏兰是 2017 年通过居民选举担任光荣社区支部书记的，至今为止是矿山办事处唯一的女支书。她在 2013 年担任光荣社区主任时就开始积极带领居民进行社区绿化，当时正好新农村建设的春风吹到了光荣社区，积极响应了习近平总书记“绿水青山就是金山银山”的号召。光荣社区搞新农村建设的主要任务就是搞绿化，开始不是成片栽树，因为成片栽树根本栽不了。在童苏兰的记忆中，1983 年以前光荣社区两千多亩山都是郁郁葱葱的，但 1983 年山上的树承包到户时，就很快被砍光了，剩下几棵没有被砍掉的树，也因起山火被烧掉了。那么大的山，哪个私人有能力去看管？从那时起，山上就没有林了，变得光秃秃的。慢慢地，山上就被冬茅草占领了，冬茅草粗的跟甘蔗有得一比。山上冬茅草丛林似的，密密麻麻，比人还高，根本进不去人。

一晃几十年过去，社区的居民因无法忍受环境的恶化，有钱的纷纷迁往城里居住去了。

2015 年社区搞新农村建设时，主要任务就是进行局部绿化，在屋前屋后和马路两边种植绿化带。当时种植的主要树种是七里香和红叶石楠。大家积极性很高，两年时间就把绿化带种好了，村里顿时漂亮、舒适了很多。

绿化带建好后，召开党员、组长会，有人提建议到山上种树。光荣社区有两千多亩荒山，凭社区居民的力量，要造林两千多亩显然太困难了。冷水江市林业局于是在光荣社区搞项目造林，一共造了八百亩林，在山上种了栾树、松柏树、红叶石楠、银杏、大叶女贞等，长势很好，光荣社区的景色大为改观。

2017 年童苏兰担任社区支书后，带领社区居民造林，以愚公移山的精神，每年造林两百亩左右。不少市直机关每年也到社区搞义务植树。童苏兰还带领居民植银杏树、柏木、红叶石楠、大叶女贞、竹子，银杏冬天很美，竹子生长很快，一年漫延一大片。居民们定期给树林施肥，树林特别是竹林长得快，绿油油的，很好看。现在社区已经没有了荒山，到处是绿意盎然。

山上的树木多了后，周边的牛羊也来到了山上，吃草、吃树叶。为了防止牛羊上山，童苏兰在几个路口设置了告示牌，安排专门的人进行防守。

林造好后，防火也变得十分重要。为了防止山火漫延，童苏兰开始构筑防火带，十米宽的防火带，全部用挖机挖成。这样防火的效果是很好，但也有人反映把土搞残了。童苏兰又顺应民意改为人工拔除，每年人工清理防火带两次，工作量大了不知多少倍，费时又费力，但居民没有怨言，都积极参与了进来。

光荣社区还专门安排了两个看山员，每天巡逻。至今，光荣社区还没有失过火。现在，以前去城里居住的居民陆续回迁，社区开始热闹起来了。

奔腾吧，七里江！

在冷水江市锡矿山办事处七里江居委会采访时，我首先感到奇怪的是这个地名。在冷水江，在新化，也就只有资江够资格称“江”。以我有限的乡土地理知识也知道，资江的支流都被称为“溪”。资江在老宝庆府有十二条溪，上五溪指：酿溪、小溪、球溪、麻溪、中连溪，中三溪指：化溪、太阳溪、犇溪，下四溪指：油溪、白溪、里溪、苏溪，下四溪除了苏溪与安化搭界外，其他三条溪都在新化境内。

那么，还有什么河流敢称“江”呢？这“江”是不是别的含义？我就此请教七里江居委会现任支部书记杨迪华，老杨说，七里江就是条“江”的名称。

这一下，我真的感到讶异了！

据老杨介绍，七里江，发源于冷水江市锡矿山办事处的艳山红村和七星村的交界处，流经联盟村、双木村，在杨家村（属冷水江市中连乡，此段又别称中连溪或连溪河）注入资江，全长约七里，故名七里江。

七里江区域属锡矿山最早的开采区之一。

一条区区七里的小溪河被当地人号之为“江”，并呼之成俗，且成为一个村之地名，这其中有何奥秘？

我再次请教老杨，老杨道：“七里江这个地方虽然是最早的开采区，正式开采也有一百多年的历史，但由于锡矿山地区山高林密，植被丰富，所以江水丰富，流速很急，波浪也很大。人们就把这条溪河称为江了。”

特别是新中国成立后，党和政府大力开展植树造林，保护环境。锡矿山上不但原来的森林保护得很好，还新栽了数不清的果树。与七里江相邻的七星居委会支书曾文平说，二十世纪五十年代初这里还经常有老虎、豹子和野猪等猛兽出没。在他小时候的印象中，七星村是一山一山的野生果树，他常爬到树上摘杨梅、李子、桃子，爬上树后，可以从一棵树的树枝上跳到另一棵树上。由于绿植厚密、水土丰美，那时的七里江浪涛汹涌，颇为壮观，是附近几个村的农业灌溉之源。

两个支书关于七里江的介绍，吊起了我去看看七里江的强烈的好奇心。

“走，带我去看看。”我对老杨说。

老杨顺手一指，说：“就在那边。”

原来，七里江隔我们正在行走的田埂路只有数十米远。

我更讶然！站在这数十米远的地方，压根就看不到什么“江”，只隐隐约约看到一条小“沟”，沟的两岸，已然干枯的冬茅草，就像少女的头发那样又浓又密，把这条沟遮掩得只剩一条“缝”了。这也能称为“江”？

我忍不住好奇，走到了“江”边观看。嚯！还真不可小觑：江中有一尺深左右的水，然而，由于落差大，一阵阵浪涛在一处处岩石上滚过，左奔右突，在深深的江底发出咆哮般的吼声。水虽然不深，还真的颇有江的气势。

老杨告诉我，七里江是2016年才复流的，曾经断流了近二十年。

二十世纪九十年代，七里江村流域的山上，森林被一砍而光，锡矿山上，各种无证开采的小锑矿一哄而上，山上千疮百孔，地下满目疮痍。

据一名不愿透露姓名的村民回忆，那时，七星社区和七里江社区一带，沿路数百家洗矿“厂”，在路边搭一个棚子，砌一个水池，甚至弄一只农家用来扮谷穗的四方大桶（当地叫“扂桶”，正四方形，边长大概一米五，高约一米），就开始洗矿石了。大量的工业废水排入土地，大量的矿渣到处堆放，公路年久失修，装矿石的大货车来来往往，在破烂的公路上东偏西倒。空中污尘满天，地上寸草不生，所有的井都没有水了，钻下去几十米都见不到水。七里江也变得滴水皆无，深深的江道成为蛇、老鼠和癞蛤蟆等的出没之所。不但江里没水，不少井也干枯了，饮水极为困难。这里完全成了一个不适合人类居住的地方。赚了钱的农民外迁到别处居住，没赚钱的农民也想办法搬走。

正由于政府的复绿工程落到了实处，从 2016 年开始，七里江开始有了“细水长流”，从此，水流量一年比一年加大，到如今已有一尺许深的水。七里江流程虽短，但从源头到注入资江，落差一百多米，所以水流湍急，气势颇足，以小溪之大而堪当“江”流之名。七里江的江道之深足有丈许，可以预期，随着锡矿山复绿工程的全面铺开和深化，随着这里的小苗小木长成遮阴大树，小花小草长得漫山遍野之时，七里江的江流一定会更加壮观，流得更加欢快！奔腾吧，七里江！

神奇的锡矿山地质文化镇

2021 年 10 月 12 日，我来到冷水江市林业局，请局党委书记罗楚政介绍打造绿色锑都的情况。作为单位的一把手，找他的人一拨接一拨，他实在太忙了，便安排副局长郭少玉给我介绍情况，并安排车子带我到锡矿山上实地看看。我虽然以前去过多次，但有人介绍当然不一样。

当天下午，郭少玉便带我到山上去看。整体感觉，锡矿山山上基本没有荒山了，但由于有些山头上栽的树还是小株，所以远远看去还有点像是荒山。郭少玉说：“十年树木啊，再过几年，这山上就好看了。”

转了几圈之后，郭少玉说要带我去看一个网红地，我感到十分纳闷：锡矿山居然还有网红地？汽车在锡矿山上一个开阔的大广场处停下。一下车，秋风阵阵吹来，顿感格外惬意。这个秋天，饱受秋老虎的肆虐，虽然前两天穿上了西装，但仍难以享受到秋风的送爽。而在这里，我着着实实地感觉到了。放眼望去，绿意婆娑，各种绿树在秋风中摇曳，绿油油的草似乎也跃跃欲试。远处，那一片一眼望不到边的石头，就像正在奔跑的骏马一样起伏跳跃，雄伟壮观。在古代的战场上，哪有这么多马奔驰腾跃？

在马与马的中间，夹杂着一些不怎么高大的树木，既点缀、衬托了马的雄势，又不至于抢走了马的风头，真是相得益彰，美不胜收。郭少玉说："这个景点名称就叫万马奔腾。"我不禁脱口而出："绝了！是谁这么有才？"郭少玉说："这是冷水江市自然资源局搞的。"我立即萌生了采访自然资源局的念头。目光收回近处，一块巨大的暗黄色文化石立在广场醒目处，文化石上两行红色的字：山水湖田林草，是一个生命共同体。不少市民正在拿着手机，以文化石为背景拍照留念。而离我们最近的风景，则是一片无边无际的草林，是的，是草林，而不是草地，因为草很高。

草林中辟有窄窄的人行道，我拉着郭少玉走进草林照了一张相，我们的个子只到草林的"肩膀"处。草的植株如此高大，有甘蔗那么粗。我还真是头一次见到这么好看、这么高大、这么密集、这么规整的草林。我不知道这是什么草，便跑到一处喷绘处看说明。原来，这种草叫碳汇草，是雷学军发现并培育的。2005 年 5 月，中南大学雷学军教授从割韭菜得到启示，发现并界定了一类生长发育迅速，可以反复萌发，捕碳效率高，一年能割多次的速生草本植物，将其命名为"速生碳汇草"。经中国质量认证中心核算，每亩碳汇草的净碳汇量为 14 吨，而每亩森林的净碳汇量只有 0.19 吨。"速生碳汇草像韭菜一样，割掉后又可以迅速长出，一年能生长四五季，而普通林地则需要 20 年至 30 年才成林。"速生碳汇草能吸收土壤和水中的重金属离子、氨、氮、有机磷等污染物质，修复生态环境，这种草耐贫瘠、耐高温、耐干旱，生命力十分顽强。这种草种植在矿山真是矿山的福音啊。

汽车沿着万马奔腾中间的马路往山上行驶，两侧的风景一览无余。我细细观察了路的两边，有开着红色、黄色、白色花的菊花在秋风中向我们点头致意。时值 10 月下旬，还有菊花盛开，在我的印象中也是少见的。黄巢有诗曰："待到秋来九月八，我花开后百花杀。"可见菊花也是在九月初开花，十月下旬还这么怒放，实不多见。郭少玉说："这叫百日菊，花期有三个多月。"这百日菊点缀在万马奔腾之间，真是妙不可言！车到山顶，一块"四代同台"的石碑吸引了我，我忙喊停车。一下车，我直奔“四代同台”。大啊，这哪是台？简直就是一个风口，站在这个风口，感觉能够飘起来。而锡矿山、冷水江市的风景，则可尽收眼底，就像坐在飞机上往下看一样，但视野广阔得多。旁边的一块石头上书着几行红色的字：这是一个继往开来的平台，见证了锡矿山从地质时代到农业文明时代、工业文明时代再到生态文明时代的历程。三亿年前，锡矿山地区由大海抬升成陆地，一亿年前因地质构造形成锑矿。而后千百年的农耕开发到百余年的工矿利用，生产力极大发展而环境严重破坏。再到今天，以生态文明理念为指引，大力进行生态修复，锡矿山又恢复绿水青山，焕发新颜。

用走马观花来形容我们的行程是十分贴切的。我们看到的有“马”也有花，两旁有赏心悦目的景色，我怀疑这就是一条精心设计的旅游路。不少市民沿着这条马路慢慢游走看风景。车开得很快，什么“桃花谷”“仙人瀑”“玫瑰爱琴海”“海枯石烂”等景点从眼前一一晃过。我想，如果哪一天有时间，我要再到这里饱饱地看一天。我遗憾郭少玉不是自然资源局的，不能细细带我品味，给我讲解，只能做粗略的介绍。但我同样感觉到，冷水江的部门协作是多么和谐。我后来采访自然资源局，就是林业局的罗楚政书记主动提出并极力介绍的。车子开到七星社区，这是由市区进入锡矿山的过渡地带，以前从七星社区到锡矿山是没有马路的。现在路通了，方便多了，关键是从这里上锡矿山，一路都是美景。一到这里，看到的不是想象中的满目疮痍，而是满目苍翠，映入眼帘的全是绿色的树木和错落的在绿色掩映下的民居，秋风阵阵吹来，甚是快意。七星社区居委会的办公房就建在兔子湖的边上，就像一栋漂亮的私人别墅。若是从前，很容易让人联想到这是一个什么高档会所，但坪上的国旗台让人打消了这样的联想。兔子湖碧波荡漾，与周边的映衬十分和谐，让人误以为这是一个重金打造的人工湖景区。郭少玉说，很多市民来到这里都要拍视频、发抖音，这里变成了一个网红地。

从七星社区开车只几分钟，便到了我读初中时就熟悉的忆苦窿，忆苦窿洞门紧闭。郭少玉告诉我，洞里面基本修复好了，还在准备情景剧表演。我感觉又回到了旧时的记忆之中，十分亲切。对面山上，就是有名的羊牯岭碉楼。现已修复如旧，即将向观众开放。站在忆苦窿景区前的坪地上，还可看到已经废弃的锌厂，那也是一个重要的工矿遗址。原来这条新修的矿山路，真的是一条旅游线路。我不禁为设计者的匠心、苦心而点赞。这样，我采访自然资源局的心情便更加急切了。

晚餐时，罗楚政书记邀请冷水江自然资源局的曾国良局长，但曾局长没有时间。罗书记便把我介绍给曾局长，把我的中国作协会员等一串头衔如数数出。曾局长便约我第二天上午十一点到他办公室见面。第二天上午十一点，曾局长准时打了我的电话。一谈起湖田林草沙项目，曾局长便滔滔不绝，热情洋溢。接受我采访时，他推掉了好几拨找他的人。四十多岁的曾国良已在冷水江自然资源系统工作了二十多年，长期的工作让他对锡矿山这块热土有了深厚的感情。2020 年，冷水江市自然资源局负责实施湖田林草沙项目。接到任务时，曾国良就想，项目建设有三种境界：第一境界是把工程做完，把树栽活，这算是完成了上级交给的任务，可以交差；第二是把树栽活后，还有一定的看头，有点园林的感觉；第三种境界，也就是最高的境界，便是把工程与当地文化和历史相结合，工程为历史文化的外在赋彩，历史文化为工程的内在蕴灵，栽好树后要让这一片土地有活的灵魂、有魅力！他决心高起点谋划这个项目，以对得起国家，对得起冷水江、锡矿山这片神奇的土地。正是因为有了这样一个带着感情、带着温度的高起点谋划，这个项目便有了灵魂。在这片土地上，不仅仅是栽树这么简单，而且是乔木、灌木、花、草相结合，落叶林与长绿树相结合。这个项目地已成为湖南省修复生态的示范地之一。不仅是修复自然生态，而且是要让它变得有活力、有魅力、有灵魂。在修复的过程中，融合当地的革命历史、工矿文化、自然风光。曾国良对锡矿山的历史非常熟悉，如果让他讲锡矿山的红色历史，他可以一口气讲两个钟头。他决心要极一年之力，立百年之功。他为红军亭撰写对联，反复修改。接受我采访的这一天，对联刚刚做好。如此用心，如此用情，如此熟知历史与现在，这就是他打造的项目有灵魂的缘故吧。以前从冷水江到锡矿山就是一条路，上山容易下山难。而且沿路两边就是荒山秃岭，让人心生离意。曾国良别开蹊径，另外开一条路，让人看到路的两边如花似锦，感到心旷神怡。这就是从七星社区上锡矿山。以前从七星社区是没有通往锡矿山的公路的。而这个项目把这条路贯通，使之与通到烈士纪念碑的路相连。进山之后，首先看到的是兔子湖。从前的兔子湖，堆了渣、土和各种废弃物，简直是一口臭水塘。现在，清清的湖水，湖中可养鱼。另一条路沿山脊修建，这样的好处是两侧风光一览无余，一边是峡谷，一边是工矿，自然风光和工矿遗迹相映成趣。最为重要的是，冷水江市自然资源局成功申报了锡矿山地质文化镇。这是湖南省唯一的一家。他说的很多专业术语我是听不懂，但他说，锡矿山的地质结构比张家界是各有特色，非常有典型意义，有着弗拉斯期—法门期世界生物大灭绝事件、湖南省最大地质断裂带和最大的煌斑岩脉存留的地质遗迹，桃花谷所在的老江冲虽小却是湖南最典型的地质遗迹集群。锡矿山一直是各大学地质专业的教学科研基地，去年省科技厅专门在锡矿山举行了一次全省的地质科普周活动。而现在锡矿山更是成为中小学生的野外地理课堂，学生们在老师的带领下来到锡矿山，在石林里寻找亿年前的化石，为沧海桑田的变化感叹，在高台上眺望冷水江的远景，为美丽神奇的家乡自豪。这样一来，锡矿山的特色旅游，就真的很有特色了。蒙在锡矿山这块宝玉上的灰尘，被悄悄地拂开了。锡矿山地质文化镇将成为一个前景十分美好的景区。锡矿山，将实现完美转身，以一种全新的形象出现在世人面前。

采访感悟：

历史是在反思中前进的

采写锡矿山复绿这个题材，颇有些感慨。

首先是“复绿”这个词，用在这里实在是太准确了。人们现在所做的，只是恢复锡矿山的“绿”色，并不是恢复到以前的生态环境。

能不能恢复到以前的生态？冷水江市林业局总工程师李国华从业务的

角度说了实话："要恢复锡矿山的生态，一百年也不可能。"

其次是账怎么算？人们一谈到锡矿山的生态破坏，就说"一百多年的开采"，把账算到"一百多年"身上。这是不准确的。从本文中可以看到，锡矿山从1907年被发现、开采到抗日战争以前，都是以一种技术的进步取代另一种技术，并没有被滥采乱挖过，其生态是好的。新中国成立后，植树造林，锡矿山的生态更好了。锡矿山生态被破坏，是从1983年山林田地承包到户开始，2000年前后达到顶峰。而造成这一切的根本原因，是某些人对"一切向前看""有水快流""不管白猫黑猫，抓到老鼠就是好猫"这些理念的歪曲解读。

我们现在肯定改革开放、歌颂改革开放以来所取得的伟大成就。但我认为，这并不影响我们对改革开放最初一些理念、政策、措施的反思。历史是在反思中前进的，我们不必对当初的某些失误讳莫如深。

锡矿山复绿是从2003年开始，而真正使其复绿工程得到本质上提升的，是在2011年被列入国家计划和湖南省"一号工程"之后。随着生态文明建设号角的吹响，在改革开放最初几十年被破坏得满目疮痍的锡矿山终于得以复绿，以另一种姿态呈现在世人的面前。这充分证明我们的党是伟大、光荣、正确的，是能够自行修复其失误的。

我之所以写锡矿山复绿要把它放在百年开采的大历史中去写，就是为了呈现真实的锡矿山生态从被破坏到复绿的历史。

[原载2021年第9期《时代报告》杂志、《湖南文学》2021年增刊（有删节）]

中国文印传奇

引 子

中国的文字，源远流长。最早可以追溯到结绳记事。

古人为了要记住一件事，就在绳子上打一个结。以后看到这个结，他就会想起那件事。如果要记住两件事，他就打两个结。记三件事，他就打三个结。如此类推。

结绳记事之后才有文字。中国最早的文字是甲骨文，主要指中国商朝晚期王室用于占卜记事而在龟甲或兽骨上契刻的文字，是中国及东亚已知最早的成体系的商代文字的一种载体。之后有金文，指的是铸造在殷商与周朝青铜器上的铭文，也叫钟鼎文。商周是青铜器的时代，青铜器的礼器以鼎为代表，乐器以钟为代表，“钟鼎”是青铜器的代名词。中国在夏代就已进入青铜时代，铜的冶炼和铜器的制造技术十分发达。因为周朝把铜也叫金，所以铜器上的铭文就叫作“金文”或“吉金文字”；又因为这类铜器以钟鼎上的字数最多，所以过去又叫作“钟鼎文”。然后是简帛文，指秦至汉初保留着篆隶写法的、刻在竹简或写在布帛的文字。“简帛”连言，自古而然。现代学者也常常把简、帛相提并论。西汉时期（公元前206年）中国已经有了造纸术。东汉元兴元年（105）蔡伦改进了造纸术。

他用树皮、麻头、敝布、渔网等原料，经过挫、捣、炒、烘等工艺制造的纸，是现代纸的渊源。这种纸，原料容易找到，又很便宜，质量也提高了，逐渐普遍使用。

印，当然在文字出现之后。最早的文字印，是印章。印章在先秦时就有，一般只有几个字，表示姓名、官职或机构。印文均刻成反体，有阴文、阳文之别。在纸没有出现之前，公文或书信都写在简牍上，写好之后，用绳扎好，在结扎处放黏性泥封结，将印章盖在泥上，称为泥封。这是当时保密的一种手段。纸张出现之后，泥封演变为纸封，在几张公文纸的接缝处或公文纸袋的封口处盖印。佛教徒为了使佛经更加生动，常把佛像印在佛经的卷首，这种手工木印比手绘省事得多。碑石拓印技术对雕版印刷技术的发明很有启发作用。刻石的发明很早。初唐在今陕西凤翔发现了十个石鼓，它是公元前 8 世纪春秋时秦国的石刻。秦始皇出巡，在重要的地方刻石 7 次。东汉以后，石碑盛行。拓片是印刷技术产生的重要条件之一。古人发现在石碑上盖一张微微湿润的纸，用软槌轻打，使纸陷入碑面文字凹下处，待纸干后再用布包上棉花，蘸上墨汁，在纸上轻轻拍打，纸面上就会留下黑底白字跟石碑一模一样的字迹。这样的方法比手抄简便、可靠。于是拓印就出现了。

印染技术对雕版印刷也有很大的启示作用，印染是在木板上刻出花纹图案，用染料印在布上。中国的印花板有凸纹板和镂空板两种。这种技术可能早于秦汉，而上溯至战国。纸发明后，这种技术就可能用于印刷方面，只要把布改成纸，把染料改成墨，印出来的东西，就成为雕版印刷品了。印章、拓印、印染技术三者相互启发，相互融合，再加上中国人民的经验和智慧，雕版印刷技术就应运而生了。

到了唐朝，出现了中国历史上文化、科技的鼎盛时期。在国家统一、政治开明、文化繁荣的社会氛围下，人们对书籍产生了大量的需求。所有这些都为印刷术的诞生提供了良好的条件。唐朝发明雕版印刷术，并在唐朝中后期普遍使用。早期印刷活动主要在民间进行，多用于印刷佛像、经咒、发愿文以及历书等。

北宋时期，毕昇创造发明的胶泥活字、木活字排版，是中国印刷术发展中的一个根本性的改革，是对中国劳动人民长期实践经验的科学总结，对中国和世界各国的文化交流作出了伟大贡献。

继活字印刷之后，印刷术的革命性发展是一千多年之后打字机的发明和使用。

世界上最早的打字机诞生于1808年，它是由意大利人佩莱里尼·图里发明的。他发明打字机的动机是帮助自己的一位失明女朋友。后来这台打字机失传了，所以我们今天无法知道它的外形与结构，但使用该打字机打出的信件至今仍保存在意大利勒佐市的档案馆里。

1915年9月，由山东留美学生祁暄发明的中文打字机获专利。这台中文打字机构造完备，运用灵便，所印字迹尚鲜明。因此在1915年9月29日被美国农商部特准按照暂行工艺品奖章，给予专利5年，以示鼓励。可是，祁暄发明的这台中文打字机需要把上万字模都放在字盘里，然后一个一个检索打上去，非常麻烦，因此效率比较低下。所以，当时一般人还是选择手抄或油印。1931年，作家林语堂完成易学易用的中文打字机设计图，但因缺乏资金，未能聘雇技工研发制造。林语堂在1947年制造出这部由他自己命名的“明快中文打字机”。第一部明快中文打字机制成之后，林语堂请若干好友作家试用，大家都赞不绝口，期盼早日量产上市。可惜因当时中国内乱，以及造价过于高昂等原因，未能大量生产。

油印机是1876年8月8日，托马斯·爱迪生（Thomas Edison）获得的专利产品。第一台是根据蜡纸的材料而设计的。把蜡纸放置在一块平板上，用专用的钢尖笔在上面刻写，刻穿蜡纸平放在纱网上，再把纱网架放在纸上，用油墨辊在蜡纸上滚一下，从而把字印在纸上。20世纪90年代，我国很多单位还在普遍使用手摇油印机进行印刷。1993年上半年，笔者在新化县维山中学教书，用蜡纸刻写、印制了很多试卷。也是在这一年，笔者与两个年轻的同事创办了文学刊物《七里香》（仅出一期），但这期《七里香》是拿到新化县人大一个打字员家里打印的。先在蜡纸上打印，再去油印。打印的字让我们找到“铅字”的感觉。

我相信，打字机不仅在我的印象里，而且在很多人的印象中，都是一个高大上的东西。在城乡二元结构的社会里，打字机是只有吃“国家粮”的城里人才会有的。其实，城市的普通市民也很难看到。准确地说，只有党政机关、企事业单位才有，而且一般的企业单位也未必有。

这样一个高大上的东西，怎么就被一群来自国家级贫困县——新化县洋溪镇的没有多少文化的农民干上了？而且几十年过后，这些农民与时俱进，竟然成了文印行业的主流。为什么那么多有文化有技术的人不去干？为什么那么多吃国家粮的人不去干？是不去干？还是干不过他们？他们凭借的是什么神奇的力量？现在，在中国范围内，到了乡镇一级，凡有文印店的地方就有新化人，甚至新化洋溪人。这样神奇的现象，真是令人着迷。我经过数年的采访，才终于把这个谜底揭开。

第一章　湖南青年“流窜”修钢笔　杭州姐姐爱才收学徒

湖南省新化县洋溪镇寨边村有个叫邹联经的，1946 年出生，曾用邹弃辉、邹玒烨等十多个名字。他父亲是个给人修钢笔、修锁、补皮鞋的修理匠。邹联经小学没读完，就跟着父亲外出跑江湖。12 岁时，他不但会修钢笔，还能在钢笔上刻唐诗和毛主席语录。这可不是雕虫小技，那时候，人人都爱在钢笔上刻毛主席语录、毛主席诗词。就凭着这门手艺，邹联经开始走南闯北。

邹联经不仅有修钢笔这门手艺，还顺便学会了修电筒、打火机、钟表、缝纫机、配钥匙等。俗话说，艺多不养身，他并没有赚多少钱，或者说并没有存多少钱。在他的心里，有一个很强的正统观念，觉得要为国家工作才是光荣的。

这样的机会终于来了。1964 年年底征兵工作开始了。得到消息，18 岁的邹联经立即从外地赶回来报名参军，他想结束这流浪之苦，以青春热血报效国家。为了表示决心，得到批准，他特意找到洋溪公社的武装部部长，当面咬破手指写了一首诗以表决心：

当兵心决意已坚，赴汤蹈火敢向前。

若如此次参军去，汗马功劳报党恩。

罗部长和部队来接新兵的首长都深受感动，祝愿他体检和政审都能过关。邹联经的身体是没得说的，完全合格。可到了政审这一关却遇到了麻烦：有人举报他曾“流窜”外地修钢笔，历史不清白。邹联经有苦难言，不得不承认。他当兵的热血愿望就这样泡汤了。罗部长和部队首长都遗憾地安慰他、勉励他在其他岗位为国家做贡献。

新兵入伍之前，邹联经在体检站最显眼的地方贴了一张大字报：

此次征兵入伍，算吾心坚意决。要求又申请，书上观碧血。

恨无识金之眼，分吾雄心红黑。疆场非英雄，江湖当豪杰。

从此，邹联经死了走正统之路的心，决心在江湖上当一个“豪杰”。

有心从戎不成，只好再闯江湖。

1965 年春节刚过，19 岁的邹联经又花五角钱买了一张从新化到金竹山的火车票，将火车票上的“金竹山”换成了“上有天堂，下有苏杭”的杭州，以刻钢笔字为生。

刻钢笔字的事笔者也有过亲历。

我记得 1978 年在新化九中读高一时，有一次伞坏了，跑到西正街修伞，看到一个刻钢笔的，只要五分钱就可以在钢笔上刻一条毛主席语录。我于是摘下钢笔请他刻了一条：为人民服务，还刻上“毛泽东”三个字。“毛泽东”刻的居然是草体，刻的时候也看不出什么，但刻完后，用一个金色的坨坨在凹处擦几下，然后用一块小布擦一下，金色的草书就出来了，十分好看，我心里乐滋滋的。

我至今搞不清那个师傅手里拿的那个金色坨坨是个什么东西。现在各种文创产品都出来了，但这种手工刻字的师傅却见不到了。如果能碰到，我真的还想刻。不过现在如果有，估计二十块钱也刻不到吧。

我也不知道那个人是不是邹联经，或者是不是邹联经的父亲。但我想，那时有这种刻钢笔字手艺的人虽不很多，但也肯定不止一个。

杭州是个大城市，经济条件比新化好得多，刻钢笔的人排起了长队。邹联经可以刻宋体、楷体、草体。可以刻一百多条毛主席语录。客人要刻什么语录，只要说一下，他就能听懂，不需对方重复。邹联经收一角钱一支。那时一角钱可以买三个鸡蛋。

生意好时，一天可以刻一百多支钢笔，收入十多块钱。当时一个普通干部的月工资也只有十多块钱。

就在邹联经给人刻钢笔时，有一个杭州姑娘在默默地关注他。邹联经在刻字，姑娘在邹联经背后看他刻。姑娘觉得小伙子人聪明、手艺好。邹联经近一米八的个头，英俊帅气，说话直率。姑娘决定帮一帮这个小伙子。

姑娘姓凌，是土生土长的杭州姑娘，当时23岁，在一个街道办的打字机修理厂上班。工人们一般在厂里上班，但有业务时，也可以为客户提供上门服务。一天，凌姑娘骑着单车去为客户提供上门服务的时候路过邹联经的摊点，主动跟邹联经打招呼。凌姑娘说："我看你很聪明，可以学修打字机。你现在刻钢笔，一个月挣四五百元，但修打字机，一个月可以挣三四千元。"

邹联经瞪大了眼睛，他从来没有听说过有这么高收入的行业，这简直是闻所未闻，不敢相信。因为他一天挣十几块钱，都和一个普通职工一个月的工资不相上下了，居然还有一个月能挣三四千元钱的？

邹联经望着凌姑娘，从她的眼神里和脸相中，读出的是善意。他开始相信凌姑娘的话。得知凌姑娘芳龄二十三岁，邹联经脱口而出：

"我有个姐姐今年也是二十三岁，那我叫你凌姐好了！"

凌姑娘笑了一下，觉得叫凌姐不太好，因为杭州有的小伙子管年龄大几岁的对象也叫"姐"，这样叫给人感觉比较暧昧。

凌姑娘说："你就叫我凌大姐吧，我比你大这么多。"

邹联经于是规规矩矩地叫了声："凌大姐好！"

从此，他们就确定了"姐弟"关系。

凌大姐交待邹联经：我去上班时，你就悄悄到我们厂里来看，不要作声，要装作不认识我。有人问，你就说是客户。

邹联经记在心里。从此，他天天到凌大姐的厂里看修打字机。凌大姐外出为客户上门修理打字机时，就会把邹联经带上，手把手地教他。因此，邹联经有时也称凌大姐为“凌师傅”。

邹联经跟凌师傅学了一段时间，凌师傅看他长进很快，觉得他不能跟自己学了，决定介绍他到大厂继续深造。

凌师傅的男朋友是上海打字机厂的工程师，凌大姐便介绍他去上海打字机厂维修部学徒学习修理打字机，三个月后，邹联经以优异的成绩出师。凌大姐的男朋友见他学得这么好，想培养他，就说：“光学会修打字机还不行，还要学习修理速印机，现在大城市都用上速印机了。”邹联经一听，非常高兴又可以学一门手艺。于是，凌师傅的老公介绍邹联经去上海速印机厂学习修理速印机。又过了三个月，邹联经把修速印机的技术也完全掌握了。结业考试时，几十双眼睛盯着，只有邹联经是一个外地人。那些学徒都想看看这个外地佬出出洋相，结果邹联经只用八分钟就把坏了的打字机修好，还解决了打字机的一个原生故障。师傅带头鼓起掌来，那些徒弟也佩服地鼓起掌来。这样，邹联经便以第一名的成绩结业。这从某种意义上也象征着邹联经后来会带动、影响整个文印行业。

速印机厂的杨科长对他非常赞赏，说：“你是一块搞文印的好料，你干脆就把文印的技术全掌握了，做一个文印全能手！我介绍你去学习维修光电誊影机。”就这样，邹联经又来到上海誊影机厂，郑经理很喜欢这个聪明好学的小伙子，马上安排他去维修部学习维修光电誊影机。出师后，邹联经是当时为数不多的既掌握了维修机械打字机技术，又会修速印机和光电誊影机的技术员，是一个难得的文印行业的全能维修师傅了。

第二章　赚得大钱回洋溪　传授技术给乡亲

学到全能技术之后，邹联经开始闯江湖维修打字机。立志江湖做豪杰的邹联经，就像人间蒸发了一样从洋溪的视野中消失。他去的最多的就是河南，河南人热情好客，没有花肠子，与邹联经非常相合。邹联经技术好，修的打字机性能稳定，一些叫不出名字的小故障他都可以完美解决，所以有些单位宁愿等几个月也要等他来修。几个春节他都是在河南过的。一过春节，他就买些河南的特产，什么茶油、芝麻之类，装成两个大麻布袋子，一共两百多斤。他把两个麻布袋子挂在肩膀上，胸前一个，背后一个，挤上火车，到上海去感谢师傅。一连几年都是如此。

“文革”期间红卫兵坐火车不要钱，这成了喜欢闯荡的邹联经的大好时光。从河南出发，他跑遍了大江南北、长城内外。那时收钱也很容易，只要白纸写个领条，各个单位付账都很快，从不为难他。这也是他长年在外流窜，乐不思蜀的原因。

但由于邹联经没有合法身份，他造的假证再高明，终难逃警察的火眼金睛。1976 年 5 月，邹联经被遣送回新化，被关进了看守所。1977 年，新化县公安局两次将邹联经送回洋溪开现场批斗会。在批斗会上，洋溪区政法干部声音洪亮地宣布：“邹联经以修打字机为名，诈骗党、政、军机关现金 7000 多元。”

台下顿时炸锅了！有的人认为邹联经是搞诈骗赚的钱，也有些人认为他可能是给美蒋当特务汉奸挣的。

但更多的人冷静一想，邹联经真有钱呀，他居然有 7000 多元。而且他“诈骗”的都是党、政、军机关。也有的想，党、政、军机关是这么好诈骗的吗？说不定人家是真修打字机，是为人民服务赚的钱呢。

直到这时，洋溪人才知道，人间蒸发了几年的邹联经原来是在外面修打字机。看来，修打字机是个赚钱的买卖啊！

这次批斗会，无疑给修打字机做了很好的广告，它给洋溪人内心十分震撼的同时，也在洋溪人心中播下了学修打字机的种子。很多人都想像邹联经一样，学会修打字机，然后去“诈骗”党、政、军机关的钱。因为那里钱多呀。

批斗会过后，有二十多人悄悄来到邹联经的家里，要求拜师学徒。邹联经答应了，培训却进行得非常保密。

不久，同一族的邹联文、邹振专、邹干丁等要求跟随邹联经到外面去混世界，在干中学。

邹联经便每人收了 300 元师傅费，外加 80 斤全国粮票。学徒期两个月，由师傅邹联经包吃包住包坐车，签订合同。

那年的春节过后，邹联经带着三个徒弟，像唐僧取经一样，带着三个徒弟从新化出发，踏上了去往远方的路。他们第一站来到河南的漯河，这是邹联经的老根据地。他们住在舞阳钢铁厂的招待所。他们在这里修了十多天的打字机。有一天晚上看电影的时候，邹联经被电影中的情节感动得流下了眼泪，而邹干丁则哈哈大笑。邹联经大怒，认为他是个冷血动物，对他破口大骂。师徒两人发生争吵，邹干丁遂离开了师傅另谋出路。邹振专也在两个学徒期满后独自谋生。邹联经带着唯一的徒弟邹联文来到新疆克拉玛依，一直干到国庆节才打道回新化。邹联经见邹联文技术好、肯干，帮了不少忙，便给他四百元钱，还给了些零钱。邹联文很高兴，给母亲买了双毛皮鞋，给父亲买了件毛大衣，还买了只鹿角泡酒用，再买些葡萄干、哈密瓜之类的新疆特产带回洋溪。

在大家普遍穿补丁衣服的年代，人们认为这么高档的衣服只有中央领导的夫人才能穿。现在竟穿到了一个农民身上。现实让这些农民不由得不信，邻里们纷纷前来打探，得知邹联经一个月挣了一万多。

那些犹豫不决的村民的心也开始驿动了。那些曾经瞧不上或怀疑这个生意的人，悄悄来到邹联经家里，希望他收为徒弟。

邹联经是农村出生，亲情和邻里观念极强，地域共同体观念深入骨髓。只要是洋溪人，甚至只要是新化人，就都认作老乡。所以前来拜邹联经学艺的人越来越多，开始还只有近亲属才收，后来邻里乡亲也都收了。他把技术传授给这些乡亲。一批一批地招，一批一批地出师。从此，一批批头脑活泛、想吃活水的年轻农民，穿着一身劣质西装，说着一口塑料普通话，提着一个像公文包大小的工具箱，假装打字机厂的技术员，凭借修理打字机的真本事，开始行走江湖。

其中，也有很多并不是邹联经的徒弟，只是道听途说了一些知识，也胆大包天地行走叫唱："修打字机——修打字机——"就像是卖北方馒头的一样，骑着单车，拖着一个泡沫箱子，到小区道路沿途叫卖："馒头！北方馒头！"在这个人们早已解除了饥饿的年代，就是这样简单的叫卖居然生意不错。每到下午，我在房里就经常听到这样的叫卖声。这也像"磨剪子，锵菜刀——"的叫卖，在这个几块钱就可以买一把新菜刀的年代，居然这种生意也有市场。

后来，那些得到了邹联经手把手教的被称作嫡传弟子，而那些没有得到邹联经手把手教的人（事实上也不可能都得到手把手教，学的人太多了）被称作再传弟子。邹联经的再传弟子远远多于嫡传弟子，这是他自己也没有料到的。

打字机并不是一个家家户户或个个机关都用之物，但这种沿街叫卖确实能够招揽到生意。那些并非徒弟的再传弟子，有一些靠的纯粹是胆子，有的甚至是"团伙作案"：前面叫卖的人把人家的打字机故意弄坏，叫一个高价，主人不同意，他就走了。后面又来一个，叫价比前面那个低一点，于是成交。其实，可能就是一些极简单的故障。而碰到一些无法修好的故障，他们也大胆地拆解，说要缺少配件，拿回去修好明天送来。有些修不好的可能拿着打字机跑了，作为自己学手艺的工具。有的也确实修好了。这有很大的运气成分。如果把维修打字机称为洋溪文印的原始积累阶段，那么这个阶段也确实有许多灰色或黑色的故事。

自从洋溪人开始学修打字机，洋溪邮局的汇款单像雪片似地从全国四面八方飞来，凡出去的人一回来就像换了个人似的，西装革履，油光鲜亮。那个时代，洋溪漂亮的女孩子都以嫁个修打字机的为荣。这些修打字机的人无疑成了许多人的榜样。于是亲戚带亲戚，朋友带朋友，徒弟带徒弟，一传十，十传百，邹联经的手艺几年内就传遍了洋溪。

第三章　邹联经回家建红砖青瓦房　"流窜犯"被招安当厂长

1979 年，邹联经春节回家过年时，在村里建了一栋两层的红砖青瓦的楼房。那是村里的第一栋红砖房，那时红砖房在整个洋溪都还非常少，大多数都是住的土砖房。当时一个全劳动力（成年男子）干一天的工分折合人民币才1毛8分钱，一个月满打满算也就3块多钱。建一栋红砖房少说也要两万块，就是不吃喝，也得一个全劳动力20年的收入才能建一栋红砖房。所以这个非常起眼，这等于又一次用事实告诉村民：修打字机真的很赚钱。

这时国家的政策开始松动，如何让一部分人先富起来成了政府考虑的重要事情。而邹联经这样的“流窜犯”之所以流窜，无非是为了搞饭吃，为了发财。“流窜”成为政策许可、鼓励的事了。

邹联经是新化有名的“流窜犯”，这时，他“流窜”的本事入了政府部门的法眼：让他先富起来，不是可以带动更多的人共同富裕吗？在新化这个七山二水一分田的地方，搞饭吃实在不容易，对这样的人应该鼓励才对。1979年，新化县相关领导商量后决定，成立新化县洋溪打字机维修厂，由邹联经出任经营厂长。

从“流窜犯”变为厂长，邹联经十分高兴，他很在乎这个身份。直到现在，我发现邹联经脑子里还是有很强的正统观念：我要采访他，他很高兴接受，认为我是正经八辈的“作协领导”。言谈中，他也很看重县委书记、县长这些地方官员对他的肯定，或者主动留他的电话、加他的微信，或者主动讲有什么困难只管提，他都感到十分温暖。民间的人，其实有着非常正统的观念。新化在建县前与宋朝官方的军队打了很多死仗、硬仗，但一旦归顺朝廷成为顺民之后，即忠于朝廷，义气当先。新化建县后54年，朝廷发生靖康之难，新化军民在县令杨勋率领下，义勇当先，北上“勤王”。由反朝廷到帮朝廷，这一转变，正是新化人义字当先、正统观念强的表现。县令杨勋壮志未酬，病逝湖北襄阳，新化县民感其忠义，竟然千里扶柩归葬当时老县城附近的白溪，千年之后，墓址尚存，保存完好。笔者几年前还亲往祭拜。

每当国家危急关头，新化人必义勇当先。1905年8月，孙中山为救国图强，在日本东京成立中国同盟会反抗清朝，出席成立大会的共90多人，而来自新化一县的代表就达38人，占全部会员代表的三分之一强。孙中山为新化题词：“同盟会会员荟萃之乡”。新化籍同盟会会员陈天华为唤醒国人，以身蹈海。1911年，武昌起义战事危急，新化籍同盟会会员谭人凤挺身而出，毅然挑起“北面招讨使”即临时总司令之责，在北洋军的进攻面前稳定了战局，为争取袁世凯倒清创造了条件。

邹联经这种以县域经济发展为重，服从“招安”，并大展身手，这种精神就是重义精神，其与北宋军民，与陈天华、谭人凤的勇挑重责的献身精神是一脉相承的。

由于前来洋溪打字机维修厂学徒的人日益增多，1980年，新化县有关部门决定将厂名改为新化县打字机维修厂。这样听起来就是一个县直属厂家了。其实，主要是邹联经培训徒弟，厂里主要负责介绍信、发票等合法身份认定以及技术人员的培训和考核等。新化县的打字机维修从此也走上了正规化发展的道路。有的学习一个月，有些只学十多天就出师了，急急走江湖赚钱。

政府的认可和支持，无疑极大地刺激了修打字机人员队伍的壮大。1983年，已经有2000多人从事这个行业。到1985年，洋溪修打字机的已发展到3000多人。

第四章　与时俱进修“四通”　联经领先搞复印

1984年3月，邹联经因为在湖北襄樊市开了一家卖打字机、修理打字机、打字复印的公司，当时也是上海打字机厂、上海速印机厂、上海誊影机厂驻襄樊市特约维修部，就把洋溪的厂子交给了他一个嫡传弟子管理。

与打字紧密相连的就是复印。1950年，以硒作为光导体，用手工操作的第一台普通纸静电复印机问世；1959年，又出现了性能更为完善的914型复印机。自此以后，复印机的研究和生产发展很快。静电复印已成为应用最广的复印方法。

1980年之后，静电复印机开始进入国内市场，到20世纪90年代末期，全国复印机销售服务单位已超过1000家，分布在30个省、市、自治区的107个城市。其中，有一定经济实力的企业使用复印机的大约有300家。

邹联经1984年在湖北襄樊开店使用和维修复印机时，维修复印机的技术还处于自我摸索阶段。他希望有机会学习复印机维修技术。

1986年6月，邹联经从长沙五一文化用品公司买了一台佳能270复印机开始搞复印，揭开了新化人搞复印店的序幕。

从这里可以看出，邹联经（包括整个的新化文印）并不是技术的领跑者，但总是后来居上，新化人总是成为这个行业的主要力量。

之所以到五一文化用品公司购买复印机，是因为五一文化用品公司销售经理说可以安排一名维修工程师去天津佳能公司参加培训。这样邹联经自己也去参加培训，学习了技术。后来邹联经又给襄樊市驻军的一个运输团买了一台佳能270复印机，是通过天津佳能的培训老师买的，比长沙五一文化用品公司的便宜了3000多元。然后把部队运输团原有一台佳能400型号复印机（原装日本进口的，当时新机的市值价480000元）以5000元回收。

1986年5月16日，四通MS－2400中文打字机的发布会在北京饭店举行。汉语拼音之父周有光先生也应邀参加了这次活动。在看完新产品的演示后，他说："外国有人人都能使用的打字机，提高了工作效率，我们中国人整整丧失了一个机械打字机时代，我们不能再丧失电脑时代。四通打字机开创了中国语词处理的新纪元。"

邹联经及时关注到这个消息，他深深意识到，机械打字时代要结束了，要想让大家继续赚钱，必须与时俱进，掌握最先进的技术。邹联经花钱买了一台新的四通打字机，苦学钻研，把四通打字机的构造全部掌握了。

邹联经把四通打字机学会后，把维修部交给大姐打理，自己特意回到洋溪办了一个维修四通打字机的培训班，第一批招收了八个学徒，其中两个免费。由于学习过程中要反复拆装，机器损耗很大。这台四通打字机在培训结束后也就不能用了，收的培训费还不够买这台四通机的钱。但这次培训却使洋溪人的维修技术上了一个新的台阶。

由于掌握了最先进的技术，前来学习的人趋之若鹜。修打字机的队伍已呈星火燎原之势。1990 年发展到了 8000 多人，新化人形成了一个遍布全国的流动维修打字机和打字复印大军。这支队伍人数依然在成几何级数增加。

邹联经为新化文化产业培训了为数不多的嫡传弟子，但这些嫡传弟子培养了大批的再传弟子，文印人才的增长成为裂变之势。

今天，新化从事文印产业的人才达 30 多万，以洋溪、槎溪、炉观镇为核心乡镇，覆盖新化全县。邹联经被尊为新化文印产业的“鼻祖”。

洋溪人，有着勇于创新和敢于冒险的血统。新化文印人闯世界其本质是一种谋生存，就像从清朝嘉庆四年（1799）毛板船的发明和使用是梅山人为了谋生存一样。用八分厚的木板钉成毛板船，装载 160 吨的煤炭，顺着多暗礁、险滩的资江漂到下游，一直漂到益阳、武汉，途中九死一生，稍一分神，就有可能船毁人亡。梅山人冒着如此巨大的风险，把煤运到益阳、汉口去，虽然谁都知道吃这碗饭危险大，上船之前船工要签生死状，人在途中出了意外死了，老板不负责，但还是有一代一代的年轻人走上毛板船，前仆后继。没办法，资江是梅山唯一联系外界的运输通道（虽然茶马古道也经过梅山，但毕竟太短了，马车也只能运茶叶等轻物资）。生存，毕竟是排在第一的啊。

20 世纪 80 年代，贫穷依然像魔咒一样制约着梅山新化人。像一百多年前的毛板船人一样，又是洋溪人凭着修打字机闯出了一条新的生路。

第五章　行商变坐贾邹让余贵州开打字店
警官当保安广州科技街卖复印机

1985 年正月十五过后，邹联经的再传弟子、洋溪人邹让余已经有三年在外地流动修打字机经验。流动作战的辛苦让他想开一个店子稳定做生意。

但当他回到洋溪想开店时，总是不太顺利。他妻子的一个亲戚在贵州凯里，邹让余便和妻子来到贵州凯里，开了一家打字店——湘黔打字机维修中心。

这家打字店当时生意并不好，偶尔有打官司的人来打印诉讼状。打印一张蜡纸6角钱，一张蜡纸的批发成本要2角钱，零售要3角多钱。邹让余都是批发，成本2角，打印一张蜡纸能够赚4角钱。一天打不到20张，按20张计算，也只能赚8块钱。这已经算是有事干了。

邹让余的妻子是个裁缝师傅，在洋溪的时候，家里就有两台缝纫机、两台锁边机，是比较有钱的个体户。之所以选择到凯里，是因为有个亲戚在这里。这里是个地级市，房租也便宜。到了凯里之后，开始妻子照样做裁缝，裁缝的生意比打字的生意好得多。

悄悄开张的这个打字店具有很强的象征意义，它是新化文印人开的第一家打字店，也是中国第一家打字店。因为在此之前，只是机关部门才有打字员，打字业务是没有向社会延伸的。而这个打字店的开张，标志着打字业务向社会延伸了，普通群众只要有需要，就可以购买打字服务了。

到了第二年，生意就好了起来，需要请打字员了。到了第三年，请了三个打字员。

1983年，毕业于中国科技大学的王永民以五年之功研究并发明被国内外专家评价为“其意义不亚于活字印刷术”的“五笔字型”（王码），在世界上首破汉字输入电脑每分钟100字大关，并获美、英、中三国专利。之后“五笔字型”得到推广普及，覆盖国内90%以上的PC用户；王永民曾五次应邀赴联合国讲学，“五笔字型”在全世界产生广泛影响。

五笔字型的发明，使传统的机械打字机和四通打字机被日益普及的电脑打字所取代。电脑打字具有上述两种打字无可比拟的优势。随着电脑打字和复印技术的普及，油印技术也渐渐淡出市场。

上文提到，新化文印人最早使用、维修复印机的是邹联经，他在

1986年6月就开始使用了。

两年之后的1988年，邹联经的再传弟子龙三沅，已经有了好几年与人合伙修打字机的经验。此时一个人来到西藏流动修打字机。他看到西藏教委有几台复印机，因修打字机已与西藏教委建立了良好的人际关系，便从那里借了一台旧复印机，开始了复印打字业务。

不久，龙三沅看到西藏一个卖复印机的把机器摔坏了，机器放了几个月之后，他们自己修不好，而且复印机是进口的，没有售后服务。龙三沅说："你卖给我算了。"其实龙三沅自己也没有把握修好，只是凭着自己对机器的天生的悟性想拼一把，觉得应该可以修好。一台新的复印机要18万多，对方要了12万元。龙三沅把它全部拆散，一块一块校正，一块一块搞，还是把那台复印机搞好了。自此，他对复印机的结构就有了深刻、全面的了解，可以说是真正的专家了。

复印机这么昂贵，当然没办法普及。

复印机之所以能够普及，走向大众，看似非常偶然。

二十世纪八十年代末，广东已有很多邹联经的弟子和再传弟子在搞打印业务。邹联经的再传弟子邹联敏就是一个，他八十年代中期就到了广东清远。

有一次，邹联敏意外发现台湾的二手复印机货源非常便宜。他在龙塘发现有复印机的配件。那时打字机上面有小滑轮，和打字机可以配套，就去买，看到里面有复印机的配件，就开始问他们："这里有没有复印机？"他们就说台湾人那里有。他们第一次还不带他过去，只是买了6台回来，卖给邹联敏。邹联敏把这事告诉了同在清远搞打字复印的邹联经的再传弟子杨桂松。邹联敏和他商量，什么型号，多少钱，杨桂松说可以做。于是邹联敏再去龙塘，龙塘人就把邹联敏带到了清塘，这里才是台湾人的所在地。为了买复印机，邹联敏特意借了两万块钱。但他看了台湾人的货源后，觉得这点钱简直打汤都少了。

于是，邹联敏把这个消息告诉了邹联经的再传弟子、洋溪人曾旗东。曾旗东当时的生意做得比较大，经济实力比较雄厚。

曾旗东通过海关的朋友查询，得知一个叫林举梁的台湾人生意做得最大。他找到林举良，发现市场价 4 万多元的 4480 复印机，在他这里只要两千多。于是，他大胆地买了 50 多台。将机器运回之后，他才发现电压是 110V 的，根本没法用。于是，他开始改装电压、翻新外壳。这样，焕然一新的复印机卖 8000 多元，多的卖到 2 万元以上一台。赚到第一桶金后，他重点经营高档二手复印机。他从家乡招来 20 多个人进行培训，还从华南理工大学、中山大学请来专家、教授，成立了佳能、理光、施乐、夏普维修中心。到 1992 年年初，他在上海、武汉、北京开了分公司，在全国许多大城市招了三十多个代理商。除了销售二手复印机外，还销售高速复印机、大型工程复印机和彩印机。

1993 年，曾旗东去美国和加拿大，看到国外的大型图文中心也用二手设备，于是，他把仓库中的高档高速大型复印机、一体化速印机、彩色复印机、数码工程复印机等经过精细化翻新处理，推向市场。国内许多大型图文中心纷纷前来租用或购买。仅 1993 年，国内销售二手复印机 52000 台，其中大部分被新化人买走了。

二手复印机降低了开店成本，开个店只要几万元，挣钱不少。于是，洋溪人开的文印店如雨后春笋，迅速遍布全国各地。

1993 年，搞打字复印的洋溪人已达到 12000 多人。打字也由机械打字转为电脑打字。二手文印设备的黄金期是中国办公文印技术的转型期。当时的二手复印机集中批发地为广州天河科技街，这也是全国最早的二手复印机批发市场。当时在这里从事文印设备经营的人开办有五十多家公司，科技街被人称为“洋溪街”。

这有点像上文提到的毛板船时代，民国时期，汉口最多的时候有九万新化人，而新化县城只有三万人。所以新化人把汉正街称作新化的又一个县城。

1996 年，洋溪人在广州天河科技街组建二手复印机销售集团公司，由新化县人民政府派人牵头组建，县公安局副局长带队保安全。

有官方保安全，到广州做二手复印机生意的人便多了起来，一些在上海、北京、成都等地做打字复印生意的洋溪人听说广州二手复印机生意好做，纷纷跑到广州。广州新化人二手复印机专业市场的建立和壮大，逐渐向全国扩散，从而使得现在全国很多城市都有新化人开的二手复印机专业市场。邹联经觉得从台湾商人手里买二手复印机，还是做的二手生意。后来他直接跑到日本开了公司，向国内供应二手复印机。

第六章　夫唱妇随夫妻店主打文印市场
单位周边夹缝中都是打字复印

由于邹联经在日本开了公司，直接向国内（主要是向新化洋溪人）供应二手复印机，于是，做二手复印机专业市场的一些新化人，在资金雄厚后，从 1999 年开始，也不再从台湾人那里进货，而是直接到日本进货。

邹联经的一些弟子还跑到美国，从美国购买二手复印机，然后发到国内，这标志着新化人的二手复印机专业市场进入了新的阶段。

通过从美国、日本源头进货，新化人建立了完整的二手复印机产业链。这样，在美国、日本和中国香港专门有一部分新化人做二手复印机贸易，源源不断地供应国内市场。

从此，新化人的复印店也是大肆扩张，直至形成遍布全国的复印店网络。通过从美国、日本源头进货，新化人建立了完整的二手复印机产业链。

由于有一条完整的产业链，从设备、耗材到纸张等，各环节的价格，新化人无不知根知底，而外人则不知深浅。所以有人说："去新化人那里买设备和耗材，说新化话的一般会比说普通话的有优惠。"

很多新化人都是从学徒干起，一干就是两三年。这期间，他们熟练掌握了技术和维修，所以当自己独立开店后，几乎不需要维修费用。如果连房租也不用交，那么所需成本可能只有纸张的费用了。打印一张才一两毛钱，量大一毛钱。这就是新化人的生意。新化人实在，不求什么商业利润，他们不管这一套，只要有一点点利润，他们就做。毕竟是从苦中来的人，毕竟出来混的首要目的是温饱。

就在我写此文的时候，距我租住地不远的老娄底卫校门口边上，就有一家图文店在闪耀的招牌上显示“量大一毛”。便宜，是新化文印店制胜市场的法宝。

因为在新化人的复印店，大都是家庭经营或者夫妻店。妻子负责打字设计，丈夫负责维修设备，这几乎是标配。因而人工成本也可以忽略不计。所以过去在新化，特别是在洋溪，甚至有“女的不会打字难嫁人，男的不会维修难娶妻”的说法。

经营成本低或者不计成本，是新化人制胜的利器，而他们脚踏实地、肯学肯吃苦的精神，才是他们在市场上多年屹立不倒的支柱。他们的这种精神，是典型的梅山精神，即吃得苦、耐得烦、霸得蛮。他们肯拖家带口，肯背井离乡，肯起早贪黑。他们的店铺很小，但野心很大，甚至敢跟印刷厂抢订单。为了按时完工，有人“三天三夜没合一眼，没吃一口正经饭”。哪个地方的人能够做到这样？

2021 年 10 月，我来到广州五山路天立大厦采访。天立大厦一至四楼全部都是打字复印店的耗材批发店，这里是全中国的耗材批发之都。邹让余的批发店就开在这里的一楼。而家就住在天立大厦的十几楼。邹让余自称是第二代文印人，但却是第一个开打字店的人。把他分布在全国各地的房产算上，他的身家已经过亿。但就是像他这样的人，生活依然十分简朴。邹让余把我请到家里吃饭。60 多岁的邹让余自己是不怎么管事了，说是退休了，只是偶尔到仓库去提提货，打一打大招呼。但老婆孩子依然很忙。妻子一天到晚在家做饭，一到中午，儿子或媳妇就一手提着菜篮子，一手提着电饭锅下楼去，几个人到店子里吃饭。正式在家里上桌吃饭的，常常是正在读书的孙辈们。

我在邹让余的陪同下也到龙三沅的店子看了。龙三沅的店子还有点格局，楼上楼下，楼下经营，楼上是董事长办公室。龙三沅的董事长办公室里摆放着各类毛泽东像和纪念品，另一面墙上则是毛泽东会见贵宾的一些黑白照片。董事长办公桌后的书架上摆满了书。一见面，他就找到了拙著

《毛板船》，于是一见如故。龙三沅算是混得很好的文印人之一，妻子知书识礼、贤惠漂亮，一点也看不出是做了外婆的人。

但就是这样一个董事长，生活也过得非常简单：中午和员工一起吃自助餐。简简单单，蔬菜为主。

至于那些刚创业的，在城里没有买房子的，生活过得更是简单。一处阁楼、一个宽不到三米的“门面”，一个无人居住的用于隔热的“顶楼”，往往就是新化文印人谋生存的地方。他们真可谓在“夹缝”中求生存。

为了靠近用户，新化文印人分布在政府机关、企事业单位和学校周边，在本来人们难以察觉的隐蔽之处，架上“打印复印”的招牌，在那儿坚守着几平方米的小屋，让着急打印的职工、大学生，简直有了一种转角遇到爱的惊喜。而价格的低廉，更是让他们喜出望外。所以在高校周边，一到下课或放学，打论文的学生挤满了打印店，吵吵嚷嚷的。老板忙不过来，还常常请几个低年级的大学生作助手，工资按小时计费。

这些打印店的老板，大多能够维修，一般的故障，他们三下两下就弄好了，根本不需要什么售后服务，他们就是专家。虽然他们学历很低，初中毕业或小学毕业，但他们对这个行业有天生的悟性、毅力。他们毅然投身这个难度颇高的技术行业，丝毫不怵，而钻研起其中的道道来，简直是真正的专家！

所谓实践出真知，他们是真正通过实践成长起来的文印专家。

随着时代发展，打印复印店大都升级成为业务更广的图文店。那些原本只会打印复印的新化人，又一步步学会了制作小至门牌、名片、海报，大至广告牌、展板等各种技能。别人会的，他们也得第一时间学会。

第七章　图文公司主打文印市场　耗材批发洋溪独领风骚

同是新化洋溪的杨文辉是邹联经的再传弟子，也可算是第一代文印人。他的儿子杨静、女儿和女婿也从事文印行业，可算是“印二代”。

2000 年，“印二代”已然当家创业。当时，在同济大学周边开打字复印店的杨静看到出现了价值一千多万元的图文设备，内心深受震撼。细思之，这并不奇怪，因为同济大学的土木系是全国最有名的土木系，它对制图的要求很高，最先进的制图设备自然就出现了。但杨静当时只有几十万元的资本，对如此高档的设备只能望洋兴叹。

2002 年，国家推出一项规定，以回收钢铁为主的五金电器、打印机、传真机、电传打字机及多种文印设备，被明确列为禁止进口货物。杨静敏感地意识到，这意味着文印产业面临着又一次阵痛和升级。继续做夫妻打字复印店是没有前途了。

杨静觉得以一己之力很难混出眉目，决定联合父亲、姐姐、姐夫一起共同投资在广州开图文店。开图文店的设备一般包括复印机、喷绘机、晒图机、彩色打印机等，投资很大，一台彩色打印机就要 100 多万元。因为投资太大，杨静的图文店是新设备和二手设备兼用。

图文店与开夫妻打字复印店完全是两个概念。只有一部分实力雄厚的新化人才经营图文店。

不久，在广州开打字复印店的邹联经的嫡传弟子邹联文也淘汰了一批原来的设备，从国外进口高达 249 万元的彩印机。彩印、晒图、广告制作成了主业务。

2003 年以后，夫妻版的打字复印小店慢慢淡出文印市场，图文店（公司）独领风骚。

图文公司发展起来后，向品牌连锁方向迅速发展，小的二三十家店，多的二三百家店，竞天、六九、会天、赛可优、湘印天下、标书五、湘南印业等连锁图文品牌分布在全国各地的大城市。连锁图文公司雄踞市场，也是图文公司品牌化、专业化、规范化的一个表现。

与此同时，涌现了诸多以地区联盟合作为主的各种商会，如湖南－北京商会、上海商会、成都商会、包头商会，文印设备的进口不再假手台湾和香港，而是直接从美国、日本、德国、英国进货。

如此巨大的文印市场，洋溪人三分天下有其二。他们不甘心文印的上游产业——耗材设备掌握在别人手里，他们既要做客户终端，也要做自己的产业上游。

2006年，洋溪人组建了自己的第一个耗材公司——广州市五联之星耗材有限公司，由当时新化人在耗材行业仅有的五家公司组成。2007年，洋溪人第一次把全国的文印耗材展销会开到了自己的家门口。这年春节前夕，由新化县人民政府举办，广州五联之星耗材公司承办的文印耗材展销会在洋溪中学举行，展会吸引了全球上百家知名耗材零配件厂商参展。此时，洋溪从事文印行业的人员已超过五万人，在全国各大中小城市开有五千多家门店。此后，文印店和图文公司继续爆发，成几何级数裂变状态。从业人员辐射到槎溪、炉观等核心地带，新化全县及邻县部分地区，到2010年从业人数已超过十万人。

2013年春节前夕，由广州创友公司在洋溪镇举办了“办公设备、耗材展销会”和“文印产业高峰论坛”，世界500强富士施乐公司高管前来主讲。文印行业继续发酵，新化从事文印行业的人员现已超过30万人，在全国开有七万多家图文店。至此，中国的文印行业从业人员已达到顶峰。据创友公司总经理刘道文等分析，随着我国房地产业的降温、教育“双减”计划的实施，图文店从2022年开始会出现减少的趋势。

第八章　制造设备称雄业界　技术创新精神可嘉

笔者2021年10月在广州采访时，叶习之的女儿叶琴转述了别人的一句话，我还是头一次听到，觉得十分经典：“新化的文印庞大，但不强大。”

庞大好理解，人多。GDP的总额大。

不强大，也好理解。一是文印人都是小老板，没有大老板。养家糊口的占多数。二是自己没有掌握核心技术。到现在为止，主要设备都得依赖进口。

但洋溪人素来就有创新的精神，在文印行业，他们也进行过一些有益的尝试。

1993年在云南德宏开复印店的曾文辉，也是邹联经的再传弟子。他在新化人的复印店中是最早配备刻字机的。当时在北京购买零件的曾文辉看到刚刚问世的刻字机，花了2万多元买了一台回去，这为曾文辉带来了不少利润，从而使得曾文辉对新技术和新设备非常敏感，认为一个新设备就是一个新的经济增长点，所以从这以后就尽可能添置新的办公设备，搞复印店的多元化经营。

2004年，曾文辉开始投资生产写真机。他第一次见写真机就是在2004年，当时在上海参加一个办公设备展销会，他觉得那玩意儿应该有市场，有前途。当时那个是日本进口的，要11万多元一台。1993年他买了刻字机后，在国内复印店引发了一场革命，后来几乎所有的复印店都有了刻字机。他认为写真机应该是像刻字机一样，是一个新的经济增长点，他就决定生产这个东西了。

这就是新化文印人的勇气！回想一下，当初龙三沅在毫无把握的情况下，敢于投12万元买一台摔坏了的复印机自己用来“学手”；曾文辉在第一次见到写真机时，不是想到要买回去使用，而是直接生产！这需要多大的勇气和智慧！

2004年曾文辉在福建厦门投资生产写真机，开始由于没有核心技术，基本处于组装阶段，即从国外进口配件，在国内组装生产。在生产的过程中，曾文辉发现写真机与绘图仪功能应该可以合一，带着这个大胆的想法，曾文辉和清华大学物理系合作，终于生产出了具备写真绘图功能的写真机，这在当时国内属于首创。现在这个设备不仅畅销国内，还出口40多个国家和地区。

不但生产，还敢于创新！自己没这个水平，敢于向国内最高学府借力！这个曾文辉，带来了多大的生产力发展？他不仅制造了国外已有的，还制造了国外所没有的！引领潮流，不断超越自我，这应该是新化文印人始终立于不败之地的根本。在如此众多的文印人中，涌现出了少数优秀的技术领军人物、行业领袖，这实在也正常不过。

邹联经的再传弟子龙三沅说，他对中国文印的贡献就是发明了蓝图碳粉。因为文印市场最初只有黑色碳粉和彩色碳粉，而工程图所需的蓝图则没有所需的碳粉，因而蓝图必须要晒，程序复杂，成本也很高。龙三沅凭借其多年的文印经验，加上他自己从事碳粉生产，经过反复试验，发明了蓝图碳粉，曾一度引领工程制图领域。但文印行业也是个技术不断更新的行业。后来，做蓝图连碳粉都不需要了，直接用蓝色墨水。说到这里，龙三沅也是唏嘘不已。

邹干丁和曾树深也是通过这种方式走上办公设备制造的。邹干丁的朋友曾辉从中国香港进口了一台胶装机，当时两人认为这个东西应该有市场，因此决定投资制造，他们也走了一条先组装再研发生产的道路。他们生产的胶装机一度占有较大的市场份额，让洋溪文印人兴奋不已。但没过多久，新的胶装设备出现，取代了邹干丁生产的胶装机。

曾树深的打字机零配件生产来自于珠海打字机通用耗材产业的集群效应，全球60%的打字机通用耗材零件都是在珠海生产的，在经营打字机零配件时，曾树深认为有些零配件可以制造，于是开始投资生产。

一个很有意思的现象是，很多新化复印产业的从业者都经历了阶梯式发展的各个发展层，比如曾文辉，先后修过打字机，开过复印店，修过复印机，卖过二手复印机，现在制造写真机，其他新化从业者的从业履历可能没有这么完整，但经历过几个发展层的则大有人在。也就是新化复印产业的生命史，同时也是新化从业者的生命史，个人的生命编织进了产业的生命史。

第九章　文创产业异军突起　自主产权指日可待

30多万人，产值上千亿，分布在全国。

如何融合这么庞大而分散的一个产业，并使这个产业成为新化县产业增长的重要增长极，甚至成为新化的支柱产业，这样的问题也经常有思考者，但一直没有人找到一条可行的路径。

无巧不成书，很多重大的事情是在非常偶然的状态下产生的，正像打字复印首先由邹联经学会、授徒并形成一个产业是偶然一样，它的被整合、发生质的飞跃同样是偶然。这个偶然发生在太平洋证券股份有限公司响应习近平总书记精准扶贫的大背景下。

2017 年，太平洋证券与新化县政府发起成立了新印科技股份有限公司，开启了整合新化文印的先河，并派出新化籍员工罗国雄主持工作。

罗国雄不是邹联经的弟子，也不是再传弟子，只是同为洋溪人。罗国雄考上大学后参加工作，曾在财政部工作 20 多年，后来调任太平洋证券工作，作为董事长助理，分管国际业务，并在美国、加拿大工作多年。

同为洋溪人，不管走到哪里，都会有一个文印情结。

自己在哪就把父母带到哪的罗国雄，在加拿大时被医院告知母亲生病，生命只有半年的时间了。

遵照母亲叶落归根的愿望，身在加拿大的罗国雄把母亲先送回了北京，接着送回了新化，在新化当地的医院进行保守治疗。被国际大医院下达了半年死缓令的母亲，在县城小医院的精心治疗下，实际上比“死缓令”的期限多活了整整三年。

在把母亲送到新化县城医院治疗的同时，罗国雄同时选择了把家乡新化作为扶贫对象，一边扶贫，一边照顾母亲。

正是罗国雄的孝心，使他与家乡新化文印携起手来。

扶贫，怎么扶？怎样才能扶出长效来？怎样才能进行造血式扶贫？这让罗国雄绞尽脑汁。

最初半年多时间，罗国雄一直在进行考察和调研，对新化的电子陶瓷、小水电、中药材、红茶、旅游等行业都进行了深入的调研和可行性思考。最终，罗国雄选择了从整融合新化的文印产业入手参与新化的精准扶贫，只有文印产业，能够撬起新化的 GDP。他做一个比较，如果把分布在全国各地的新化文印产业的 GDP 统计起来，就可以做到 1000 亿产值，相当于整个娄底市属各县市区 GDP 的总和。

当然，扶贫不只是把分散的打字复印行业的 GDP 做个简单的汇总统计，而是对整个产业进行提质、增效、升级、转型。

正是在这样的思路指导下，2017 年 4 月，新印科技股份有限公司挂牌成立了。

新印科技股份有限公司由湖南省市县三级政府引导、太平洋证券主力投资、广大文印企业家参股。

新印科技立足文印，是文创产品开发商，也是快印服务提供商。公司以创建全球最大快印连锁品牌为目标，以组建线上线下快印网络体系、为快印门店提供线上线下供给侧解决方案为抓手，结合新材料、新设备、人工智能三大科技攻坚战，建设全国快印连锁店均衡布点、线上转线下属地运营的最快捷、最实惠的快印体系。公司还在沿着产品、产业、品牌和文化的规划推进中国快印沿着“一带一路”发展，部署着“世界快印看中国，中国快印看新印”的产业格局。

非洲国家文印市场还处于发展的初期阶段，公司正携手文印人沿着“一带一路”向发展中国家输出产品、产业、品牌和文化。目前已在非洲加纳建设了第一家“新印图文广告”的海外生产运营中心和复印机再制造工厂。新复印机可复印 900 万张以上，再制造复印机可以复印 450 万张，但成本只是新复印机的 20%。罗国雄介绍说，以 500 张大盒名片为例，中国市场售价 45 元，加纳市场的报价为 500 元人民币，新印科技的再制造复印机过去后，可以把价格控制在原来市场价的十分之一左右。逐步在非洲国家建设生产运营中心与复印机再制造工厂，实现从产品到运营中心的全产业链布局。

随着“新化文印产业创新品牌建设项目”的成功建设，新化文印产业的发展、新化县经济的成长，将起着翻天覆地的变化，未来几年内，一个高度发达的文印连锁品牌跃然形成，一个提质转型的文印产业迅速崛起，一批质量发展的文印领军企业陆续登场，一个经济落后的山区人口大县将实现乡村振兴。

众所周知，中国的文印产业这么普及，怎么说都在“下游”，要用别人的机器，要用别人的耗材，要用别人的软件。

但几年前，中国人有了自己的电脑芯片和操作系统，这就是华为公司的麒麟芯片和长城集团的麒麟操作系统。中国人不要再依赖外国的芯片和操作系统了。这不能不说是一个划时代的革新和贡献。

但是复印机和耗材呢？还是一直依赖外国的进口。这样，中国的信息还是不安全。为此，中国的一家企业一直以来致力于有独立知识产权的复印机的研发，一共进行了十五年，有了较为成熟的技术。而正在这时，这家公司遇到了发展的瓶颈。新印科技成立后，凭借强大的资金实力，一举收购了这家公司。2021 年 6 月，新印科技旗下有独立知识产权的复印机正式投产，文印历史在悄然改变。从此，华为的麒麟芯片和长城的麒麟操作系统，新印科技的复印机，正式成为国家信息安全的两翼。目前，新印科技复印机，已开始应用于军事、邮电、石油等行业。随着新印复印机的量产，它将广泛应用于市场，确保国家信息安全。

在为国家信息安全做出贡献的同时，新印科技的品牌加盟连锁店的数字将日新月异。

那么，新印科技能够为加盟她的快印连锁品牌店提供什么样的服务呢？

2021 年 6 月上旬，笔者来到位于长沙八一路的新印科技总部采访了新印科技董事长罗国雄。

罗国雄递给我一份公司的介绍，说：“新印科技可以为快印连锁店提供一系列的服务，包括门店选址、设计装修、设备配置、管理导入、销售赋能、供应链供给、设备维护、设计服务、产能服务、订单支持和金融服务等，围绕替门店“省钱、省心、增效”的核心问题，为加盟文印店提供一站式一条龙的服务。”听得笔者怦然心动。只要有决心从事快印行业的工作，有一定技术基础，就可以从事这个行当。如此低的门槛，如此完善的服务，是其可以迅速占领市场的前提。

有一天晚上九点多钟，我在娄底的家中写一个稿子，想到第二天清早就要，写完后让妻子拿到小区的文印店去打印。妻子一看，文印店已关门了，但旁边还开着一个小窗口，一台打印机面向街面，旁边贴有“自助打印”的说明。妻子按照说明操作，把文件打印出来了。妻子非常高兴，想不到现在没有人值班也能打印，真是太“科学”了。

这就是罗国雄说的“夜间值班”，没想到在我采访他之前已经体验过了。

新印科技在全国省会城市建设生产运营中心，通过互联网+，把小文印店转化为接单窗口，为文印店提供供应链服务、设计与生产服务、机器维修服务、人才供应与培训服务以及与金融机构联手提供融资服务。此外，新印公司还研发了“我要买”“我要印”“我要修”“我要人才”四大网络服务平台，辅以开设的天猫淘宝、京东快印店引流，形成“线上、线下、配送”的新零售运行模式。

目前，公司的上海、长沙、广州、贵阳数码生产中心已经完成建设并投产，上海、长沙、广州、贵阳、福州、杭州、南京、深圳、沈阳、南宁、武汉、西安、重庆、天津、合肥、昆明、青岛、成都等18个大中城市的运营中心正在建设，正在为广大文印店提供文创设计、生产等多方面支持，推动新化文印创新加盟品牌的发展。

据初步估计，五年之内，将有10万家品牌连锁店加盟，加盟的打字复印店数量达到全国打字复印店的百分之五十以上。这不仅让处于分散状态的打字复印店有了统一的后台保障、品牌标志、规范服务，而且是太平洋证券的扶贫工作的巨大成就，无疑将极大地促进3636平方公里、154万人口的新化县实现乡村振兴。

2021年5月22日13时7分，杂交水稻之父袁隆平先生逝世。当天下午，罗国雄接到省委相关部门领导的通知，要求迅速将一幅袁隆平先生的画像制作出来，必须非常仿真，有原版质感。接此通知后，罗国雄为了表示对一代伟人的敬仰，将这幅画做了多种尺寸的画幅，用于不同场所对袁隆平先生的祭奠活动，那位领导检验产品之后，表示非常满意。在长沙街头，我们看到很多雷锋的画像，但已不是戴着棉布帽子的经典雷锋形象，而是一个一个打扮如90后、00后的活泼可爱的“雷锋小子”，年轻人看了特别喜爱。在故宫博物院和一些省市的博物馆，人们看到那些非常古老的文物或人物，以卡通的造型出现在人们面前，人们一反过去对文物敬而远之的态度，争相购买。在新印科技的新化工厂，我们可以看到几十米长的清明上河图高仿版，可爱的抱枕、鼠标垫、手机壳等。罗国雄说，这就是文创。这些文创产品，甚至会出口到欧美市场。新化文印人要突破文印格局，必须做文创。

2021 年 9 月，新化县楚怡工业学校首次招收文印产业专业学生，这是新化文印产业发展史上一个里程碑式的事件，标志着以往由师徒私相授受的文印技术正式进入了学校课堂教学，文印人才进入了“批量生产”的阶段。学校培养出的文印人才，掌握图文设计人员必需的专业知识和实践技能，具备软件开发、测试、运行维护等职业能力，具备计算机硬件维护、网络维护的专业技能，以及网络安全信息的排查与处理等操作，是高素质的技能型人才。由于文印专业学生供需两旺，两年来就招收了 39 个班，楚怡为此成立了文印产业部。

现在，老一代的文印人基本上成了“前浪”，新一代的文印人不仅年轻，有的还拥有较高的学历。他们的格局、智慧和技术肯定突破老一代文印人，开创文创的新事业，创造新的传奇、新的世界。

不是尾声的尾声

常言说：分久必合，合久发分。对于近一个甲子以来长年分散经营的新化文印人来说，渴望“合”是他们心中淡然而强烈的愿望。正是这种地缘共同体的观念，促进了新化文印人的“合”。从 2007 年开始，在新化洋溪举行了第一届中国印博会。一个全国性的印博会居然在一个县的镇上召开，这本身就带有一定的传奇色彩，这也是洋溪人在全国文印行业地位的一个象征。至 2021 年，中国印博会已在洋溪镇举办了 9 届。洋溪，已经不再是传说意义上的洋溪，而是实实在在地成了中国的文印之都。2016 年 12 月 26 日开通的沪昆高铁经过的新化南站就在洋溪镇境内，也就是新化文印的发祥地、邹联经的老家寨边村。这对于洋溪人来说当然又是一个新的发展机遇。如何抓住这个发展机遇，许多人的神经为之兴奋。

当地领导站在文印产业发展的新高度，提出打造洋溪文印小镇的思路，具体做法是，划定四平方公里的范围，分期建设，将其打造成一个耗材批发、复印机批发、文创核心基地为特色的文印小镇，因为在全国还没有这样一个小镇。这样一个小镇建立起来后，不但是全国文印产业的核心小镇，也具有旅游观光的价值，成为一个真正的特色小镇。这也是实现新化乡村振兴的一个重要思路。

在新的历史条件下，文印之都的打造，必将凝聚更加强大的力量，在沪昆高铁上，已有两个世界之都，一个是浙江义乌的小商品世界之都，一是昆明的世界花都。接下来要崛起的，就是洋溪文印小镇，她将成为世界文印之都。

（原载2021年第12期《时代报告》杂志，此文获第四届河南省报告文学奖）

裂 变

——新化电子陶瓷产业传奇

孕育于新化瓷厂这个母体，发端于二十世纪六十年代末“研发小组”的新化电子陶瓷，在二十世纪八十年代中期以后，发生着成几何级数的“裂变”：到今天，已有200多家电子陶瓷企业，产值上百亿元。有的电陶企业的单项产品，占着全球同类产品份额的95%以上。还有占全球份额80%、70%、60%的。并且孵化出一所陶瓷高等学院——湖南人文科技学院先进陶瓷产业学院。

这是一个产业的传奇，更折射出时代的变迁。新化电子陶瓷产业的传奇神话，值得书写，更值得探讨和引领，以期发生更为有利的变局。

那么，让我们先来看看这部新化电子陶瓷产业的传奇吧。

深厚渊源：新化陶瓷产业始于北宋

我们先不妨简要地回顾一下中国陶瓷的起源和发展脉络。

陶瓷的发展史是中华文明史的一个重要组成部分。考古发现已经证明中国人早在新石器时代（约公元前8000年）就发明了陶器，陶器的发明成了原始社会新石器时代的一个重要标志。

有一种盛行于唐代的陶器，以黄、褐、绿为基本釉色，后来人们习惯地把这类陶器称为“唐三彩”。唐三彩是一种低温釉陶器，在色釉中加入不同的金属氧化物，经过焙烧，便形成浅黄、赭黄、浅绿、深绿、天蓝、褐红、茄紫等多种色彩，但多以黄、褐、绿三色为主。唐三彩的出现标志着陶器的种类和色彩更加丰富多彩。

瓷器的发明是在陶器技术不断发展和提高的基础上产生的。商代的白陶用瓷土（高岭土）作原料，烧成温度达1000℃以上，它是原始瓷器出现的基础。

白陶的烧制成功对由陶器过渡到瓷器起了十分重要的作用。在商代和西周遗址中发现的“青釉器”已明显具有瓷器的基本特征。它们质地较陶器细腻坚硬，胎色以灰白居多，烧结温度高达1100℃—1200℃，胎质基本烧结，吸水性较弱，器表面施有一层石灰釉。但是它们与瓷器还不完全相同。被人称为“原始瓷”或“原始青瓷”。原始瓷从商代出现后，经过西周、春秋战国到东汉，历经了约1700年的变化发展，由不成熟逐步到成熟。

东汉以来至魏晋时制作的瓷器，从出土的文物来看多为青瓷。这些青瓷的加工精细，胎质坚硬，不吸水，表面施有一层青色玻璃质釉。这种高水平的制瓷技术，标志着中国瓷器生产已进入一个新时代。

中国白釉瓷器萌发于南北朝，到了隋朝，已经发展到成熟阶段。至唐代更有新的发展。瓷器烧成温度达到1200℃，瓷的白度也达到了70%以上，接近现代高级细瓷的标准。这一成就为釉下彩和釉上彩瓷器的发展打下基础。

宋代瓷器在胎质、釉料和制作技术等方面又有了新的提高，烧瓷技术达到完全成熟的程度，在工艺技术上有了明确的分工，是中国瓷器发展的一个重要阶段，生产规模、制作技术、艺术水平都达到了空前的程度。闻名中外的五大名窑汝窑、官窑、哥窑、钧窑、定窑就产于宋代，此外其他民窑遍布全国各地，创造出了各种独具特色的陶瓷品种。

新化的陶瓷最早产生于宋代。这是可以理解的，因为新化属于古梅山，直到1072年才建县，才被王化，朝廷的各种科学技术才开始渗透进来。按照官话，以前是“蛮”，立县后才开始王化，开始出现“文明史”。

今新邵县坪上镇筱溪村北（原筱溪铁厂地段）至冷水江市金竹山镇新田村南，是宋元时期一个重要的陶瓷窑场。窑场绵延近两公里，这个地段当时都属于新化。2011 年起，为配合沪昆客运专线建设，湖南省文物考古研究所对沪昆客运段沿线各文物展开抢救性考古发掘，予以认定。因当时调查勘探选点在新邵县坪上镇一个叫窑里陈家窑的地方，所以将此定名为“筱溪窑里陈家窑址”。这是新化陶瓷产生于宋代的最早证据。此外，在新化县琅塘镇发现有苏溪窑头山窑址群和新坪八仙台窑冲两个窑址，也属于宋窑遗址。从考古发现来看，从北宋晚期开始，新化的陶瓷生产产品多样化，工艺水平已相当成熟。产品中有一种叫作梅山魂瓶的陪葬冥器，颇有古梅山文化特色。

而民间人士近年来在新化县油溪乡江田窑村发现的两个老窑场，还有在新化县槎溪镇半山街村十组发现的一个窑址，则显然晚于宋代，可能是明清时期的陶瓷窑址。

邹承休和华新瓷厂

近现代把新化陶瓷产业推上一个高度的功臣人物是邹承休。

邹承休，新化县敦信团利村（今洋溪镇）人，清光绪七年（1881）生。1906 年赴熊希龄创办的醴陵湖南瓷业学堂求学。1908 年毕业返乡后，为了实现在家乡办厂的愿望，四处找寻瓷土，并以小炉坩埚煅试。1914 年，终于在新化茅坪蒋家坡等处探得优质瓷矿泥矿，经反复试验成功。1915 年，邹承休在洋溪溪东之水车村创办华新瓷业公司。1919 年，由生产粗瓷转向细瓷。1925 年，邹承休借父亲七十大寿之机，烧制了一批精美细瓷及艺术瓷，如釉下彩纪念酒具、餐具、陈设器等，使公司的产品又上了一个档次。并且推出了全新的瓷器——陈设器，也就是艺术瓷。1937 年年底，华新瓷厂首次承制了安化烟溪兵工厂大批电瓷器材，1946 年承制了邵阳、浏阳等硫酸化工厂设备，以及武汉化工厂瓷钵等，体现了实业鼎国的办厂理念。

在华新瓷业公司的影响下，在洋溪和新化各乡镇先后涌现了十几家陶瓷公司，周边冷水江、新邵、隆回，甚至洪江、新宁、新晃、芷江、芦溪等县市都深受其影响，涌现了一大批瓷厂。

新中国成立后的新化瓷厂

新中国成立后，邹承休将瓷厂交给政府，自己仍在厂里负责技术管理工作。1955 年，华新瓷厂开始使用电力生产。1956 年，华新瓷厂成功试制出 16 种新产品。1957 年 8 月，全省陶瓷行业技术革新现场会在华新瓷厂召开，华新瓷厂的技术革新走在全省前列。1958 年，华新瓷厂研制的薄胎酒具在南京召开的第三次全国陶瓷会议上被评为第一，当年，共承制出口瓷器一千箱。1964 年，华新瓷厂产品全面转向出口，首次接受加拿大 48 万件订单。年底实际交货近 76 万件。后餐具、茶具系列销往印尼、黎巴嫩、巴基斯坦等国。1965 年 1 月 22 日，邹承休去世，享年 84 岁。就在邹承休逝世的这一年，在广州春交会上，华新瓷厂承接了澳大利亚 3 万套西餐具的订货，成为全国 13 家出口瓷厂中，生产成套西餐具的第一家。至 1966 年，华新瓷厂年平均出口率达百分之八十以上，在全国同行业中名列前茅。

1966 年 10 月，华新瓷厂更名为新化瓷厂。

1968 年，中央投资 4 万元，开辟毛主席像章工场，当年 12 月，新化瓷厂共敬制毛主席像章 83 万枚，受到省像章办通报表扬。

1972 年，由何真临设计的隧道窑投产，不久，成功试制出红色娘子军瓷塑作品、嫦娥奔月台灯等 20 余种新产品，艺术瓷生产初露锋芒。其中，袁古松创作的《红色娘子军》瓷塑作品，被选送北京参加第二届工艺美术展览会展览，获国内外好评，并被拍成影像特写镜头在全国放映，此为新化瓷厂也是我省第一次入选全国展的瓷雕作品。

1983 年新化瓷厂新建艺术瓷车间，组织一条龙生产。

1984 年，新化瓷厂生产的 90 头餐具被省轻工厅评为优秀新产品，并荣获一等奖。

1985 年 2 月，何真临当选厂长后，提出“艺术瓷日用化，日用瓷艺术化”的办厂理念，大力生产艺术瓷。新化瓷厂的艺术瓷生产和销售逐步达到顶峰。产品远销德国、法国、荷兰等 10 多个国家。

1986 年，新化瓷厂上半年推出 165 个新产品，下半年推出 179 个新产品，其中艺术瓷在广交会上独占鳌头，外商争相订购，全年成交额达 460 多万元，产品打入欧、美、东南亚等三大国际市场。生活用瓷也成绩不俗，90 头新美餐具，1986 年上半年美商一次订货 60 多万件，智利商人一次订货 270 万件。1987 年上半年，新化瓷厂的艺术瓷订货成交额达 820 万元，全年总产值达 926 万元。当年，新化瓷厂的“陈设艺术瓷”系列获省轻纺“四新”产品特别奖。

1988 年，国家科委将新化瓷厂开发的实用艺术瓷列为国家星火计划，产品远销欧、美、东南亚的 20 多个国家。所有产品销往 40 多个国家。新化瓷厂成为湖南最大的艺术瓷生产基地，并一度成为全国艺术瓷出口最大的企业。同时，还开始主动对内销售。主要产品有陈设艺术瓷、实用艺术瓷、传统日用瓷、纪念瓷。

这是新化瓷厂也是新化陶瓷业的第一个鼎盛时期。

新化瓷厂的飞跃发展，受到了上级和社会各界的关注。1985 年 10 月起，先后有毛致用、熊清泉、王茂林、刘夫生、周伯华、刘正、郑培民、文选德、陈邦柱、余海潮、唐之享等领导到厂视察工作，各兄弟厂家也前来交流学习，著名作家谭谈、韩少功、莫应丰、水运宪等以及众多美术家也来该厂参观、交流。

2004 年 8 月 2 日，新化瓷厂经新化县人民法院裁定宣告正式破产改制。新化（华新）瓷厂存在了 82 年。

辉煌历史：东方红号人造卫星上的新化电陶

都说现在是一个信息非常发达的时代，这诚然是对的。但在二十世纪六十年代，党中央、毛主席的声音同样能够非常快捷而准确地传达到最基层——山村的老百姓耳中。那靠的是什么呢？那就是家家户户都有的农村有线广播。农村有线广播定期转播中央人民广播电台的节目，也能由人民公社插播自己的节目，还能对话。

那时的有线广播很轻，底部一片不到一寸的白色被银陶瓷片，上面配着两根电线，这就能发出非常清晰的声音，这也就是有线广播的核心部位，那叫压电扬声器。它是利用半导体压电效应（半导体特定的极向上受压产生电流，经过放大处理发声）制成的。这成为新化县电子陶瓷产业的发轫。

扬声器压电陶瓷研发成功后，大批量生产，广泛应用于农村广播，成万只地发往全国各地。二十世纪六七十年代大家熟悉的农户家里挂着的正方形匣子，匣子内核心的部件就是一只被银的压电陶瓷，在银和陶瓷之间嵌着两根电线，这就能发出非常清晰的声音。外套一个黑色的纸喇叭，这就是方播了，用正方形木质黑匣子装着，挂着屋里的高处，听新闻听戏曲听歌，成了当时农村老百姓的重要娱乐工具。

二十世纪六十年代末，为了普及农村广播，更好地传播党中央和毛主席的声音，支持我国“两弹一星”研发，有着数十年制瓷历史的新化县受命于上级生产“两弹一星”上的配套瓷器。新化县科委在新化县华新瓷厂成立以袁发成、曾敬威、何维新、邹新海、李惠娟、刘伯勋、李文亮为骨干的研发小组，主攻“95 瓷集成电路扁平封装器件”“扬声器压电陶瓷”的研发试制工作。由试制组研制出来的一个电陶配件被运用到了东方红一号人造地球卫星上。1970 年 4 月 24 日，完全依靠我们自己的力量研制的我国第一颗人造地球卫星“东方红一号”在酒泉卫星发射中心成功发射，由此开创了中国航天史的新纪元。“东方红一号”上就使用了研发组生产的配套瓷件（具体产品名属于军事机密），新化县获中央军委嘉奖，在新化瓷厂举行了盛大的庆祝仪式。

1970 年 1 月，研发小组从新化县新化瓷厂分出来，正式成立新化县无线电器材厂，开始专业生产电子陶瓷，这便是新化电子陶瓷（当时称特种陶瓷）的正式开端。

为了开发新的产品，袁发成带队到洪江瓷厂去参观，偶然得知：我国正兴起搞集成电路的热潮。集成电路，也就是芯片的前身。集成电路需要封装材料，封装方式主要有三种：金属封装、塑料封装、陶瓷扁平封装。三种封装中，以陶瓷扁平封装器件最为理想，因为陶瓷绝缘、耐高温、耐腐蚀。陶瓷扁平封装需要三个瓷器：底片、盖板、陶瓷环。

这个信息是从洪江瓷厂的技术员时文华那里得知的。洪江瓷厂这样的小厂去生产陶瓷扁平封装盒，就有足够的利润空间。

说者无意，听者有心。袁发成获知这个信息后，非常兴奋：这无疑将给成立不久的无线电器材厂带来一个巨大的机遇。而刚好袁发成与时文华是校友，两人熟悉。袁发成于是联系时文华，表示想组团到上海无线电二厂学习集成电路封装技术。当时没有市场竞争的观念，全国人民是一家，技术不封锁，只要有国营单位开具介绍信，这事就好办。于是，袁发成带着部分技术成员到上海无线电二厂学习。

1970 年 5 月 7 日，通过湖南省革命委员会开具介绍信，曾敬威、何维新、邹新海、李惠娟、刘伯勋、李文亮等 6 人前往第四工业机械部第七九八厂进行培训学习。

有了这两次学习，无线电器材厂就有了技术基础，于 1970 年 7 月研发出电子管隔板（805 部件），接着于 1971 年研发出 95 瓷集成电路扁平封装器件。

这种与电接触的陶瓷与以前新化瓷厂生产的日用瓷不一样，日用瓷属于软瓷，烧结的温度在 1450℃以下。而这种陶瓷的烧结温度在 1700℃左右，所用原料也不一样，以氧化铝土为主，故称为高氧化铝瓷。但由于这种陶瓷与以前的日用陶瓷不一样，所以最初又称“特种陶瓷”，也就是今天的电子陶瓷，还被称为先进陶瓷。

电子陶瓷是特种陶瓷的一种，所谓特种陶瓷是相对日用陶瓷和艺术陶瓷而言的。特种陶瓷又分为工程陶瓷（又称结构陶瓷）和功能陶瓷（也称智能陶瓷）。所有作为电子产品中零部件使用的陶瓷称为工程陶瓷，而那些有热敏、光敏、力敏的陶瓷被称为功能陶瓷，如温度计、温控开关等。近年来，又涌现了生物陶瓷，如陶瓷关节、陶瓷牙齿、陶瓷心脏等。

95 是陶瓷的标号，是指瓷中含氧化铝的成分达 95%。

毕业于华南理工大学、曾在华新瓷厂工作、后从冷水江陶研所退休的潘文介绍说，这是一种含铝的土，将其炼为氧化铝后，再提成。最后烧结而成的瓷，标号越高，陶瓷就越硬、越绝缘，最高的是 99 陶瓷。一般把 65 以上的瓷称作高铝瓷。反之，称为低碱瓷。

1975 年，新化县无线电器材厂以 50 余名员工创造出 500 多万元人民币的利润佳绩，荣获四机部“红管家”先进称号。由于上交利润多，无线电器材厂的党委书记刘石山参加了全国学大庆的会议。但工厂没有留下发展资金，更不用说分红了。

不久，工厂也迅速扩招到 100 多人。

后来上面提出办社队企业，而无线电器材厂在新化县园艺场的地盘上，园艺场看到办无线电厂赚钱，也要求参加培训，办厂。新化县工业局表示同意。于是在 1975 年 9 月，在无线电器材附近成立社队企业——新化县城关镇罗盛教高频瓷厂。两个厂都生产无线电集成电路陶瓷扁平封装器件。这时期是我国集成电路技术高速发展的时期，所以两个厂的效益都很好。高频瓷厂成立后，1978 年创造年利润 300 万元。紧接着，高频瓷厂研制双列直插式扁平外壳成功，这也是典型的电子陶瓷，精细度十分高，表面还需镀金，需要很高的技术含量。这个产品当时只是军工产品。

1980 年 5 月 18 日，我国向太平洋预定海域发射的第一枚运载火箭获得了圆满成功。这枚运载火箭在高空中顺利完成了火箭级间的分离、发动机关机和火箭头体分离等一系列程序，精确地沿着预定轨道飞完全程，最后在预定区域准确入海。这次运载火箭的发射成功，是继我国进行原子弹、氢弹、导弹核武器研究和发射人造卫星成功后，在尖端科学技术领域里取得的又一项重要成就。该火箭全长43米，最大直径3.35米，总重200吨。“长征三号”中就有高频瓷厂生产的部件（具体保密），高频瓷厂因此获中共中央、国务院、中央军委贺电。2021年8月17日，曾任高频瓷厂副厂长、厂长，现为飞龙陶瓷董事长的袁湘华向笔者展示了当年的一份广告单页，单页上贺电的内容清晰可见：

贺 电

参与我国发射运载火箭的全体科学工作者、工程技术人员、工人、解放军指战员和一切从事试验的同志们：

我们热烈祝贺你们向太平洋海域发射运载火箭成功的巨大胜利。

这次试验，标志着我国运载火箭技术达到了新的水平。这对于发展我国科学技术，加速实现四个现代化，具有重大的意义。对于为四化建设而忘我劳动的全国各族人民也是一个极大的鼓舞。这次试验的成功，是参加研制、生产和试验的全国各地区、各部门、各部队，坚决执行党中央制定的路线、方针、政策，发扬自力更生、艰苦奋斗的革命精神，团结一致，大力协同，刻苦钻研，辛勤劳动，精心组织，精心指挥的结果。

希望你们认真总结经验，戒骄戒躁，再接再厉，为加速发展我国尖端科学技术事业作出更大的贡献。

中共中央国务院中央军委

一九八〇年五月二十一日

由于生产运载火箭零件需要精尖技术，因此，这为后来新化电子陶瓷的精细化埋下了伏笔。1986年，高频瓷厂的一个项目被列入国家“星火计划”。1989年，高频瓷厂开发放电管项目。

由于特种陶瓷的利润高，原来生产电解电融产品的无线电元件厂被并入无线电器材厂，不久，该厂被一分为二：分为无线电一厂和无线电二厂，无线电二厂由无线电元件厂的原班人马组成。县里将一条刚刚生产的玻璃支杆（电视机显像管中的一个支架）放到无线电厂。因为当时正是我国彩色电视机高速发展的时期，所以无线电二厂也一时红红火火。

紧接着，又出现了无线电三厂、无线电四厂。乡镇企业、社队企业也有很多搞电子陶瓷的，如无线电器件厂、城南电子厂、燎原电子厂、天龙山电子厂等。新化悄悄兴起了搞电子陶瓷的潮流。

同时，无线电器材厂也在追求技术创新。该厂研究生产低熔点封装的黑陶瓷封装外壳。黑陶瓷即黑色氧化铝陶瓷，简称黑瓷。其材料可为93氧化铝瓷和96氧化铝瓷，外观黑色。具有绝缘性好、膨胀系数小、热导率高、机械强度高、避光性好、耐磨性、低介电损耗等优良特性。产品用途可分为黑色氧化铝陶瓷电路基板、黑色陶瓷封装基座、陶瓷金属化、直发器陶瓷发热片、水龙头陶瓷发热棒等。这条生产线引进后，由于种种原因，没有产生很好的效益，反而给企业背上了沉重的债务包袱，这也为该厂后来的改制关门埋下了伏笔。

20世纪80年代以后，特种陶瓷不再特殊，而是用到了生产生活之中，如保险管用的温控器、气体放电管、集成电路板封装壳、水龙头阀芯等。随着陶瓷应用范围的广泛，新化无线电器材厂不断扩大，员工一度增到500多人，工厂也一分为三个公司：湘达、湘隆、湘天。

由于特种陶瓷在生活中的广泛运用，生产厂家的增多，加上市场化的扩大，“抓大放小”政策的实施，小型国有企业日益陷入困境。

1989年，晏庆先从高频瓷厂厂长的岗位调至已经举步维艰的新化县无线电器材厂任厂长。此时的无线电器材厂已经十分困难。上任之初，出差费都没有，晏庆先只好凭私人关系借钱出差。最初靠生产一些小产品维持厂里的基本费用。

由于工厂的技术力量比较雄厚，所出的产品还是十分受欢迎。晏庆先清楚地记得，他每个月将一个小型的瓷配件发到顺德一灯厂时，刚刚卸货，对方就把一张20万元的支票开了过来。一个经办人拍着他的肩膀说：“老晏啊，你看你的产品还是热的，还不发狠做?”

这些小产品的开发，确实为解决厂里的生存问题起到了重要作用。

还是晏庆先在高频瓷厂任厂长时，一个顺德人来到新化县，与几个厂家洽谈过生产水龙头中的水阀片一事。那个顺德人到过西班牙，住在宾馆里发现水龙头很好用，轻轻一关就完全不漏水，再轻轻一开水就出来了，完全可以轻松控制。而当时中国的水龙头几乎没有不漏水的，把水龙头拧得紧紧的，它还是漏水。顺德人说，这关键是水龙头中的水阀片问题，我们的水阀片是金属的，人家的水阀片是陶瓷的。所以他想投资办水龙头厂，要找一个厂来生产这种陶瓷水阀片。

晏庆先对此很有兴趣，于是着手试制，很快研制成功。产品上市后，供不应求，订货单位需付预付款。厂里的几个销售员为给自己的客户先发货，常常争得面红耳赤。

1991 年，无线电器材厂装了第一台电窑，这是新化县第一台电窑。当时，全国还只有浙江使用电窑。使用电窑后，碳排放少了，生产效率明显提高。一个月达到 100 万元的产值。

但很快，晏庆先发现不管使出浑身解数，产量也上不去了。他百思不得其解。2021 年 8 月，接受笔者采访时，晏庆先还感慨地说："国有企业吃里扒外的人太多了！"他说，水阀片的配方他只告诉了两个人，一个副厂长和一个技术员，但很快他就发现，这个配方被私下里转让了三次。

21 世纪初，无线电器材厂、高频瓷厂等国有、集体电陶企业相继完成改制，工厂被拍卖，工人工龄被买断。

无线电器材厂、高频瓷厂存在的几十年，创造出了历史的辉煌：95 瓷集成电路扁平封装器成功应用于东方红人造卫星，获中央军委的嘉奖；JST－14 陶瓷外壳应用于向太平洋海域发射运载火箭成功，获中共中央、国务院、中央军委贺电；JF－3 微晶玻璃获湖南省科技成果三等奖；显像管用玻璃支杆产品获湖南省科技成果三等奖；研发的高热导电阻碳化硅陶瓷，通过湖南省科委的技术鉴定。20 世纪 90 年代，研制的电子枪阴极瓷片获湖南省科技进步奖；建成湖南第一条电高温隧道窑。

高频瓷厂的衣钵后来主要被林海公司所继承，林海公司后来一直生产航空航天用瓷，但显然已无昔日的荣光。林海公司董事长伍国强说，后来不再有国家机关的贺电，他们只是按图纸生产，生产的产品做什么用，他们也一无所知。

神奇裂变：200 多家电陶厂千亿产值的传奇

发端于20 世纪60 年代末、70 年代初的电子陶瓷技术，也并没有因企业的改制而终止，而是在新的历史条件下发生着令人意想不到的“裂变”。

一、继续谱写生产航空航天配件瓷件的辉煌

1997 年，高频瓷厂开始改制，五个年轻人共同承包了高频瓷厂。四年后，高频瓷厂被他们收购，五个年轻人同时收购了无线电器材厂，组成林海陶瓷公司。取名林海，是因为这是合伙企业，寓意大家的胸怀要像大海一样互相包容，企业才能在强者如林的对手中生存下来。

林海陶瓷公司继承了高频瓷厂的衣钵，这包括其以前与航空航天业部门合作的业务，主要是与中国振华集团永光电子有限公司（国营第八七三厂）合作。

2005 年，“神舟六号”载人航天飞行的成功，标志着我国在载人航天技术方面取得了又一个具有里程碑意义的重大性利，极大地振奋了民族精神，激励了广大人民的爱国热情，进一步增强了我国的综合国力，提高了我国的国际地位，具有重大而深远的意义。林海公司生产了其中的配件。

2007 年，我国首次月球探测工程取得圆满成功，是继人造地球卫星、载人航天飞行取得成功之后我国航天事业发展的又一个里程碑，是我国科技自主创新取得的标志性成果，是中华民族在攀登科技高峰上实现的又一跨越。对于进一步推动我国航天事业的发展，增强我国科技实力、综合国力和凝聚力，激励全党、全国各族人民满怀信心地建设创新型国家，推进社会主义伟大建设事业，具有十分重要的现实意义和深远的历史意义。林

海公司再一次参与配件生产。

2008年9月28日"神舟七号"凯旋，圆满地完成了载人航天飞行任务。写下了中国航天人探索宇宙的新篇章，创造了中国航天历史上的多项第一，实现了我国空间技术发展具有里程碑意义的重大跨越，标志着我国成为世界第三个独立掌握出舱活动关键技术的国家。林海公司再次参与了配件生产。

2017年11月，我国XX型导弹圆满发射成功。林海公司参与了配件生产。这一次收到的感谢信比较明确地点出了林海陶瓷公司提供的是半导体分离器配套原材料、零部件。

二、创新，扩大陶瓷的应用范围

新化电陶的传奇发展史，也是新化电陶行业的先驱人物勇于创新、不断创新的历史。这样的先驱人物有一大批，笔者采访了其中的几个。

1992年，从新化县农职一中毕业的新化圳上青年方映杰来到无线电二厂旗下的湘隆公司当临时工，此后的十五年里，他当过保安，干过销售，搞过技术，也从事过行政工作，还先后当过生产厂长和市场厂长，电陶行业的十八般武艺，他拿得起放得下，对产品、市场、技术都非常熟悉。

2007年，方映杰迈出重要的一步，他在湘隆公司的旗下成立了映鸿特种陶瓷厂。

映鸿特种陶瓷厂成立后，主要运用干压成型技术生产温控器瓷环、波杆、钓鱼杆瓷环。氧化锆陶瓷干压成型技术，采用干法作业，避免了传统湿法工艺水分大、不易干的问题。同时，氧化锆陶瓷干压成型技术介绍主要用来成型简单形状的陶瓷制品，可以大范围使用。但是氧化锆陶瓷干压成型技术投资大，这是一般人不敢问津的。方映杰敢做第一个吃螃蟹的人，当时光这一项就投资40多万。

技术领先于人，肯定效益就好。映鸿的效益可谓蒸蒸日上。当2005年无线电二厂改制时，方映杰已是副科级干部，可以到机关去上班，领一份稳定的工资，有着体面的国家干部身份，并正式成立湖南映鸿特种材料厂。

但是方映杰辞去职务，继续干他的企业。2007 年娄底市委书记林武到厂里视察，林武对方映杰辞职创业的做法十分赞赏，说："如果我们的干部队伍里面多一些像你这样敢于创业的人就好了！"

后来，林武到映鸿挂点帮扶。林武是钢厂负责人出身，对陶瓷并不外行。他与方映杰探讨说："能否把陶瓷的运用范围扩大一点？"

其实，这正是陶瓷的发展方向，陶瓷的应用领域正在日益扩大。当然林武讲的主要是在钢铁领域的扩大。如陶瓷复合托辊材料。方映杰实事求是地说，他缺少这方面的技术。林武表示，技术问题他可以联系院士和高等学校联合开发。有了市委书记的支持，方映杰信心满满。不久，娄底市与中南大学签订战略合作伙伴协议，映鸿厂的陶瓷复合托辊材料项目被列入其中。

一年后，映鸿生产的新型带式输送机，配置了自主研发的自动纠偏装置，巧防输送事故。还在主打的新型皮带输送机配备有防静电、自润滑的复合陶瓷托辊，取代了沉重昂贵还需上油维护的钢质托辊，轻巧安全还价廉物美。这一设备极大地简化了现场操作维护工作。

由于映鸿生产的复合陶瓷托辊带式输送机维护简便，很适合钢铁、矿山采掘等重型产业。不仅拿下了华菱涟钢、攀枝花钢铁等国内大型钢铁企业的订单，巴西 AMM 烧结厂也将其作为主要输送线，AMM 烧结厂是全球最大钢铁集团米塔尔在巴西用于处理全球最大铁矿石资源的加工厂，年产 240 万吨。仅这一项目就提供了 27 条的皮带输送线，输送线路长达两公里多。映鸿还与东南亚各地相关行业协会迅速建立了合作关系。

方映杰将自己的弟弟带入电陶行业后，自己开始渐渐退出，从事电陶行业的下游产业：利用电陶废料生产复合型环保装饰材料，目前，这种材料广泛应用于市政建设、园林、景观，也可以用于家装，市场前景非常广阔，而且非常吻合"绿水青山就是金山银山"的发展理念。

最自豪的事：你家的空调里，有我生产的陶瓷片

方豪杰是方映杰的胞弟，2000 年中专毕业后参加工作，下岗后经方映杰介绍来到无线电二厂湘隆公司打工。2008 年，方豪杰承包了哥哥方映杰的映鸿特种陶瓷厂的一个车间。方豪杰看到，一些做电陶的老板追求小而全，只要赚钱就做。他就想，要做就做专而精，与国际接轨，做世界一流的产品，对接世界一流的企业。

一次偶然的机会，他遇到九龙温控器（佛山）有限公司的副总（老板娘），这家公司是向全球的空调企业提供温控器的专业组装厂家，供货量非常大。可以说，九龙公司是国内第一代做温控器的，很有爱国情怀，希望公司的温控品配件能够实现进口替代，全由国内生产供货。这一点跟方豪杰想到了一块，方豪杰的理想也是实现进口替代。共同的理想和情怀使方豪杰和九龙公司很快达成了一致。副总是负责采购的，又是老板娘身份，强烈的爱国情怀让她曾从国内采购过部分热压注成型产品。但热压注成型产品容易产生气泡、皱纹、凹坑。而且热压注成型产品是要排蜡处理的，如果蜡没有排干净，就会掉蜡粉，这是很麻烦的事。所以采购量很少。而干压成型的产品就不会出现这样的问题。

副总希望方豪杰开发温控器的瓷环，由他来实现这个配件的进品替代。因为方豪杰以前做过灯头，灯头也是结构比较复杂的，所以副总对方豪杰有一定信心。副总说，这个配件最初本是中国人做的，但是一直用液压注成型技术生产，效率低，质量达不到要求。现在由德国的 GEO 公司在供货。GEO 中国公司是国内唯一的通过干压成型技术生产这个产品的厂家。副总说，这款产品值得开发，因为当时国内正是空调、热水器等产品的市场需求急骤上升的时期。方豪杰决心把这个产品研制出来。因为干压成型正是映鸿的长项。

开发新产品需要大量投入。怎么办？豪杰向九龙公司提出打预付款，共同开发这款产品。双方共同的爱国情怀，加上方豪杰的诚意赢得了九龙

公司的信任，九龙公司同意先付款。技术攻关也是困难重重。干压成型的优点是生产效率高，人工少，废品率低，生产周期短，生产的制品密度大、强度高，适合大批量工业化生产。但干压成型也有它天生的不足，就是它不适合做复杂结构的陶瓷。而温控器里的陶瓷是非常复杂的，高低错落，槽孔又多。这是一个最大的技术难度，但是既然认定了这款产品，希望实现进口替代，那就努力想办法。首先是压制过程中粉体的流动性，尽可能提高它的流动性，其次是每个台阶都要可以动。为了处理好这个问题，方豪杰和他的搭档贺亦文带领团队做了很多试验，一块模具就要花一万多块钱，公司一共做了五十多次实验，也就是说在模具上就花了五六十万元，才把这项技术难题解决。

样品试制出来送样后，虽然没有达到其预期要求，但比热压注成型的产品要好得多。副总看了之后，觉得豪杰的方向是对的，双方共同探讨了一些技术改进的问题。从 2008 年 9 月开始开发，到 2009 年 11 月，产品终于开发成功。

豪杰的产品成本更低，价格比德国公司要低，质量更好，九龙公司把豪杰的产品推了上去，于是德国 GEO 公司退了出来。产品主要用于格力、海尔、美的等国内空调生产厂家。温控开关盒第一次实现了进口替代，这让方豪杰豪气顿生。当时正好碰上国务院四万亿补贴家电下乡，产品需求量急涨。此时，日产的空调在中国基本没有了市场。温控器瓷环开发出来后，一天要生产一千多万只。

第一个产品的成功，让方豪杰尝到了自己掌握技术标准和价格权的甜头。于是，2010 年 5 月，正式成立美程陶瓷公司。美程，寓意美好前程。

美程成立后，豪杰正式提出公司的研发准则就是“对标”，就是对照国内国际产品的标准，按最高端产品的标准来做自己的产品，全球最大的是哪家公司就跟哪家公司合作，让公司站在世界最前沿的技术标准上。这对美程公司是一个挑战，只有最强的对手才能锻造出最好的公司。

美程自主研发出的“复杂结构陶瓷干压成型技术”，2021 年 6 月通过省科学技术厅的科技成果登记，技术水平达到国内领先。该技术通过采用先进的新型干压成型工艺，取代传统的热压铸成型工艺，绿色环保且生产效率高。

2020年5月，在娄底市“最美科技工作者”表彰大会现场，娄底市委副书记华健问他：“豪杰，做电子陶瓷引以为骄傲的是什么？”方豪杰说：“报告书记，最让我自豪的，就是你家的空调有我做的温控器陶瓷。”

截至2020年12月，美程公司生产的温控陶瓷开关盒在细分领域占国内市场份额的80%以上，入选全国单项冠军产品。

第二个产品开发什么呢？

在“绿山青山就是金山银山”观念迅速普及之时，2014年，科技部出台中国新能源汽车行业十大政策。此举对推动中国汽车行业的发展非同小可，也是对新的环保理念的有力落实。我国的传统车起步较晚，和欧美没法比。但新能源汽车几乎同时起步，我们不应输给他们。豪杰敏锐地意识到这个政策对于新能源汽车产业的巨大意义，于是公司主动攻关，与生产新源汽车的比亚迪公司对接，做新能源的配套产品。

美程2014年11月进入新能源生产领域，但其难度之大非比寻常。跟美程的优势干压成型相比，新能源产品的材料体系不一样，工艺要求不一样。新能源产品属于95氧化铝陶瓷，还要实现金属焊接，这需要在白瓷上面先做金属化处理。从技术上来说，美程可以说又是从零开始，唯一的优势还在于美程的干压成型和对粉体的处理有成熟的经验。技术挑战还在于新能源汽车更新换代很快。方豪杰最先想到的就是向高等院校借力，借助他们的研发优势。其次是把自己的科研力量用好用活。

在新能源的市场没有暴发之前也有公司做过新能源产品，用的是液注成型技术，在这方面，液注成型有其优势，因为液压注成型的产品密度没有这么高，而金属化处理是需要相互渗透的，这就正好切合了液压注成型的产品的优势。但豪杰想，既然要做好这款产品，首先是把陶瓷做好，再把金属化匹配好，要开发产品，就要开发出我们的优势。干压陶瓷肯定比液压注成型的陶瓷好，做金属化有难度，但一定要去攻这个技术关。美程的技术人员首先请教在这方面有经验的同行，结合放电管的一些技术，再进行技术创新。第一个产品出来后，完全失败，金属从陶瓷上掉了都不知道。接着美程对粉体配方进行了多次配方试验，再次探索金属化处理的方法。但每一次实验，都需要投入大量资金。尽管此时美程有一定经济实力，但资金压力依然很大。

为了把产品开发出来，除技术部外，美程专门成立了新产品开发部，集中了公司的全部优势资源。半年多以后，美程终于可以小量交货。豪杰既高兴又纠结，高兴的是，产品终于研发出来了。纠结的是，产品会不会出问题。因为新能源产品与传统陶瓷产品对合格率的要求不是一个概念，传统陶瓷产品 95% 的合格率是可以的，甚至那 5% 也可以分为一级、二级、三级，使用到要求没那么高的产品上去。但新能源的要求的合格率是百万分之二十，假如出现气密性不良、耐暴性不良等情况，那后果十分严重。所以，最初真的是忧喜交加。为了提高产品性能，美程为了把自己的科研力量用好用活，主动与比亚迪做学术交流。比亚迪公司也很支持，会提供一些国外的样品给美程做检测、分析，因此第二阶段美程的主要攻关方向是提升产品的性能，对国外的产品进行性能，特别是微观分析。双方在这种交流中对产品的需求更加了解，开发更有针对性，都觉得很有意义。比亚迪的专家都是一流的汽车专家，美程公司派出的是一流的陶瓷专家，这种不同领域的专家智慧的碰撞，能够碰撞出许多创新火花，更加优化产品。

到了 2018 年，美程公司在院士工作站的支持之下，生产的陶瓷的强度比同类产品至少高 20%，分镜强度高 15%。比亚迪看到这个情况，从 2016 年开始，不再使用热压注陶瓷。并且每年公布新的技术标准，如陶瓷强度、分镜强度、汽密性等。比亚迪之所以这样做，也是基于美程有这样的技术进步。美程生产的新能源陶瓷密封圈成功替代日本京瓷。新能源陶瓷密封圈在细分领域占国内市场份额 60% 以上。

美程的第三个产品是压力传感器，属于智能制造 2025 范畴。全球应用最广的是力敏传感器，运用于汽车、水位压力系统。智能制造首先要有一个传感的东西去接受、感知光、力、热等，智能制造推动着传感技术的发展。目前90%是美国产品。美程做这个产品，也是为了实现进口替代，把这些卡脖子的产品掌握在自己手里。目前，美程大概占国内市场的5%左右。全球最大的传感器公司去年对美程公司进行评审，给美程打了86分。全球传感器光陶瓷这一块足以达到100亿产值。美程现在主要向松萨塔供货，每周四跟他们开会、交流。截至目前，美程生产的压力传感陶瓷成功替代德国赛朗泰克；与美的、松下、比亚迪、特斯拉等知名企业建立了长期的战略合作关系。

第四个产品就是运用于微波炉的瓷控管，这款产品主要是实现韩国进口替代。全球80%的微波炉在顺德，主要是美的和格兰仕两大品牌。这个产品没有太多的技术革新，但市场很大，而且就在广东，实现进口替代很有意义。现在年产1.2亿套左右，2个亿左右的产值。

美程的第五代产品正在研发之中，这就是无铅陶瓷和柔性陶瓷。这是与中南大学合作研发的。陶瓷具有耐高温、耐腐蚀、耐磨损、耐老化、抗压强度高等诸多优点，但有一个致命的缺点——脆性。柔性陶瓷材料作为一种新型材料，在通信、电子、医学、航空、航天、军事等高技术领域都被广泛应用。如电子计算机的高速硬盘转动系统需要柔性陶瓷轴承；导弹、火箭发射装置的关键部件如透波、鼻锥等要用耐高温和抗氧化能力极强的柔性陶瓷做天线罩，才能承受高温气流的冲刷、摩擦。战斗机在行进中，机翼遇到巨大的阻力可能折断，但使用柔性压电陶瓷，它可以变形、弯曲，从而保证安全。它很薄，可以做一个环戴在手上，把身体的信息都记录下来。柔性陶瓷能够降低烧结温度，具有更高的强度和柔性，进一步提高抗热震性，应用于更为苛刻的环境中，在工业生产中用途广、市场大、前景好。

传统压电陶瓷虽然具有许多突出的优势性能，但是缺点是其主要成分氧化铅是一种容易挥发的有毒物质，烧结温度一般在1200℃以上，这容易对环境造成污染，严重时危害人体及其他生物的健康。发展无铅陶瓷的目的在于获取既具有令人满意的使用性能同时兼具良好环境协调性的压电陶瓷，要求材料体系本身不含有可能对生态环境产生损害影响的物质，在制备、使用及废弃后的过程中不产生可能对环境有害的物质。如呼吸机上用的就是无铅陶瓷。无铅陶瓷开发出来后，完全可以替代含铅陶瓷，市场无限大。压电陶瓷市场非常广阔，输入电，可以转化为机械能。民用和军用都十分广阔，这替代的是传统的陶瓷。中南大学的领导表态说："我们举中南之力，全力支持！"

美程从最初的结构陶瓷，到传感器，也叫结构陶瓷功能化，再到无铅陶瓷和柔性压电陶瓷，也就是功能陶瓷，一步步地进行升级换代。这种在技术上的攻关和攀登，无疑是十分宝贵的，这也使美程公司在科技方面一直处于同行业的领跑地位。不夸张地说，美程的技术方面，至少代表了新化电陶产业的方向。

方豪杰注重开展同行之间的学习，邀请鑫星等企业来厂参观，也到别的厂交流学习。方豪杰认为，新化的电子陶瓷行业都是代表中国而不是代表新化，加起来都只做了世界陶瓷行业的一点点，没有利益冲突，只有相互取长补短，才能共同进步，一起把新化的电子陶瓷产业做大做强。技术不是看一眼就能看走的。他的这些观点得到同行们的认同。新化的电陶同行，不少已经实现了技术力量共享。

方豪杰每天六点五十分起床，七点二十分必须到公司巡查，发现问题记下来。他说，出新产品是要有恒心、有耐力的。我四年出一个产品，在开发比亚迪新能源陶瓷时，投入四千多万还没有任何收益，公司内部高管都对这个项目表示怀疑了。越在这个时候，越要冷静，要有信心。最终，美程还是把这个产品开发出来了。美程 2018 年实现销售收入 1.36 亿元，创税收 993 万元；2019 年实现销售收入 1.49 亿元，创税收 855 万元；2020 年实现销售收入 1.66 亿元，创税收 945 万元。规划 2025 年做到十个亿的产值。

目前方豪杰拥有 11 项国家发明专利，6 项软件著作权，发表论文 3 篇，承担及参与市级及以上科研项目 10 余项。方豪杰被评为湖南省劳动模范、湖南省工业新兴优势产业链中层骨干人才、湖南省先进陶瓷产业链中层骨干人才、湖南省"创新达人"，是湖南大学研究生校外指导教师、长沙理工大学研究生校外指导教师。

美程公司在未来5年战略发展规划中明确提出：将坚持不懈地展开新产品、新技术的研发创新工作，获取更多的自主核心技术专利，加强企业的竞争力，立志将美程打造成为国内外先进陶瓷行业的领军企业。在未来发展中，公司产品将由结构陶瓷向功能陶瓷、低端制造向中高端制造转变，打造企业级工业互联网平台，推进数字化、网络化、智能化改造等。同时，公司将通过产品的创新与推广，严格规范管理制度，做好上市储备工作，争取在3—5年内IPO上市。

美程的创新业绩可圈可点：2010年，湖南省美程陶瓷科技有限公司成功研发"温控器干压成型生产技术工艺""外壳体干压成型生产技术工艺"；2012年，湖南省美程陶瓷科技有限公司成功研发"注射成型生产技术工艺"；2013年1月，湖南省美程陶瓷科技有限公司的温控器干压成型工艺技术通过湖南省科技厅科技成果鉴定。

鑫星：开发多颜色陶瓷

鑫星陶瓷董事长曹培福早年也在高频瓷厂工作。

1997年，曹培福开始创业。当时空调产业发展很快，家家户户安装空调已成了趋势。曹培福就把眼光瞄准了空调中的一个配件：温控器。温控器配件必须用陶瓷制作。曹培福想，要做就做最好的。当时全球做温控器做得最好的就是美国的艾默生电器公司，该公司中国区的总部设在香港。经过一波三折的联系，曹培福终于与其中国总部取得了联系，并取得与该公司的合作机会，与香港总部签了订单，光这一单，一年的产值近800万元。于是，1997年9月22日，曹培福正式注册成立了鑫星电子陶瓷公司。20多年过去，曹培福一直是爱默生的供货商。

曹培福为了拓宽产品的应用领域，于2002年研发了各种颜色陶瓷，并将其成功应用于直发器陶瓷夹板上，得到客户的一致好评。为了拓展市场渠道，开拓国际视野，鑫星公司申请并成功获得了自营进出口许可权，同年出口创汇500美元，实现了外贸销售零的突破。鑫星还引进ISO9000质量管理体系，自此，鑫星走上了规范化和程序化的发展之路。在2002年至2004年，公司屡次被评为“湖南省著名商标”“全省民营企业百家质量信得过单位”等荣誉称号。2004年，公司根据客户市场的潜在需求，及时认识到传统热压铸工艺的一些不足，引进了陶瓷干压生产工艺，自行造料与模具设计。2008年7月，新化鑫星电子陶瓷有限公司成为全国工业陶瓷技术委员会结构陶瓷分技术委员会秘书处承担单位；2010年，新化鑫星电子陶瓷有限公司与台湾华晶科技企业合资创建了湖南福晶电子有限公司，研发生产插件式（DIP）与表面黏着式（SMD）石英晶体系列产品；2012年5月，新化鑫星电子陶瓷有限公司企业技术中心被认定为省企业技术中心；2012年12月，新化鑫星电子陶瓷有限公司与北京盈和工控技术有限公司合作，成立了新华源科技有限公司，研发生产陶瓷金属化基座；2016年12月，新化鑫星电子陶瓷有限公司被中国电子行业评为中国最具潜力企业；2017年10月，新化鑫星电子陶瓷有限公司评为省级第一批绿色工厂；2018年2月，新化鑫星电子陶瓷有限公司认定为湖南省新兴工业优势标准化试点基地；2018年5月，新化鑫星电子陶瓷有限公司评为省工业质量标杆企业；2021年1月至7月，鑫星已纳税700万元，预计到2021年年底，纳税额将突破1000万元。

乡镇电陶企业也传奇：水阀片生产占全球份额95%以上

新化电陶产业的传奇裂变，不仅发生在县城及其周边，远离县城的琅塘镇也是一片神奇的电陶土地。

1996年，无线电器材厂开始改制，在这个厂打工的新化青年唐华生掌握了生产水阀片的技术，于是带着一班人马到溆浦开厂生产，新化琅塘的张文涛也在其中。

张文涛在溆浦干了三年，羽翼日渐丰满的他便想另立门户。1998年，张文涛回到琅塘，自己在家开了个小作坊。为了帮助亲戚脱贫致富，张文涛将技术毫不保留地传给了亲兄弟、堂兄弟、表兄弟，以致这个技术迅速在琅塘镇蔓延开来。整个琅塘镇就像一个大的水阀片工厂，而每家每户各作一道工序，选料、成型、排蜡、烧结、检验等一条龙下来，几乎全民参与，大大小小有一百多家。外地人一到镇上，就能感到浓浓的工厂味，也能看到一股股的浓烟冒起。当时的排蜡烧的是煤，而且都是小排蜡炉，所以到处是烟尘。

这种状况一直持续到2003年左右，家庭作坊式的做法已受到社会普遍诟病，老百姓不允许这样的污染继续下去了，再加之家庭作坊出来的产品参差不齐，有些严重不合格，更主要的是有些产品好的作坊已经完成了资本的原始积累和技术的掌握，于是琅塘镇的水阀片生产开始了新一轮洗牌，最后形成30条左右独立的生产线。张文涛的新园电陶便是其中的一条。

为了生存下来，张文涛非常注重技术革新，为了减少蜡烧结时的烟尘，他开始使用液化器炉，这比烧煤要好得多，烟尘明显减少。后来又用天然气炉，效果更好了，但是成本也开始增加。于是他又改成用隧道窑烧，虽然又用回了煤，但产生的烟尘都不排出地面，可说是基本解决了污染的问题。后来，他花了大本钱，安装了电窑，而且是厂家按他自己的思路对电窑进行了技术革新。这使产量成倍增长，污染问题也得到解决。两年前，张文涛结过反复琢磨，发明了一种利用烧结的余温进行排蜡的一体化窑，因为烧结要1450℃，而排蜡只要1000℃，用余温完全可以排蜡。这不仅环保，而且节能，张文涛对此很是满意。2015年1月，我省第一条天然气排蜡、高温烧结一体窑在新化县新园电子陶瓷有限公司竣工投产。

与琅塘众多水阀片作坊一样，张文涛从1999年开始，也走过了漫长的小作坊生涯，直到2007年才正式注册新化县新园电子陶瓷有限公司。2014年，张文涛开始组建产品研发技术团队，主导开发卫浴水暖产业的新型产品。有11项国家技术专利在受理审查阶段，已授权42项国家实用新型专利。2016年获得湖南省高新技术企业认定，2018年获“湖南省小巨人企业”。如今，新园电子生产的水阀片可以转动达50万次。

就在接受笔者采访的2021年8月16日下午，张文涛接到南开大学一位教授从微信中发来的视频，视频显示，一种新的陶瓷材料从两米高处掉下，不会破碎。这让张文涛看到了新的曙光：如果将这种材料应用到水龙头生产，那会引起水龙头材质的一场革命，传统的金属水龙头就完全可以被陶瓷水龙头替代。那将是一个多大的产业！

现在，琅塘有一般纳税人企业17家，小规模企业60余家。快开龙头水阀片以每月近亿套的产量占住全国95%的市场份额，全世界85%的市场份额，年产值达6亿元，创税近1500万元。与此同时，还有些企业生产温控陶瓷、水暖陶瓷、美发陶瓷、LED陶瓷、光源陶瓷等多个系列近1000个产品，产品远销全国各地，并出口到东南亚等国家和地区。近6000人在全国各地从事卫浴水暖行业。琅塘的水暖卫浴企业参与了水阀片生产国家标准的起草和制定。2020年3月24日，湖南省委书记许达哲在琅塘调研时，对琅塘水暖卫浴产业作出指示：要求琅塘申报电陶水龙头小镇，三年内产值达到50亿元。

产业变局：发展智能陶瓷路在何方？

新化电子陶瓷产业的神奇裂变，引发社会各界人士惊叹。但在业内，就会有一些更加接地气的声音。

接受过笔者采访的有不少陶瓷行业的资深人士：当年研发组成员之一的何维新；曾任高频瓷厂长和无线电一厂厂长的晏庆先；曾任高频瓷厂副厂长、厂长的袁湘华；现任新化县特种陶瓷新材料协会会长、新化县电子陶瓷产业服务中心理事长的方映杰；曾在新化县无线电器材厂工作多年，现任新化县科工信局党组成员、新化县电子陶瓷产业服务中心主任的马正阳；1978年毕业于华南理工大学、后从冷水江市陶瓷研所所长岗位退休的潘文；专业从事排蜡和安装电窑的王定福。对于新化电子陶瓷产业，他们一致认为：新化目前的电子陶瓷科技含量低，以结构陶瓷为主。鑫星陶瓷的曹培福回忆起当初他在高频瓷厂做陶瓷的事时，甚至笑着说："现在他们做的是什么电子陶瓷啰？我们那个时候做的才是真正的电子陶瓷！"潘文甚至说得更为尖锐：大多数做的是一些"死"陶瓷。投入又不大，现在排蜡、烧结、模具等都有专门的人去做，技术要求也不高。谁都可以办电子陶瓷厂。美程陶瓷的方豪杰也看到了这个问题，不少同行看重小而全。

可见，做科技含量低的电子陶瓷，是新化电陶存在的一个通病。

一位不愿透露姓名的陶瓷界资深人士说："可以毫不夸张地说，现在的新化电陶产业吃的还是二十世纪七八十年代的技术老本，基本上没有创新、没有突破。"

为什么会是这样呢？

因为个体私营企业看重的是经济效益，速见成效。而技术是需要大量投入，短时间是看不到效益的。而二十世纪七八十年代的国有或集体企业，都非常注重人才的培养，注重技术的改造与提升。林海陶瓷的伍国强说，他在高频瓷厂工作时，先后被送到华东科大学习了近两年时间。回厂后，还能得到厂里从大学请的专家、教授手把手地教。精美陶瓷的辛绍文也回忆说，他在无线电一厂上班时，先后三次被派到西安等地的高校学习，不但学了知识，还广结人缘，有助于后来创业。早在二十世纪六十年代末，新化电陶的萌芽阶段，新化瓷厂的技术员曾被派往北京七七八厂和上海无线电一厂等地学习，并且是由省革委会开具介绍信，可见当时对于学习的重视。而且那时全国的工业都不封锁技术，连陶瓷的配方都是公开的。一些资深的陶瓷界人士无不感叹：想要个体私营企业老板花这么多钱去搞培训，是完全不可能的。

正因为如此，现在绝大多数的电陶企业都从事着科技含量很低的工作，简单重复。完全是靠陶瓷的社会需求拉动了这个市场，而不是技术的进步在引领这个市场。有些企业的产品市场占有率高，完全靠销量大，靠打价格战赢得市场，把利润摊得很薄很薄，完全是微利。这样做企业，要让企业上规模上档次，进行企业的现代化管理，几乎是不可能的。

不能不说这是目前新化电陶行业的隐忧和危机所在。

在技术引领和企业的现代化管理上，美程陶瓷和鑫星陶瓷极具代表性。而规模较小的企业中，辛绍文的新天地精美陶瓷是值得一提的。辛绍文是华新瓷厂的职工子弟，小时候见证过庆祝东方红一号成功的场面，树立了做一名陶瓷工人是光荣的的信念。高中毕业进入高频瓷厂之后，他先后被派到西安等地的高校学习，这使他广开视野，增长知识。企业改制自己创业之后，他先后考察过日本、德国的陶瓷业，学到很多先进的企业管理理念，也看到了电陶的特点在于功能化。所以，他一直致力于做精美陶瓷，不求最大，但求最好。他的身上体现了一种工匠精神。

发展智能陶瓷，无疑应该成为新化电陶行业的一个方向。

为了引领新化电陶行业的健康、有序发展，2008 年，新化县特种陶瓷新材料协会正式成立，映鸿陶瓷的方映杰当选为会长。协会成立后，为引领行业发展做了大量工作。2010 年，新化县电子陶瓷服务中心成立，方映杰担任理事长。作为湖南省省级先进制造业集群发展促进机构，该中心的建设是为更好地转变政府职能，优化经济环境，促进企业发展。其运作模式是“政府支持平台、平台服务企业”。该中心为电陶产业集群企业提供信息交流、人才招聘、技术支持、创业辅导、市场开拓、管理咨询、融资服务及法律维权等多项服务。

新化县为该中心配置了一名作为高端人才引进的高校教师王宇东，并聘请了两名工作人员，还从电陶协会及电陶企业抽调了数名工作人员，共同为全县的电陶企业服务。王宇东是东南大学毕业的工科硕士，属于高精尖人才。据他介绍，服务中心必须通过为电陶企业服务来养活自己，中心正在建设为电陶企业服务的排蜡、模具、烧结、产学研合作、产业人才培养等一条龙服务的车间，为企业提供公共服务，尽量让企业的科研、生产更加专业化。光模具一项，该中心就在筹备 3D 打印服务，这样会省去企业制作模具的成本，而且更加方便、更加精细。方映杰表示，该中心正在为电陶企业提供专业服务，组织专家团队为企业提供科技咨询服务，组织技术交流和学术研讨，引领企业向功能陶瓷方向发展。

2018年，湖南省委组织部、省科技厅在全省51个贫困县市区组建了科技专家服务团，着力打造团队式、成建制科技人才对口帮扶模式，实现科技专家服务团对全省所有县市区、科技特派员对所有贫困村的“两个全覆盖”。是年5月2日，留日博士、湖南人文科技学院教授、材料与工程学院院长文瑾作为51位团长中的两位女团长之一，受命挂职新化县副县长（分管科技工作）兼新化县科技专家服务团团长。上任之前，她作为市政协常委，就多次为电陶等产业热心呼吁，每每向领导和朋友诉说时竟至于热泪盈眶。她对她的专业，对与专业相关的产业太过执着，她太想在专业领域大显身手、放开手脚大干一番了。不为别的，只为对得起自己的专业，对得起自己的青春。正像近代以来涌现的许多有爱国情怀的知识分子一样，她同样渴望专业报国，用自己所学的专业知识为国家尽绵薄之力。现在，组织上给了她这个机会，她可以大展乾坤了。这里，笔者不谈她对新化其他科技领域的努力，只谈谈她对新化电子陶瓷产业的一些主要作为。

文瑾到新化就职后，调研了新化的陶瓷企业，发现现有的200多家电陶企业，普遍科技含量较低，简单劳动、重复劳动比较多，作坊式工厂、家族式管理的企业较多，以中年妇女为主要劳动力，属于劳动密集型产业。研发意识比较薄弱，创新不多，大部分属于中低档产品，产业亟需科技引领。

她是应用化学专业的工科博士出身，对陶瓷行业也非常感兴趣。她对新化电陶行业把脉问诊后，开出了第一张处方：把专家引进来，建院士工作站。她首先想到的就是这个领域的顶尖级专家世界陶瓷科学院院士林华泰教授，他曾任美国橡树岭国家实验室主任、终身研究员。

为了邀请世界陶瓷研究院林华泰院士来新化的电陶企业指导，2018年8月、9月、10月，她去了两次广州一次沈阳进行对接。

院士工作站的筹建一波三折，个中辛苦难以言说，但庆幸的是最终能够获得林教授的认可和帮助。“正因为院士工作站的科研支持，美程公司研发的新陶瓷产品强度比市场上同类产品要高20%。”“院士工作站对我们的帮助真的是太大了，我公司所有与材料有关的技术都是院士工作站支持的。”美程陶瓷公司负责技术的副总贺亦文高兴地对笔者说。此外，还促进鑫星电子陶瓷与林华泰签订“产品转型升级合作协议”，促进了该公司功能陶瓷产业的发展。

在林教授的引荐下，文瑾邀请到了阿尔弗雷德大学陶瓷工程专业的Carty教授到新化为企业做技术讲座，Carty教授现场为企业答疑解惑，让新化的陶瓷企业对国际陶瓷领域的研究成果又有了新的认识。

在加拿大西蒙-菲舍尔大学叶作光院士的邀请下，文瑾带着新化企业去了西安交通大学电子陶瓷与器件教育部重点实验室学习，并在不到一个月后，西安交大的教授团队就来新化现场考察并商谈产学研合作。

此外，林教授还邀请文瑾在先进陶瓷国际研讨会上做了介绍新化陶瓷的全英文报告，向全球陶瓷领域的专家介绍新化陶瓷。

在电陶行业调研时，文瑾发现高新技术企业数量不多，企业对知识产权重视程度不高。因此，她邀请专业人士来新化给企业进行知识产权申报指导，并为企业申报高新技术企业提供多方支持。这三年多来，新化高新技术企业数量得到了快速的提升，企业对技术研发的重视程度也越来越高。在新化的电陶行业有这样一个怪事，很多企业有人才无职称，所有的“工程师”，都是企业自己填的没有拿到正式的资格证书。为此，她积极与市科技局对接，了解企业人员职称评审条件，为企业内有资质的科研人才评上职称畅通了道路。

十年树木，百年树人。引进技术是解决技术问题的一时之法，培养自己的人才才是解决技术问题的百年大计。作为一名市政协常委，文瑾连续四年的提案和大会发言都是围绕电子陶瓷产业的平台建设和人才培养引进。文瑾和新化县主要领导及陶瓷界有识之士形成了一种共识：必须培养新化电陶行业自己的专业人才。当她把新化县政府的筹办报告送到湖南人文科技学院主要领导案前时，受到了高度重视。校领导又将此报告向娄底市主要领导汇报，得到市主要领导批示和督办。2021年9月，由湖南人文科技学院与新化县政府合办的先进陶瓷产业学院首期正式开学，本科、大专及中专三个层次共招收160余名学生。先进陶瓷产业学院的开学，对于新化电陶产业来说，无疑具有划时代的意义，标志着新化电陶行业没有自己培养专业人才的历史将得到改写，新化电陶的生产将由劳动密集型向机械化、自动化迈进，电陶产品将由结构陶瓷向功能陶瓷、智能陶瓷的方向发展。

中国首善彭立珊传奇

——谨以此文纪念彭立珊先生一百周年诞辰

彭立珊令人感动，在于对穷人慷慨大方，对有难者执着帮助，对追求科学者大力扶持！一言以蔽之：他的伟大在于他的豁达！他看不得穷人过苦日子，正是这种伟大的悲悯之心，让他成为全球第一个到目前为止也是唯一一个“裸捐”的企业家，成为名副其实的中国首善。

正像中国作协副主席何建明把一篇写华西村支书的报告文学标题写成“我们也可以称他是伟人”，借用这句话，我们完全可以把彭立珊称为伟人。

“儿子弱于我，留钱做什么？儿子强于我，留钱做什么？”这是彭立珊的座右铭，也是一种根深蒂固的儒家文化。而彭立珊，是最彻底的实践者。

第一回
涨洪水父母哥姐被冲走　常念叨立珊心中记恩德

涟源位于湖南中部，湖湘文化和梅山文化在这里交汇。巍巍龙山、滚滚涟水，孕育了涟源人心忧天下勇于担当的家国情怀。

彭立珊，1923 年出生在涟水河上蓝溪桥畔一座三层木板房里，当时父亲在这里经营着一家印染铺。

其父彭麟阁，其母萧氏。父亲在涟源蓝田经商数十年，历经磨难。军阀混战，兵荒马乱，身遭枪击，险些丧命。

有一年涟源遭水灾，全家八口及房屋财产全部被洪水冲走。水灾过后，在父老乡亲的鼎力资助下，全家八口才得以团聚，重建家园，继续从事小本经营。时至今日，彭立珊仍忘不了乡亲们的扶助之恩，父母的叮嘱一直铭刻于心："日后若有出息，一定不要忘记父老乡亲的恩德，为家乡做几件好事。"其父母在病逝前，又将儿女一一叫到病床前，千叮万嘱，要不忘报答乡亲。这种不求个人名利、但愿助人为善的美德，深深地植根在彭立珊的心中，即使身陷囹圄，也未曾动摇。

那时的生活艰难，但彭立珊的父亲非常重视教育。他想方设法培养下一代，最终让彭立珊升学至长沙大学，主修工商管理，成为那个年代少有的大学生。

在长沙期间，彭立珊曾跟随父亲在当地做小本生意。但战乱年代，民不聊生，父子整日疲于奔命生活艰辛，还险些丧命于炮火之中。彭立珊曾在一幅书法上如此描述这段岁月："商场如战场，从北到南，由东到西，败当阳，奔夏口，失新野，走樊城，无容身之地。"

大学毕业后，彭立珊进入湖南长沙《晚晚报》当记者。"骂贪官骂得很厉害的，他们看到我就怕"，是他对自己在这一时期的最重要评价。这也让他付出代价。

第二回
雄心勃勃辗转各地做小生意　民不聊生东西奔走祸从天降

新中国成立后，彭立珊前往上海发展。他雄心勃勃，憧憬着干一番事业。但人地生疏，且社会处于变革及动荡中，受过高等教育的他没有用武之地，只能拉黄包车，摆地摊，在别人的吆五喝六中艰难劳作与度日。1954年冬，已经结婚生子的彭立珊，更遭遇一个重大打击：被人诬告

“有海外关系”，戴着“逃亡地主”的帽子锒铛入狱，判刑三年。后来有人猜测，这可能是他当记者时得罪人太多被打击报复所致。

监狱里的生活给他人生带来很大的改变，甚至比大学几年学到更多。因为“表现好”“有文化”，彭立珊被安排拆阅、分发犯人的来信。这让他看尽人间冷暖、世态炎凉。“朋友背叛、恋人反目、妻子变心，看到很多人间的无奈、悲情……每每读到一封封饱含深情的家信时，我自己也会屡屡感动得热泪盈眶。”他回忆。想到父母在刀兵水火重重困苦之中的养育之恩与生前嘱托，更坚定了彭立珊立意不违父训，实现父母遗愿，回报人间真情的信心。三年监狱刑期届满之前的两个月，命运之神开始眷顾狱中的彭立珊：“逃亡地主”被查证不实，“海外关系”也子虚乌有，彭立珊获释。出狱后，不想继续留在上海，也自感无法面对“江东父老”。痛苦中他做出艰难决定：抛妻别子远走他乡，改头换面重新开始。

第三回

无奈改名换姓奔走香港　不顾斯文扫地清洗厕所

上海已不是安身之地。彭立珊时时刻刻想到的就是回到湖南老家去。彭立珊本想做一番大事业以后回乡报效乡亲的，但此时此景，孤身一人，身无分文，如何面对家乡父老？“穷且益坚，不坠青云之志。”少年彭立珊即已立志“游四方，成大事”，如今已近而立之年的彭立珊怎能赤手空拳回到涟源？在友人的介绍下，他选择了当时正值战乱过后悄然崛起，与上海滩几乎等名的东方之珠——香港。

1958 年，彭立珊经过合法申请批准，在没有告诉家人的情况下，几经曲折绕道澳门，到达香港。

彭立珊来到香港后决定从头开始，他将自己的名字改为余彭年。此时他已经 36 岁，时不我待，他要努力打拼，为自己，为家乡的妻儿，活出一个人样来。

一张通行证，一只空空的行囊。除此之外，就是满腔的热血。在香港街头，余彭年饱受了漂泊之苦。先后做过清洁工、勤杂工、泥水工等。露宿街头时，被误认为是小偷而遭到殴打；流浪街头时，被视为偷渡者而被关押；仅仅因为好奇而观看打群架，也被误认为是同党而遭到追打。

在颠沛流离中，余彭年动摇过，后悔过，痛苦过，还曾为不能实现父母的遗训而想到过自杀。但是，余彭年却从来没有堕落过。“穷则独善其身，达则兼济天下”，他渴望自己有滚滚而来的金钱，但他更看重的是人间真情与父母的教诲。

许多年以后，余彭年在给湖南省人民政府的信中写道：“海外侨胞并不是生下来注定发大财、能成为大富豪。其实，他们大都是凭着一双空拳、苦打天下起家的。每一块钱都凝结着侨胞的血汗，饱含着他们的心酸。然而，只要事业有成，他们就不忘为家乡造福……”

站在陌生的香港街头，曾经的彭立珊现在的余彭年两袖空空，随手的破包里只有一套皱巴巴的换洗衣服。他举目无亲，一口浓重的湖南话，跟当地人真的是鸡同鸭讲，根本找不到工作。

肚子早已饿得咕咕叫，余彭年看到教堂门口有免费稀饭喝，也不顾斯文扫地，狼吞虎咽喝了一个肚儿圆。受人滴水之恩当涌泉相报，这是余彭年一向的性格，这也是他以后做慈善的一个原因吧！

就这样白天喝稀饭晚上露宿街头，余彭年从跟别人一些简单的交谈中，努力学习广东话。不久凭着几句似模似样的广东话，余彭年找到了一份在酒店清洗厕所的工作。

余彭年非常珍惜来之不易的工作，他早早上班，虽然便池臊气扑鼻，但他每天擦得锃亮如新。“只有干得了小事的人才能干得了大事”，“只有弯得下腰的人才能直得起腰。”余彭年常常用这样的话来鼓励自己。

在当清洁工时，余彭年懂得了怎样用自己的劳动换来别人的尊重，也懂得了如何尊重别人的劳动；在当勤杂工时，懂得了人与人之间只有竞争才有平等的道理；后来在当泥水工时，又使他对建筑业进而对房地产业稍有认识。

彭立珊多年杳无音信，留下一个残破的家。大儿子跟着当小学老师的姑妈生活，妻子肖芝元带着小儿子四处谋生，大户人家出身的她不得不去长沙给人当保姆，生活异常艰辛。

第四回
拼命工作赢得第一桶金　非常大方分享珍贵之物

一年之后，余彭年的广东话已经非常顺溜，他开始努力寻找上升的机会。他扫过马路，在工地搬过砖，做过报社印刷工。他勤奋工作，省吃俭用，经常两个白馒头一碗白开水就对付一顿。就算再节省，他每天都要雷打不动花一毫钱买两份报纸，他不甘心沦为芸芸众生。他随时都在寻找商机，他要出人头地。

"绝大多数人工作 5 天，我工作 7 天，周末没有人上班，我也去做事情，不但做好自己的事，而且还打扫办公室，做一些公共服务的工作。"他的努力终于把老板感动，好运开始垂青于他。不久，这位老板就把余彭年带入台湾房地产市场，让他完成商业经验和创业资本的双积累。后来，老板以"单独出资、利润双方平分"的方式放手让余彭年自组公司进行经营。他往返新马台，拼命工作，人到中年的余彭年终于赢得了第一桶金。

人到中年的余彭年掘到了第一桶金，同时筹划着下一步掘金之路。一辈子别无嗜好、不赌马、不沾麻将的他依然保持着习惯性的生活方式，自奉甚俭。40 岁时，苦熬十年的余彭年，终于熬出了个人样。

余彭年绝对是一个好男人，有了钱之后，高大威猛英俊潇洒单身的他没有在花花世界寻欢作乐。他自己曾说，他就是一个工作狂，哪有时间找女朋友，他不但没有小老婆，连一个女朋友都没有。

余彭年心里时时装着老家的妻儿老小，现在终于小有成就可以给家里报喜了。他给老家亲戚写信，询问妻儿下落。这时官庄村的人才知道，失踪多年的"彭立珊还活着"。自此母子经常收到海外寄来的衣服、罐头、大米，肖芝元非常大方，常常把这些当时非常珍贵的东西跟大家分享。

第五回

不信邪白菜价买豪宅　再出手成为传奇富豪

余彭年的商业生涯也经历过起起落落，1967 年香港股灾，他血亏 2000 万港元，几乎一夜之间回到了“解放前”。他从此不敢碰股票，也不准员工玩股票，发现立即开除。他回到熟悉的房地产行业，伺机而动。

有许多人在遭遇到了如此毁灭性的打击后，便会一蹶不振，但余彭年清醒地认识到：金钱是可以失而复得的。

在被问及“一个人如何才最有可能取得成功”时，余彭年极快地回答道：“判断力。”当年在股票市场投机时跌下的一跤，就是因为自己不懂股票，而没有准确的判断力。如今，还被人们津津乐道的有关余彭年两个成功的例证，同样说明了判断力的重要。股票投机失败后，余彭年回到了自己熟悉的房地产界。

1973 年，一代功夫巨星李小龙病逝，留下九龙塘一处豪宅。香港人信风水，这样的凶宅自然不敢买，房价一降再降。50 岁的余彭年不信邪，也许湖南人都不信邪，他最后以 99 万的白菜价将豪宅买下，然后装修一新，租给不明就里的老外居住，一年租金就将近百万。7 年后，该豪宅被阿联酋富豪以 9700 万的天价买走。

1975 年，余彭年再次出手，他以 250 万买下某贵妇去世留下的豪宅，这次同样给力，到 2016 年这套房子已经升值至 2 亿元。

余彭年的过人胆识，让他成为香港商界的传奇人物，人们都认为他命硬，镇得住九龙塘的煞气。相学界的“大仙”更离奇，说余彭年天庭饱满地阁方圆，是天生的大富大贵相云云。一时之间，商界大佬都争相与他合作。凑巧的是，凡与他合作的商家都赚得盆满钵满。

余彭年在香港的事业也因此一路发达，旗下拥有香港元朗博爱医院、元昌置业有限公司、亿朗有限公司和环亚酒店等众多资产。

渐渐地，余彭年是香港财神爷的说法不胫而走。短短几年，他横跨房地产、酒店服务、影视娱乐、旅游开发等多行业，业务遍布全球，成为大富豪。

富贵不还乡，如衣锦夜行。当然余彭年不是回来炫富，他是想念家乡的父老乡亲，他是给家乡报恩来了。

第六回
回家乡开宴发红包　建学校县城通公交

1982 年，在余彭年 60 岁那一年，他回到了阔别近三十载的家乡。少小离家老大回，乡音无改鬓毛衰。当年玩伴今犹在，共忆儿时摸螃蟹。余彭年筵开三十余席，邀请亲戚故旧欢聚。当时改革开放不久，当地对这场有“海外关系”的宴席颇为重视，来客都要逐一登记身份，还有很多人担心惹麻烦不敢来。

几度梦里相见的亲人就在眼前，海外打拼的游子的激动自是不说。与此同时，几十年光阴，“还是老样子”，家乡的贫困也让他震惊，他从此开始在内地捐款行善。

当然余彭年此举并不是心血来潮，此前，“见不得穷人日子难过”的他已经在香港行善经年。

他给乡亲们发红包，500 元的红包见者有份，连续派发了四五天，足足发了几百万元。他捐建学校，立珊中学成为当地最豪华的建筑。他捐建公交车队，二十世纪八十年代的涟源县城就通公交，成为全国新鲜事。

第七回
雪中送炭怀一腔赤诚意　奖教兴学报桑梓养育恩

据统计，仅二十世纪八十年代到九十年代初这段时间，余彭年在湖南的捐赠就超过 4700 万。

1988 年，湖南省人民政府在省会长沙刻碑铭记他历年来对故乡的捐赠：

涟源县医院救护车，各种医疗仪器

涟源县龙卷风救济款

涟源市立珊学校

涟源市水坝一座

涟源市彭立珊救护中心

长沙五一广场地道工程

长沙立珊公交线

长沙市彭立珊救护中心

大庸市彭立珊救护中心

上述捐赠项目，折合人民币约1500万元。捐赠偏重在医疗、教育等项目上。

而这些还只能算是余彭年对内陆大规模捐赠的起点。

对于在香港摔打了数十年的余彭年而言，那回馈桑梓的浓浓乡情，早已升华为报效祖国、报效家乡的一腔赤诚情怀。

1998年长江特大洪灾，余彭年心如刀绞。许多人通过电视见到了余彭年脸带歉疚的神色及其解释：亚洲金融危机影响了他的资金调动，在建中的彭年大厦需要资金。但是，他仍然捐出100万元，还捐了好几万套军大衣。当时，我和我的老父亲袁伍学在家里看电视，听到播音员的配音说，余彭年捐军大衣，就是让灾民既能当衣服穿，又能当被子盖。我的老父亲大为感动，说余彭年真是为灾民想得周到啊。是啊，余彭年做善事就是想得这么细、这么周到，他不只是捐一个简单的数字，他捐的是一颗赤诚的心。

也许，任何慷慨陈词都不及余彭年此时的略显无奈，更能印证他曾经表白过的那番心迹："每一块钱都凝结着侨胞的心血……没有任何借口可以把它浪费和滥用。"

1991年，在深圳，他向全国中小学幼儿教师奖励基金会捐赠100万港元用于奖教助学。3年后，他又向深圳大学捐赠了科研经费200万元……多年来，余彭年在内陆共捐助兴建学校400余所，无数素昧平生的失学儿童得以重新走进课堂。1991年3月，时任国家副主席王震为余彭年颁发接受捐赠证书。余彭年握着烫金证书时，激动地说："接受王副主席为我发的证书，十分荣幸、十分高兴、十分激动。我所捐赠的微薄款项，只是为祖国的基础教育事业尽绵薄之力，以报祖国的养育之恩。"创业的艰辛令余彭年深深体会到"锦上添花易，雪中送炭难"的人间冷暖，他立下了"宁我助天下人，毋天下人助我"的座右铭，并点滴付诸行动：经常探访香港老人院和孤儿院、创办九龙塘护老中心、担任尖沙咀街坊福利会永远名誉会长、国际九龙狮子会会员，并以个人名义成立了"余氏慈善基金会"等，成为香港知名的企业家和慈善家。

第八回

"锱铢必较"收回捐赠车辆　"慈善教育"施爱提出要求

余彭年遍施金钱，然而，更多的时候，他却是"锱铢必较"。

1988年，他向湖南省有关单位捐赠10辆进口三菱救护车。两年后他得知，救护车里面的设施被改造，本应用于急救病人的车成了某些领导的专用车。

"这是用来救命的啊！这些人本身已经那么好的条件，为什么还要这么贪婪，不顾老百姓的死活。"余彭年愤怒不已，拍案而起，但多次交涉，对方也没有彻底改观。最后，他将改变用途的车悉数收回又改成救护车，转赠给另外几家医院。结果，转赠的救护车在他的家乡涟源，再一次被改变用途。

还有一年春节，余彭年回老家给穷困乡亲发红包。其间，他和当地政府官员联系，要请他们吃饭。余彭年以为他们会四菜一汤，结果那些官员吃甲鱼、喝茅台，仅仅3天就花了他14万人民币。

在做了多年的慈善之后，余彭年得出了一个经验："做慈善和做生意一样，都要精明。"这是余彭年在一次次被欺骗之后总结的经验。

1988年，有感于湖南长沙交通拥挤、乘公交车难，老弱病残乘公交车更难，余彭年捐赠创立了“立珊专线”公交车队。他为车队购买了二十辆在当时相当豪华的大客车，行驶在长沙火车站至湘江西岸岳麓山下10公里长的最繁忙线路上。

几年以后，余彭年再次踏足长沙，但已看不到一辆“立珊专线”。多方了解才知道，当地交通管理部门在没有和余彭年沟通的前提下，径自取消了“立珊专线”。余彭年得知，心里很不是滋味。“如果他们要换新车，可以跟我说，不要这样不了了之。”

据余彭年所说，他的捐赠有50%都这样最后不了了之。同样是在1988年，余彭年感到长沙火车站人气不旺，就投资建设了一个40米高的巨型喷泉，希望能带动当地人气。喷泉揭幕当天，现场人声鼎沸。然而几年之后，由于无人打理，喷泉成了一潭死水。

余彭年还在老家湖南涟源投资500万建立了一所“立珊中学”。为了建设这所学校，当时已经60多岁的余彭年从征地到设计施工都亲自过问。根据当时的视频资料，学校的建筑和设施都非常先进，校园里还有一座现在看来都不过时的黄色小亭。余彭年本想把“立珊中学”办成当地最好的学校，但几年后，由于没有处理好和当地教育部门的关系，“有些人从中作梗”，“立珊中学”逐渐衰落，不仅招生和师资力量跟不上，校舍维护也跟不上。

“老百姓很欢迎做好事，书记、县长这些官员还好，可就是下面的人难搞。好多人对做好事无动于衷，这也就算了，有时候他们还要刁难，耍花样。”说到这些，余彭年有些无奈。

“做善事的钱要真正交到百姓手里，我才放心。”余彭年说，他不希望自己拿出的一百元钱，只有二三十元能送到百姓手里，剩下的都流到其他地方了。

“海外侨胞都是凭着一双空拳、苦打天下起家的。每一块钱都凝结着侨胞的血汗，饱含着他们的心酸。没有任何借口可以把它浪费和滥用……”

"我的每一分钱都来之不易，我是打工仔出来的，捐的是血汗钱，不是暴发户，希望你们认真对待。"收到余彭年书信的时任湖南省委书记熊清泉还曾批示，要"总结教训，进行反思……落实做好余彭年先生等海外侨胞对我省的资助计划"。这些经历让余彭年感慨：好事难做、善门难开。也让他体会到，做慈善和做生意一样，也要精明，要经营、管理，甚至把钱花好比挣钱还要难。此后，余彭年开始拒绝把钱捐给官方慈善机构，并且对所有捐款都要亲自监督，确保万无一失。就这样，他渐渐地走上了成为专业慈善家道路。"做善事的钱要真正交到百姓手里，我才放心。"余彭年说。

但这些伤心事没有影响余彭年继续慈善事业的信念，而是激发他更有策略地开展慈善事业。也正是这些教训，让他向受捐者提要求，要把每一分捐出去的钱都用到正确的地方。他还给自己的慈善事业定原则：只做雪中送炭，绝不锦上添花。

后来，对捐赠慈善事业，余彭年有了自己的要求。

比如捐赠教育，他要求学校方面做到"专款专用，保证按合同规定条款，将捐赠落到实处，发挥实效"。

学生方面，余彭年也有要求，包括（1）必须要有忠、孝、仁、爱的品德，对国家要热爱忠诚、对父母要孝顺、遵纪守法、思想端正、诚实守信、品德优良、关心集体、关心他人，在校期间一贯表现良好，长期养成好的学习和生活习惯，得到他人的尊重和钦佩；（2）必须学习刻苦，成绩优异。（3）生活俭朴，无吸烟、酗酒等不良习惯和奢侈消费的行为；（4）家庭经济条件困难，家庭正常收入不能保证学生完成学业，父母有重病者优先考虑等。

为了选拔到合格的学生，把钱用到刀刃上，余彭年还常年亲自面试，并且与学生交流谈心，要求学生学成后，如果有力量，也必须出来做好事。

要亲力亲为才能保证捐助落到实处，做出实效，这也是余彭年从教训中买到的经验。

为了更专心地投入慈善事业，从2004年1月1日起，余彭年将深圳彭年酒店的业务交由希尔顿国际酒店管理集团管理，并为此每年向希尔顿支付1500万元。余彭年说自己年纪大了，一边经营酒店一边做慈善很辛苦。为了更投入地做善事，他辞去酒店董事长职务，成为一个专职慈善家。

第九回

患白内障开启光明行动　做慈善难落实必需精明

吃过苦的余彭年对人说过："我喜欢直接帮助穷人，我见不得穷人难过。"

2003年春，余彭年患上白内障，花2万多元才治好。他由此想到，自己有钱可以治，那些没钱的穷哥们怎么办？他的慈善之路从此打开了一个新方向。2003年11月24日，余彭年在人民大会堂召开了一个隆重的签约仪式，这一天，他向外界承诺，要为西藏、内蒙古、甘肃、湖南等九个省、自治区的贫困白内障患者提供免费治疗。免费治疗白内障的"光明行动"在人民大会堂启动。如今印有"恢复光明不要钱，赶快去找余彭年"字样的流动治疗车，已经跑遍全国二十多个省、市、自治区，为数十万名患者进行了免费治疗。

余彭年不仅出钱，还亲临医疗一线，对治疗对象的选择、手术过程细节都亲自过问，只有看到整个过程才放心，只有患者的签名才算数。得过白内障的余彭年坐镇指挥，"我有五辆车，还有一套人马，我亲自指挥。"在接受采访时，他的浓厚湘音"我才放心"这句话重复了几次，他的慈爱之心日月可鉴。

许多重见光明的老人拉着他的手，高兴地说又可以见到孙子的样子了，有的老人甚至激动得当场下跪。余彭年看到这件事有效果了，感到很舒服，觉得比做任何事都有成就感，晚上睡觉都睡得香。

为了实施光明行动，余彭年还特意从美国进口了5辆流动手术车，每辆手术车上都配备了治疗白内障必需的设备。

为了尽量杜绝贪污和浪费，余彭年和公司员工到每一个省去实施光明行动；他们和省政府签约，然后由卫生局、残联和“彭年光明行动”负责落实医院和组织病患。

余彭年也依然坚持每天晚上都和派出去的医疗小分队队长通话半个小时，了解每天的治疗进展。

就是这样的“光明行动”，在很多地方同样是百般受阻。医疗一分队的队长说：“我们每治疗一个病人，都要额外支付250元，其中150元是给医院，100元给当地政府。我们每到一个地方，都由当地政府给我们提供病人，这100元则是付给当地政府的‘病人组织费’。接收病人以后，我们再和医院合作，由医院提供手术室，有时候我们也会向医院借一些紧缺的设备，这部分支出是150元。”

可是在有些地方，政府嫌250元太少。“有的说250元开销不了，要500元。250元这个数字是我们找专家论证过的，完全够用。”

在医疗二分队的队长黄坚看来，“彭年光明行动”遇到的最大阻力来自当地卫生局和医院，“因为‘光明行动’每免费治疗一个病人，就意味着医院和卫生部门少赚了一个病人的钱。”黄坚告诉记者：“我去过一个城市，那里的市长告诉我，他们市没有白内障病人。怎么可能呢？我死也不相信。后来我们就没在这个市做。转到邻近一个市，那个市很配合，提供了60个病人。”

而在另外一个城市的一家医院，院长在得知黄坚来意之后，非常高兴。可就在他们谈话之际，院长接了一个电话。当时，黄坚心里产生了一种不祥的预感。果然，院长挂下电话以后，态度立刻发生了180度的大转变，拒绝了黄坚的建议。

“我当时郁闷的呀。”讲到这句话时，这个血气方刚的年轻人居然涨红了脸。尽管余彭年在慈善方面已经做得很细致，监督每一笔钱的用处，确保这些钱能到需要帮助的人手里，可他依然无法避免被人欺骗的遭遇。

2004年，余彭年带着几个工作人员去给一个县的特困户发红包，每户一个红包，每个红包里400元。发了三个镇，由于时间关系，余彭年委托县里的领导帮他把剩下的红包发给其余四个镇。一段时间以后，余彭年从朋友那里辗转听说，那四个镇的特困户每家只拿到300元的红包，因为县领导从每个红包抽出100元，美其名曰“工作经费”。事后，余彭年再也没有踏进那个县半步，他决心以后发钱一定要亲自发到穷人手里。

“我做慈善不受地域限制，哪里需要、哪里合作，我就去哪里做；没有诚意、欺骗我，我肯定不去做。”

做慈善难，要落到实处必须精明。

第十回
真金白银建彭年酒店　百亿豪捐留英名传世

20世纪90年代初期，商业上快速发展的余彭年做出一个令人费解的决定：收缩分布在香港、台湾及海外的投资。能调集起来的资金都集中到了深圳，最后集中在罗湖闹市的“彭年广场”这座巨型建筑上。这是我国第一座个人出资兴建的公益性五星级大酒店。这座楼高58层、面积10多万平方米、投资20亿、具有五星级标准和深圳市最高的空中旋转餐厅、被称为深圳第三高楼的大厦，格外受到世人瞩目。“这座大厦全是我真金白银拿出来的，一不要还借款，二不欠利息。我还预留了一部分后备资金。我把它的全部利润永久性地捐给社会，70年不变。”2000年10月12日，彭年酒店正式营业。这一年他78岁。余彭年说彭年酒店就是一只会下蛋的母鸡，永远不抵押不变卖，下的蛋全部用来做好事，彭年酒店因此也成为世界上第一家慈善酒店。余彭年向世人承诺：大厦每年纯利永久性捐献我国教育、科技、福利事业；每年捐献1000万元人民币用作科技教育资金，其中经广东省科学技术厅批准设立的“彭年科技奖”，将对一批为深圳科技进步作出重大贡献的科技工作者和经营管理者给予重奖。

余彭年有两个儿子和两个孙子，他硬是没有安排儿孙们介入彭年大酒店的管理工作，反而用高薪聘请了外人管理。问他为什么不让儿孙继承大厦业务，余彭年说："我在酒店只给他们一个名誉董事帽子，儿孙们有足够的能力找到适合自己的工作。他们要是无能力，大厦的基业会给败得精光。"

热心捐助教育、公益事业，却不为子孙后代遗留巨产。对此余彭年自有一番道理："条件许可，当慷慨助人，但切忌多留钱财给后辈。"他说，"儿孙强于我，买楼置业做什么？儿孙不如我，留钱干什么？"老人心中充满对生活对人生的独到理解和信念。他认为做父母者，重在教育儿女立世谋生，再给儿女创造一个学习本事的机会，做父母的就尽了"倒孝"了。

余彭年一再表示，他的捐资之举并非为了个人扬名，而是真诚地希望能够吸引和带动更多的海外侨胞、境外爱国人士都能多为国家尽一份心、尽一份力。

2001 年 10 月 12 日，彭年酒店迎来了营运一周年的纪念日。首届"彭年科技奖"经专门设立的评审机构评定揭晓，18 名科技工作者和经营者获奖，分享总额为 350 万元的奖金。

余彭年称，科技是人类进步的灵魂，设立科技奖是他多年的愿望，目的是激发越来越多的人为民族振兴而奋斗，彭年科技奖将办得一年比一年好，并在条件成熟时扩大评奖范围，加大资金规模。

2002 年，他向深圳市人大提出申请，以立法的形式切实保证他百年后彭年酒店的产权不抵押、不转让、不继承、所得利润不作他用，必须全部捐给社会公益慈善事业，但这个申请因为"开国以来无此先例"而最终未能遂愿。2004 年，余彭年申请成立"中国余彭年慈善基金会"，打算把自己的全部财产纳入基金会，用于慈善事业，最终，他得到了民政部批复。2008 年，余彭年将所有财产委托香港汇丰银行永久托管并且要求汇丰银行履行以下监管保证：所有财产只能用于慈善，用来做好事，不得做其他用途。与此同时，余彭年向外界宣布，自己的遗产全部捐献给慈善事业，不再留给子女。为将计划落实，他还成立了善款管理委员会，监督他身后的善款使用。他的儿子也是委员，有监督权，但没有继承权。

由此，余彭年成为中国真正的"裸捐第一人"。他的大慈善家盛名远播万里。在《2010 胡润慈善榜》上，余彭年慈善基金会的资产价值达到 82 亿人民币，成为中国第一个超十亿美金的民间慈善基金会。2010 年 9 月，巴菲特与比尔·盖茨在北京以鼓励更多人参与慈善为名举行慈善晚宴，已近九十，接到宴请的余彭年拄着拐杖出席了晚宴。席间，他走到巴菲特面前，对他说："巴菲特先生，感谢您的邀请，我已经裸捐了。"并于 2011 年 7 月 20 日在律师及医生的见证下，订立了将名下全部财产划入余彭年慈善信托的遗嘱，指定长孙彭志兵为遗嘱执行人。他希望在有生之年，能将这些财富经营增值到 100 亿，以捐助社会 100 亿作为终生成就。"我现在最大的一个心愿，就是在有生之年挣够一百亿，捐够一百亿。"他说。

余彭年有一句口头禅："儿子弱于我，留钱做什么？儿子强于我，留钱做什么？"并把这句话挂在办公室。

他曾对儿子说，留钱给你就有可能是害了你，不如留个名誉给你。

余彭年是美国《时代》周刊 2007 年评出的"全球 14 大慈善家"之一，与他同时上榜的中国人只有华人首富李嘉诚。而 2006 年至 2010 年，他更是连续五次蝉联胡润中国慈善榜榜首，几年来累计捐款 62 亿元，被誉为中国最慷慨的慈善家。

2010 年 4 月 22 日，胡润研究院发布《2010 胡润慈善榜》，这是胡润研究院连续第七年发布"胡润慈善榜"。余彭年慈善基金会的资产价值达到 82 亿元，成为中国第一个超十亿美金的民间慈善基金会。

到 2015 年去世时，余彭年旗下资产估值已超过百亿之巨。他以一生的奋斗，兑现了这个毕生的心愿。

而在如此豪捐的背后，余彭年对自己却很"抠门"。他的衣服补了又补改了又改，裤子腰围小了，就从裤腿扒一块缝在上面。他吃饭天天苦瓜青菜，工作人员都不愿意跟他一起吃饭，嘴里要淡出个鸟来。

一般富豪都会在老家修一座深宅大院，显得鹤立鸡群。但余彭年的祖屋却年久失修，长满青苔，一片破败。

第十一回

笑傲江湖带着荣耀含笑归去　功在人间留下豁达供人品评

钟摆停在了凌晨1时37分，万物都不再复苏，崇高的灵魂戛然飘远，2015年5月2日凌晨，余彭年在深圳与世长辞。

5月5日，作为余彭年生前指定的余彭年信托权利人，彭亚凡、彭志兵、徐滨（余彭年慈善信托首席顾问）签署了一份声明，声明中称："我们一定会百分之百按照余彭年先生逝世前的叮嘱，将其名下资产的所有权都转入余彭年信托，作为余彭年的家属和财产受益人一致同意放弃财产继承权，以完成余彭年生前所说的'裸捐'承诺。"

全国受资助者、家乡人民，还有不少慕名者都赶来送老先生最后一程。一位男士满含热泪，说自己的妈妈就是"光明行动"的受益者，现在最后一次赶来道谢。在余彭年离开时，因他而重获光明的贫苦白内障患者超过40万人。

一位家乡代表表示，他在长沙上大学的时候，立珊专线大大方便了他们这些学生的出行，我们失去了一位大爱大德的慈祥长者，湖南人民永远以彭年先生为傲。

余彭年嫡孙、余彭年信托监护人彭志兵代表家属表态，会100%遵照老先生遗愿，将他的财产全部捐献给社会，不会有一个亲属会继承老先生的财产。

长沙立珊专线依然繁忙，长沙火车站的彩灯喷泉依然喷涌，涟源立珊中学"百年树人立珊当先"的标语依然高挂，印着"恢复光明不要钱，赶快去找余彭年"字样的流动医疗车依然穿梭，但受到资助重见光明的白内障患者却不知道向谁报喜了。

在老先生去世前，老家已经建好了墓地，他的妻子、长子已经长眠于此。本来想让他们夫妻合葬的，但最后只在老家建了一个衣冠冢，以供缅怀。按照其生前遗愿，彭老安葬在深圳大鹏，因为他深爱的事业在深圳，最重要的项目在深圳还没有完成，从此与饱受他恩惠的故乡山水永隔。

余彭年凭着不认命的干劲，从清洁工成为亿万富豪。他尝过挨饿的滋味，知道穷人的疾苦，也受过别人的恩惠，所以在有能力的时候，倾尽所有回报社会。

他既慷慨大方，又锱铢必较，将自己辛苦挣来的一分一厘都用在最需要的地方。他实现了“一个人在财富中死去是耻辱，我不愿死在耻辱里”的愿望，他带着荣耀含笑而去。

余彭年生前立下遗嘱，将100亿港币身家转给基金会处理，不留给子孙。在他去世后，次子彭亚凡等人曾发出阻止财产移转的法律申请，令长孙、余彭年慈善信托主席彭志兵无法划拨遗产。后来，经双方沟通协商，彭亚凡对父亲的善心也有了更深刻的认识，决定遵照父亲遗愿，令这场风波以和气收场。

港媒几年前曾报道，2016年5月2日，彭亚凡与侄儿彭志兵一起扫墓时，两人在墓前承诺，会坚决执行“裸捐”遗愿。

纪念余彭年先生的最好方式就是学习他，效仿他，虽然我们不能像他那样裸捐，但只要为别人提供力所能及的帮助，这也是一种慈善。

2016年，在湖南省建制村合并调整中，当地群众为了缅怀和纪念余彭年先生这位爱国爱家乡的著名慈善老人，向当地政府申请将“官庄”和“太和”两个村合并后命名为“立珊村”。立珊村位于杨市镇东郊，后有巍巍龙山，前有孙水玉带环抱，龙山沙溪河、S210线、快溪部队公路，在此交织成一张水陆网，就像一根根富有生命力的动脉遍布全村。立珊村当时有人口3398人，29个村民小组，耕地面积1986亩，山村面积986亩。域内有立珊中学、镇污水处理厂、太和卫生院、太和农商银行等，分为工业、农业、旅游几大版块。

2018年1月28日，余彭年慈善基金会理事长，余彭年长孙彭志兵一行回乡，为立珊村成立揭牌，并表示将整合资源，把立珊村打造成娄底市乃至湖南省的一张“靓丽名片”。

油溪桥村振兴之路

湖南省新化县吉庆镇油溪桥村，曾经是一个名不见经传的村。十年前，村里没有一寸硬化公路，只有4.5万元的村级集体负债，以及一顶省级特困村的帽子。

近十年来，只因换了一个名叫彭育晚的村支书，村里便发生了巨大的变化。全村村民纯收入从2007年的不足800元，提高到现在的一万余元，村集体收入逐年翻倍增长，最高时可达每天两万元。

我在思考这么几个问题：一个村支书与一个村到底有多大的关系？在责任田被承包了三十多年之后，农民已经享有充分自由，青壮年农民离乡离土，外出打工、创业，创下数不清的“外汇”，建起一栋栋别墅。农村老家对于他们来说，只是一个本乡本土的概念，只是春节团圆时必回的地方，至于村级政权、村集体经济，在他们心目中到底有多重的分量？村集体经济对这些农民已经几乎没有影响，村级政权对那些不犯法的农民也几乎没有影响力，那些在外面赚了钱的农民，回到村里就是老大，村政权和村干部对他们没有任何影响力。

在这样一种情形之下，一个村支书对村民到底能有多大的号召力？他能改变村民什么？如果能够改变，他又是通过什么样的方式改变的？一个农村的支部真的还能像改革开放以前那样有权威、凝聚力、号召力、影响力？在这样一种情形之下，一个村支书、一个村级政权到底能有多大的作用？建设新农村是不是一句空话？靠什么来建设新农村？建设什么样的新农村？

我曾经在新化县曹家镇参观过一个新农村样板村，农民把土地全部流转给一个村里在外地打工赚了钱的男子，这个男子通过流转的办法圈占了村民的全部土地，然后办厂，搞养殖，农民事实上失去了土地，沦为给这个“资本家”打工的工人。媒体报道说，农民可以在家门口当工人，这就是新农村。但我感觉，在资本的圈占下，农民失去土地当工人，这是一件非常危险的事，其实质倒退到了私有制，只是打着“流转”“承包”等幌子罢了。

还有一个更重要的问题：如果一个村支书真的能够对一个村有巨大的改变，那么，他要付出那么多的智慧和汗水，要吃那么大的苦，他的精神动力到底来自哪里？来自经济效益？还是来自什么？著名作家何建明把华西村的村支书吴仁宝称为伟人，吴仁宝带领华西村走集体化道路，以集体的名义与市场化的外界接轨，走出了一条致富之路。吴仁宝的付出绝不是为了利益，而是有一种更为崇高的境界和奋斗目标。但这样村庄里的伟人毕竟是凤毛麟角，独一无二的，是不可复制的。要不，吴仁宝也不会成为著名作家笔下的伟人。

如果一个村支书能够靠个人的魅力和智慧引领一个村子致富，这种经验有没有可复制之处？如果不可复制，它还具不具备典型价值？我毫不隐讳地认为，湖南省新化县吉庆镇油溪桥村村支书彭育晚属于个人魅力与智慧型，其带领村民致富的方法亦有可借鉴处。

彭育晚其人

彭育晚是土生土长的新化县吉庆镇油溪村人，生于 1974 年 6 月。1993 年高中毕业后，没有考上大学的彭育晚决定去当兵，这年 12 月下旬，正值全国纪念毛主席诞辰 100 周年之际，彭育晚参了军，被分配在解放军某部 21 军 61 师。在部队训练的主要技术就是射击 40 火箭筒，这种炮很贵，打一炮需要成本480元。彭育晚舍不得打，日里夜里一个劲地琢磨如何才能打得中，对炮弹进行反复研究。很快他成了专类尖子，当了班长。当他带领全班参加全营的射击比武时，全班的命中率达到百分之百。不久，他带领全班参加军区的达标射击比武，又是百分之百地命中。这创造了整个军区的射击奇迹。在部队四年，他立了四次功。1997年，他退伍了。

退伍之后的彭育晚来到南宁，走上了经商的道路，与妻子一起，在药材、保健品等行业干得风生水起。

临乱上任

吉庆镇的领导对于彭育晚的情况很熟悉，这个年轻人参过军，入了党，立过功，肯钻研，有见识，有能力。村里就是需要这样的致富带头人啊。镇领导几次打电话给彭育晚，要他回村当支书，带领全村共同致富。彭育晚陷入了沉思。彭育晚还是很有家乡情结的，每年的春节都要回村里过，每次回来都要慰问左邻右舍，村里的油溪河漂流公司邀请他加盟时，他也毫不犹豫地入了股，到了旺季还回来参加经营管理。可谓离土不离乡。当村支书肯定不如做生意赚钱，但赚钱并不一定是最有意义的。彭育晚对妻子说："油溪桥村是生我养我的地方，我打算回报那块土地五年时间，为生活在那块土地上的人们做点事。"妻子表示理解。

2007年的春节，彭育晚照例是在油溪村过的，他打算春节期间去跟镇领导交换一下思想。没想到正月初一的下午，时任镇党委书记的杨力勤就找到他了，把他请到自己的办公室，泡上两杯茶，慢慢地侃了起来。杨力勤真诚地说："育晚啊，干基层工作也是很有味的呢！干得好，比赚钱、比当大官还有味些。油溪桥村现在需要你啊，要你这样的人才能带领大家搞好家乡建设，把村子里搞活。现在村里矛盾多，什么建设都没有搞，很多村都把路修到户了，你们村还一寸公路都没有修。你把村支书这副担子挑起来，把村里一千多人的命运挑起来，好好干一番事业，相信你会找到另一种幸福感、成就感。”

整整一个下午，两人越谈越热火，越谈越有感觉。彭育晚深深感到一种信任的温暖，在心里想：村里一千多号人，镇党委把我挑选出来当支书，这不就是千里挑一吗？这是多大的信任！我是这个村的，是这方水土养育了我，担这个责也是有义务的。一份担当的力量从心头油然而生。同时，他也深深感到这是党组织对他的一种考验，关键还看自己到底能不能担负起这份信任，能不能干好这个岗位。

彭育晚站了起来，真诚地说：“杨书记，这副担子我挑了！请相信，我只会为党委政府增光，决不添乱！”

两双手紧紧地握在了一起！

让自己白干

第一次开户主大会的时候，文书按照惯例拿着一份会议津贴补助表请彭育晚签字。彭育晚一看，是每人五元的会议津贴。鼓育晚说：“从现在开始，全部取消。以后开会，不再发会议津贴。”

会场里顿时有人悄悄议论起来：“开会耽误了时间，这是正当劳动报酬呀！”“这是多年的老规矩了，怎么连这个也要变呢？”“你支书是做生意赚了钱，不在乎这点小钱，可我们在乎呀！”

虽然声音很小，彭育晚还是听到了。他想，今天这堂课是不上不行了。

彭育晚真诚地说：“各位乡亲，领津贴发工资，那是打工的人干的事，是帮别人做事才领的。我们是给自己做事，哪有要钱的道理？你帮自己家里插田要钱吗？你帮自家挑水要钱吗？你找谁要去？如果说要钱，那董存瑞舍身炸碉堡为的什么？为了钱吗？如果为了钱，我给你一百万元，一千万元，你会把自己炸掉吗？乡亲们，给自己做事是无价的！要钱我们就是自己看不起自己，掉价了。把自己看成廉价的打工仔了。如果大家这点小利都舍不得放弃，都抱着一种打工的心态，那谁来给我们自己做事？

村里还怎么发展？谁来请我们开会？谁来给我们发开会的钱？”

是啊，理想无价、信念无价。如果大家都为了三五几十元钱，将自己沦为廉价的劳动力，怎么会不造就一群短视的、精神的侏儒？一切向钱看，没有为家乡、为集体奉献的精神，怎么可能让家乡有一个好的面貌？钻到钱眼里去了的人，绝对是精神的乞丐，只会一事无成的。村集体的钱是要村民自己赚了才有的，还没赚钱就要分钱，是不合理呀。

会场顿时鸦雀无声，继而大家都不断点头，认为彭支书说得对。这个道理完全被彭育晚说“死”了，半点回旋的余地也没有。有的人因极度佩服这个道理，竟忍不住笑了，眼泪都笑了出来。

彭育晚慷慨激昂地说：“如果大家都同意从今以后开会不发钱，那就请大家鼓掌通过。”

会场顿时响起热烈的掌声！

长期以来，一开会发钱，一做事就要钱的陈规陋俗，在这个会上戛然而止。

从那时起十年来，油溪桥村大大小小的会议开了一千多次，没有发过一分钱的会议津贴。

开会不发钱，节约的不仅仅是钱，它引领了一种无私奉献的风气，让那种先谈价后干活、举手之劳也要钱的风气戛然而止。一种风气的形成是花小钱买不来的，是要大家集体赞成，共同践行才能形成的。好的风气是无价的。

彭育晚当村支书，也从来不拿职务津贴。

彭育晚真诚地说，只有让自己白干，老百姓才愿意一起干。如果发津贴，一个村支书一年拿十万元算高了吧？十年也就一百万元，这一百万元与村里的发展相比又算得了什么？村里的发展才是真正无价的。十年来，油溪桥村创造的价值是多少？这是无法用金钱来衡量的。我个人在精神上的收获，也远远不是一百万元的金钱所能够比拟的。

我相信他没有唱高调。

要发展集体经济，村里要共同发展，不仅仅是开会不要钱，还要出工不要钱。出工当然是大家要出义务工。村里规定，党员干部每年要比普通村民多出十个义务工。

有一个问题：村支书要不要出义务工？

有人说，支书要管全盘，工作忙，当然不要出。

彭育晚知道这是奉承话，他若真的不出义务工，他知道，村干部的十个义务工，全体村民的义务工是带动不起来的，村支书说话是没有号召力的。

彭育晚理直气壮地说："我当然也多出十个义务工，一个也不少！只是我多年没从事过体力劳动，我出钱请人帮我做义务工。"

每到出义务工时，村民们看到，彭育晚花200元一天请一个当地能干的农民帮他做义务工，样样功夫都做得十分扎实。于是，村里党员干部带头出义务工，村民们也都积极地出义务工。村里的公益事业再不愁没人出工做事了，更谈不上花钱请人打工。

彭育晚的"算盘"打得很"精"："我多出这十个义务工，200元一天，十个工2000元，带动了全村几千个义务工。我这2000元划得来啊！假如我不出这十个义务工，全村的义务工是带不起来的。村看村，户看户，社员看干部。当头的一定要当好榜样，扎扎实实做足功夫，别人才肯跟着来。如果我不付出这十个义务工，什么都会没有。"

笔者不得不佩服彭育晚的聪明和"精明"，很多单位的群众为什么带不起来？不是群众懒，就在于摊到"一把手"头上的义务时，以种种理由为"一把手"开脱责任，群众当面很服，背地里是不服的，内心里是不服的。彭育晚聪明就聪明在能打通一把手责任的最后一个毫米。看似吃了亏，实际上得了大"好处"。但这"好处"是大家的好处，没有完全彻底的责任心，没有对这片土地的赤诚的大爱，他能玩出这些聪明又"精明"的手段来吗？这样的"精明"，村民们哪个又不服气？

村支书是撑不开的土船，农民也最讲实际。唱高调，讲官话是没人听的。笔者也一直纳闷彭育晚怎么带这个头，怎么下这个命令。这样带头，我是服了，这种方法极具操作性，在任何单位，一把手能如此带头，别人能不跟着来吗？

林权改革

俗话说，新官上任三把火。

可这火也不是那么好烧的。烧得不好会引火烧身。有的官员，烧了三把火之后就没了下文，就像程咬金的三板斧。这只能说是做秀。

那这三把火到底是烧还是不烧呢？当然要烧，村民都盼着新官上任有新起色，不烧岂不是辜负了大家的期望？

彭育晚上任后真正意义上的第一把火，是村里的林权改革。

说到林权改革，首先就要说到村里的林权现状。

自从二十世纪八十年代村里实行联产承包制以后，山林也实现了承包。但那是什么样的承包呢？当时实行的都是“模糊承包”办法。都是以“坳”“涝”“坑”“塝”“洼”“原”“边”“包”“沟”“脉”等模糊地名划界，根本就没有清晰的界线。村民砍了一棵树，你说是你的，我说是我的。为了砍树，村里纠纷不断。为了防止别人砍自己的树，有的村民不惜睡到山上去。即使睡在村子里，晚上也是尖起耳朵听山里有没有什么动静，一旦听到有人砍树，就从床上爬起来拿起手电筒往山里跑。争吵就在晚上展开。只要砍树，就会吵架。在各家承包林的搭界处，只有砍伐，没有新栽。而且强肉弱食，家里力量强大的，砍到别人的林界上去了。

2008 年，湖南省推进集体林权制度改革，省里要求村里进行林权改革。

彭育晚下定决心，借政策的春风，排掉埋在山林里的“地雷”。

首先是把模糊的产权变为清晰的产权，这也是至为关键的一步。怎么清晰？茫茫山林，要界定林权，谈何容易？村干部天天翻山越岭，清理山林。有多少地方是人迹罕至。到了山上，被蛇咬、被蜂叮的事时有发生，有一个村支部委员还从悬崖上掉下来，落下了终身残疾。

彭育晚迎着困难上。他带领全体村干部翻山越岭，进组入户，成功归纳出“凭、听、察、看、摸、查、调、确”八字方针，采取“工作分类、任务分流、矛盾分解”等形式开展工作。对版块面积的分布和形成进行了调研调整，对插花地、自留地和“三难管”地采取查、判、量等方法重新立界确权。埋桩为界，将林权明确到点、线。也就是明确到哪一棵树是哪家的，林权就像存在银行的钞票一样几角几分都明晰。

为了搞准数字，仅打印的资料修改就达到两百次以上。打字员苦笑着说：“简直搞出了神经病。”

油溪桥村在全省率先完成了林改任务，成功排除了隐埋在山林里的“地雷”，为以后的植树造林打下了良好的基础。

同时，这项改革还为全省的林改积累了经验。为此，湖南省林改现场会在油溪桥村召开。时任林业厅长邓三龙给予高度评价：“油溪桥村的林改是全省的一面旗帜。”不久，这项改革也成为全国村级林改的模范，受到林业部专家的肯定。新化县为彭育晚记了三等功。

林权改革工作的成功，让全体村民的心凝聚起来了，一个新的强有力村领导班子形象在村民心中树立起来了。同时，也为油溪村干事创业营造了一个良好的外部环境。

统一用水

毛主席说，水利是农业的命脉。

新中国成立后，农村修了很多水库、山塘、灌溉水渠。用水由政府统一调配。油溪河上游的车田江水库便是这样一座大型水库。

车田江水库位于油溪河的上游，油溪河是资江在新化县的第二大支流，以溪水清亮如油而得名。由于水量丰富、落差大，二十世纪七十年代，油溪河上游修筑了车田江水库及其配套工程，包括吉庆镇在内的新化县河东6个乡镇的农田水利灌溉问题主要也是依赖于此，中游修建了梯级电站五座。其灌溉和发电作用已得到充分利用。

联产承包后，农田用水出现了许多问题。农民不管储水的事了，也管不了。山塘是无法归私的，只要有水，肯定大家都要来用。于是，在丰水季节，只看到溪水哗哗地流入水库，又从水库奔流到大溪，大溪流到河里，最后百川归海。农田里的水，最多一个月就全干了。

这是第一怪：丰水季节不储水。

一到干旱季节，就出现守水、抢水、强抽水、偷水、为水打破脑壳的现象。

二十世纪八十年代以前修的车田江水库等水利工程，由于有水利部门的专门管理，丰水季节还是储了水的。到了干旱季节后，就会从大型水库放出水来灌溉农田。

但水经过之处，到处截留、抢水，稍远一点的地方为了放到水，村民只好轮流到分水口去守水，到了规定时间，就把水放到自己村里来。

水放到自己村里之后就存在一个再分配的问题。由于水流通的渠道不畅通，村民顾私不顾公，争水、抢水、偷水之事便时有发生，农民为了水，争得不可开交。打架闹事，打破头的事便经常发生。有些农户自己买了排灌机，直接从公家的水塘水库里抽水，那些没有买排灌设备的，就只好干瞪眼。更有些没有公德心的农民，将排灌机架到公共的水井里，把水井抽干，等井水满了再抽。村民饮用水、洗衣服用水成了问题。于是又要发生矛盾。

每逢干旱季节，村民为了水的问题，不知要吵多少事，邻里的和气伤了，甚至仇了，还是有很多田得不到灌溉。

彭育晚成年之后对这些事耳闻目睹，可谓痛心疾首。现在当了村支书，他下决心要解决这个问题。

如何解决？

一些人就说要加大投入购买抽水设备，建大型的储水塔。彭育晚反对无限制地加大投入，认为管理比投入更重要。关键是把有限的资源管理好，用到恰当处。况且也没有谁来投入这么多钱，向上面伸手不可能，让私人出钱更不可能。如果不管理好，即使投入了，建了大水塔也是白搭。彭育晚决定村里成立用水协会统一管水，村里的山塘、水库由村里统一管理，首先由村民出义务工进行整修，砌好堤坝，清理淤泥。在丰水季节储好水，在干旱季节由用水协会统一调配水，有计划地公平放水，用水像用油一样的节约，确保每一丘水稻田都能得到灌溉。换一句话说，就是把水当成公共资源，统一管理、维护、调配。这样做，投入很少，效果很好，起到了四两拨千斤的作用。油溪桥村成为湖南全省的用水模范。

把成本降到最低

靠山吃山，靠水吃水。

彭育晚认识到，利用油溪河沿岸的水田，发展稻田养鱼是对油溪河水资源在灌溉、发电之外的又一种有效利用，是发挥其经济价值的有效途径。这是靠水第三次吃水。

彭育晚决定利用油溪河发展稻田养鱼。发展稻田养鱼，田不要成本，水不要成本，唯一的成本是鱼苗。

鱼苗从哪里来？是否也可以不要成本？

是的，鱼苗也可以不要成本。

每到农历二月涨桃花水的时候，村干部带头出义务工，砍一些松树枝沉到油溪河里，一晚上之后，清早到河里把那些松树枝提起来，就有许许多多的墨水（新化土话，小鱼苗的意思，因为小得就像星星点点的墨水而得名）沾在竹枝竹叶上。村干部把这些墨水放到河边的田里，墨水经过一二十天的养殖成为小鱼苗后，免费发给村民，由村民放到自己的责任田里去养。

这种田鱼，绿色环保，营养价值高，最受市场欢迎。

稻田养鱼就这样发展起来了。

彭育晚并不满足，他想把稻田养田的经济效益实现最大化。

怎么最大化？

养甲鱼。

甲鱼才值钱啊。只是以前从来没有人养过，为什么？甲鱼苗贵，没有经验，甲鱼娇贵，难养。

彭育晚认为，这些都是可以解决的。

甲鱼不也是鱼吗？要降低成本总是有办法的。

彭育晚想出了办法。

甲鱼还是很小的鱼苗的时候是不贵的，市场上只要 3 块钱一条。但是，这样的甲鱼苗放到田里是养不活的，甲鱼娇贵多了。需要专业技术人员才能养得好。

这样至少解决了一个问题，3 块钱解决了原始成本。然后是学经验。这个好办，政府举办了免费培训班，只要选派村民、村干部去学习就可以了。

解决了鱼苗和经验，然后在村里砌了几个甲鱼池，村里就安排村干部养这些 3 元钱一条买来的甲鱼苗。一年之后，这些甲鱼长到 8 两至 1 斤左右，甲鱼成活就容易了，就像人长到十六七岁以后，能抵御许多自然的风险一样。

如果到市场上买这种 8 两至 1 斤的甲鱼苗，价格在一百元左右。彭育晚用 3 元钱的原始成本解决了。

一亩田可放 300 只甲鱼，如果到市场上去买，成本就要 9 万元，彭育晚用 900 元就解决了问题。因为村干部的义务工是不计成本的。

这时候，村里还是把这些甲鱼免费发给村民，由村民放到自己的责任田里去养。这些甲鱼十有九活。一亩稻田的甲鱼产值可以达到两万元。村里一共有五百亩水稻田。村民仅靠这一项，就足以脱贫致富。用 900 元一亩的成本做成了一个甲鱼产业，村民的利益实现了最大化。村民们得了这么大的实惠，怎么会不支持村里的工作？

项目成功了，工作推动了。彭育晚认为，用金钱、用小恩小惠是收买不了人心的，只有用智慧给老百姓带来实惠，才能凝聚人心，才能持续发展。老百姓靠村里致富了，你何愁他义务工不出？何愁物品不捐？

对于搞村里的基础设施建设，油溪桥村的理念是只要能用自己的劳力、自己的办法解决的问题，绝不花钱。

村里要修山头田间的小路，河里的小石头用完了，彭育晚便打起了城里的“主意”。城里那些大理石石材加工厂废弃的石材“垃圾”，在他眼里却是“宝贝”，加工厂全部免费送给他。有了材料，彭育晚又把村民召集起来，人人动手，义务出工出力。于是，全村 22 里的小路硬化，在极低的费用下，一条一条地很快完成了。

村里修灌溉项目，他号召全体村民投工投劳，握紧锤子自己干，就地取材，租用施工设备。在管道沟挖掘施工中，由专业技术人员指导，村组干部带组长、组长带群众，自己动手。仅花费了 3000 元购买钻机，就完成了 16 万元的管道沟挖掘施工项目，整个水源建设项目节约资金达 60 余万元。

这“绝不花钱”的硬气，正是村组干部带领村民对村里的事任劳任怨与无私奉献的写照。

彭育晚说，只有人穷志不穷还不够，还要人穷智不穷，才能彻底改变村里的贫困面貌。

把风险降到最小

种植果林是搞好农村经济的通用做法。有些村，看到市场上奈李价格高，便一窝蜂地种植奈李。看到杨梅好卖，又全部种上杨梅。可是，大家都跟风时，造成市场供过于求，价格下降，果贱伤农。而且大面积种植，对技术和风险防控的要求特别高，稍有不慎，果农可能遇到欠收或其他的灭顶之灾。

油溪桥村也搞种植，是怎么搞的呢？首先是不流转土地，土地是谁家的还是谁家的。

油溪桥村也搞市场化运作，与公司合作。怎么搞呢？

土地归农户，但是由村里统一规划，果树苗木由村里统一采购。公司又怎么向油溪村提供果木呢？彭育晚很“精”，不搞一次性付款。他有他的“算盘”：果木要几年后才能挂果，一是一次性支付成本太高，先付个

“首付”，分几年“按揭”，挂果后再付清才是合理的；二是担心一次性全部支付了钱之后，这些果树苗有假或质量不好，不能挂果，风险太大。采取“按揭”方法，果农与苗木供应商共担风险，是合情合理的。

具体办法是：第一年，让果木公司免费提供苗木；第二年，苗木长势良好，支付20%的金额；第三年，支付30%；到了第五年，挂果之后，再支付余下的50%。这样，极大地降低了村里的风险，减轻了村民的压力。借苗木公司的鸡，生了村里果木产业的蛋。

油溪桥村第二个降低风险的做法是：不搞大面积种植，不搞一村一品，而是搞一村多品。土地还是村民的，没有流转，村民愿意种什么，由村民自己选择，村支两委再进行统筹安排。搞一村多品，桃树、梨树、李树、橘树、柚树、枣树、枇杷树、杨梅树等各种一片，这叫错开自然风险，遇到暴雨季节或寒冷季节，受到损失也是部分受损，不会全部受损，不会全部血本无归。比如，正好是采杨梅的季节，如果遇到连续几天大雨，杨梅就会全部烂在山里。但因实行一村多品，其他果树就不会受这种损失，损失的只是杨梅。这叫丢了芝麻，还有西瓜。全部丰收，也不至果贱伤农。

一村多品的开发，也错开了劳动力需求的高峰。不至于某个季节需要大量劳动力，而某个季节劳动力闲置。一年四季，村民都有活干。

一村多品的开发，使得果树对肥料的需求没有高峰期，而是均分于四季。村民不必购买化肥，因为家肥是慢慢产生的，施家肥就足够供应果树的肥料之需。这不但节约了成本，而且规避了土地因连年使用化肥，土壤异化变质的风险。

一村多品开发让村里一年四季飘果香，销售没有任何压力。万一遇到某果品销售不力，全村人自己消化也不成问题。

一村一品开发还有一个最大的好处就是可以促进乡村旅游，游客来到村里，四季都有水果可供采摘。游客到果木地采摘水果的价格，远远高于水果的市场售价，这又为村民创造了很好的市场价值。

建设文明乡风

一、村干部捡烟头比赛

物质文明有了，更重要的是精神文明，对于乡村来说，也就是乡风文明。

建设文明乡风，首先是搞好卫生。一个人的穿着代表了一个人的精神面貌，一个单位的卫生状况代表了一个单位的精神面貌。卫生是最难搞的。垃圾是个千斤担，靠个人的力量，任何人都担不起。

彭育晚为村里的卫生制定三个原则：垃圾不出户，不出院，不出村。垃圾只要出了门就变成了村里的。这样，让家家户户管好自己的卫生，这个大问题也就变得不是问题了。八年来，油溪桥村没有一车垃圾送到外面去。村里形成了人人捡垃圾的风气，捡垃圾的人决不是丢垃圾的人。

彭育晚说，这里面最关键的是要去掉村民的依赖思想，明确搞好自家卫生都是村民自家的责任。这就是要处理好一个人和一百个人的关系。一个人捡垃圾，一百个人丢垃圾，是不可能保持好卫生的。如果不明确自己的责任，无限的服务就是一种纵容。没有责任的社会还是一个什么社会？

彭育晚自己就是一个最清楚自己责任的人。当村支书十年，从不给镇里添麻烦，提条件。镇里开会布置任务，他只埋头记笔记，回去后想尽千方百计落实，然后给镇领导一个又一个惊喜。他就这样带动了镇里一项又一项工作的开展。吉庆镇十年被评为十次十佳强镇，彭育晚功不可没。镇领导曾真诚地说：“发一百个红头文件，不如你这个典型的作用。”一任又一任镇领导从吉庆镇离任后到了新的岗位，他们都记得油溪桥村，都宣传油溪桥村，都惦记着油溪桥村，或者回来看一看、走一走，这都是对油溪村的支持和鼓励。有的领导升迁之后在更高的层面关心油溪桥村的发展。可见，一个敢于负责任的人，一个努力自强的人，能够得道多助。

彭育晚说，小恩小惠并不能收买人心。如果你怀的私心，你就是给了他钱，给了他很多好处，他还是要骂你的娘。只有怀着一颗公心，事业才能越走越远。物质上的关心他并不羡慕，看重的是领导常回来看看。没给物质也是关心，牵挂才是真关心。彭育晚用感恩的心积累起来的人缘，成了村里发展的强大后劲。

为建设文明乡风，彭育晚找到了个突破口：让村干部捡烟头。这既是告诉村民，村里连烟头都不能丢，其他垃圾更不能丢。村干部捡烟头，村民还好意思乱丢烟头、乱扔垃圾？这是村干部用行动示范，而不是用语言唱高调。

村干部带头捡，各组干部交叉捡，看哪个组的烟头捡得多，烟头捡完了，组与组之间的卫生评比结果自然出来了。更关键的是，效果出来了。村民们不再乱扔烟头，不再乱扔垃圾。人人捡烟头，个个都是保洁员。

举措之二：禁鞭炮

“禁一百年鞭炮，留一双眼睛！”这是彭育晚掷地有声的话。

2015 年 3 月，彭育晚从媒体看到了与新化比邻的涟源市发生的一桩惨案：一个九岁的贫困家庭的小男孩负责清理铁桶里鞭炮屑，不巧，被扫进铁桶的未燃鞭炮此时被烟火燃爆，小孩被炸瞎了双眼。彭育晚痛心疾首：谁对小孩子的未来负责？谁对小孩的一生负责？发生这样的事，村干部没有责任吗？村民难道还麻木不仁吗？放炮人的人性在哪里？村干部的责任在哪里？村干部连村民的眼睛都保护不了，还管什么？还不反省？还不吸取这个沉痛的教训？还不警示？这样的事，小孩身边的人不管，难道还要天管地管？

彭育晚在全村户主大会上一连串的问话，让全体村民警醒！他痛彻心扉地说：“为了留住一个小孩的双眼，村里禁一百年的鞭炮都值得！人家九岁小孩是困难之人，为了去搞村里的卫生，结果被炸瞎了双眼！这样的事村干部不管好，村干部不是间接的杀手又是什么？村民今天赚钱，明天就大肆放炮，穷就穷在做法，这样的人受贫穷难道不是活该？放炮败坏了村风，相互攀比、嫉妒、排斥，看谁放得多谁就赢。亲不要亲好，邻不要邻安，谁都希望对方背时、倒霉，邻里感情极不融洽。把放炮的钱用来帮助邻里，帮助困难的人，去回报感恩的人，那是多么有益的事。在人家困难、需要帮助的时候，给人家一点帮助，人家会记你一辈子，感恩你一辈子，感情是无价的。一百元建立起来的恩情关系，是一百万元建立的利益关系所不能比的。你买十块钱的肉去看望一个老人，一千块钱可以买一百次，帮助别人，这种美德是会传下去的，让子孙后代关系好，受尊重，播下友好的种子，以后就会生根发芽成材结果。关心别人帮助别人，代代相传代代相帮，多么美好。辛辛苦苦赚来的钱，何必变成烟、变成灰呢？为什么现在死了人没人哭了，是人太自私了，是人际关系太差了。”彭育晚又讲了村里几个身边的感恩的故事，让村民深刻地领会到帮人无价。

一番发自内心的激愤演说，村民们都点头称是。

然后，村里明令禁炮，不管是红白喜事，还是清明祭祖，或者是过年过节，一律禁止！

我在想，燃放鞭炮可是“传统”，是“民俗”，又不违法。传统的势力是最大的势力，要改变起来何其难哉？村民又不是端你的碗服你的管的职工，村民享有法律以内的自由，他放鞭炮不违法，你村支两委管得着、禁得了？他放了你又能拿他怎么样？

可油溪桥村还真禁了鞭炮。

我第一次去油溪桥村采访时是四月中旬，清明刚过不久。村民告诉我，今年油溪桥村清明挂青没有一户燃放鞭炮。只是附近村开鞭炮店的老板大骂彭育晚是个“隔财鬼”。

举措之三：禁用尿不湿

油溪村的第二禁，就是禁止用尿不湿，禁止用一次性塑料袋、一次性饭盒、一次性筷子。尿不湿烧不燃，埋到土里又不能降解，产生的垃圾无法处理。村里每生一个小孩，半年内要用一千多元钱的尿不湿，这对环境造成多大的损害？村里规定，一律用毛巾代替尿不湿，村里对有新生儿的家庭，凡不用尿不湿的，一次性补贴 500 元。把请保洁员的钱补给了村民。不用请专职的保洁员了，村民得了实惠。不用尿不湿，还保护了婴儿的皮肤，节约了钱，又保护了环境。

举措之四：禁止赌博

村里第三禁，是禁赌。赌博是与收入成正比的。如果赌博，任何事业都无法发展。一个人赌博，可以把祖业输掉，把房子输掉，把老婆输掉。

为了禁赌，村里把三代以来有赌博史的家庭进行了一个统计摸底，结果发现不外乎三种情况：一是无家可归的，二是妻离子散的，三是贫困户。

真是不看不知道，一看吓一跳。

一天晚上，彭育晚去查赌博，一个村民毫不客气地挖苦彭育晚说："你有什么资格禁赌？你以前不也是个赌棍吗？"

彭育晚坦然说："我以前是赌博，那是我走错了路。我就是因为赌博，三次考上公务员都没有通过政审。你们难道还想走我的老路？难道想要一错到底吗？"

那个村民无言以对。

不久，村里召开第一次禁赌动员大会，所有户主参加。会场上悬挂着醒目的标语：传播正义良知，守住祖孙净土。会场设立赌博区和不赌博区。结果所有的人都坐到了不赌博区。彭育晚一番激情演讲之后，村里宣布了几条措施：一是建立户主台账，凡是家庭成员参与赌博的，发现一起登记一起。今后村民家里婚丧嫁娶，有来村里调查户主家庭情况的，先查看台账，如实相告。二是建立党员连户包干，跟踪摸准情况，做本人及相关人员工作，引导、支持外围人员同步进行，结对帮扶。三是对于有赌博行为的农户，取消其低保等各项福利待遇。四是被认定为不合格农户，停办其证明、介绍信等一切事务，录入黑名单。

国有国法，村有村规。这种土洋结合的办法，完全把赌博之风刹住了。

油溪桥这"三禁"，谁都知道很好，利国利民。关键是，你禁得了吗？你有这么大的“执法”力量吗？如果村民违反了规定，你去罚款，罚得了吗？你去抓人，有这个权力吗？没有，你怎么禁？岂不是一句空话？

对于“三禁”的执行，彭育晚还有一个重要办法，他的办法通俗点说类似于古代的“连坐”。具体说来就是：村民违了规，罚村干部的款，不罚村民的款。

这真是有点怪啊。

可是，这还真的行之有效。

村干部是分片包干到户，实行“责任制”的。

有一年清明祭祖，全村人都没有放鞭炮，但有一个钉子户就是不信邪，买鞭炮到山上放了。

当天，村里公示牌公布，广播里广播，随后在户主大会上又正式宣布，对包干的村干部罚款200元。

那个钉子户成了村民眼中的“钉子”，终于不好意思了，主动跑到包干的那个村干部家里，诚恳地说：“领导，真不好意思，我放鞭炮，让你罚了款。下次不会了，过年我也不放了，娶亲我也不放了，尿不湿、一次性的塑料袋我也都不用了。”村干部紧紧握着村民的手说：“都是乡里乡亲，你能够支持我的工作，我向你鞠躬。”

有些村民违禁了，包干的村干部被罚款了，上门做工作时，村民答应得好好的。可是第二次又违禁，村干部再次上门时，村民不好意思，躲得远远的，以后再也不违禁了。很少有需要第三次上门的。

乡里乡亲，乡亲们毕竟是纯朴的。谁也不愿自己犯事，让别人替他受过。

村民乱丢了垃圾，本已知错。然而自己没被罚，看到村干部受过，被罚了款，村民还好意思有下次？人心都是肉长的。

如果直接罚村民，是怎么也管不住的，你不可能时时守着村民，就算时时守着，也会有村民顶着干。

只罚村干部，利用乡亲乡情的力量，让村民自觉遵守。

村干部在村里检查工作，都是戴着红袖章，亮明身份，明确责任。一个个红袖章，就像一面面鲜红的旗帜，在村子里流动着。红袖章传播着正能量，传播着正义的力量。

发展乡村旅游

油溪桥村的林权改革完成后，村里又出台一条禁令：禁止砍树！村民不服，有的说："林权改革也搞完了，树是我自己的，怎么不能砍?"彭育晚反问道："树是你自己的，田是谁留给你的?"村民说："田是祖宗留的。"彭育晚说："没错！那你为什么不把田也毁了，不用施肥，搞几年田就坏了，你还可以省了施肥的钱。"村民无言以对。彭育晚说："祖宗为我们留田，我们要为子孙后代留树。有了青山，才能有绿水，有了绿水青山，我们才能发展乡村旅游，才能有金山银山。"

村民服了。但同学不服。彭育晚一次参加同学聚会，听说他要在油溪桥村蓄树，发展乡村旅游，都说他简直是个疯子。鼓育晚说："十年不砍，二十年不砍，五十年不砍，油溪桥村就可以变成第二个大熊山。说我是疯子没关系，只要不说我是傻子就可以了。"

十年后的今天，油溪桥村已经满山披绿。被评为国家三A级景区。

发展乡村旅游，还要用好水资源。村里规定，河里的鱼不准打。不但不准打鱼，还要在河里放鱼，放养团鱼（甲鱼）。团鱼不是随波逐流的鱼，是上游下游到处游走的鱼。放养了也不会随水流到资江去。团鱼长大了，任游人来村里钓鱼。油溪桥村有团鱼钓，这迅速成了一个有趣的新闻传遍了城里。城里人纷纷跑到油溪桥村来钓团鱼。村里规定，团鱼只能钓，不能用电动工具打。城里人其实钓不了几条团鱼，但钓到了乐趣。村里几乎没花什么成本，却搞活了旅游，让城里人快快乐乐地掏了腰包。

发展乡村旅游，当然要搞农家乐。搞农家乐是贫困户脱贫致富的好机会。但投资一两万元对于贫困家庭来说也是笔大钱。而且农家乐一多，竞争也大，风险相应增大。

为了让有能力办农家乐的村民办好农家乐，村里成立专门的农乐家公司。所有的农家乐由村里统一投入，桌椅板凳碗筷由公司配备，食材由村里统一采购，农家乐需要什么食材，只需要微信群里发一条信息，几分钟内就可以配送到位。农家乐需要做的就是做好加工和服务。这样一来，村民无需任何投入，不担任何风险就可以办农家乐，而且保证了食材的来源。村里不准农家乐私自杀猪，防止病死猪肉上餐桌。这不但控制了食材的价格，确保农家乐不宰客，而且将利润控制在合理的范围。公司还对每一个农家乐的卫生、服务等进行综合考核，每个月培训一次厨艺，确保了农家乐服务的质量。目前，油溪桥村已设有12家农家乐。家家都生意红火，游客高峰季节还人满为患。

有人说彭育晚这人很“精”。彭育晚说，再穷不能穷智慧，如果智慧穷了，就真的穷了。花钱买不到人心，用智慧才能换人心，才能持续发展。有了绿水青山才有金山银山的道理到今天已变为看得见摸得着的现实。

未来的油溪桥村既是一个自然村，也是一个旅游景区。既是一个超大的农庄，也是一个大公司。所有村民既是员工，也是公司的股东。这是彭育晚为油溪村规划的未来。

结束语

油溪桥村没有像华西村那样走“集体资本主义”道路，也没有像小岗村那样走“单干”之路，也没有像塘约村那样走“土地流转，互助合作”之路，油溪桥村的土地是谁承包的还是归谁承包。它最大的特点在于村干部、村民出义务工为集体做事，厘清了林权；却又“收回”了林权，“收回”了用水权，却又归还了水；用最低的原始成本搞活了果木种植、稻田鱼和甲鱼养殖，搞活了乡村旅游，让山、水、田等自然资源发挥了最大的效益。在村干部的带领下，建设起了文明乡风，禁了垃圾出村出院，禁了鞭炮燃放，禁了尿不湿等白色垃圾，用最低的成本修起了乡村道路。

油溪桥村的振兴之路，具有乡村“原生态”特色。其关键核心在于发挥了村党支部的模范带头作用。

（原载2018年《中国作家网》改革开放四十周年主题征文专题，2018年第7期《时代报告·中国报告文学》，本文获湖南省“梦圆2020”主题文学征文三等奖）

用生命诠释爱心、责任与感恩

——追记湖南人文科技学院学生蒋小波

生命最后一刻，他将唯一完好的眼角膜留给两个渴望光明的人。

他，就是湖南省首例在校大学生眼角膜无偿捐献者、湖南人文科技学院“优秀学生干部”“优秀共产党员”“品学标兵”蒋小波。

6月6日，湖南人文科技学院召开党委扩大会议。会上，学校领导为去世的该校物理与信息工程系学生蒋小波集体默哀三分钟。

会上，学校党委还专门作出决定，号召全校学生学习他追求理想、自强不息的进取精神；勤俭朴实、顽强自立的奋斗精神；直面厄运、笑对人生的乐观精神；关爱他人、感恩社会的奉献精神。

蒋小波生前是湖南人文科技学院物理与信息工程系大三学生。5月16日，他因患胸腺癌在湖南省益阳市第一中医药医院重症病房去世。去世前，他提出捐献遗体供临床医学解剖用，因身体被癌细胞侵蚀，只能捐献唯一完好的眼角膜给需要的人。5月17日，他捐献的眼角膜被成功移植后，他的日记被他的同学传抄，作为格言传诵，他生前的动人事迹也广为流传，感动着无数的人。

然而，也有人对蒋小波的无偿捐献行动表示不理解：他是不是一时冲动？他是不是为了出名？是不是因为年幼无知而做出的轻率之举？

为了挖掘蒋小波捐献壮举背后真实的思想根源，为了寻找他这种无私、忘我境界形成的真正原因，笔者走访了他生前的同学、好友、老师、领导，以及他的父母。

让我们沿着蒋小波的人生足迹，一起来寻找吧。

贫寒与厄运积淀他勤俭朴实、追求理想的优秀品质

> “母亲总是拖着疲惫的身子无微不至地照顾着我，把她所有的爱和希望都寄托给了我，母亲的爱就像一本辞海，上面每一笔每一画都是浓浓亲情的勾勒！”
>
> ——摘自蒋小波日记

蒋小波1987年11月20日出生于益阳市的一个贫寒之家。父亲长年在外打工，一年难得回家一次，很少有时间与蒋小波在一起。母亲在一家工厂做门卫工作，上班的时间很长，但不管多晚回来，都要给蒋小波掖掖被子，在他额头上亲一亲，似乎是以此弥补没有时间照料蒋小波带来的愧疚。

从很小的时候起，蒋小波就自己洗脸、漱口、搞卫生，只要自己能做的事就自己做。读小学二年级时，蒋小波写下几个稚嫩的毛笔字：“朝理想奋斗”，并将这幅“作品”贴在卧室里。这个座右铭至今都贴在卧室里，与蒋小波在学校里得到的奖状贴在一起。小学三年级以后，学习、生活几乎都是他自己在打理了。

蒋小波在学习上特别爱钻研，一些老师并没有规定要做的奥赛难题，如果没有解出来，他也绝对不会甘心。有一次遇到一个数学难题，连上厕所他都要拿一条小板凳进厕所，他一边蹲着解便一边在小板凳上算题。还没到5分钟，妈妈就听见他在厕所里高兴地喊：“妈妈，妈妈，我算出来了！”

由于蒋小波的成绩很好，有一次妈妈的同事带着自己的儿子到蒋小波家，向蒋小波请教他是怎么学习的，蒋小波心直口快地回答：“该玩的时候玩，该读书的时候就要读书，上课不要开小差。”说得那个家长连连点头。在学校，蒋小波年年都被评为“三好学生”。

1994年，父亲在打工途中遭遇抢劫，被劫匪砍残手指，7岁的蒋小波看到父亲伤成这样，一个人躲着嘤嘤地哭泣。没多久，当保安的哥哥在上班时，为了保护公司财产而与盗匪搏斗，被砍成重伤，因此患上严重的精神分裂症，并丧失了生活自理能力。

面对接踵而至的家庭厄运，年幼的蒋小波没有沉沦，而是暗暗立志用他稚嫩的肩膀勇敢地承担起家庭的重任。在家里扛米打水，洗碗拖地，切菜炒菜，样样都做。

据蒋小波的父母回忆，小波从小就非常节俭。他平时坚持走路上学，决不坐车。他从小就不买零食吃。小学阶段，他把父母给的车费、零花钱全部悄悄地存了起来，小学毕业时，他共存了600块钱。这时，蒋小波听说舅舅有事缺钱，他毫不犹豫地把6年来积攒的600元钱全部掏出来让舅舅解燃眉之急。初中的时候，为了解决家庭的经济困难，他利用放学后和周末的时间到学校附近的餐馆端盘子、洗碗挣寄宿费和生活费。高中毕业后的那个暑假，蒋小波为了挣到上大学的学费到长沙打工。

从长沙打工回家后，赚了钱的他自己什么都没买，却帮妈妈买了面膜。接到大学录取通知书后，蒋小波一度想到外面打工，为父亲和哥哥筹集治疗费用。经母亲和亲戚、邻居的一再劝说，最后蒋小波决定到大学勤工助学，不增加父母的负担，用自己勤劳的双手创造财富，用以完成大学学业。于是，他满怀希望来到放飞青春梦想的大学，开始新的人生旅程。

良师和益友砥砺他笑对人生、自强不息的进取精神

“无论在生活中遇到多少挫折，我们都应该一如既往地坚持下去，用微笑去面对人生，以全新的姿态去迎接每一天的朝阳。我相信，只要我们的信心还在，脊梁不弯，我们的人生必将奏响一曲动听的人生自强之音。”

——摘自蒋小波日记

上大学的第一天，踏入美丽的海园广场，看着师哥师姐热情地为新同

学张罗，他心里感到暖乎乎的。在系里的入学教育课上，系领导在诠释系训“爱与责任”的内涵时，蒋小波的心为之一振。后来买了手机，他将“爱与责任”设计成手机屏幕的主页，用以时时提醒自己。

学校举行的刘茜华、汤蓉事迹报告会深深地感动了蒋小波。外语系的师哥刘茜华是独子，父亲因病早逝，母亲患心脑血管病，生活不能自理。考上大学后，刘茜华将患病的妈妈背到学校，他一边上学，一边打工挣钱、照料妈妈。外语系师姐汤蓉，家境贫困，自己靠业余时间做家教维持生活，还为学校做了大量工作，各方面表现都非常优秀。

师哥师姐自强不息的精神让蒋小波感动，更让他感动的是学校对贫困学子的无比关爱。学校减免了刘茜华的学费，并为刘茜华母子提供了单独的带厨房、卫生间的住房，全校师生都为刘茜华母子捐款，同学们经常去看望刘茜华母子，提供无微不至的帮助。

外语系的易小丽同学去年 9 月 19 日遭遇飞来车祸，由于大脑中枢神经严重受损，医院下了三次高危通知书。校领导为她多方奔走，并组织全校师生为她捐款，筹措到 50 多万元医疗费，使易小丽得到了最好的治疗，终于在昏迷 77 天后苏醒。正是因为学校的大爱精神才使易小丽从死神的魔掌下逃生。一次同学陪他去医院检查时，蒋小波把这些与校园里大电子屏上显示的“养根俟实”的校训、“仁爱满园”的校风放到一起琢磨，他的双眼湿润了，也会心地笑了，他很庆幸自己来到这所充满爱与和谐的大学。

蒋小波暗暗对自己说，作为学校的一员，一定为这个大家庭贡献自己的一份力量。

为了减轻母亲的负担，并赚钱给父亲和哥哥治病，蒋小波上大学后经常利用业余时间兼职。最多的时候同时兼三份职。暑假时蒋小波给一家建材店跑一种墙纸业务。蒋小波每天早出晚归，无论烈日还是下暴雨，他都坚持到工地上联系业务。客户一般要三五天才去工地一次，而他为了见客户一面经常在工地上等着，直到脸带笑容见到客户为止。中午累了饿了回到寝室后躺在床上就吃个面包，还不忘拿本书在手里看。下午又要出去寻找客户。傍晚回到寝室后还不能休息，吃饭后还要去做家教。做完家教回到寝室还是不能休息，他还要继续整理客户资料和研究墙纸相关信息，并为第二天的家教备课。有时还要为和他有业务联系的客户在工地上通宵达旦守护材料。

如此辛苦和忙碌，他还要设法帮助其他同学。和他一起做业务的同学匡夔鼐在联系业务时被对方辱骂，心里非常沮丧，并开始害怕外出与客户联系。敏感的蒋小波迅速觉察到他情绪低落，并耐心开导他，帮他联系社团的外联部长，教他外联的方法，还在网上为他搜集资料。匡夔鼐很快走出了低谷。同学魏哲做了一个星期的业务后因为家事需要辞去工作，但中途辞职就拿不到劳务费。蒋小波主动提出帮他处理好后期的工作。当魏哲从湖北回到学校后，劳累一天的蒋小波面带笑容把钱送到他手中。

学校爱心社经常组织各种爱心活动。有一次收集全院师生捐赠的衣服，很多都是穿了没洗的，但是不管多脏的衣服他都会面带微笑很认真地叠好。

有一次，爱心社去看望娄底市特殊教育学校的孩子们。蒋小波盛装前往，同学尹岳峰问他为何如此打扮，蒋小波高兴地回答说："孩子们看到我们穿着正式，也会信心大增啊！"当蒋小波发现一个男孩子的鞋带没有系好的时候，蒋小波很快走到他身边，帮助那个男孩子系好鞋带。目睹这一幕的同学热烈鼓掌。

学校每周星期二和星期四都对所有的寝室和教室进行卫生检查。作为系学生分会分管文建等工作的副主席，这两天的中午他都会在寝室与教室之间穿梭，来回观察是否有卫生死角，提醒、督促或随时动手将一些细节做得更好。在蒋小波的带领下，系学生分会文建部一直以来都是该系最优秀的学生自治工作部门，其绩效排名一直位列全校前茅。

蒋小波积极参与学校的各项活动。成长在学校这种爱与责任的氛围中，他的爱心在不断升华，他的责任心在不断增强，他的综合素质在不断提高。

他先后当选为校学生会心理部部长，物理与信息工程系学生分会副主席，爱心社和浅草文学社副社长。2007 年，蒋小波获评“品学奖”并得到 5000 元国家励志奖学金。2008 年，蒋小波光荣加入中国共产党，成为同年级首批发展的党员。蒋小波还多次被评为学校和系里的“优秀学生干部”。

孝顺和感恩凝炼他关爱他人、温暖生命的健全人格

“人心都是肉长的，我们的每一个细节，每一次援助，每一句问候都可以把我们自己心灵深处的那一份关爱带进别人的生活。关爱他人，温暖生命！用真诚与温暖把每一份力所能及的事情做好。无论生活多么艰难，请一定要记住用心去关爱身边的每一个人。”

——摘自蒋小波日记

跟蒋小波接触过的人都知道，他是一个对自己小气，而对他人却非常大方的人。蒋小波在寝室卧谈时，总是提起那些对他有过帮助的人。他总是心怀感恩，牢牢地将那些帮助过他的人记在心里。他向同学提起儿时摔跤后送自己回家的好心人。由于家庭的窘困，蒋小波的学费几乎都是阿姨提供的，因此每每谈到阿姨时，他总是说：“阿姨的爱无以回报！”阿姨在他读初一时送给他的一件衣服，他从初一穿到了大三，穿了 9 年。他的书包也用了 9 年。

作为学生干部，蒋小波总是竭尽所能地帮助身处困境的同学，有时甚至将刚领回的勤工助学工资直接捐作爱心基金，用以资助那些身患重病却并不相识的人。没有人会想到他背后的艰辛。直到一次寝室“卧谈会”，大家聊到各自的家庭时，多年积聚的苦难和委屈让蒋小波禁不住数次哽咽起来。在室友的追问下，他才将自己的家庭情况和兼职过程中的艰难倾吐出来。这也是他第一次也是唯一一次流下“男儿泪”。

读大学做家教时，家长奖励给他的西瓜，他一定带回寝室和室友一起分享。他打工赚了钱自己却舍不得花，一日三餐吃得非常简单，很多时候就三两饭外加五毛钱的豆腐和五毛钱的白菜。同学储呈兵问他为什么就只

吃这么一点，他说能吃上一口饭，跟那些贫困地区没饭吃的人比起来，这是我的幸运，因为我已经有一口饭吃了，我已经很满足了。遇到需要帮助的同学他也从不吝啬。学校组织向灾区捐款，或者为学校有特殊困难的学生捐款，蒋小波总是积极组织，带头捐款，常是同学中捐款额最多的。

2008 年暑假，蒋小波的外公心脏病突发，病情严重。当时父母不在身边，正在湖南娄底打工的蒋小波立即回家一个人照顾外公。是他的悉心照顾，让外公很平静地度过了那段艰难的时日。每次暑假回家，蒋小波要用他辛苦赚来的钱帮父母买衣服和鞋。

去年 10 月，蒋小波出现不正常的状况：在依旧炎热的秋天，他却要盖冬天的厚棉被，并且出现呼吸困难的症状。同学们劝他去医院做个详细的检查，可他自己以为身体上的不适只是普通感冒，所以没在意。然而，在随后举办的班级篮球赛上，蒋小波在球场上突然晕倒。国庆节期间，蒋小波的病情开始恶化。在母亲陪同下，蒋小波前往益阳市中心医院求诊，后经长沙湘雅医院确诊为中晚期胸腺癌。去年 11 月，蒋小波家人联系上北京的医院，了解到手术费用最少也得 40 万元。由于手术的风险过大，而且通过手术治愈的可能性很低，多家医院已不接收为他做手术。

学校了解这一情况后，立即向全校师生和社会各界发起募捐倡议。学校党委书记姜正国作客娄底交通频道直播室，向社会呼吁救助。学校与社会各界共捐款 8 万多元。校长柏连阳、副校级督学李凤莲率宣传部、团委、物理与信息工程系负责人、老师多次前往长沙、益阳等地医院看望他，鼓励他与病魔作斗争。那挂在病房的心形图案是他班上的女生们特意为他折的，激励他与病魔顽强抗争。他的小学、中学同学也相约一起多次到医院看望他。特别是一位正在中国政法大学读书的高中女同学一听到蒋小波身患重病的消息，顾不上在医院刚做完手术还来不及拆线，立即从北京专程赶往益阳探望他。蒋小波的大学同班同学还有一个共同约定，建立一个公共银行账号，等毕业工作后每年往这个爱心账号自觉存钱，以帮助他的家庭。

每一次探望，都让蒋小波无比激动；每一分捐款，都让蒋小波深怀感恩。在筹集到善款后，蒋小波进行了三次化疗。但由于错失了手术良机，今年春节前病情突然恶化，肿瘤疯长。今年4月，肿瘤已经开始压迫食道和呼吸道，就连进食和饮水都出现了困难，随时都有生命危险。相伴而生的咳嗽更是让他痛苦不已，连呕带吐，有时一咳就是一个多小时，这让旁边的父母伤心地掩面痛哭。

蒋小波因病重住院的时候，经常关注病友的治疗情况，看点滴打完了没有，看病友是否需要换药了，经常强撑着帮助病友喊护士换药、拔针头。病友对蒋小波充满感激。

爱心和责任升华他大爱无疆、无私奉献的至高境界

“也许，我快要到生命的最后时刻了，如果真有那么一天，我愿意捐献自己的遗体来回报社会。”

——摘自蒋小波日记

病情日益加重的蒋小波预感到自己将会不治。但他没有害怕，更没有绝望，在这个时候，他心里想着的还是他人。他背着父母对来看望他的同学说：“放手（放弃对自己生命的希冀）也是一种爱吧。”因而他一度拒绝输液，生怕用药继续加重父母和家庭的重负。

他在一封公开的信中写道：“假如我不幸离世，跪请好心人来照顾我父母。说真的我这一辈子最大的舍不得就是我母亲，虽然她是一位从农村到城市的小山民，她这一辈子不敢轻易作出任何决定，仿佛就是没有任何见地的妇人。但她勤勤恳恳、本本分分、乐于助人，对于亲人和好友都会有莫大的关怀。妈妈在灾难开始后用她自己的方法来维持这个家。每天清晨二三点出去扫马路，四五点去另一个地方扫宿舍，六七点回到家帮我煮个热腾腾的鸡蛋叫我去上学，八点又去看守她的门卫。到中午她又跑去附近小学帮忙打午饭。下午不是帮人做针织，就是打理家务。母亲的爱是隐形的，她总是拖着疲惫的身子无微不至地照顾着我。妈妈把一辈子的辛劳寄望给了我，而我又何德何能让上天赐予这样一个好妈妈。”

他在纸上写下了自己的愿望："如果真有那么一天，我愿意捐献自己的遗体来回报这个社会……我是一名党员，一名祖国培养出来的大学生，一名曾接受过社会无限关爱的患者，所以我会坚持自己的决定，让我为社会做点最后的贡献！"

此时此刻，他想到的还是如何回报社会对他的关爱！无以为报，他就把自己全部捐出去！

然而，随着病情的进一步恶化，癌细胞已经侵蚀了他身体的绝大部分器官，捐献遗体已经没有可能了。

此时，蒋小波想着的依然是如何回报社会，身体被癌细胞侵蚀了，但眼角膜是完好的。他决定将唯一完好的眼角膜捐赠给那些渴望光明的人！

4 月 11 日，湖南爱尔眼库的工作人员到医院看他，因为肿瘤压迫器官，他已经不能说话。这时的蒋小波由于受病痛的折磨，已经无法支撑自己的身体抬起头来，却仍然凭着顽强的毅力，倚靠着妈妈，在双亲的帮扶下，吃力地在无偿捐献眼角膜的志愿书上签下了自己的名字，从而完成一场交替生死、延续大爱的生命仪式。这时，他那张憔悴不堪的脸上终于露出了欣慰的笑容！

5 月 16 日，蒋小波生命的最后一天。不能说话的他用手机给父母留言："我走后你们一定要照顾好自己，不要太伤心。大家对我很关爱，我已经没有遗憾。"在生命的最后一刻，蒋小波心里装着的还是他人。

一个优秀男孩的生命虽然终结了，但他没有遗憾，他也没有离开他的师友们，他永远活在所有关爱他的人心中，他的生命在爱与被爱之中达到大爱无疆的境界，并且得到永生！

5 月 17 日，19 岁的益阳女孩陈娇娇（化名）、53 岁的长沙男子唐林（化名）同时在长沙爱尔眼科医院接受角膜移植手术。重获光明的他们满怀感恩之情，他们表示："在未来的生命里，我们都不会忘记给我们带来光明的人——蒋小波。"

蒋小波在生命的最后关头无偿捐献眼角膜的壮举感动了成千上万的人。他去世的第一时间，湖南人文科技学院数千名师生的手机和 QQ 群上几乎同时弹出蒋小波逝世的消息。噩耗传来，许多师生当即掩面抽泣。学校领导和数十名在医院陪护的师生怀着悲痛的心情前往蒋小波的出生地青山镇为他送行。在他的老家，当地许许多多的干部、群众闻讯后自发地前去送蒋小波最后一程。北京、上海、武汉、长沙等全国各地爱尔眼科医院的网站上也在5月16日刊发了纪念蒋小波的文章和图片。数以万计的网友在新浪网、新华网、红网等报道蒋小波去世的消息后跟帖，表达对蒋小波的怀念和崇敬之情，人们称他为优秀大学生、时代骄子、感动湖南的人物。

6月3日，蒋小波父亲蒋崔云、母亲何喜宜在办完蒋小波的后事后，携全家来到湖南人文科技学院，向学校赠送了“师生恩情似海，人文博爱长流”的锦旗，满含热泪读了感谢信。

中国作家协会、湖南省作家协会的多名作家一直关注着蒋小波的病情。在蒋小波去世后，他们用饱蘸深情的笔墨撰写了赞美蒋小波品格和精神的散文、诗歌等文学作品，在湖南作家网、中国作家网、榕树下等媒体发表，蒋小波的精神进入了文学艺术的神圣殿堂！

（原载2010年6月13日《中国青年报》，署名：袁杰伟　谢柳　肖双荣　张广权）

他，一辈子学雷锋

——记全国学雷锋优秀公务员、中国雷锋奖获得者、全国学雷锋先进个人、湖南省学雷锋标兵何煜

学习雷锋的“螺丝钉”精神，党的召唤他先从：抛雏别妇，告别父母，远离家乡，先到湘西再到新疆。不论在哪个岗位，它都不生锈、不断齿、不打滑

雷锋甘于平凡，从点滴做起，从小事做起，服从革命的需要和组织的安排，党叫干啥就啥，他把自己生命溶入党，和人民事业的整体之中，立志在平凡中干出不平凡的业绩，乐于做一颗永不生锈的“螺丝钉”。

何煜从小就受雷锋这种螺丝钉精神的熏陶和影响。

何煜1976年出生在新化县天门乡一个土改基层干部的家庭，父亲是一个正直、受到普遍尊重的基层干部，母亲是一位贤良的家庭妇女。他是典型的“根红苗正”的新青年，父母亲正直为人、乐于助人的家庭氛围深深影响了他的性格。为了工作，作为公社干部的父亲经常穿着草鞋奔走于山野阡陌之间，帮农民插田、挑粪、踩打谷机，为贫下中农排忧解难。被人们称为“赤脚干部”。一家人在一起时，父亲总是说，人活在世上，不是看你获得了什么，还是看你贡献了什么。看普通老百姓是否从内心里认可你、信赖你、支持你。一个人如果只是活着，只不过是一团肉而已，

没有什么意义，一定要像雷锋一样，一切服从党组织的安排，党指向哪里就奔向哪里，党叫干啥就干啥。要为他人、为集体、为国家做出贡献。父亲的这些话是用语重心长、心平气和的语气讲的，何煜从心灵深处感到父亲说得对。他立志长大后一定要做一个像雷锋一样的人，做一个一心向党的人，做一个帮助别人的人，做一个哪里需要到哪里的人，做一个对国家有贡献的人，只有这样，人生才有意义。

这样的话，在很多人听起来是唱高调，是讲政治，但在何煜家里，这个土改干部——何煜的父亲就是这么说的，这就是拉家常。所以何煜耳熟能详，心常系之。

何煜的的母亲则是个普通的农家妇女。小时候何煜经常看到这样的情景：自家的米缸都快要见底了，母亲却还要分出一半周济即将断炊的乡亲；自留地里的黄瓜还顶花带着刺呢，母亲就毫不犹豫地采摘下来，送给村子里的孤寡老人尝鲜……有一次，何煜的小姐姐过生日，妈妈煮了两只鸡腿。看小姐姐吃得津津有味，何煜急得口水都快要流出来了。就在这时，一声哀婉的乞食声从门外传来。妈妈把另一只鸡腿塞到何煜手里，让他给乞儿送去。何煜不情愿地说："妈妈，我也要吃鸡腿。"妈妈说："有饭赠与饥人，他比我们更需要。"母亲的善举，赢得了乡亲们的敬重，也在何煜心中播下了善良的种子。

读书以后，何煜听到了雷锋的故事，听到了《学习雷锋好榜样》的歌声。从此，雷锋在他心里扎下了根。他决心像雷锋一样助人为乐，做一个受人尊敬的人。那时，别的同学爱看打仗、妖怪鬼神之类的小人书，何煜喜欢看的却是《雷锋日记》《欧阳海之歌》。他曾在日记中写道："我是读着《雷锋日记》长大的，唱着《学习雷锋好榜样》走出来的，雷锋是我一生学习的楷模。"如今，何煜少年时读过的《雷锋日记》的封面早已脱落了，可日记的主人——雷锋，却依然深深地扎根在他心里，成为他人生路上的价值座标。在新化一中，何煜听到幼年陈天华虽然经常提篮小卖却乐于助人的故事，也更坚定了要将学雷锋进行到底的决心。陈天华手书的"莫谓草庐无俊杰，须知山泽起英雄"的对联，也激励着何煜更加发奋地学习。

1994 年 9 月，何煜以优异的成绩考入邵阳师专政史专业学习，这是邵阳师专历史上唯一一届两年制的政史专业。何煜的各科成绩在班上总是排名前三，并担任班上的团支部书记。1996 年 5 月，何煜大学毕业的前夕，一些比较灵泛的同学开始到处活动，想毕业后分到企业子弟学校去教书，因为那比地方的学校待遇要高。何煜却认为自己来自偏远农村，毕业了就应该到偏远农村去服务，为农村孩子贡献自己的一生。

正在这时，湖南省委组织部到学校来，要从政史专业选调三名优秀学生去湘西工作。新化地处湘中，湘西在新化人的印象中十分遥远，在当时的交通条件下，从新化到湘西只能坐汽车，中途还要从怀化转车，没有两天到不了。一些同学听之摇头，还有一些同学没有资格。成绩优异、多才多艺且担任团支书的何煜本已受到某大型国有企业关注，想到学校把他要过去办厂报。很多同学都羡慕何煜。可没想到何煜毅然报名参加选调，几个要好的同学对此大跌眼镜。其中一个新化的同学说："何煜，你不必要去参加这个选调，支持湘西可以，但要看你是什么条件。你父亲快七十岁了，古语说父母在，不远游。你还是到新化工作的好，这样可以照顾父母。"这个同学真诚的话语让何煜内心颇有感触。但他想起父亲教他的话，便不再犹豫。通过笔试、面试、考察，何煜以优异的成绩被录用。

毕业后，何煜告别年迈的父母，来到湘西的一个偏僻的乡镇，当了一名普普通通的乡干部。人在他乡，举目无亲，每每夜深人静时，何煜反问自己：我的选择是对的吗？何煜总是坚定地回答自己：作为党员，响应党的号召，服从组织的安排，一定是对的。

何煜在基层，兢兢业业，吃苦在前，把每一件简单的事做好。他认为，做一颗螺丝钉，就要发挥一颗螺丝钉的作用，决不能让它生锈、断齿、打滑，决不能让它影响全局的工作。

在湘西工作的第一年，何煜仅在春节时回家与父母亲人团聚，而且正月初三就往湘西赶。他说，乡里还有很多的事等着他。没想到这一去就是他与父亲的永诀。这一年的十月，何煜在外地出差时得到父亲去世的噩耗，仰天大哭，朝着家乡的方向拜了四拜。身为长子，没能为父亲送终，他万分痛苦。然而，更让他痛苦的是，此时与家乡远隔千里，而且单位的事十分重要。他强忍着内心巨大的悲痛，把单位的事办完再赶回新化。这时，父亲的后事已办完，上山好几天了。阴阳两隔，他在父亲的坟前叩头烧香："爸爸！您是支持孩儿服从组织安排的，孩儿相信您的在天之灵一定能够原谅孩儿的不孝！"在场的人无不为之动容。

在湘西州政协文教卫体委员岗位上，在一次学前教育视察期间，适逢外甥女专程从美国回怀化完婚。外甥女的人生大事，他本应参加。但何煜以本职工作为重，没有去参加。事前事后，何煜跟姐姐和外甥女做了很多解释，还是留下了遗憾。2012 年 5 月 15 日，何煜利用双休日时间在新化老家陪九旬老母过生日，然而在接到单位领导电话指示后，他立即驱车 500 多公里连夜赶回湘西，家都没去，马不停蹄去到办公室加班加点，把工作圆满完成。

何煜扎根湘西，一干就是整整二十年，从一个楞头小伙到人到中年。古语说：人到中年万事休。现代很多人也认为，人到中年，应该更注重家庭生活，培育儿女。而这时，何煜有了一个幸福的家庭，妻子和儿子都在上海工作、生活。有好心人热心张罗，想把何煜调到上海，让其家庭团聚。这本是一件天大的好事，何煜也心动过。但回想当初，自己立志扎根湘西、服务湘西一辈子，可以到比湘西更远的地方、更需要自己的地方去，但绝不追求享受，到比湘西更舒服的地方去。要实现自己服务边疆一辈子的诺言，一定要不忘初心、牢记使命。于是，在 2016 年本已联系好接收单位的情况下，何煜忍痛放弃了这个十分难得的机会，继续留在湘西工作。知道情况的人无不为之惋惜。

2019 年 7 月，中组部到湘西来选拔优秀干部到新疆工作，跟二十多年前大学毕业时一样，何煜又一次响应号召报名参选。通过笔试、面试、考察，何煜又一次以第一名的成绩被组织选上。于是，何煜依依不舍地告别他工作了二十多年的湘西，来到新疆阿尔泰地区工作。

从此与远在上海的妻儿、年迈的母亲都有几千公里甚至超万里的距离。面对白发苍苍的母亲，90多岁的奶奶，读小学的儿子，他辗转反侧，彻夜难眠，心里泛起了层层波澜。自古忠孝难两全，经过短暂的彷徨徘徊，何煜对自己的选择无怨无悔。

从湘西来到新疆，工作环境有很大的差别。这里有时气温低过零下二十多摄氏度。但何煜干一行爱一行，到哪里就热爱哪里，他很快爱上了新疆，爱上了新的工作岗位。

一到新疆不久，就遇上突如其来的新冠肺炎疫情。为了确保抗疫的彻底胜利，他坚持在抗疫一线，连特意从上海跑到新疆来看他的老婆、儿子他都很少陪伴。

何煜就是这样，一心扑在工作上，学雷锋、做雷锋，做一个永不生锈的螺丝钉。

学习雷锋干一行爱一行、专一行精一行的敬业精神：不管在平凡的工作岗位还是领导岗位，他都做出了不平凡的业绩

> “一个人的作用对于革命事业来说，就如一架机器上的一颗螺丝钉。机器由于有许许多多螺丝钉的连结和固定，才成了一个坚实的整体，才能运转自如，发挥它巨大的工作能力，螺丝钉虽小，其作用是不可估量的，我愿永远做一个螺丝钉。螺丝钉要经常保养和清洗才不会生锈。人的思想也是这样，要经常检查才不会出毛病。”
>
> （摘自雷锋日记）

何煜学习雷锋的敬业精神，自觉地把个人融入党和人民的事业之中去，个人服从整体，服从组织。不论在哪个岗位，他都忠于职守，兢兢业业，干一行爱一行，全心全意为人民服务。

何煜大学毕业后来到湘西工作的第一站是古丈县。这里是湖南省最穷困最偏远的地方，“九山少水半分田”，“老、少、边、穷、库”五大贫困地区的特点这里全有。作为一名普通干部，何煜不能轰轰烈烈、大刀阔斧地改变这里的一切，但他扎扎实实干好自己的本职工作，把每一件简单的事做好。他干一行爱一行专一行。不管是在乡政府干部、县政府一般干部

还是领导岗位上，何煜每一件工作都出色完成。他不分分内分外，不管白天夜晚，不论是工作日还是节假日，单位需要做的事，他一定铁板钉钉，一分不差。

印象最深的是2003年，“非典”突如其来地暴发，危急时刻，何煜担任了州抗击“非典”防治总指挥综合信息宣传组组长。何煜便思考着如何抓住疫情源头控管、堵源截流，控制疫情这个关键，很快形成书面材料，向州领导汇报，经认可和征求意见后，及时向省委、省政府督查组作了汇报，准确地提出了源头控管的可行性建议。其中有两条被上级党委、政府和国家防非总指挥部采纳。接下来，他又日夜坚守抗击“非典”一线，处理紧急疫情，上下协调联络，负责全州抗击“非典”情况综合、新闻舆论导向、文字把关工作，共主持完成各类文稿4200多万字，平均每天几万字。他牵头组织相关部门在湖南卫视、《湖南日报》、《团结报》等省州媒体发表《湘西州以实战要求打硬仗》等重要文章。

2010年，何煜被交流到湘西州政协工作。上班第一天，刚好赶上“两会”。领导让何煜参与负责材料组织工作，何煜立即进入角色，和同事一起加班加点，编发委员协商建言材料，编辑大会《情况反映》简报，得到了州主要领导的充分肯定。

2019年，何煜来到新疆工作，任新疆生产建设兵团第十师北屯市教育局党组书记、局长。作为教育战线上的负责人，何煜积极熟悉兵团历史和教育现状，思考着如何带领全体教职员工创新发展。面对各项工作中的薄弱环节，他提出了“着眼培养爱国爱疆、守边固疆时代新人”“以文化润疆推动教育改革”“推进教育合理体系和治理能力现代化”理念，着力构建“党政重教、质量立教、以德兴教、品牌强教、依法治教”五大教育格局。以此引导大家解放思想，破除陈规，大胆实践，开拓创新。

为进一步优化师资力量，他与领导班子认真研究，制定了《第十师北屯市教育系统建设项目管理办法》，成立师德师风建设工作领导小组，将师德师风建设纳入年度绩效考核内容；开展责任区挂牌督导及日常督导工作，建立健全集职称评审、名师评审、学科带头人评审、优秀教师评审、优秀教育工作评审等“五位一体”长效激励机制。他提议以北屯中学为示范，以此实行法治校园、平安校园动态挂牌管理，配齐配强中小学兼职法治副校长、法治辅导员，引领全市启动依法治校示范校创建工作，随后，北屯市16所校（园）实现了法治副校长全覆盖。

针对学生素质教育方面，他推陈出新，想出了系列新举措。建立科技实验室、开设科技二课堂、组建科技创新小组，广泛宣传科普知识。在北屯市教育系统广泛开展“每天阳光运动一小时”，将广播操、武术、军体拳等融入大课间活动，并打造“冰上速滑和雪地足球”运动品牌。还选派有足球专长的教师参加各级举办的体育专业培训，将民族传统体育运动和传统文化艺术紧密结合，做到在传承中创新，培育特色。

为培养维稳戍边扎根边疆、献身边疆的有用之才，何煜倡导将弘扬雷锋精神与传承兵团精神、胡杨精神高度融合，把学党史、新中国史、新疆三史、兵团发展史等内容融入课堂教学。要求各学校、幼儿园充分利用师市屯垦戍边爱国主义教育基地，组织学生参观西北边境第一团——185团红色教育基地。主动学习老革命、老军垦热爱边疆、建设边疆的革命情怀；开展“时刻听党话，永远跟党走”主题演讲、读书、征文等系列活动；组织学生向贫困生和灾区献爱心活动；引导广大教职工和中小学生做好人、做好事，在实践中践行社会主义核心价值观。目前已在全市教育系统形成了全员育人、全过程育人、全方位育人的“三全”育人模式。

正是这些颇具创新、深受师生喜欢的举措，为学生成长成才拓宽了新渠道。三年内北屯市教育系统在兵团各类教育教学大赛中累计荣获73个奖项，选送的79件参赛作品半数以上在第18届兵团青少年科技创新大赛中获奖，高考也创佳绩。2020年北屯市参加高考人数仅占阿勒泰地区的24.17%，但文理科“状元”双双落户北屯，其中理科状元刘乃菲同学被清华大学录取；中等职业教育推进“3+2”办学模式，71名学生参加“三校生”考试，29人“直升专”。2021年1人被北京大学录取，名列阿勒泰地区前茅。同时，有4所学校被定为国家、自治区、兵团级速滑项目示范学校；183团中学、北屯中学被列为2022年冬奥会冰雪运动示范学校；哈萨克族学生哈拉哈提·木哈买提成为国际知名冰雪速滑运动员；北屯中学还被评为“全国民族团结进步先进集体”，并被命名为“全国文明校园”。

2020 年新冠肺炎疫情暴发后，何煜作为疫情防控指挥部五个专项工作的组长和副组长，第一时间制定所在各组疫情防控工作方案，明确各组职责分工，收集一手材料，坚持总结当天工作，综合分析每天疫情。两次向指挥部提出合理化建议，他制作的“源头控管、堵源截流、全程监控、跟踪监管”思维导图，一看就懂，易于操作。得到指挥部采纳后，在火车站、检查站流动人口控管中发挥了重要作用。

从大年三十开始，何煜冒着零下 30 多摄氏度的低温，踩着厚厚积雪，带领局机关及所属事业单位所有人员，1100 余名党员教师在校内做好防控宣传教育，在开展摸排管理和消毒管控等工作的同时，迅速投入到师市各团场、各街道社区的每一个网格中，以承包小区的形式对天骄街道辖区 10 个小区、163 栋、652 个单元、6366 户开展“地毯式”排查，“那些天滴水成冰，我们穿着厚厚的棉衣，踩着积雪，奔波在大街小巷，开展疫情排查。手都冻僵了，身体也冻得麻木了。”疫情期间，他以办公室为家，带头值班劝导，妻儿乘飞机从万里之外的上海飞来团聚也无暇顾及，成为抗疫前线“最美人”。何煜还带领教育系统所有师生献爱心，共募捐价值 19 万多元的防控物资。

2021 年 2 月，何煜转任北屯市工商联主席。上任伊始，他就沉下心来，深入分析当地经济状况，找准问题根源。为提升营商环境，促进经济快速发展，他锐意创新，提出了“四个重点”：围绕一个中心，全力开展大招商；强化三个基础，实现三个全覆盖；明确“五引”抓手，锁定“五商”目标；明确行为规范，理顺政商关系的发展思路。在此基础上，又积极创新动力机制，努力做到“五个推动”：推动商会组织建设，推动企业参政建言，推动营商环境改善，推动“万企兴万村”（“千企兴连”）工作落实，推动民营经济地位提升。

在何煜的正确领导下，北屯市工商联实现了“六个首次”：首次实现非公企业和社会组织党组织建设全覆盖，全面整改2020年巡视问题；首次举办政银企问需恳谈会，为40家企业、9家银行对接5355万元信贷供需，推动落实到位部分企业贷款；首次实现招商引资项目成功落地，上半年开展疆内外招商引资65天，签署全面战略合作协议17家，另外有8个项目正在洽谈中，正筹建5个疆外招商联络中心，另电动车项目5000万元投资已通过审核；首次举办非公企业和社会组织党组织书记培训班，举行186次红色教育活动；首次举办民营企业家书画展，155幅书法、美术、剪纸作品入展，成为向中国共产党成立100周年奉献的一份厚礼；首次实现兵地党务共建，与阿勒泰地区中国银行分行党委签订兵地党务共建协议。

2021年正值党史学习教育关键时期。何煜以党史学习教育活动为契机，立足党建引领，动员、组织、带领218名党员深化“五联五问五到位”大调研，大力开展“我为群众办实事”活动，实现了“六促进”，即促进营商环境改善、交通条件改善、城乡资源融合、银企合作发展、民企文化建设、河南灾区重建。获得了当地干群的一致好评。

“十师北屯是我家，美化家园靠大家!”这是北屯市10月植树活动中何煜的倡议。在何煜看来，植树造林，绿水青山，功在当代，利在千秋。13日至15日，何煜组织工商联与师市非公有制企业和社会组织综合党委、中国人民银行阿勒泰地区分行十师北屯市支行，开展“植绿护绿爱绿政银企合作美化家园大行动”暨“万企兴万村”活动，成功植树1755棵。

截至2021年9月底，北屯市民营企业达1876户，个体工商7735户，农民专业合作社255个，实现税收14327万元，占师市税收总额的60.33%。何煜看到这些数字，倍感欣慰的同时，也觉得责任更大，他默默在笔记本上写下：“使命在肩，责任在心。”

何煜就是这样，以干一行、爱一行的敬业精神，在他从事的每一个普通岗位上都发光发热，正是这样，他在每一个平凡的岗位上都做出了不平凡的业绩。

学习雷锋服务人民、助人为乐的奉献精神，何煜向有困难的人奋不顾身地伸出援手，为贫困人口上下奔走不遗余力。他学雷锋，做雷锋，始终弘扬雷锋精神

雷锋人生观最光彩夺目的就是，他正确地解决了“全心全意为人民服务”的问题。他把“生为人民生，死为人民死”作为自己的信条，“时刻准备着为党和阶级的最高利益，牺牲个人的一切，甚至生命。”在这样的人生观指导下，雷锋始终保持着昂扬的精神状态和勇往直前的革命干劲，在平凡的岗位上做出了不平凡的成绩，用生命践行了为共产主义事业毕生奉献的誓言。

何煜始终践行雷锋的奉献精神。

2001年12月28日，何煜主动请缨，到花垣县排吾乡牛皮村扶贫。在这里，他了解到村民龙三高上有80岁的老母亲，下有3岁的小孩，一家四口住在“篱笆墙”里，家庭特别困难。扶贫项目里没有给贫困户建房子这一项，怎么办？只能争取社会援助。何煜立即想到他的家乡新化有一个雪峰水泥厂。于是他与湖南雪峰水泥集团联系，请求援助水泥。龙三高自己做了红砖，但无钱购买相关材料。何煜就自掏腰包，买来门窗、瓷砖，帮助龙家修建了一栋崭新的红砖楼房。随后又争取项目资助，帮助他家修建了沼气池。

养羊是牛皮村的主要经济产业。为了高质量修好村民的羊圈，何煜连续很多天蹲在村里与群众一起作规划、定地点、抓质量、督进度。还起早摸黑，跑吉首、永顺、花垣为群众购买材料、调运优良牧草种子。草种刚下地那段时间，何煜连续几天顶着烈日，一个一个山头检查牧草种植情况、生长情况。一天，何煜搭乘一台农用车给村里运送一头波杂种羊，由于太早天色太黑，视线不好，加上司机睡眠不足，车子在矮寨坡上险些滑下陡峭险峻的岩坎。一回到村里，他又忙着为养羊户们逐户查看羊群病症，一直忙到下午3点多才想起自己还没吃午饭。

2012年6月，家住湖南省湘西自治州凤凰县林峰乡的蒋蛟、付胡军参加完高考后，会同另外三名高考成绩较好的同学一起外出打工。他们乘坐的农用小货车行至该县吉信镇满家村地段时，由于车速过快，翻倒在公路左边的路坝下，车上6人全部受伤。见此情景，他当即下车，对受难者展开救援。何煜发现剧烈的撞击导致事故车严重变形，伤者卡在车内不能动弹，于是他带头找来木棒、锄头，一点一点地撬开车门，再将伤者一个一个地“抠”了出来，背到安全地带。紧接着，他一边组织现场救援，一边联系护送车辆与医院。就这样，从事发到伤者进手术室，只用了短短的一个多小时。据医生说，伤者失血很多，如晚送来半个小时就有生命危险。

考虑到伤者大都是高考后的贫寒学子，何煜当场捐资200元，并积极奔走于州直部门和爱心人士之间，吁请全社会一起唱响爱的奉献。很快，救助受伤学生的信息，通过湖南省电视台、《团结报》、湘西电视台等媒体迅速传遍了三湘四水。爱心善款也如潮水般涌来。最终，共募集到9万多元善款。

2007年5月，江苏昆山义工联合会获悉凤凰县一些村办小学学生的贫困情况后，决定送爱到湘西，为贫困山区的孩子们出力。但是，昆山和湘西相隔千里，怎样才能保障爱心行动顺利进行？他们决定请何煜帮忙。正在北京读研究生班的何煜，决心请假配合这次爱心大行动。他和义工们商量后，决定给那里的孩子“每人一个新书包、一套新文具、一身新衣服”。随后，昆山义工们踊跃捐款捐物，积极奔走呼吁，共募集善款7306.5元、衣物2000多件，以及许多文具用品。

为了使爱心钱物及时送到贫困生手中，何煜从武警部队借来一辆大卡车，和相关部门的同志一起把20大箱价值45万的捐助物资装上汽车，历时4个小时跋涉70多公里的山路，才终于将物资送达学校。时隔一日，江苏昆山义工联合会来湘西了解捐赠情况，又购买了数千元的学习用品，捐赠给凤凰的学生。

在参与昆山义工爱心行动的同时，何煜还成功地促成了搜狐社区湘西公益行活动，受助对象是湘西州吉首市排绸乡小学。2007年12月，搜狐社区发起“2007 搜狐社区湘西公益行”活动，网友捐赠了 26000 多元。何煜不但积极参与捐赠，还主动担当起活动的联络和接待工作。

2008 年年初，我国南方地区遭受冰冻灾害，搜狐社区网友、搜狐社区及搜狐销售部员工担心受助孩子的情况，决定进行湘西公益行回访活动，同时开展了新的公益活动。这次何煜依然责无旁贷地承担了联系和接待工作。4 月 12 日，何煜租了两辆大巴，把 50 多名携带捐赠物资的爱心人士从贵州铜仁机场接到吉首。经过短暂休息后，他们又立刻从吉首出发前往排绸乡，当时大雨滂沱，公路泥泞，他们颠簸了 4 个多小时才到达排绸乡小学。何煜和搜狐员工将价值 10000 余元的文具、生活用品发放给学生，将搜狐公司员工捐赠的 40400 元送给学校。

2010 年腊月二十九，吉于村一户农家因供电线路老化引发火灾，烧毁村民房屋 46 间，全村有 16 户 60 余人受灾。何煜获悉后，主动捐款 800 元、捐衣服 139 件。州中心血库血源告急，他又带头献血。孤老张义玉体弱多病，孤儿石超交不起学费，他每年从有限的工资中挤出 4000 多元予以资助。

何煜就是这样，一直坚持学雷锋，做雷锋，全心全意为人民服务，不遗余力地弘扬雷锋精神。

学习雷锋的钉子精神，他勤奋学习，刻苦钻研，已获得两个博士学位、三个硕士学位，被人誉为“博士雷锋”。难能可贵的是，他把博士的学识都用在了创新实践上，并且取得了可喜的业绩，使雷锋精神在新时代产生了一次新的飞跃

在工作期间，雷锋听到有的同志说工作这样忙，实在没有时间学习。他便根据自己的学习体会，在日记中写下了这样一段话：“要坚守在自己的岗位上。有些人说工作忙、没有时间学习。我认为问题不在工作忙，而在于你愿不愿意学习，会不会挤时间。要学习的时间是有的，问题是我们善不善于挤，愿不愿意钻。一块好好的木板，上面一个眼也没有，但钉子为什么能钉进去呢？这就是靠压力硬挤进去的，硬钻进去的。由此看来，钉子有两个好处：一个是挤劲，一个是钻劲，我们在学习上，也要提倡这种‘钉子’精神，善于挤和善于钻。”这就是人们广为称道的雷锋刻苦学习的“钉子”精神。

何煜通过学习钻研，不断丰富和提升自己，体现了锐意进取、自强不息的创新精神。精神的力量是无穷的，榜样的力量是无穷的。立志一辈子以雷锋为榜样的何煜，像雷锋一样发扬“钻劲”和“挤劲”，把业余时间全都用在了学习上。他先后自修了区域经济管理、民商法、公共管理三个硕士班，还自修了经济学、宪法学两个博士班，拿到了5张文凭，被人誉为“学雷锋的博士”。

八小时之外，何煜勤于笔耕，他先后编写了《县域经济发展战略研究》《治安管理法解读》《招商引资理论与实务》《跨越式发展战略研究》《金融危机背景下中国经济突围的对策研究》《和谐发展研究》《丈量——和谐湘西发展之道》等7本书，在国家、省、州级报刊发表各类文章466篇。其中《非公有制经济领域党的建设亟待解决的三个关键问题》在《求是》《内部文稿》发表，并获全国征文一等奖，《在新农村建设中保持共产党员先进性必须强化五个意识》被列入全国农村党员党课教材。他在《求是》杂志社《红旗文稿》发表的《怎样破解中小企业融资难》《坚持用科学理论武装头脑，指导实践引领创新》和在求是理论网、光明网发表的《在转型超越中实现科学发展》《西部地区学前教育发展情况研究报告》等文章被人民网、凤凰网论坛、搜狐、新浪等几十家网站、报刊转载、转发。

何煜好学，成果丰硕，又始终将雷锋精神作为自己行动的指导，被人誉为博士雷锋。在北屯市工商联主席的岗位上工作才一年多时间，他所提出的工商联工作理念与思路创新受到业内人士重视。

试举几例。

何煜认为工商联工作应该创新五亲五清的政商关系，“五亲”即来往亲密、调研亲临、情况亲知、服务亲身、情感亲近，政商之间关系胜过亲人；“五清”即关系清纯、交往清廉、情谊清朗、思路清晰、环境清正，促进政商环境焕发清辉。

工作思路应该“三通为本”：商会组织的职能职责就是通政、通民、通商。搭起三座桥梁：党群连心桥、会员联谊桥、政企联系桥。

何煜还认为工商联组织应该创新“双联”“双挂”“五推”的动力机制。“双联”指工商联党委班子成员每人联系一家企业，联系一名个体工商业者。“双联”要做到每年开展“五个一”活动，即走访一次企业、召开一个调研座谈会、办一件实事、交一个企业家朋友、帮扶一名困难职工。“双挂”机制即民营企业与机关、群团单位互派人员互相挂职，常态交流。“五推”机制即从新经济组织、新社会组织、新业态组织中推选优秀代表人士进入人大代表、政协委员、人民检察院人民监督员、人民法院人民陪审员、纪监委党风政风监督员。

工商联还要创新招商引资引智引才的拓展平台，着重在“三全”“三结合”上下功夫，“三全”就是全员招商、全产业链招商、全要素招商。“三结合”就是：招大商、选大资与引智力、引人才、引人口相结合，平台招商与定位招商相结合，走出去拜访企业、招商推介与请进来举办“引老乡回故乡建家乡”相结合，引导区域成功人士回乡创新创业。

创新工作方法。重在采用传统的小分队招商、以商招商、代理招商等方法基础上，在请老部长、老将军、老院士、老教授、老校友“五老招商”高端人脉招商方法上花力气。

创新落地方式。重在落地园中园，在工业园区创建对口援疆省市产业园，省级商会整体招商产业园；落地对口援疆省市飞地工业园，破解区位时空与要素布局对高新产业招商项目落地的制约，在对口援疆省市中心城市规划建设1—5平方公里高新技术产业飞地工业园，承接“高大上”的产业项目；落地临江、临空、临站、临边、临口岸“五临”经济带，承接劳动密集型、OEM、物流需求高的产业，长藤结瓜，连点成线形成经济带。

创新重点定位。重在锁定招商引资重点地区，如京津冀、长三角、珠三角、粤港澳。锁定招商引资方向，重在产业招商，全产业链、全要素招商。

这是何煜的创新理念，也是何煜的创新实践。北屯市工商联一年来的工作实践验证了这套理论的正确性。一年来，北屯市民营经济异军突起，截至2021年十月底，师域1752家民营企业7735户个体工商户，实现税收占师市税收总额的77.9%。工商联工作创造了十五大亮点，表现为十五个首次：首次实现党建工作巡视整改完成率、应建未建企业党组织建成率、党的工作覆盖率三个百分之百；首次创建促进民营经济发展的“双联双挂五推选”政治参与机制、担当作为机制、忠诚奉献机制；首次开展兵地党务共建，共植兵地友谊长青树180棵；首次举办37名党组织书记参加的培训班；首次招商引资项目成功到位5000万元；首次举办民营企业家书画展，展出155幅书法美术作品；首次举办政银企合作恳谈会，对接信贷需求5535万元；首次建成政银企合作绿化美化家园示范林区，完成四个片区植树1891棵，并建立示范林和四个片区林长责任制；首次开展营商环境大调研并形成调研报告；首次组织民营企业家慰问186团6个警务站全体护边员；首次创造“五联五兴”经验推动“万企兴万村”行动，组织民营企业家深入开展“千企兴连”“助教助学”“边企合作”；首次与阿勒泰地区工商联开展兵地工商联“五个共建”深度融合交流；首次开展疆鲁工商联友好合作，与淄博市桓台县结为友好协作单位；首次开启招商之冬首个投资项目签约，投资建设文冠果基地5万亩，总投资5000万元；首次在全国工商联主席培训班（91人）介绍交流“工作机制创新提升工作活力”经验受好评。

何煜把博士的学识都用在了创新实践上，才取得了如此可喜的业绩。这就使雷锋的钉子精神在新时代产生了一次新的飞跃。

短评：在不少人的概念里，学雷锋就是扶奶老奶奶过马路，就是在公交车上给老弱病残让座位，就是在每年的三月五日打着旗子、穿着志愿者服装，浩浩荡荡到敬老院慰问老人。这当然也是学雷锋，但不是全部。

共产党员何煜立志一辈子学雷锋，学习雷锋的螺丝钉精神、敬业精神、无私奉献精神、钉子精神，不但学习，而且认真实践，做出了不凡的业绩。何煜学雷锋，拓展了雷锋精神的学习领域，而且以他几十年来的工作实践实现了雷锋钉子精神一次新的飞跃：将发挥钉子精神学到的知识运用于工作实践，可以产生原创的工作理念，这种工作理念，不但可以引领本单位本部门的工作实践，对同类部门的工作也具有很好的推广价值，对其他部门的工作也有很好的借鉴意义。

雷锋精神永不过时，只要我们认真学习，总会发现或实现新的学习价值。

忠善的密码

编者按：在湖南涟源，有这样一个“全国文明家庭”“全国最美家庭”：奶奶谢斌响应党的号召，成为“八千湘女上天山”中的一员，在新疆一干就是一辈子。父亲黄亚中自愿当法庭陪审员三十余年，母亲邓希安也是做了一辈子好事。儿子黄国雄在部队是“抗洪勇士”，退伍后救人救火，英年早逝捐献遗体。女儿黄琼带头修路，关心弱势群体，女婿是勇斗毒贩的警察。我们为你讲述这一家三代的感人故事，解读忠善的密码。

奶奶谢斌：湘女响应号召上天山

1952年10月的一天，长沙银行学校召开了一个特殊的动员大会，听报告的全是女同学，做报告的是新疆生产建设兵团的一个中尉，他叫熊昊。熊昊的报告就是向大家介绍新疆，讲新疆是个好地方，动员大家踊跃报名参军。

来自涟源的一个叫谢斌的女同学听得心潮澎湃，她内心深处对党和领袖的朴素感情迅速被点燃：这是毛主席的号召，我们作为毛主席的家乡人不更应该响应号召吗？会后，谢斌第一个报名参军。

就这样，谢斌和八千湘女一起到了新疆。“下了汽车，就进了学校。”谢斌进了新疆军区工业学校（即后来的新疆矿冶学院），学会计专业。

1958 年，谢斌被安排到俄文学校继续学习俄文。俄文学校的校长叫王渭清，是王震同志的夫人。王震来学校做过三次报告。谢斌记得，有一次王震做报告的时候，有一个小孩跑来跑去，王震就说，我宣布，从现在起，“枪毙”你五分钟。那小孩就站在原地不敢动了。坐在王震旁边的王渭清微笑着招手，让他回到座位上去。

王震到学校了解到女同志没有卫生纸用，就对相关负责人发了火，说人家十几岁的姑娘这么老远从湖南来到新疆，你们就连这个也不给人家解决吗？不久，学校就有了卫生纸。

1959 年，中苏关系破裂，俄文学校只办了一年多就解散了。谢斌下基层劳动，先修冰湖水库，再修青年水渠。工地没有房子住，就挖地窝子住。地窝子抵御风沙，冬暖夏凉，但通风较差。大家用驴粪蛋烧炉子生火做饭烧水，每个月发三元钱的卫生费。谢斌和大家一样，并不觉得艰苦，业余时间还写诗。

1961 年 4 月 12 日，苏联宇航员加加林完成了世界上首次载人宇宙飞行，消息传来，谢斌写了一首诗《红心颂》，被军区司令部推荐到《绿洲》杂志发表，后来又被推荐到《新疆红旗》杂志发表。她还写了一个中篇小说《把理想公开》，在《昆仑》杂志发表。军区司令部见她文笔好，就把她调到机关，专门写通讯报道。

一年后，谢斌被安排到新疆农科院家禽厂当了一名技术员。后来被调到新疆材料总厂附属的建工中学当老师，从此一直到退休。1998 年 9 月，新疆军区教育局给她颁发荣誉证书，奖励她从教三十年。

父母亲黄亚中邓希安：做了一辈子“傻”事

1970 年，谢斌的儿子、已高中毕业的乌鲁木齐知识青年黄亚中，主动申请下到农村，回湖南涟源荷塘老家务农。改革开放后，黄亚中又率先创办企业，把乡镇企业办得红红火火。

黄亚中在当地自愿当法庭陪审员，为新建法庭捐款，义务帮助群众调解纠纷，为务工人员讨回拖欠工资。村民们事无巨细，喜欢找他来“投诉”。有时为了安抚双方，他自掏腰包。有人说：“赔了工夫又赔钱，这是何苦呢?”黄亚中总是憨憨地笑：“这事总得有人做啊!”结果一当就是三十多年。有人给黄亚中取了个外号，叫“人民赔损员”，他是专门用自己的钱给别人赔偿损失的。

黄亚中娶的妻子邓希安和他是“绝配”，两人都“傻”。

2001年农历十二月二十，邓希安女儿黄琼结婚。上午，邓希安说出去一下就回来。可是，中午了，还没见邓希安的影子，结婚仪式已经一拖再拖，最后在母亲缺席的情况下举行。直到下午两点多，邓希安才急急忙忙地回来。原来她去请孤寡老人赛军妈吃喜酒，正碰上老人急性阑尾炎发作，她把老人送到卫生院，等着手术做完，还垫上了准备给女婿的红包做医疗费。

20世纪80年代初，国家鼓励个体经济发展，邓希安开始从商，成为“文明经商户”，商店成了邮政代办点。邓希安义务担负起了富田村及周边9个村的信件投递。无论炎炎烈日还是冰天雪地，邓希安都及时把每一封信送达。

2007年农历年底的一天，家家户户准备过年。大雪纷飞，天还没亮，邓希安早早地就起了床。她背着邮包，给远在四公里之外的干山村毛美成、毛先凡两人送去他们的特快专递。送完邮件，邓希安走到一个高坡时，一不留神摔下了坡，右手骨折，右脚踝关节扭伤。她一路走，一路爬，回到家里时天还没亮。

2009年冬天，邓希安的邻居黄岳松的土房子倒塌，娘俩无处安身。邓希安一方面帮他向当地政府打报告请求救助，一方面四处帮他借款。她自己不仅借钱，还把自家门口的空地让给他建房。邓希安的房子只有两层，却帮黄岳松建了三层。别人笑她把自家的风水都挡了，傻到家了。

几年前，年近七旬的邓希安住到了娄底城里女儿家。在娄底创建全国卫生城市和全国文明城市的过程中，她报名当志愿者，经常去搞公共卫生，到马路上站岗执勤。

儿子黄国雄："五四标兵"身后留希望

黄琼和黄国雄是黄亚中和邓希安的一对儿女。

1994年，18岁的黄国雄参军，加入南海舰队海军陆战队。他在部队入党，多次被评为"优秀士兵""优秀党员""优秀班长"。

1998年8月，长江流域发生百年不遇的大洪水。黄国雄所在部队奉命开赴荆江抗洪，连夜空投到湖北某基地，赶到嘉鱼县防洪大堤。"共产党员上！"黄国雄率领几名战友跳进淹过肩膀的泥水中，踩住一个又一个沙袋。在水中"泡"了6个小时，决口终于被堵上。一个多月里，黄国雄日夜坚守在大堤上，查险情、运沙袋、堵管涌。抗洪结束后，他瘦了5公斤，因表现突出荣立三等功，被授予"抗洪勇士"称号。

1996年12月，黄国雄从部队回乡探亲。一天，他正在桌边吃中饭，突然听到屋旁水塘里传来"扑通"的声音。"不好，有人落水了。"他扔下碗筷跑出家门，果然看见一个小男孩掉在水中。黄国雄立马跳入池塘救人，又送到附近诊所抢救。孩子的母亲赶到后，浑身湿透的黄国雄才回家换衣。

1998年退伍后，黄国雄回到家乡，帮助父母打理小店生意。这年12月，桥头村村民蒋喜林的妻子因难产引起大出血休克性昏迷。黄国雄立即租了一辆车，将孕妇送到50多公里外的市人民医院抢救，并从自己的退伍费中拿出2000元为病人办理了住院手续。因抢救及时，孕妇平安产下一男婴。

2001年，黄国雄被查出患有"慢性粒细胞白血病"。治疗白血病的药物吃多了对肝脏等器官有损害，必须每天注射一种90多元一支的干扰素，黄国雄只打了一次就放弃了。回到村里，黄国雄一如既往地工作生活。他舍不得打90元的针，但看到五保老人邓秀英的煤烧完了，他拿出380元买了一吨煤，又花了50元租车费将煤送到她家里。

2004年清明节下午，黄国雄抬头看到与邻乡交界的大山起火，他拿起砍刀，和闻讯赶来的7名党员和近百名村民奋战4个小时，扑灭山火。黄国雄累得瘫倒在地，牙龈出血渗出嘴角，在村支书的追问下，他才说出了病情。

2007年5月4日，黄国雄获“湖南省青年五四标兵”称号，后又获全国道德模范提名奖。2007年9月11日，31岁的黄国雄，因病医治无效逝世。他的遗愿是：“我愿将遗体捐献给医疗机构进行研究，给其他同我一样的患者带来生的希望。”

黄国雄的事迹留给社会太多的感动，团省委青基会确定配赠8万元在黄国雄生前就读的荷塘镇中心学校建设一间希望图书室，并命名为“黄国雄希望图书室”。

女儿女婿黄琼李桂阳：惩恶扬善平常事

黄琼2005年随丈夫转业到娄底工作后，在靠近娄底三中的一个地方买了一套房子安家。

房子所在地没有配套设施服务，一条穿村而过的巷子，常年泥泞不堪，有的村民还种了萝卜、辣椒，只留一条窄窄的空地让人通过。孩子们每天上学下学，喜欢打闹的到了路窄处往往摔个嘴啃泥。

黄琼下决心要把这条近700米长的巷子硬化。她自己带头捐款，一些村民也跟着一千元、几百元地捐。但硬化了100多米后又停了下来，不但经费跟不上，那些种了菜的农民还极力反对、阻挠，高价索要“征地赔偿费”。黄琼一个一个地做工作。就这样修修停停，前后三年，终于把村子里这条近700米长的巷子硬化了。娄星区政府还为该路段装上了太阳能灯。

2000年8月27日，是丈夫李桂阳36岁的生日。家里还来了几个亲人，黄琼特意做了几个拿手菜，等待丈夫回家。可是奇怪，下午一点整了，当警察的丈夫还没回来。下午三点多钟的时候，黄琼的手机突然响了起来：速到医院！推开病房的门，黄琼大吃一惊：只见丈夫的手上缠满纱布，手被吊在一个架子上，脸色苍白正在输液。原来这天上午，丈夫在娄底火车站出警，到某宾馆缉拿毒贩时，毒贩开枪拒捕，丈夫眼明手快，缴了毒贩的枪，但子弹还是从右手掌射了过去……

黄琼在娄底市房产局工作时，有一次她和同事李卫平去公租房收缴房租。

当她们来到一个劳改释放犯那里收缴房租时，小区里的人说，你们不要去了，收不到的。黄琼进去一看，见家里还有房主的老母亲同住。原来年迈的母亲体弱多病，又没有经济来源，一家人生活举步维艰。黄琼和同事便向领导进行了汇报。在她的争取下，这家人免费住了整整六年。

六年里，黄琼只要来到这里，她都会提着菜，带着小礼物来看这对母子。黄琼传递的温暖，燃起了这对母子积极进取的动力。六年后，黄琼所在单位来了一名特殊的客人，他说："今天，我是来补交房租的。"

一天上午，房产局办事大厅里，突然两个人争吵起来，声音愈来愈大，其中一个还拿出了刀子，办事群众纷纷闪避。黄琼奋不顾身地冲上前去，一把抓住行凶者的手说："有话好好说，不能动刀子！"

二人见是一个女人出面，根本不当回事，瞥了她一眼又继续吵起来，一个扬起刀子就要刺，一个到处找家伙。黄琼抓住那只握刀子的手不放："把刀子给我！"黄琼的气势镇住了那名男子，手一松，刀子到了黄琼手上。随即赶来的同事，一起成功化解了这起恶性事件。

2017 年，黄琼一家被评为全国文明家庭。2017 年 5 月，黄琼代表全家在人民大会堂领取"全国最美家庭"奖，受到国家领导人的接见。

一家三代忠诚向善，初心不改，始终如一。这个忠善的密码，来自祖辈树立了跟党走的好榜样，也为后代种下了牺牲自己、服务国家、服务他人的红色基因。

（原载《湖南日报》2021 年 6 月 11 日 13 版）

后记：做红色富矿的挖掘者

《梅山红》这本书里收集了17篇中短篇报告文学作品，以中篇为主，大部分发表在《时代报告·中国报告文学》《中国青年报》《中国人物传记》《湖南日报》《湖南文学》等报刊。

之所以选择中篇报告文学这个体裁，是因为我觉得一些长篇作品里面“文学”的东西太多了。很多重大题材，对于读者来说，用一个中篇来表述，也许会更“实”，更能一口气读完。这样于作者和读者，都是比较合适的一个篇幅。

还有一个原因，就是梅山这里的红色人物需要及时的宣传。如果每一个人出个单行本，且都写成长篇，我肯定没有这么多时间和精力，也不利于及时宣传他们。而我觉得，宣传先贤们的紧迫性是存在的。如禹之谟、罗盛教等，已经近半个世纪没有关于他们的文学作品问世了，虽然在娄底的文史资料和娄底的旅游资料中还经常提到他们，但在人们心目中，他们已变成一个空洞的概念，很少有人比较详细地了解他们的事迹了。陈天华为什么投海？很多人其实并不明白。禹之谟为什么要将陈天华葬在岳麓山？更多的人不明白。至于李中，知道的人就更少，作为中国共产党的第一个工人党员，本应人人皆知。现在，居然娄底人知道他的都很少。我也是很偶然地看了上海电视台拍的电视纪录片《播火》后才知道。当时我就震惊：居然没有关于李中的文学作品？历史常写常新，先贤近半个世纪无人写，只是泛泛地被提及，我觉得这意味着后人对先贤的淡忘。

英雄，不能淡忘；历史，常写常新。梅山是一座红色的富矿。作为一个喝资江水长大的作家，做一个执着的挖掘者既是职责所在，也足以成就一个作家的光荣与梦想。

在报告文学领域，名家们大多是以长篇报告文学出名，而以短篇报告文学出名的要数李春雷了，他被誉为“短篇报告文学之王”。写中篇报告文学的作家很多，但没有谁以中篇报告文学著称。我曾经很有“野心”地想：我能不能独树一帜，争取以中篇报告文学“著称”呢？

为了给我的中篇报告文学增加一些特色，有些篇什我有意采用了章回体。我小时候看章回体小说，看得如痴如醉。章回体的故事性是很强的，而现在的一些报告文学，注重宏大叙事的比较多，注重细节和情节的作品比较少；写高大全人物的比较多，写问题人物或人物问题的报告文学比较少；把人物写得扁平化、文学的滋味寡淡的比较多，写得比较立体、比较真实、比较有可读性的比较少。我使用章回本，就有排斥和反对空洞的宏大叙事的用意，倡导报告文学回到文学本身，哪怕是回到古典的章回体。

我请湖南报告文学的掌门人章罗生教授作序。章教授非常认真，花了好几个晚上通读书稿，好几次在夜晚十一点多还在与我微信交流。这种严谨、认真的学术精神，令我深为敬佩。

希望这本书能得到您的喜欢。